Lindsay Harrel

DAS FLÜSTERN VON TINTE AUF PAPIER

Lindsay Harrel

Das Flüstern von Tinte auf Papier

Francke

Über die Autorin:
Lindsay Harrel hat Journalismus und Englische Literatur studiert. Zusammen mit ihrem Mann, ihren zwei kleinen Kindern und zwei Golden Retrievern lebt sie in Arizona. Es ist ihr ein Herzensanliegen, mit ihren Romanen all denen neue Hoffnung zu geben, denen diese irgendwie abhandengekommen ist, und darauf hinzuweisen, dass Gott in einem ganz gewöhnlichen Leben Außerordentliches zu vollbringen vermag.

Bibliografische Information der Deutschen Nationalbibliothek
Die Deutsche Nationalbibliothek verzeichnet diese Publikation in der Deutschen Nationalbibliografie; detaillierte bibliografische Daten sind im Internet über https://dnb.dnb.de abrufbar.

2. Auflage 2020
ISBN 978-3-96362-126-0
Alle Rechte vorbehalten
Copyright © 2019 by Lindsay Harrel
Originally published in English under the title
The Secrets of Paper and Ink
Published by arrangement with Thomas Nelson, a division of
HarperCollins Christian Publishing, Inc. USA
German edition © 2020 by Francke-Buch GmbH
35037 Marburg an der Lahn
Deutsch von Dorothee Dziewas
Umschlagbilder: © Dreamstime.com / Helen Hotson
Umschlaggestaltung: Francke-Buch GmbH /
Christian Heinritz
Satz: Francke-Buch GmbH
Printed in Czech Republic

www.francke-buch.de

Für Kent Walker

Daddy, du warst immer für mich da,
hast immer an mich geglaubt und mir immer vorgelebt,
wie ein Mann die Frau, die er liebt,
behandeln und wie er für sie sorgen sollte.
Ich liebe dich mehr, als Worte es ausdrücken können.

Es gibt keine größere Qual,
als eine unerzählte Geschichte in dir herumzutragen.

Maya Angelou

Prolog

Edward,
hallo, neuer Freund. Ich muss sagen, ein hohler Baumstamm ist der perfekte Ort, um dir eine Nachricht zu hinterlassen. Vielen Dank, dass du dieses besondere Versteck mit mir teilst. Es ist schön, einen Freund zu haben. Die Kinder zu Hause denken alle, ich wäre keine richtige Dame, weil ich lieber auf Bäume klettere, als zu handarbeiten. Ich bin froh, dass du nicht so bist wie sie.

Herzlich
Emily Fairfax

☙

Edward,
du wirst nicht glauben, was heute passiert ist. Während ich darauf gewartet habe, dass du nach deinem Unterricht vorbeikommst, bin ich auf unseren Baum geklettert, und zwar höher als jemals zuvor – sogar noch an dem großen Ast vorbei, der überm Meer hängt und auf dem du normalerweise sitzt und versuchst, mir Angst zu machen –, und die Wellen haben mich so hypnotisiert, dass ich abgerutscht bin und beinahe heruntergefallen wäre! Es war ganz schön abenteuerlich, Captain Nathaniel Pike wäre bestimmt stolz gewesen (wenn er nicht nur eine Figur in unseren Lieblingsgeschichten wäre, meine ich). Meine Mutter hätte mir die Leviten gelesen, wenn sie es gesehen hätte, obwohl ich glaube, dass sie meine Eskapaden insgeheim mag.
Vom Mädchen beim Baum
Emily

CB

Edward,

danke für deine Nachricht und das neue Buch, das du mir zum Lesen dagelassen hast. Ich kann es kaum erwarten, mich in seine Seiten zu vertiefen und mehr über Amerika zu erfahren. Es scheint mir ein wildes Land voller Abenteuer zu sein, in dem die Menschen nicht von so vielen Anstandsregeln behindert werden. Ich glaube, ich würde gerne irgendwann dorthin reisen. Möchtest du mitkommen?

Deine Freundin
Emily

CB

Edward,

ich kann kaum fassen, dass du seit drei Monaten weg bist (inzwischen warten viele Briefe in dem hohlen Baumstamm auf dich), aber ich freue mich auf die Weihnachtsferien, wenn du wiederkommst.
Ich habe fleißig gelernt, und wenn ich kann, lese ich bis tief in die Nacht, damit du mir nichts voraus hast. Vielleicht werde ich nie auf eine so noble Schule gehen wie du, aber das bedeutet nicht, dass ich mich von dir so leicht unterkriegen lasse! Mach dich auf einen intellektuellen Wettstreit gefasst, mein Freund.

Voller Zuneigung
Emily

CB

Edward,

morgen reise ich ab, um mein Leben als Gouvernante zu beginnen. Der Gedanke gefällt mir nicht besonders, aber das ist nun mal mein Schicksal als Tochter eines armen Pfarrers und ich bin stolz darauf, dass ich bald meinen eigenen Lohn verdiene. Jetzt, wo du in Oxford bist, ist das Leben hier ziemlich langweilig und ich freue mich auf alles Spannende, was die Zukunft mit sich bringen wird.

Meine Schwester wohnt bereits seit zwei Jahren nicht mehr zu Hause. Kannst du dir das vorstellen? Mutter hat mir in der Zwischenzeit alles beigebracht, was sie weiß. Wie immer hat sie mich ermutigt, das, was andere für Fehler halten, als meine größten Stärken zu betrachten. Ich hoffe so sehr, dass sie mit diesem Rat richtigliegt!

Ich weiß nicht, wann wir uns das nächste Mal sehen werden, aber vielleicht findest du diese Nachricht ja vorher. Wann immer ich zu einem Besuch herkomme, werde ich sofort zu unserem Baum laufen und nachsehen, ob du mir auch eine Nachricht hinterlassen hast.

Unsere Briefwechsel sind mir sehr lieb geworden. Du forderst mich mehr heraus und kennst mich besser, als jeder andere Mensch es bisher getan hat oder jemals könnte.

Immer deine Freundin
Em

 C3

Edward,

Mutter ist tot. Meine Schwester auch. Die Cholera hat sie beide dahingerafft. Mein Leben ist nicht mehr, was es einmal war. Vater ist nur noch eine Hülle von einem Mann und ich bin nach Hause gezogen, um mich um ihn zu kümmern.

Inzwischen schreibe ich mehr als nur Briefe. Jeden Abend sitze ich an meinem Tisch und lasse meinen Kummer mit der Tinte aufs Papier fließen. Alle möglichen Geschichten sammeln sich in mir an und wollen heraus, also gehorche ich.

Und ich habe das eine Thema gefunden, das mir Freude macht – dich, liebster Edward.

Weil ich dich liebe.

Ich glaube, ich habe dich immer schon geliebt, seit ich elf war und du mir erzählt hast, dass du feine Damen langweilig findest und viel lieber mit mir zusammen bist. Du bist auf unseren Baum geklettert, hast innegehalten und mich aufgefordert, dir zu folgen. Und das habe ich getan. Und ich würde dir überallhin folgen, wenn du mich darum bätest.

Aber ich weiß, dass das nie geschehen wird.

Ich kann dir meine Gefühle niemals gestehen und deshalb ist diese Nachricht die eine, die nie in unserem Baum landen wird. Aber ich platze, wenn ich meine Gefühle nicht irgendwie zum Ausdruck bringen kann.

Und deshalb wende ich mich dem geschriebenen Wort zu und meine Liebe zu dir ist ein Geheimnis, das ich gut verstecken werde, für immer festgehalten im Flüstern von Tinte auf Papier.

Von Herzen dein
Em

1. Kapitel

Sophia

Wenn im Leben viel los war, rasten drei Monate nur so vorbei. Aber Sophia Barretts letzten zweiundneunzig Tage waren ein Tröpfeln stetiger Monotonie gewesen. Sie hatte diese Tage damit verbracht, zusammengerollt auf ihrem Ledersofa zu liegen und zu schlafen, zerfledderte Romane zu lesen und in einer Menge Therapiestunden zu sitzen.

Zum Glück war heute der dreiundneunzigste Tag und endlich stand sie vor ihrem Büro. Sie strich über ihren frisch gebügelten Blazer, zog den Riemen ihrer Laptoptasche auf der Schulter ein bisschen höher und atmete hörbar aus. Endlich konnte sie zur Normalität zurückkehren. Mit zitternder Hand zog sie die große schwarze Tür zur Bürosuite 608 auf.

Sophia trat durch die Tür und bemühte sich, so zu tun, als wäre sie immer noch die starke, selbstsichere Frau, deren Lebensaufgabe es war, anderen beim Überwinden ihres Kummers zu helfen.

Das Wartezimmer roch wie immer nach Lavendel, der Ausblick auf die Innenstadt von Phoenix, den man vom Fenster hinter dem Schreibtisch der Sekretärin hatte, war unverändert und der Springbrunnen an der Wand zu ihrer Rechten plätscherte immer noch beruhigend vor sich hin.

Aber trotzdem war es ein anderes Gefühl, hier zu ein. Vielleicht war es auch nur sie selbst, die sich verändert hatte.

Kristin blickte von dem großen Eichenschreibtisch auf. »Du bist wieder da!« Die Praktikantin riss sich das Headset vom Kopf und kam hinter dem Tisch hervorgeeilt, um Sophia zu umarmen. »Wir haben dich alle vermisst.«

»Und ich habe es vermisst, hier zu sein.« Sophia stieß die Luft aus, die sie unbewusst angehalten hatte.

»Du hast dir die Haare abschneiden lassen!« Kristin neigte den Kopf seitwärts und kaute auf ihrem Kaugummi, während sie Sophia musterte. »Sieht super aus.«

»Danke.« Sophia hob die Hand und berührte die kürzeren Strähnen, die kaum bis auf ihre Schultern reichten. David hatte ihre langen Haare immer gemocht. »Es war Zeit für etwas Neues.«

Kristins Lächeln wurde mitfühlend. Sie drückte Sophias Schulter. »Gut, dass wir dich wiederhaben. Ich weiß, dass Dr. Beckman ohne dich verrückt geworden ist.«

»Ich bin sicher, Joy überlebt auch ohne mich.«

»Nein, tut sie nicht. Aber darum geht es nicht.«

Sophia drehte sich um und sah ihre beste Freundin hinter sich im Flur stehen, die Hände in die Hüften gestemmt. Joy Beckman war kaum eins sechzig groß, aber was ihr an Körpergröße fehlte, machte sie mit ihrer Persönlichkeit wett. Mit der blonden Strubbelfrisur, dem ausgefallenen Schmuck und der leuchtend bunten Kleidung strahlte Joy pures Selbstbewusstsein aus. Sophia hingegen fühlte sich in schwarzen Hosen und cremefarbenen Blusen viel wohler. Es war ihr nur recht, wenn sie nicht so auffiel. Aber trotz ihrer Unterschiede und der beinahe zehn Jahre Altersunterschied war Joy für Sophia eher eine Vertraute und große Schwester als eine Chefin.

»Hi.« Sophia beugte sich vor, um Joy zu umarmen. »Es war ja nicht meine Idee, die letzten drei Monate zu Hause rumzusitzen. Du bist diejenige, die mich verbannt hat.«

Joy verdrehte die Augen. »Komm, ich zeige dir deinen Plan für heute.« Das Telefon klingelte. »Kannst du bitte rangehen, Kristin?«

»Natürlich.« Kristin eilte an ihren Schreibtisch und setzte ihr Headset wieder auf. »*LifeSong* Beratung für Frauen. Was kann ich für Sie tun?«

Sophia folgte Joy den kurzen Gang hinunter. In Joys Büro nahm sie ein Foto vom überfüllten Schreibtisch ihrer Freundin. »Du hast neue Bilder machen lassen.« Auf dem Foto war eine strahlende Joy zu sehen, umgeben von fünf Hunden.

»Ich konnte doch nicht nur Fotos ohne Lion haben. Da wäre er zu Recht beleidigt.« Joy nahm Sophia die gerahmte Fotografie aus der Hand, warf einen kurzen Blick auf den winzigen einäugigen Hund ganz links und lächelte verschmitzt.

»Der Gute hat schon neun Jahre auf dem Buckel und du hast ihn in diesem hohen Alter gerettet. Ich glaube, es bräuchte einiges mehr, um ihn zu beleidigen.« Sophia ließ sich Joy gegenüber auf den Sessel fallen, während diese auf ihrem Schreibtischdrehstuhl Platz nahm. »Also, hast du für heute irgendwelche Termine für mich gemacht? Ich war nicht sicher, ob du beschlossen hast, dass meine ehemaligen Klientinnen wieder zu mir kommen, oder ob sie bei Veronica bleiben sollen.« Obwohl sie sich mehrmals die Woche außerhalb des Büros gesehen hatten, hatte Joy sich immer geweigert, über die Arbeit zu sprechen, weil sie der Meinung war, es würde Sophia nur stressen, wenn sie wüsste, was sie verpasste.

Joy suchte in den Papierstapeln auf ihrem Schreibtisch und zog schließlich ein Blatt heraus. »Hier. Das habe ich dir auch per E-Mail geschickt, aber ich dachte, wir könnten kurz darüber reden, bevor du dich in die Arbeit stürzt.«

Sophia nahm das Blatt aus Joys Hand entgegen und betrachtete es. Dann zog sie eine Augenbraue hoch. »Da steht nur ein Name auf der Liste.«

»Du solltest langsam anfangen.« Ihre Freundin biss sich auf die Unterlippe. »Ich bin noch immer nicht sicher, ob du überhaupt hier sein solltest. Drei Monate sind keine sehr lange Zeit.«

»Drei Monate sind eine Ewigkeit. Ich bin auf dem Sofa fast verrückt geworden und das weißt du auch.« Sophia versuchte, nicht vorwurfsvoll zu klingen, aber es gelang ihr nicht ganz.

»Niemand hat gesagt, dass du drei Monate Däumchen drehen sollst.«

»Das habe ich auch nicht.« Als Joy sie fragend ansah, schnaubte Sophia. »Na gut, wahrscheinlich schon. Ein wenig.« Zuerst war es schwierig gewesen, mit der Tatsache fertigzuwerden, dass sie an Davids erstem Todestag einen Nervenzusammenbruch gehabt hatte – ausgerechnet im Supermarkt. Irgendwie war es ihr ein Jahr lang gelungen, den Schein zu wahren. Leugnung hatte viele Gesichter. Doch als sie das teure Proteinpulver auf dem Regal gesehen hatte, das er so gemocht hatte, war das der viel zitierte Tropfen gewesen, der das Fass zum Überlaufen gebracht hatte.

Sie schämte sich immer wieder aufs Neue, wenn sie daran zurückdachte, wie sie jede einzelne Dose genommen, den Deckel abgeschraubt und den Inhalt auf den Boden geleert hatte, um schließlich schluchzend in einem Berg aus Pulver und leeren Behältern zu enden.

Natürlich war sie seitdem nicht mehr in diesem Supermarkt gewesen, obwohl sie sich tausendmal entschuldigt hatte und selbstverständlich für den Schaden aufgekommen war.

Danach hatte sie es nicht mehr über sich gebracht, irgendjemand anderem gegenüberzutreten als Mom, Joy und Cindy – der Therapeutin, die Sophia durch die schlimmsten Stunden begleitet hatte. Es war ihr einfacher erschienen, die Nase in ihre Lieblingsbücher zu stecken und ihre Strafe in der Hoffnung abzusitzen, dass sie sie so schnell wie möglich hinter sich haben würde: drei Monate bezahlten Urlaub von der Arbeit.

Die meisten Menschen hätten ein solches Urteil mit Handkuss entgegengenommen. Aber die meisten Menschen versuchten auch nicht, einen toten Verlobten zu vergessen und mit dermaßen komplizierten Gefühlen klarzukommen wie denen, die sein Tod noch immer in ihr hervorrief, auch jetzt noch, mehr als ein Jahr nach dem Autounfall, der ihn aus diesem Leben ins nächste befördert hatte.

»Ich verurteile dich ja gar nicht. Ich mache mir nur Sorgen. Das weißt du. David hat dir übel mitgespielt. Und als er gestorben ist, hast du all deine Gefühle vergraben und so zu tun versucht, als hätte sein Tod dich nicht getroffen.«

Leider konnte Sophia das nicht abstreiten. Sie hatte genau das Gegenteil von dem getan, was sie in den sechs Jahren Ausbildung zur Therapeutin und zahllosen Praxisstunden gelernt hatte. »Das weiß ich alles. Aber die Therapie bei Cindy war genau das Richtige, um all das zu verarbeiten. Mir geht es jetzt besser.«

Jedenfalls würde das so sein, sobald sie wieder festen Boden unter den Füßen hatte. Und dafür musste sie in ihren geregelten Arbeitsalltag zurückkehren. »Das hier ist wichtig für mich.« Sophia machte eine Handbewegung, die den Raum umfasste. »Etwas zu tun, was mir vertraut ist. Mich zu beschäftigen.« Anderen Menschen zu helfen. Mom sagte immer, das sei die beste Methode, dem eigenen Gedankenkarussell zu entkommen – und Sophia war es wirklich leid, sich in ihrem zu drehen.

Joy rieb sich die Stirn. Offenbar war sie noch nicht fertig, trotz aller Einwände, die sie in den letzten Wochen bereits vorgebracht hatte. »Ich fürchte nur, dass die Arbeit hier etwas auslöst …«

»Ich weiß deine Fürsorge zu schätzen, Joy. Wirklich. Aber vertrau mir bitte.« Sophia stand auf und straffte die Schultern. »Wie es aussieht, kommt meine Klientin um neun Uhr, also muss ich in mein Büro und mich vorbereiten.« Sie ging zur Tür und drehte sich noch einmal um. »Ohne dich hätte ich längst den Verstand verloren. Aber jetzt bin ich so weit. Ich schaffe das.«

Joys Lächeln wirkte etwas gezwungen. »Okay.«

Sophia durchquerte den Flur und kramte in ihrer Handtasche nach dem Schlüssel. Sie schloss die Tür auf und schaltete das Licht an. Der muffige Geruch abgestandener Luft schlug ihr entgegen, zusammen mit einem letzten Hauch ihres Apfel-Zimt-Raumdufts. Jemand hatte alle Unterlagen von ihrem Schreibtisch geräumt. Sophia setzte sich auf ihren Stuhl und fuhr zum ersten Mal seit Monaten ihren Computer hoch.

Während sie wartete, dass ihr E-Mail-Programm startete, sah sie sich im Büro um. In der Ecke stand die bequemste Couch, die sie jemals besessen hatte. Ein Gefühl von Stolz stieg in ihr auf, als sie ihre Master-Urkunde und das Zertifikat betrachtete, das sie als lizenzierte Therapeutin in Arizona auswies. Was auch immer geschah – das konnte ihr niemand nehmen.

Schließlich streckte Sophia die Hand aus und griff nach dem Bilderrahmen, der dort stand, seit sie vor einem halben Jahrzehnt angefangen hatte, hier zu arbeiten. Zuerst hatte ein Foto ihrer kleinen Familie darin gesteckt – nur sie und Mom. Dann hatte sie es vor ein paar Jahren gegen ein Verlobungsbild ausgetauscht, nur vier Monate, nachdem sie David kennengelernt hatte. Darauf trug er sie huckepack. Ihre langen schwarzen Haare flossen um ihre Schultern und ihre blauen Augen waren voller Vertrauen und Liebe, während sie die Arme um ihn schlang und er sie festhielt. Zwischen ihnen hatte ein Gewirr aus Liebe und Besessenheit geherrscht, das sich immer weiter zugespitzt hatte, seit sie ihn im Café zum ersten Mal gesehen und er sie tatsächlich irgendwie bemerkt hatte.

Mit seinen braunen Augen starrte er sie aus dem Bild heraus an. Sie hatten sie vom ersten Blickkontakt an angezogen, als wäre er eine Sirene und sie Odysseus. Sein entspanntes Lächeln und das dichte dunkle Haar hatten ihm eine gewisse Ähnlichkeit mit Patrick Dempsey verliehen und sein unfehlbarer Geschmack in Sachen Kleidung war ein Zeugnis des Reichtums gewesen, mit dem er aufgewachsen war.

Sie hatte sich Hals über Kopf in ihn verliebt. Die unscheinbare Sophia Barrett hatte sich einen Prinzen geangelt, einen Mann, den alle Frauen wollten.

Zumindest war er äußerlich ein Prinz gewesen. Innerlich hatte die Sache ganz anders ausgesehen.

Sophia öffnete eine Schreibtischschublade und schob das Foto hinein. Na also – ein Fortschritt.

Sie arbeitete sich durch eine Menge E-Mails, bis Kristin anrief und Bescheid gab, dass ihre Klientin eingetroffen war.

Puh, sie hasste diese Nervosität! Aber die würde bestimmt verschwinden, sobald sie ihre eigenen Emotionen beiseiteschob und sich auf jemand anderen konzentrierte.

Sophia holte tief Luft und ging ins Wartezimmer. »Patty Smith?«

Eine unscheinbare Frau, die Sophia auf Ende dreißig schätzte, stand auf. Schlaffes braunes Haar fiel ihr ins Gesicht und über die hängenden Schultern. »Hier«, antwortete sie mit piepsiger Stimme.

Sophia streckte die Hand aus. »Freut mich, Sie kennenzulernen! Ich bin Sophia Barrett.«

Die Frau wich ihrem Blick aus, gab ihr aber die Hand und murmelte ebenfalls eine Begrüßung.

Sophia ging voran zu ihrem Büro und ließ sie eintreten. »Bitte setzen Sie sich doch.«

Patty nahm auf der vorderen Sofakante Platz. Ihre Statur war kaum zu erahnen, weil sie einen viel zu großen Pullover trug. In Phoenix. Ende Mai. Ihre Füße steckten in Sneakers und wippten hektisch auf dem Teppichboden auf und ab.

Sophias Herz zog sich zusammen. »Ich nehme meine Sitzungen gerne auf, damit ich mir nicht so viele Notizen machen muss, während Sie hier sind.« Sie achtete darauf, dass ihre Stimme weich klang, so als wollte sie ein Kind beruhigen, aber nicht herablassend. »Ist das für Sie in Ordnung, Patty?«

Pattys Blick wirkte gehetzt. »Ich will nicht, dass irgendjemand erfährt, dass ich hier war.«

Die Art, wie sie »irgendjemand« betonte, jagte Sophia einen Schauer über den Rücken. Und plötzlich kannte sie den Grund für Pattys Verhalten. Den Grund, warum sie hier war.

Hatte Joy das gewusst, als sie Sophia diese Klientin zugeteilt hatte? So grausam wäre ihre Freundin doch nicht, oder? Aber vielleicht wollte sie Sophia prüfen und sich vergewissern, dass sie wirklich so weit war, wie sie behauptete.

»Niemand außer mir wird sich diese Bänder jemals anhören. Das verspreche ich.« Die Worte blieben ihr fast im Halse stecken.

Patty zog an einem ihrer langen Ärmel. »Okay.«

»Super.« Sophia drückte auf die Aufnahmetaste ihres Diktiergerätes. »Was halten Sie davon, wenn wir uns erst mal ein bisschen besser kennenlernen? Ich heiße Sophia und bin seit acht Jahren Therapeutin. Davon habe ich die letzten fünf Jahre hier bei *LifeSong* gearbeitet. Ich habe eine Katze namens Gigi, ich gehe gern in den Park, wenn es nicht gerade tausend Grad heiß ist, und ich liebe britische Literatur. Und Sie?«

Die Frau seufzte. Eine ganze Reihe von Emotionen huschte über ihre Züge, bevor ein Ausdruck der Entschlossenheit die Oberhand gewann. »Ich heiße Patty. Seit elf Jahren bin ich mit Jack verheiratet. Wir haben zwei kleine Kinder, Turner und Sabrina. Ich bin zu Hause bei ihnen und Jack arbeitet auf dem Bau.«

»Und was machen Sie zur Entspannung?«

»Entspannung?« Patty wirkte völlig verwirrt, als hätte ihr noch nie jemand diese Frage gestellt. »Ich ...« Sie unterdrückte ein Schluchzen. »Tut mir leid.«

»Sie müssen sich nicht entschuldigen. Das hier ist ein geschützter Raum.« Sophia zog ein Papiertaschentuch aus einer Schachtel neben ihrem Sessel und beugte sich vor, um es Patty zu reichen.

»Geschützt. Was heißt das eigentlich?« Patty fuhr sich mit dem Taschentuch unter den Augen entlang und putzte sich dann die Nase. »Ich habe gelogen, als ich diesen Termin gemacht habe. Ich habe Ihrer Sekretärin erzählt, ich hätte eine Angststörung.«

Wieder spürte Sophia ein Frösteln. »Ach ja?« Es war das Einzige, was sie herausbrachte.

»Ich bin hier, weil ...« Pattys Hand zitterte. Sie rollte ihren Ärmel hoch und enthüllte mindestens ein Dutzend blaue Flecke, alle in unterschiedlichen Stadien der Heilung. »Deshalb.«

Sophias Magen zog sich zusammen. »Wer ...« Sie räusperte sich. »Wer hat Ihnen das angetan, Patty?«

»Ich bin sicher, er will das eigentlich gar nicht.« Patty zog den Ärmel wieder bis zum Handgelenk hinunter. »Aber wenn er trinkt, wird er einfach aggressiv.«

Tut mir leid, Kleines. Das war nicht wirklich ich. Der Scotch hatte mich völlig im Griff.

Nein. Die Erinnerungen durften sie nicht überwältigen. Nicht jetzt. Sophia schürfte tief in ihrem Inneren nach der Kraft, die sie in den letzten Monaten gesammelt hatte. Sie umklammerte ihren Stift ein wenig fester. »Ihr Mann?«

Ein kleines Nicken. »Er ist ein guter Vater. Und ein guter Ehemann. Meistens jedenfalls. Aber manchmal mache ich ihn wütend. Ich gebe mir natürlich Mühe, es ihm recht zu machen, aber vielleicht bin ich einfach nicht dankbar genug für das, was ich habe, wissen Sie?«

Ich habe dich immer geliebt, du undankbares –

»Das nennt man Täter-Opfer-Umkehr, Patty. Sagen Sie, glauben Sie diese Dinge wirklich?« Die Worte hinterließen ein Brennen auf ihrer Zunge. Wie konnte sie so etwas fragen? Schließlich hatte sie sich von David einreden lassen, ihn zu lieben. Er hatte ihre Verletzlichkeit ausgenutzt und die Tatsache, dass sie sich zu sehr auf ihre Ausbildung und dann auf die Arbeit konzentriert hatte, um mit Männern auszugehen und echte Liebe zu erleben. Und dann war sie bei ihm geblieben, selbst als er anfing, sie kleinzumachen, erst manchmal, dann die ganze Zeit, bis ihr Selbstbewusstsein gegen null ging und ihre Gefühle ganz ausgefranst waren. Und obwohl er sie nur einmal geschlagen hatte, direkt vor seinem Tod – wie konnte Sophia hier sitzen und diese Frau fragen, ob sie die Lügen glaubte, die ihr Mann ihr erzählte? Denn *sie* hatte sie ja selbst geglaubt, trotz all dem, was ihre Fachbücher sie gelehrt hatten.

Heuchlerin.

Patty zuckte mit einer Schulter. Dann beugte sie sich vor. »Ich weiß nur, dass ich so nicht weiterleben kann. Neulich habe ich sogar gedacht –« Wieder entfuhr ihr ein Schluchzer.

»Was haben Sie gedacht, Patty?« Die Worte klangen gepresst, aneinandergereiht aus reiner Verzweiflung. Sophia spürte den Schmerz körperlich, er drang ihr bis in die Knochen.

»Ich wünschte ... ich wünschte, er wäre tot.«

Nun schlug die Flut von Erinnerungen über Sophia zusammen, und mittendrin Davids Stimme. Beschuldigungen, Fäuste, hässliche Worte – alle gegen sie gerichtet.

Die Kraft, die sie auf ihrem Stuhl gehalten hatte, verließ ihren Körper.

Sie konnte nicht hierbleiben. Sie konnte dieser Frau nicht helfen. Sie konnte ja nicht einmal sich selbst helfen.

»Es tut mir leid, Patty. Ich ... ich muss gehen.«

Sophia stand auf und stürzte zur Tür hinaus.

2. Kapitel

Ginny

Ein beachtlicher Teil ihrer Zukunft hing an dem Zucken eines Augenlides.

Ginny Rose faltete die Hände im Schoß. In dem kleinen Büro, in dem sie Reginald Brown gegenübersaß, war es trotz der kühlen Maitemperaturen draußen stickig. Ein kleiner Schweißtropfen rann ihr über die Schläfe. Vielleicht hätte sie ihre langen braunen Haare zu einem Knoten hochstecken sollen, wie ihre Mutter es getan hätte. Aber wenn möglich vermied sie es mittlerweile, irgendetwas so zu machen wie Mariah Bentley.

Nicht, dass es eine Rolle gespielt hätte, wie professionell und erwachsen sie aussah. Zwar hatten die Menschen in Port Willis sie vor fünf Jahren als eine der Ihren aufgenommen, als sie Garrett Rose von Amerika nach Cornwall gefolgt war, aber dies war eine Kleinstadt. Mr Brown kannte ihre Situation, egal, wie positiv sie die Lage darzustellen versuchte.

Er räusperte sich, während er ihren Kreditantrag studierte, den er vor sich liegen hatte. »Es tut mir leid, dass ich nicht die Gelegenheit hatte, den Antrag früher zu prüfen. Meine Sekretärin hat Sie aus Kulanz noch in letzter Minute dazwischengeschoben.«

»Das verstehe ich. Und danke. Noch mal.«

Seine langen knochigen Finger trommelten auf dem Rand des mehrseitigen Dokuments, dann rückte er seine Brille zurecht und seine nach unten gerichteten Mundwinkel verzogen sich zu einem kritischen Ausdruck.

Hauptsache, sein Lid zuckte nicht. Ihrem Schwager William zufolge – der hier aufgewachsen war und Mr Brown schon sein

Leben lang kannte – konnte sie einpacken, wenn das geschah. Und an diese Möglichkeit wollte sie nicht einmal denken. Wie sollte *Rosebud Books* ohne diesen Kredit überleben?

Obwohl die eigentliche Frage lauten sollte, wie es überhaupt zu der Misere hatte kommen können. Wie viel davon war ihre eigene Schuld – und wie viel ging auf Garretts Konto? Er war immer für die Finanzen zuständig gewesen, trotz der Wirtschaftskurse, die Ginny drei Jahre lang absolviert hatte, bevor sie Harvard verlassen hatte. Zahlen waren noch nie ihre Leidenschaft gewesen, deshalb hatte sie überhaupt nichts dagegen gehabt, diesen Organisationsbereich der Buchhandlung ihm zu überlassen. Vielleicht war das ein Fehler gewesen. Oder vielleicht hatte sie in den sechs Monaten, die er bereits fort war, einfach zu viel ausgegeben.

Wie peinlich ihren Eltern das wäre, wenn sie davon wüssten. Nicht, dass sie überhaupt etwas hätte tun können, um sie noch mehr zu »demütigen«, wie ihre Mom es formulierte. Sie hatte sich längst entschieden, die Dinge anders zu machen als ihre Geschwister Sarah und Benjamin, die in die Fußstapfen ihrer Eltern getreten waren – sie als gut verdienende Anwältin, er als Vizepräsident einer Tochtergesellschaft des väterlichen Unternehmens.

Ginny hatte unbewusst mit dem Bein zu wippen begonnen. Sie wandte ihre Aufmerksamkeit dem Panoramafenster hinter Mr Brown zu. Von hier aus konnte sie die High Street sehen. Die vorhin noch ruhige Hauptstraße war jetzt von dem geschäftigen Neun-Uhr-Treiben erfasst worden. Nebenan schlug das urige Holzschild der Bäckerei gegen die geweißte Verkleidung. Offenbar zog mal wieder ein Wind von den Klippen herauf. Sie stellte sich vor, wie er durch die schmalen Gassen pfiff.

Das Schweigen wurde allmählich so drückend wie die Luft in diesem Büro.

»Mr Trengrouse hat heute etwas Neues gebacken.« Ginny konnte die Worte einfach nicht zurückhalten. Sie brachen aus ihr heraus, als hätte sich ihre Zunge verselbständigt. »Eine Art Rosinencroissant mit Zuckerguss. Ich kann nach nebenan gehen und Ihnen eins holen, wenn Sie möchten.«

Die Antwort bestand in einer hochgezogenen Braue. Aber kein Augenlidzucken. Noch nicht. »Nein danke, Mrs Rose. Ich brauche nichts.« Mr Brown widmete sich wieder ihrem Antrag.

Das Dokument wirkte auf Ginny irgendwie verletzlich, wie es dort strahlend weiß auf dem dunklen Braun seines Schreibtischs lag, den sie als einen Huntington identifizierte. Ihr Vater hatte in seinem Arbeitszimmer in Boston so einen.

Die Geschäfte der Bank mussten angesichts der jüngsten Rezession in Port Willis und vielen anderen Dörfern an der Nordküste Cornwalls gut laufen. Sie konnte unmöglich die einzige Geschäftsinhaberin sein, die dringend einen Kredit brauchte. Aber vielleicht war sie die Einzige, die so dumm war, nicht aufzugeben, obwohl die Lage praktisch aussichtslos war.

Ginny strich über den Saum des Shirts, das sie unter ihrem Blazer trug, ein Geschenk ihrer Mutter, das seinen Weg in den Koffer gefunden hatte, als sie Garrett in diese winzige Stadt gefolgt war. Eine Falte in dem dunkelgrünen Stoff war geblieben, obwohl sie schon dreimal versucht hatte, sie wegzubügeln. Ihre Mutter hätte das Haus nie in einem solchen »Zustand der Unordnung« verlassen.

Ginnys Bein wippte immer schneller, und als ihr Knie an die Schreibtischkante stieß, unterdrückte sie ein Stöhnen.

Mr Brown sah sie an. »Ist alles in Ordnung, Mrs Rose?«

Sie hatte das Gefühl, dass er nicht nur nach ihrem Knie fragte.

»Ja, alles gut.« Ginnys Grinsen geriet wahrscheinlich eher zu einer Grimasse. »Ich bin nur besorgt, wie Ihr Urteil ausfällt.«

»Ich bin doch kein Richter.«

War ihm nicht klar, dass er genau das war? Sein Ja oder Nein hatte nicht nur Folgen für Ginny. Immerhin war es auch Garretts Buchhandlung – ihr gemeinsamer Traum. Na ja, eigentlich eher seiner, aber sie hatte sich ganz in die Sache hineingestürzt und der Laden war ihr gemeinsames Baby geworden, was ein Segen war, weil sie noch keine eigenen Kinder hatten bekommen können.

Wenn sie die Buchhandlung aufgab, was sagte das dann über den Zustand ihrer Ehe aus? Garrett hatte um etwas Zeit zum Nachdenken gebeten, und wenn er aus London zurückkam, bereit, an ihrer Seite nach vorn zu sehen, würde er nicht begeistert sein, wenn sie in der Zwischenzeit ihren gemeinsamen Traum hatte sterben lassen.

Natürlich wäre es hilfreich gewesen, wenn er nicht die Hälfte ihrer Konten leer geräumt hätte, bevor er gegangen war. Aber er würde einsehen, dass das ein Fehler gewesen war. Das musste er. Ihre Mutter konnte nicht recht haben, was ihn betraf.

»Hm.« Mr Browns tiefes Brummen zerkratzte die Stille im Raum.

Endlich nahm er seine Brille ab und seufzte. »Mrs Rose, wieso glauben Sie, dass dieser Kredit Sie weiterbringen würde? Ja, er könnte kurzfristig einige Ihrer Kosten decken, aber wie sieht Ihr langfristiger Plan für die Sanierung Ihres Unternehmens aus? Ich weiß, dass Sie die Unterlagen hier eingereicht haben, aber ich möchte es von Ihnen selbst hören.«

»Ich habe mir überlegt, wie ich zusätzlichen Gewinn machen und Schwung für einen zukünftigen Erfolg holen kann.« Sie skizzierte ihre Ideen, was leider nicht sehr lange dauerte. »Ich brauche nur eine kleine Starthilfe«, schloss sie. »Ein bisschen Spielraum, um die Wirtschaftsflaute zu überstehen, die uns alle getroffen hat. Ich habe mir die Zahlen angesehen und bin zuversichtlich, dass wir durch die zusätzlichen Einkünfte aus den geplanten Veränderungen den Kredit in Rekordzeit zurückzahlen können.«

Sie glaubte es beinahe selbst.

Mr Brown faltete die Hände auf dem Schreibtisch und beugte sich vor. Sein Stuhl quietschte bei der Bewegung. »Ich bin nicht sicher, was für Zahlen Sie durchgegangen sind, um zu diesem

Schluss zu gelangen, aber ich muss die Fakten betrachten, die mir vorliegen.«

Sein rechtes Lid – war das das Zucken? Ginny unterdrückte ein Stöhnen.

»Den Unterlagen zufolge sind die Gewinne von *Rosebud Books* in den letzten sechs Monaten drastisch zurückgegangen. Das ist sicher teilweise eine Folge davon, dass Port Willis in letzter Zeit weniger Touristen zu verzeichnen hat, aber …«

Oh, das war eindeutig ein Zucken.

Ginny drückte ihren Rücken gegen die Stuhllehne. »Aber was?«

»Nun, meine Liebe, der Zeitraum entspricht dem, in dem Sie die Buchhandlung allein geführt haben.«

Sie stöhnte innerlich auf. »Er kommt zurück.«

Hatte sie diese Worte wirklich laut ausgesprochen? Sie wünschte, sie könnte sich unter dem Tisch verstecken, im Erdboden versinken, sich mit einem Zauberwort in Luft auflösen. Nur weg hier, egal wie. »Ich meine, selbstverständlich war ich etwas … überrascht von den Umständen, in denen ich mich plötzlich wiedergefunden habe. Aber ich weiß, dass ein Kredit genau das ist, was ich brauche, um weitermachen zu können.«

Mensch, klang das verzweifelt! Dieser Mann hatte keinen Grund, ihr zu helfen. Obwohl sie seit fünf Jahren in dieser Stadt lebte, hielten manche Leute sie zurzeit merklich auf Abstand, nachdem Garrett vorübergehend nach London gezogen war. Immerhin war er der Liebling des Orts und natürlich zog manch einer die Schlussfolgerung, dass sie ihn in die Flucht geschlagen hatte. Vielleicht gehörte Mr Brown zu diesen Personen.

»Hören Sie.« Mr Browns graue Augenbrauen zogen sich zusammen und er sog die Unterlippe ein wenig ein. Mehr brachte er an mitfühlendem Ausdruck nicht zustande. »Ich weiß, dass es für Sie nicht leicht ist. Aber ich führe ein Unternehmen und kann kein Geld verschenken. Ich fürchte, ich kann Ihnen diesen Kredit nicht geben.«

Das Stöhnen entwich Ginnys Lippen; es hörte sich roh und erbärmlich und peinlich an. »Was kann ich sagen, damit Sie Ihre Meinung ändern?«

Mr Browns Lid zuckte schneller. Aber Moment mal … zuckte das linke jetzt auch noch? Das war schlecht. Ganz schlecht.

»Es tut mir leid, Mrs Rose. Ich habe mich entschieden. Vielleicht sollten Sie aufgeben und nach Hause zurückgehen, wo Sie hingehören.«

3. Kapitel

Sophia

»Kann ich Ihnen helfen?«

Sophia riss den Blick von den Bücherreihen in dem deckenhohen Regal los und sah sich einer Teenagerin in rotem T-Shirt gegenüber. Sie trug ein Schild mit der Aufschrift: »Ich heiße Lauren und meine Lieblingsautorin ist Rae Carson.« Laurens Gesicht war apfelförmig und unschuldig und sie sah Sophia mit einer Mischung aus Neugier und Betroffenheit an.

Kein Wunder, wahrscheinlich waren Sophias Augen furchtbar gerötet und die Wimperntusche völlig verschmiert nach all den Tränen. »Nein, danke, ich sehe mich nur um.«

Das Mädchen zog eine Braue hoch und nickte. »Sagen Sie einfach Bescheid, wenn Sie mich brauchen.« Sie schob ihren Bücherwagen weiter und verschwand damit aus Sophias Sichtfeld.

Plötzlich hatte sie das Bedürfnis, Lauren hinterherzulaufen und ihr das Versprechen abzunehmen, da draußen vorsichtig zu sein, sich nicht an den ersten Typen mit einem süßen Lächeln zu verschwenden und …

Ach, du liebe Güte. *Reiß dich zusammen, Sophia!*

Sie wandte sich wieder dem Regal mit den Romanen von Robert Appleton zu und fuhr mit den Fingerspitzen über die Rücken ihrer Lieblingsbücher: *Mondlicht überm Moor, Das Flüstern der Klippen, Der gewundene Weg.* Obwohl sie natürlich alle selbst zu Hause hatte, die Einbände abgegriffen und die Seiten voller Post-its, die ihre Lieblingsstellen markierten, kam sie gern hierher und bewunderte die noch ungelesenen Exemplare. Etwas an diesen Büchern berührte sie und die starken Heldinnen darin gaben ihr Hoffnung. Diese Frauen fanden trotz aller Widrigkeiten Liebe und Glück.

Sie nahm *Mondlicht* heraus, an dem sie zurzeit las, und ging damit zu der Sitzecke aus zu prall gepolsterten Ledersesseln vorne im Laden.

Das Geschäft war relativ leer, was an einem Dienstag um elf Uhr vormittags nicht wirklich überraschend war. Ein paar Studenten mit Kopfhörern saßen an den hölzernen Tischen des kleinen Bistros vor ihren Laptops. Zwei Mütter mit Kleinkindern in Buggys unterhielten sich bei eisgekühlten Getränken, die Haare in unordentlichen Knoten aus dem Gesicht gebunden, Flipflops von den Füßen baumelnd. Ein Geruch von Kaffee und Wein lag in der Luft.

Sophia ging zu ihrem Lieblingssessel am Fenster und machte es sich bequem. Dann schlug sie das Buch auf, das sie in der Hand hielt, und suchte das Kapitel, bei dem sie aufgehört hatte. Es dauerte nicht lange und sie war wieder in die Geschichte eingetaucht, in den Klang der Wellen Cornwalls, die an die Klippen schlugen, in die Gedanken von Julia, deren Hand das lange Gras berührte, während sie durchs Moor lief und über Martins Liebeserklärung nachdachte.

All das war ihr so vertraut und beruhigte sie.

»Du weißt, dass du beim Lesen die Lippen bewegst, oder?«

Sophia sah erschrocken auf und das Buch entglitt ihr. Joy ließ sich in den Sessel neben ihr fallen.

»Was machst du denn hier?« Sophia beugte sich vor und hob den Roman vom Boden auf.

»Du kommst immer hierher, wenn dir etwas zu schaffen macht.«

Wirklich? Wenn sie so darüber nachdachte, hatte Joy recht. Hier in die Buchhandlung zu kommen, fühlte sich besser an, als zu Hause zu sein. Die Bücher hatten etwas an sich – sie sprachen zu ihr, egal, ob sie beinahe zweihundert Jahre alt waren oder nagelneu. Jedes von ihnen hatte etwas zu sagen und sie sehnte sich danach, die Weisheit in sich aufzusaugen, die an den geheimen Orten auf jeder Seite verborgen war. Die Tinte floss förmlich vom Papier direkt in ihre Seele.

»Hast du gehört, was ich gesagt habe?«, durchbrach Joys Stimme ihre träumerischen Gedanken.

»Nein, tut mir leid.«

»Ich habe gefragt, was heute passiert ist. Ich kam aus meiner Neun-Uhr-Sitzung und Kristin erzählte mir, du seist nach zehn Minuten mit deiner Klientin rausgerannt. Ohne ein Wort zu irgendwem. Ich musste meinen Zehn-Uhr-Termin wahrnehmen und habe Kristin dann gebeten, meinen Kalender für die nächsten paar Stunden freizuräumen.« Joy spielte an ihrem riesigen orangefarbenen Creolen-Ohrring herum.

Einen Augenblick lang überlegte Sophia, ob sie lügen sollte. Joy würde sie niemals wieder in die Praxis lassen, wenn sie die Wahrheit sagte. Aber außer ihrer Mutter gab es keinen Menschen, dem sie so sehr vertraute wie Joy, und das wollte Sophia ihrer Freundin nicht mit Unehrlichkeit danken. »Ich habe Panik bekommen. Meine Klientin … Sie wurde misshandelt.«

Joys Finger erstarrten. »Nein, sie hat gesagt, dass sie unter Ängsten leidet. Ich dachte … dann hat sie also gelogen. Oh, Soph, das tut mir so leid!«

»Ist schon gut. Das konntest du ja nicht wissen.«

In der Nähe fing eines der Kinder in seinem Buggy an zu weinen. Mit einer Hand machte die Mutter das kleine Mädchen los und zog es auf ihren Schoß, wo die Kleine sich zufrieden mit der Strohhalmverpackung beschäftigte, während die Mutter ihre Unterhaltung fortsetzte.

»Komm, ich brauche einen Kaffee.« Joy stand auf und zog Sophia am Arm, um sie zum Aufstehen zu bewegen. Dann nahm sie den Roman und legte ihn auf das Regal für neue Lieferungen, bevor sie Sophia mit einem gutmütigen Grinsen den Ellbogen in die Rippen rammte. »Deine Besessenheit mit diesen Romanen wird langsam echt extrem.«

Mit sanftem Druck schob sie Sophia zum Bistro, in dessen Zentrum sich eine hölzerne Theke befand. Weingläser hingen an einem Gitter von der Decke und bildeten einen kristallenen Heiligenschein über dem Kopf des Barista, der Bestellungen für Kaffee und Kuchen entgegennahm. Eine glänzende Espressomaschine stand auf der Arbeitsplatte hinter ihm.

Joy bestellte einen Eiskaffee, Sophia wollte ihren Kaffee heiß und schwarz. Als die Getränke fertig waren, wählten sie einen kleinen Tisch in der Ecke aus, um einigermaßen ungestört zu sein.

Sophia trank einen ersten Schluck aus ihrer Tasse und verbrannte sich prompt die Oberlippe. »Ich weiß, dass ich dich enttäuscht habe.« Was sollte sie noch dazu sagen?

»Das ist Unsinn. Du warst einfach noch nicht so weit.«

»Das ist dann wohl jetzt der Moment für dein ›Ich hab's dir gesagt‹.«

Joy nahm ihre Hand und drückte sie. »Beste Freundinnen sagen so was nicht. Und ich wollte ja auch gar nicht recht haben. Du musst selbst noch eine Menge verarbeiten, bevor du anderen helfen kannst, dasselbe zu tun. Sonst ist der Schmerz dieser Menschen zu groß. Er hängt sich an dich und droht, dich runterzuziehen. Wenn du noch all deinen eigenen Schmerz mit dir herumträgst …«

Allein schon das Bild gab Sophia das Gefühl, keine Luft mehr zu bekommen. Sie legte die Finger um ihren Becher. »Ich dachte *wirklich*, ich wäre bereit. Und jetzt frage ich mich, ob ich es jemals sein werde. Ich meine, welche Klientin will von einem Opfer häuslicher Gewalt beraten werden? Das ist doch absurd.« Auch sie hatte sich an falschen Entschuldigungen festgehalten, als es passiert war. Sie hatte die Misshandlung in ihrem Herzen verschlossen und sich eingeredet, sie wäre nicht real. Die Liebe zwischen David und ihr wäre die Wirklichkeit.

Sie hatte niemandem davon erzählt, als David noch lebte. Und nach seinem Tod hatte niemand außer Mom und Joy – und inzwischen Cindy – davon erfahren. Alle dachten immer noch, der Grund für ihren Zusammenbruch wäre der Verlust selbst gewesen und nicht die merkwürdige Mischung aus extremer Erleichterung und überwältigender Trauer, die sie seitdem empfunden hatte.

»Hey.« Joy wartete, bis Sophia sie ansah. »Du wirst das hinter dich bringen. Und wenn es so weit ist, dann wirst du so viel Wissen und Empathie für diese Frauen haben, dass du die beste Therapeutin sein wirst, die sie sich wünschen können. Aber bis dahin solltest du vielleicht einen Rat von mir annehmen.«

»Und was ist das für ein Rat?«

»Derselbe, den ich dir schon einmal gegeben habe: Schreib deine Geschichte auf.« Ihre Freundin hatte Sophia zu diesem Zweck sogar ein wunderschönes Notizbuch geschenkt.

»Nein. Ich habe dir doch schon gesagt, dass ich das nicht kann. Der Gedanke, die Worte zu Papier zu bringen … das könnte ich einfach nicht.« Die Vorstellung, den Schmerz, den sie erlebt hatte – ihre Verwirrung, ihre Schuldgefühle, einfach *alles* –, schwarz auf weiß vor sich zu haben, schnürte ihr die Kehle zu.

»Aber ist das nicht oft genau die Strategie, die so vielen unserer Klientinnen hilft, eine Wende herbeizuführen? Klar, das geht nicht von jetzt auf gleich, aber wenn du es aufschreibst, kannst du dich nicht davor verstecken. Es bedeutet, dass du dich nicht mehr selbst belügen kannst.«

»Glaubst du, das mache ich?«

Joy zuckte mit den Schultern. »Ich weiß, dass du unbedingt stark sein willst, obwohl du es nicht sein musst. Er ist nicht mehr hier und kann dir nicht mehr wehtun.«

»Du verstehst das nicht. Er *ist* immer noch hier. Wohin ich auch gehe, spüre ich ihn – wie einen Geist, den ich nie loswerden kann. Seine Stimme in meinem Kopf. Seine Worte, die unauslöschlich in mein Herz gebrannt sind.«

»Also fliehst du in deine Romane.«

»Nein, das ist nicht … Ich weiß nicht, vielleicht. Aber die Therapie hilft mir, wenn auch vielleicht langsamer, als ich gehofft hatte.«

»Deine Geschichte ist es wert, erzählt zu werden, Soph.«

Die Worte ihrer Freundin stachen direkt in Sophias geschundenes Herz. Aber sie hatte wahrscheinlich recht. Sollte Sophia nicht bereit sein, alles zu versuchen, wenn auch nur die geringste Chance bestand, dass sie sich dann nicht mehr auf andere verlassen musste und endlich wieder die unabhängige Frau werden konnte, die sie immer gewesen war … vorher? »Also gut. Ich versuche es.«

»Und noch etwas.« Joy legte eine Hand auf Sophias Arm. »Es wird dir nicht gefallen, aber du musst dir noch länger freinehmen. Für mindestens zwei oder drei Monate. Vielleicht sogar den ganzen Sommer.«

Diese Empfehlung war mehr als begründet. Sophia wusste das.

Obwohl sie sich unwillkürlich fragte, ob sie *jemals* wieder stark genug sein würde, um einem anderen Menschen zu helfen.

4. Kapitel

Ginny

»... nach Hause zurück, wo Sie hingehören.«

Bei jedem Schritt, den sie die High Street hinunterging, hämmerten Mr Browns Worte in Ginnys Kopf. Der Geruch von Fisch und Salz durchdrang die Luft immer mehr, je näher sie dem Hafen kam. Ihr Magen zog sich zusammen, während sie an den Galerien mit den bunten Werken lokaler Künstler vorbeiging, an den Pubs, die Met und Gebäckspezialitäten aus der Region anboten, und an den hübschen kleinen Lädchen, deren Kundschaft fast ausschließlich aus Touristen bestand. In wenigen Wochen würde die offizielle Sommersaison beginnen und die gewundenen Straßen von Port Willis würden sich mit Besuchern füllen, die etwas von dem Zauber Cornwalls einfangen wollten.

Sie würden auch in ihre Buchhandlung kommen, vielleicht auf der Suche nach einer schönen Urlaubslektüre oder einem Geschenk – aber würde ihr Laden dann überhaupt noch geöffnet sein?

»... nach Hause zurück, wo Sie hingehören.«

Verstand Mr Brown denn nicht? Ginny wusste nicht, ob es einen solchen Ort überhaupt gab. Sie hatte gedacht, ihr Zuhause wäre in Garretts Armen, aber jetzt ...

Nein, sie konnte nicht aufgeben. Denn was sollte sie dann tun? Es würde bedeuten, dass die Richtung, die sie mit ihrem Leben eingeschlagen hatte, sie in eine Sackgasse geführt hatte. Und dann hätte sie alles Wohlwollen ihrer Eltern für den falschen Weg aufgebraucht.

Als Ginny weiterging, gab eine Lücke zwischen den Gebäuden

einen spektakulären Blick auf die Klippen frei. Entlang der von Wellen bestürmten Küste wogte das Gras wie ein Freund, der sie einlud, ihre unbequemen Pumps abzustreifen und hindurchzulaufen.

Aber stattdessen wandte sie den Blick wieder der Straße zu, die langsam zum Tal hin abfiel. Die Häuser mit ihren Fassaden aus Granit und Schiefer schienen um sie herum größer zu werden. Der Hafen war nicht weit – und dort, zwischen dem frisch renovierten Töpferklub und Lorettas gemütlichem Bed & Breakfast stand *Rosebud Books* Wache. Garrett und sie hatten sich gleich in das Ladenlokal aus dem achtzehnten Jahrhundert verliebt, das mehrere Jahre leer gestanden hatte, nachdem die letzten Besitzer der Buchhandlung beschlossen hatten, sich in Irland zur Ruhe zu setzen. Die Miete war erschwinglich und die Hauseigentümer hatten sich gefreut, endlich Nachfolger gefunden zu haben. Zusammen hatten Garrett und sie viel Schweiß und Liebe in diesen Ort investiert, ihn hergerichtet und ihm ihren eigenen Stempel aufgedrückt.

Eine Träne kullerte über Ginnys Wange. Nicht schon wieder! Sie durfte sich nicht auf den Kummer konzentrieren und auf die Dinge, die sie nicht in der Hand hatte. Alles, was sie tun konnte, war, auf eine bessere Zukunft hoffen. Schnell fuhr sie sich mit der Hand über die Wange und griff dann in ihre Tasche, um den Schlüssel herauszuholen. Als sie die Tür mit den hängenden Pflanztöpfen zu beiden Seiten aufschloss, wurde sie von dem fröhlichen Klang der Glocke über ihrem Kopf begrüßt.

Der Geruch alter Bücher empfing sie und erinnerte sie ein bisschen an die Bibliothek auf Wingate, dem Anwesen ihrer Familie in Nantucket. Es kam ihr wie eine Ewigkeit vor, dass sie zuletzt dort gewesen war.

Ginny schaltete das Licht ein und leerte ihre Handtasche auf dem Tresen aus, einem großen Möbelstück aus Eichenholz, das Garrett selbst gebaut hatte. Sein Vater war Zimmermann gewesen und hatte seine Liebe zur Arbeit mit Holz an seinen jüngsten

Sohn weitergegeben. Er hatte nicht viel Geld gehabt, doch nach seinem Tod war der Erlös vom Verkauf des Hauses und seiner Habseligkeiten an die beiden Söhne gegangen und Garrett hatte seinen Anteil als Startkapital für die Buchhandlung verwenden können.

Ginny fuhr mit ihren Fingern über die Holzplatte, spürte die Dellen und Risse darin – unvollkommen, aber schön, mit Liebe erschaffen.

Sie ließ die geballte Faust auf den Tresen niedersausen. Ein stechender Schmerz zog durch ihre Handkante und sie unterdrückte einen Fluch.

»Gin?«

Sie riss den Kopf hoch. »William?« Wieso hatte sie ihren Schwager nicht kommen hören? »Was machst du denn hier?« Sie schüttelte ihre Hand aus und zog eine Grimasse.

»Ich wollte nach dir sehen. Ist alles in Ordnung?« Er schloss die Tür hinter sich und kam auf sie zu. Garrett und er sahen einander so ähnlich – gut gebaut und schlank, aber nicht zu muskulös, die Nase ein wenig nach oben geschwungen, dazu dunkelblonde, kurz geschnittene Locken. Heute trug er die Brille mit dem dunklen Gestell, mit der er wie der Literaturprofessor aussah, der er war.

»Ja, alles okay.« Ihre Hand pochte zwar heftig, aber hey …

»Du siehst nicht so gut aus.«

»Genau das Kompliment, das jede Frau gerne hört.« Sie versuchte sich an einem schiefen Grinsen, um ihm zu signalisieren, dass seine Besorgnis unbegründet war. Leute, denen es nicht gut ging, machten schließlich keine Witze, oder?

Aber William war eindeutig nicht zu Scherzen aufgelegt. Er verschränkte die Arme. »Was ist passiert? Hast du geweint? Hat Garrett …«

»Nein. Ich habe nichts von ihm gehört.« Seit Wochen nicht. »Ich habe einen Kredit bei *Brown & Brothers* beantragt. Mr Brown hat den Antrag abgelehnt.«

William stöhnte. »Oh nein, das tut mir leid!«

Sie dehnte ihre Finger. Allmählich wich der stechende Schmerz einem dumpferen. »Ich schaff das schon.« Entschlossen, weiteren Fragen aus dem Weg zu gehen, griff sie nach einem alten Lappen und der Flasche mit Möbelpolitur. Sie hatte die Regale seit … bestimmt einem Tag nicht mehr poliert. Ginny trat an das nächste heran, das sie mit ihren eins siebzig ein ganzes Stück überragte, drückte etwas von der Politur auf den Lappen und begann das Holz damit abzureiben.

»Wie schlimm steht es?«, ignorierte William ihren Wink mit dem Zaunpfahl. »Und sag nicht noch mal, dass alles ›gut‹ oder ›okay‹ ist.«

Verstand er nicht, dass sie sich nicht mit den Einzelheiten befassen konnte, wenn sie positiv bleiben wollte? »Es spielt keine Rolle. Du kannst mir sowieso nicht helfen.« Ginny bearbeitete das Regal, bis es im Sonnenlicht glänzte, das durchs Fenster fiel.

»Ich habe ein bisschen was gespart.«

»Nein. Das ist das Geld für dein Sabbatical.« William arbeitete seit Jahren als Professor in der nahe gelegenen Stadt Danby und genauso lange plante er schon diese Auszeit, in der er reisen und ein Buch schreiben wollte.

»Wir sind eine Familie. Was meins ist, ist auch deins. Vor allem, nachdem mein nutzloser Bruder dich auf dem Trockenen hat sitzen lassen.«

Ihre Hand erstarrte. »Er hat mich nicht auf dem Trockenen sitzen lassen, William. Er braucht nur etwas Zeit. Und ich versuche, sie ihm zu geben.« Natürlich hatte es Zeiten gegeben, in denen sie eingeknickt war und ihn doch angerufen hatte – wobei sie sich eingeredet hatte, sie wollte nur über die Zukunft der Buchhandlung reden und ihn nicht anflehen, nach Hause zu kommen.

Er hatte nie zurückgerufen.

Der Geruch der Möbelpolitur brannte in ihrer Nase, als sie noch etwas mehr davon auf dem Regal verteilte und rieb, was das Zeug hielt.

William presste die Lippen aufeinander. »Er hat dich nicht verdient. Ich kann immer noch nicht fassen, dass er dir das angetan hat.« Es rührte sie, dass er so energisch für sie Partei ergriff, auch wenn sie die Sache etwas anders sah. »Mein Bruder war nie der selbstloseste Mensch aller Zeiten, aber als er dich geheiratet hat, sah es aus, als hätte er sich geändert.«

»Ich habe ihn nie als egoistisch empfunden. Er war nur entschlossen, seine Träume zu verwirklichen.«

»Wie kannst ausgerechnet du ihn verteidigen?«

War das nicht offensichtlich? Garrett war alles, was sie hatte. Er … und diese Buchhandlung.

»Hast du inzwischen mit ihm geredet?«, fragte sie. Nach seinen anfänglichen Versuchen, Garrett zur Vernunft zu bringen, hatte William sich geweigert, überhaupt noch mit seinem Bruder zu kommunizieren.

»Nein.« William befingerte den Riemen seiner Umhängetasche. »Ich weiß, ich sollte, aber ich kann ihm einfach nicht verzeihen, dass er dich verlassen hat, Ginny. Es ist falsch.«

»Zum letzten Mal: Er hat mich nicht *verlassen*.« Warum glaubte ihr eigentlich niemand? Garrett hatte nicht die Scheidung eingereicht. Hätte er das nicht getan, wenn er nicht zurückkommen wollte? »Wir nehmen uns nur eine kleine Auszeit.«

»Eine Auszeit, in der er macht, was er will, und du hier das Geschäft allein am Laufen halten musst? Er drückt sich vor seiner Verantwortung. Und wozu?«

»Um sich selbst zu finden«, krächzte sie. Selbst sechs Monate später begriff sie es noch immer nicht. Garrett Rose war sich immer so sicher gewesen, wer er war und was er wollte. Als Mädchen, das immer genau das getan hatte, was ihre Eltern von ihr verlangten, hatte Ginny gegen seinen Charme keine Chance gehabt. Er war, wie sie immer hatte sein wollen, und er hatte sie dazu inspiriert, endlich ihren eigenen Weg zu gehen.

Ginny seufzte. »Er muss wissen, wer er ohne all das hier ist … auch ohne mich. Er hat mir versprochen, dass er zurückkommt, wenn er sich darüber klargeworden ist. Würde ich ihm gerne dabei helfen? Natürlich. Aber er hat mich gebeten, ihm diese Freiheit zu geben, also tue ich es.« Das hatte viel schroffer geklungen, als sie beabsichtigt hatte. Sie überlegte, ob sie sich entschuldigen sollte, drückte dann jedoch nur einen weiteren Schuss Politur auf den Lappen. Das Zischen der Flasche füllte die Stille. Ginny rieb, bis der Schmerz von ihrer Hand bis in den Arm zog.

»Es geht mir einfach nicht in den Kopf, wie er dir das zumuten kann.« William lehnte sich ans Regal. »Ich bete dafür, dass er einsieht, was er dir antut, und bald nach Hause kommt.«

Ginny hatte nie viel aufs Beten gegeben – so war sie nicht aufgewachsen –, aber die Geste war lieb gemeint. »Danke.« Mit einem weiteren Seufzen legte sie den Lappen ab und stellte die Flasche daneben. »Du bist wirklich ein guter Freund. Selbst meine eigenen Eltern würden gern sehen, dass ich scheitere, mit eingezogenem Schwanz nach Hause komme und zugebe, dass ich unrecht hatte.«

»Hast du mal darüber nachgedacht, sie um einen Kredit zu bitten?«

Das sarkastische Lachen, das über ihre Lippen kam, war messerscharf. »George und Mariah Bentley betrachten mich nicht mehr als ihre Tochter, bis ich ›zur Vernunft komme‹. Sie wissen noch nicht einmal, dass Garrett … dass die Dinge so sind, wie sie sind. Ich habe schon lange nicht mehr mit ihnen gesprochen. Es hätte keinen Sinn, sie um Geld zu bitten. Sie verweigern mir sogar den Zugriff auf mein Treuhandkonto, solange ich nicht ›kooperiere‹.«

»Welche Optionen bleiben dir? Wie lange kannst du den Laden noch über Wasser halten?«

Sollte sie ihm die Wahrheit sagen? Warum nicht, er würde es sowieso bald herausfinden, wenn sie die Buchhandlung schließen musste. »Sagen wir mal, meine Geldnot ist akut. Ich muss mir überlegen, wie ich zusätzlich etwas verdienen kann, und zwar pronto. Ein paar Ideen habe ich, aber keine Ahnung, ob sie etwas bringen oder nicht.«

»Zum Beispiel?«

»Ich habe eine Anzeige auf *B&B Today* geschaltet.«

»Der Website für Ferienunterkünfte?«

»Genau. Ich dachte, ich könnte die Wohnung über der Buchhandlung vermieten. Sie hat ein Schlafzimmer, ein eigenes Bad und eine kleine Kochnische. Und ich habe angegeben, dass die Miete niedriger wird, wenn die Person mir im Laden hilft. Dann brauche ich vielleicht keine Aushilfe einzustellen, wenn ich durchgängig Interessenten habe.«

»Interessanter Ansatz, mal was anderes. Und was hast du noch?«

»Nicht viel. Die eine oder andere Marketingidee, aber die muss ich mir auch leisten können.«

Im Moment, ohne Kredit und ohne Aussicht auf irgendwelche finanziellen Zuwendungen, würde es ein Wunder brauchen, um diese Buchhandlung am Leben zu erhalten. Offenbar war das jedem klar. Warum konnte sie selbst die Wahrheit nicht auch akzeptieren?

Ginny griff wieder zu Lappen und Politur und ging zum nächsten Bücherregal.

5. Kapitel

Sophia

Als Sophia durch die Garage das Haus betrat, hatte sich die Wärme in den Zimmern angestaut. Sie hatte die Klimaanlage so eingestellt, dass sie erst in einer Stunde automatisch angesprungen wäre – oder wenn die Innentemperatur das festgesetzte Limit überschritten hätte und es für die Katze zu heiß geworden wäre. Sie hatte nicht damit gerechnet, so früh nach Hause zu kommen. Dabei hatte sie schon so viel Zeit in der Buchhandlung totgeschlagen wie möglich.

Sie steuerte durch den mit Travertin gefliesten Flur zum Thermostat und schaltete die Anlage manuell ein, bevor sie in die Küche ging. Ihre Tasche legte sie auf der Arbeitsplatte aus Granit ab, dann stand sie da und starrte die glänzenden Edelstahlgeräte, die große Landhausspüle und die Designerschränke an. Schade, dass hier niemand kochte, seit David und sie einen Monat nach ihrer Verlobung eingezogen waren – es sei denn, die Mikrowelle zu benutzen, zählte auch.

Etwas streifte an ihren Hosenbeinen entlang. Sophia bückte sich und nahm Gigi auf den Arm. »Hallo, Kleines! Sieht aus, als hätten wir demnächst viel Zeit füreinander. Mal wieder.« Das Schnurren der Perserkatze ließ ihren ganzen Arm vibrieren.

Nach einem kurzen Kraulen setzte Sophia Gigi wieder auf den Boden und überprüfte den Inhalt des Kühlschranks: ein halb leerer Karton Milch, ein Apfel und ein bisschen Aufschnitt, der vielleicht noch gut war, vielleicht aber auch nicht. Sie seufzte. »Ich hätte wohl auf dem Heimweg was zu essen holen sollen, was?«

Ihre Stimme schien in dem riesigen Raum widerzuhallen. Sie

schloss die Kühlschranktür wieder, kehrte in den Flur zurück und stieg die Treppe zu ihrem Schlafzimmer hinauf. Warum hatten David und sie eigentlich dieses Monstrum von einer Immobilie gekauft? Es war ganz anders als das bescheidene Haus mit den drei Zimmern, in dem sie aufgewachsen war. Zwei Personen und eine Katze brauchten doch keine dreihundertsiebzig Quadratmeter Wohnfläche! Aber David hatte gesagt, es sei angemessen für einen Anwalt, und hatte er nicht viel dafür getan, um mit fünfunddreißig Partner in einer Kanzlei zu werden? Er hatte es verdient.

In gewisser Weise hatten seine schicken Anzüge und die schnellen Autos sie gereizt. Aber sie hatte nie wirklich in die Welt der Reichen und Schönen gepasst, der er angehörte. Und als er gestorben war und sie all sein Geld geerbt hatte, hatte sie das Haus abbezahlt und den Rest auf ihr Sparbuch gepackt. Nichts davon hatte sie bisher angerührt.

Sophia ersetzte ihre Arbeitskleidung durch Jogginghose und T-Shirt. Gigi folgte ihr und machte es sich auf der Patchworkdecke bequem, die über dem Fußende des Kingsize-Bettes lag – Sophia hatte dem schwarz-weißen Designerraum damit ein wenig mehr Farbe geben wollen. Seitdem fühlte er sich wenigstens ein kleines bisschen wohnlicher an, mehr nach ihr selbst.

Sie ließ sich auf die Matratze fallen und kraulte Gigi am Kopf. Joys Worte vom Vormittag kamen ihr wieder in den Sinn. Sollte sie der Sache doch noch eine Chance geben und ihre Geschichte aufschreiben? Vielleicht würden die Worte ja schneller fließen, als sie dachte. Womöglich konnte das ja wirklich den Heilungsprozess anstoßen, der allem Anschein nach immer noch auf sich warten ließ.

Ihr Blick wanderte zu dem Nachttisch, auf dem das weiße Lederjournal, das Joy ihr geschenkt hatte, unter einem Stapel anderer Bücher vergraben lag. Sophia beugte sich vor und zog es heraus. Es war wunderschön und ihr Name stand in Pink auf der Titelseite, eingerahmt von einem Design aus Sonnenstrahlen und Blumen.

Jedes Mal, wenn sie sich vorgenommen hatte, es mit Worten zu füllen, hatte es damit geendet, dass sie es quer durchs Zimmer geworfen hatte. Aber auf wundersame Weise war der Ledereinband trotz der schlechten Behandlung fast makellos geblieben. Nur in der unteren rechten Ecke zeugte eine kleine Macke von dem, was das Buch durchgemacht hatte.

Möglicherweise war sie einfach noch nicht bereit gewesen. Vielleicht war sie es jetzt.

Sie fuhr mit der Zunge über ihre Oberlippe, nahm einen Stift und ließ seine Spitze über der ersten Seite schweben. Mit geschlossenen Augen stellte sie sich vor, wie die Worte nur so aus ihr herausflossen.

Nichts.

Wem machte sie hier eigentlich etwas vor? Sie war keine Schriftstellerin. Hatte es auch nie sein wollen. Sie las einfach nur gern, liebte es, wenn Wörter auf einer Seite zum Leben erwachten. Aber würde sie jemals in der Lage sein, sie selbst aneinanderzureihen?

Als könnte sie Sophias Bedürfnis nach Gesellschaft spüren, kam Gigi wieder näher, rollte sich neben ihr zusammen und rieb ihre Nase ein paarmal an Sophias Knie.

Vielleicht war das Ganze eine dumme Idee. Sophia ließ den Stift abwechselnd gegen die Kuppe ihres Mittelfingers und die ihres Daumens tippen. Sie sah sich im Zimmer um, betrachtete die viel zu edlen Sessel in der Ecke, die halb heruntergelassenen Jalousien, die Bodenvase mit falschen Callas, den großen Spiegel über der Frisierkommode …

Und plötzlich brachen die Bilder über sie herein.

Ihr Kopf, der gegen die Kante der Kommode gestoßen wurde. Überall Blut.

Sie hatte die Teppichreiniger davon überzeugen müssen, dass sie über ein Paar Stiefel gefallen war …

Nein! Zu viel!

Sie klappte das Journal zu, unterdrückte dieses Mal jedoch den

Drang, es wegzuschleudern. Stattdessen legte sie es entschlossen auf ihren Nachttisch. »Komm, Gigi!« Sophia schnappte sich ihr Exemplar von *Mondlicht überm Moor* und ging zurück nach unten, um aufs Sofa zu sinken und dort in die Geschichte einzutauchen, wo sie beim letzten Mal aufgehört hatte.

Ihr Handy klingelte in der Tasche, die noch immer einsam auf der großen Kücheninsel lag. Sophia musste ein wenig kramen, bis sie es gefunden hatte. »Hallo, Mama.«

»Ich vermute, du hast noch nicht zu Abend gegessen?« Mom klang belustigt.

»Da hast du recht. Und dein Timing ist hervorragend.« Sie ließ sich auf die Couch fallen. Sie war alt und hatte ein Blumenmuster. Sophia hatte sie vor sechs Monaten in einem Sozialkaufhaus gefunden. Joy und sie hatten etwas mit Vintage-Look für Joys neue Wohnung gesucht und Sophia war müde gewesen und hatte sich auf das Sofa gesetzt, während sie darauf wartete, dass ihre Freundin sich durch einen Haufen Zeug gewühlt hatte. Sie wäre beinahe darauf eingeschlafen, so bequem war es gewesen. Joy hatte gewitzelt, Sophia solle die Couch doch einfach kaufen. Und dass sie sicher sei, David hätte dieses Sofa gehasst.

Und jetzt stand es hier, ein winziger Akt der Rebellion. Zu klein und zu spät, aber es war ein Anfang.

»Wie wäre es, wenn ich mit Pizza vorbeikomme?«

Sophia zog ihre Füße hoch. »Hast du nicht mit dieser großen Hochzeit alle Hände voll zu tun? Ich dachte, du hättest heute Abend ein Treffen mit der Braut?« Obwohl ihre Mutter als einfache Sekretärin bei einer Event-Firma angefangen hatte, hatte sie wirklich etwas aus sich gemacht, nachdem Sophias Vater beschlossen hatte, dass er kein Familienvater mehr sein wollte. Jetzt war Sandy Barrett eine gefragte Hochzeitsplanerin, die mehr Termine hatte als ihre Tochter. Aber sie klagte nie über die viele Arbeit und die langen Tage, weil sie es als ihre Berufung betrachtete, Bräuten einen perfekten Hochzeitstag zu bescheren.

»Sie hat abgesagt, weil sie krank geworden ist, also habe ich den Abend frei.«

»Dann könntest du doch mit deinen Freundinnen vom Bibelkreis ausgehen. Schließlich habt ihr jetzt alle ein leeres Nest.« Die Frauen aus der Palmcroft Baptistengemeinde hatten ihre Kinder gemeinsam großgezogen und einander in zahlreichen Krisen unterstützt. Nach Davids Tod hatten sie Sophia sogar Essen gebracht. »Ich bin sicher, du hast etwas Besseres zu tun, als mit deiner langweiligen Tochter abzuhängen.«

»Sophia Lynn Barrett, sag so etwas nie wieder! Die größte Freude einer Mutter ist es, mit ihren Kindern zusammen zu sein. Vor allem, wenn sie aus dem Alter raus sind, in dem sie Wutanfälle bekommen, sich wie Kletten an einen klammern und unbedingt neues Spielzeug haben wollen.«

»Ich kann nicht versprechen, dass ich das nicht tun werde.«

»Das Risiko gehe ich ein. In einer Stunde bin ich bei dir. Ich werde deine Lieblingssorte holen – Wurst und Ananas ist doch noch aktuell?«

»Absolut! Wenigstens erklärst du mich nicht für verrückt, weil ich diese Kombination mag, so wie Joy.« Sophia zog an einem Faden, der aus dem Polster herauskam.

»Was aber nicht heißt, dass ich es nicht denke.«

»Ha, ha.« Der Faden löste sich. »Du, Mom, wo wir gerade von Joy reden – hat sie dich angerufen?«

»Nein, warum?«

»Ach, egal.« Ihre Mutter hatte ein untrügliches Gespür dafür, wann Sophia sie brauchte. Oder vielleicht wusste sie einfach, dass das zurzeit eigentlich immer der Fall war. »Danke, Mom.« Ein plötzlicher Anflug von Sentimentalität überkam sie.

Sophia wusste, wie sehr ihre Mutter mit ihr litt – sie hatte selbst die Erfahrung machen müssen, von einem Mann schlecht behandelt zu werden. Obwohl Sophias Vater seiner Frau gegenüber nie laut geworden war oder sie gar körperlich misshandelt hatte, war es ein harter Schlag für ihre Mutter gewesen, als er gegangen war.

Sophia war noch ein Kind gewesen und es hatte Jahre gedauert, bis ihre Mom sich davon erholt und inneren Frieden gefunden hatte.

Trotzdem: Egal, wie viele Nächte Sophia sich an der Schulter ihrer Mutter ausweinen konnte – es kam immer ein neuer Tag und dann war Sophia wieder allein in diesem großen Haus.

Aber es war nicht Moms Aufgabe, sie zu beschützen. Sophia hätte selbst auf sich achtgeben müssen und sie hatte versagt.

Immerhin hatte sie von klein auf die Wahrheit gekannt: dass eine Frau lernen musste, auf eigenen Füßen zu stehen. Ihre Mutter hatte es gelernt und Sophia hatte alles darangesetzt, nach dieser Erkenntnis zu leben. Bis sie David kennengelernt hatte.

Ihre Entschlossenheit war wie vom Winde verweht worden, als er sie zum ersten Mal mit diesem wundervollen Lächeln angestrahlt hatte. In seiner Gegenwart war sie zu einer Pfütze aus Schwäche zerflossen.

Erbärmlich.

Cindy – und auch Joy – würden die Krise kriegen, wenn sie wüssten, wie viel Selbsthass Sophia insgeheim noch immer empfand. Dabei sagte ihr Verstand ihr klar und deutlich, dass das nicht gesund war. Aber wie sollte sie diese Gefühle loslassen? Das Einzige, was sie tun konnte, war, dafür zu sorgen, dass so etwas nie wieder geschah.

Sie beendete das Telefonat mit ihrer Mutter und widmete sich wieder ihrem Buch. Vielleicht war es eine Flucht, aber selbst wenn – was könnte es für einen besseren Zufluchtsort geben als Cornwall? Sie schloss die Augen und stellte sich vor, wie sie auf den Spuren von Julia und Martin wandelte, die herrlichen Sonnenuntergänge über den Klippen genoss und im wahrscheinlich ausgesprochen kalten Meer surfte. Bei diesem absurden Gedanken musste sie unwillkürlich lachen. Als könnte sie jemals surfen! Auch wenn immerhin ihr Vater früher ein Surfer gewesen war. Als sie David ihren Wunsch gestanden hatte, es zu lernen, hatte er nur verächtlich gelacht, sie ein Stadtkind genannt und gesagt, dass …

»Es reicht!«

Sie blickte erschrocken auf. Hatte … hatte sie das gesagt? Waren diese Worte wirklich über ihre Lippen gekommen? Diese Gefühlsaufwallung aus ihrer Seele?

Ja, so war es.

Denn was war so absurd daran, dass sie in Cornwall surfte? Und was war so unmöglich daran, dass sie im hohen Gras lag, in den Himmel hinaufstarrte und von einer besseren Zukunft träumte?

Vielleicht sogar …

Nein.

Aber vielleicht … doch.

Und dann überkam sie ein Gefühl, das beinahe etwas Heiliges an sich hatte, wenn sie nicht aufgehört hätte, an so etwas wie Heiligkeit zu glauben. Es fühlte sich an wie ein geradezu gottgewollter Augenblick. Eine Idee. Ein möglicher Weg in die Zukunft, während sie hier nur weiter auf der Stelle treten würde.

Vielleicht könnte Cornwall ihre Rettung sein.

Nicht, dass die Welt dort auf magische Weise eine andere wäre. Nicht im engeren Sinne. Die englische Grafschaft bestand aus Erde und Sonne und Himmel und Wasser, so wie unzählige andere Gegenden auch. Aber für sie war Cornwall auch die Heimat wunderbarer Schriftsteller wie Robert Appleton. Der Ort, der ihn zum Schreiben inspirierte, der Ort, von dem er gesagt hatte: »Es ist das befreiendste, lebendigste Gefilde auf der Erde – und ich habe das Glück, dort zu Hause zu sein.«

Konnte Sophia vielleicht auch dort zu Hause sein? Wenigstens eine Zeit lang? Zwei Wochen vielleicht? Oder drei? Sogar den ganzen Sommer?

Konnte dieser Ort möglicherweise selbst die ängstlichste und zögerlichste Geschichtenerzählerin inspirieren?

Bevor sie die Idee gleich wieder verwerfen konnte, lief sie ins Gästezimmer am Ende des Ganges, das sie als Arbeitszimmer nutzte. Sie schaltete ihren Computer ein, öffnete den Browser und tippte mit zitternden Fingern die Worte in die Suchleiste ein, die ihr Leben vielleicht für immer verändern würden:

Ferienwohnungen in Cornwall, England.

6. Kapitel

Sophia

Es war sogar noch schöner als in ihren Träumen.

Sophia stieg aus ihrem Mietwagen – irgendwie hatte sie das Fahren auf der anderen Straßenseite überlebt – und betrachtete die idyllische Ortschaft, die sich unter ihr erstreckte. Sie stand auf einem großen Parkplatz auf einem Hügel und ein wohliger Schauer lief ihren Rücken herunter.

War sie wirklich hier?

Frische Meeresluft wehte ihr um die Nase. Es war ein ganz anderer Geruch als die Mischung aus überfüllter Innenstadt und Smog, die sie aus Phoenix gewohnt war. Sie trat noch einen Schritt vor. Jetzt konnte sie den Hafen sehen. Mindestens zwei Dutzend Segelboote und andere Schiffe lagen an den Stegen.

Obwohl Sophia für ihre Reisevorbereitungen nur wenige Tage Zeit gehabt hatte, hatte sie sich bereits ein wenig schlaugemacht und herausgefunden, dass Port Willis hauptsächlich von der Fischerei, vom Krabbenfang und vom Tourismus lebte, obwohl die Stadt in den letzten Jahren unter sinkenden Besucherzahlen gelitten hatte. Sophia schloss die Augen und stellte sich vor, wie die Menschen in den Fischerbooten an der Küste jeden Tag auf einen guten Fang hofften. Bei dem Gedanken an frisch gefangene Krabben lief ihr das Wasser im Mund zusammen, was sie angesichts ihrer Appetitlosigkeit in den letzten Monaten überraschte.

Zu Hause hatte sie sich ständig eingeengt gefühlt – von der Hitze, den Menschenmassen, den vielen Autos auf den Straßen und den dicht gedrängt stehenden Häusern, mit denen das gesamte »Tal der ewigen Sonne« bebaut war. Doch hier erstreckte sich das Meer weiter, als das Auge reichte, und die Wellen erzählten von Abenteuerlust und Freiheit.

»Würde es Ihnen etwas ausmachen, kurz ein Stück nach links zu treten?«

Sophia öffnete die Augen und ihr ging auf, dass sie genau in der Ausfahrt des Parkplatzes stand und einem Mann in einem kleinen Auto den Weg versperrte. Er hatte sich aus dem Fenster gelehnt, um mit ihr zu sprechen, und anstatt der Verärgerung, die sie erwartet hätte, wirkte er eher amüsiert und ein Lächeln lag auf seinen Lippen – ein sehr attraktives Lächeln.

»Ups! Tut mir wirklich leid.« Schnell ging sie aus dem Weg, dann blickte sie zu ihrem Auto hinüber. Sie hatte gar nicht bemerkt, dass sie sich so weit davon entfernt hatte!

»Kein Problem. Haben Sie sich verlaufen?« Diesmal fiel ihr sein britischer Akzent auf. Und wieder war sie überrascht, diesmal von seiner Ernsthaftigkeit. Wie traurig es doch war, dass die Freundlichkeit eines Fremden ihr so ungewöhnlich vorkam.

»Nein, ich habe nur die Aussicht genossen.« Sophia deutete mit der Hand in Richtung der Häuser im Tal. »Das hat mich wohl abgelenkt.«

»Das kann vorkommen.« Der Mann lächelte wieder, wobei ein Grübchen auf seiner rechten Wange erschien. »Genießen Sie Ihre Zeit in Port Willis. Es ist eine hübsche kleine Stadt.«

»Das werde ich, danke.« Während der Mann davonfuhr, kehrte sie zu ihrem Wagen zurück und hievte ihren viel zu vollen Koffer aus dem Kofferraum.

Als Joy gehörte hatte, dass Sophia eine Reise nach England machen würde, war sie hocherfreut gewesen. Zuerst hatte sie ihr vorgeschlagen, ihre Therapiesitzungen mit Cindy per Skype fortzusetzen, aber Sophia hatte beschlossen, dass sie eine Pause von dem gesamten Therapieprozess brauchte. Sie musste einmal richtig aus allem raus, ihr Leben auf null setzen und neu anfangen. Aber sie hatte versprochen, im September, wenn sie zurück war, die Gespräche mit Cindy wieder aufzunehmen.

Mom hatte sich mehr Sorgen gemacht als Joy, vor allem, als sie gehört hatte, wie lange Sophia fortbleiben wollte. Sie hatte sogar angeboten mitzukommen. Aber das hier war etwas, das Sophia allein tun musste, und dafür hatte ihre Mutter Verständnis gehabt.

Natürlich fragte Sophia sich selbst, ob sie verrückt war und ob es wirklich gut sein konnte, für mehrere Monate vor ihrem derzeitigen Leben davonzulaufen. Sie würde weit entfernt sein von allem, was ihr vertraut war. Aber in einem Haus zu bleiben, in dem David und ihre Erinnerungen durch jeden Raum geisterten, hatte ihrer Psyche auch nicht gutgetan.

Als sie eine kleine Ferienwohnung gefunden hatte, die so gut wie nichts kostete und ihr dazu noch die Gelegenheit gab, ausgerechnet in einer Buchhandlung zu arbeiten, war ihr das wie ein Wink des Schicksals vorgekommen. Sie hatte die Unterkunft bis Ende August gebucht und beschlossen, kaum eine Woche später abzureisen – warum in Phoenix warten, wenn nichts sie davon abhielt, sofort aufzubrechen? Ihr war der Gedanke gekommen, dass die Buchhandlung von Psychopathen geführt werden könnte, aber sie hatte keine große Anzahlung leisten müssen, also konnte sie immer noch früher abreisen, wenn die Sache ihr zwielichtig erscheinen sollte.

Als Sophia ihren Koffer über den Gehweg hangabwärts auf das jahrhundertealte Städtchen zu zog, hatte sie auf merkwürdige Weise das Gefühl, nach Hause zu kommen. Cornwall war genau so, wie es in den Romanen beschrieben wurde, obwohl der Himmel von einem strahlenderen Blau war, die Luft salziger und der Wind frischer, als Worte es jemals abbilden könnten.

Auf der Straße begegnete sie einigen Fußgängern, die allesamt grüßend nickten oder die Hand hoben. Es war Samstag und die Kinder hatten Zeit, in den Gassen zu spielen. Die Straße wurde immer voller, je näher Sophia dem kleinen Zentrum kam. Jeder der Pubs, die sie passierte, warb mit dem Fang des Tages. An einer Ecke sah sie ein Geschäft mit Cornish Pasties, einer gefüllten

Teigspezialität, die sie unbedingt mal probieren wollte. Bei einem Süßwarenladen blieb sie stehen und bestaunte durchs Fenster die vielen Geschmacksrichtungen der typischen Fudge-Karamell-bonbons in der Auslage. Der verführerische Duft von Schokolade, Erdnüssen und Zimt drang zu ihr nach draußen, als ein Mann mit seiner kleinen Tochter den Laden verließ. Von dem Waffelhörnchen in ihrer Hand tropfte schmelzende Eiscreme.

In ihrer Tasche brummte das Handy. Sophia kramte es hervor und sah, dass Joy ihr geschrieben hatte: *Wollte nur hören, ob du gut angekommen bist. Ich bin schon ganz gespannt, was du alles erlebst, und bete, dass du endlich deine Geschichte findest und erzählen kannst. XXX*

Sophia textete gleich zurück: *Bin gerade angekommen. Laufe jetzt zur Buchhandlung. Es ist herrlich hier. Komme mir vor, als wäre ich in einen Roman geraten, und will nie wieder hier weg.*

Sie tippte auf das E-Mail-Programm und rief noch einmal die Bestätigung der Website auf, in der die Adresse der Buchhandlung stand. Laut der Karte müsste sie gleich da sein. Sophia bog um die Ecke und da leuchtete ihr der Schriftzug entgegen: *Rosebud Books*. Das dunkelgrüne Schild hing vor dem charmantesten kleinen Haus, das sie je gesehen hatte, und lockte sie näher.

Plötzlich begann ihr Herz schneller zu schlagen. Was würde sie hinter dieser Tür finden?

»Bücher natürlich, du Dummerchen«, flüsterte sie vor sich hin. Bücher, wie sie immer ein tröstlicher Teil ihres Lebens gewesen waren, egal, ob ihr die Schule leicht- oder schwergefallen war, ob sie den tollen Job bekommen hatte oder nicht, ob ihr Verlobter lebendig oder tot war, ein Ungeheuer oder ihr persönlicher Held.

Bücher hatten ihr schon unzählige Male geholfen. Und auch hier, so hoffte sie, würden sie genau das wieder tun.

Sophia drehte den Knauf und zog die Tür auf. Sofort war sie von ihrem Lieblingsgeruch umgeben – dem Geruch alter Seiten und Buchrücken, ein wenig staubig, aber nicht muffig. Nein, dieser Geruch war ein alter Freund, der von erzählten und unerzählten Geschichten zeugte, von Alter und Weisheit und Liebe und Leidenschaft und Geschichte und … einfach allem.

»Willkommen bei *Rosebud Books*.« Die Sprecherin stand hinter einem Computer am Kassentresen. Sie war in ihren Zwanzigern, trug ein ausgewaschenes Beatles-Shirt und hatte die braunen Haare zu einem Pferdeschwanz zusammengebunden. Obwohl ihre dunklen Augen freundlich waren, las Sophia eine gewisse Erschöpfung darin. Trotzdem lächelte die Frau sie herzlich an. Sie wirkte eher süß als modelmäßig hübsch, was Sophia gleich etwas von ihrer Nervosität nahm. Und Moment mal – hatte sie sich nicht amerikanisch angehört? »Danke. Ich bin Sophia Barrett.«

»Hi!« Die Frau trat hinter dem Tresen hervor, sodass ihre Beine in der bequem aussehenden Jeans zum Vorschein kamen. Ihre Füße steckten in lilafarbenen Chucks. »Ginny – von mir aus können wir gern Du sagen.« Als Sophia zustimmend nickte, fügte sie hinzu: »Ich freu mich total, dich kennenzulernen! Es ist so schön, noch jemanden aus den Staaten hier zu haben.«

Ja, eindeutig Amerikanerin, mit einem leichten Boston-Einschlag.

»Ich freue mich auch!« Wie war diese Frau in diesem winzigen Ort in Cornwall gelandet? Dahinter steckte bestimmt eine interessante Geschichte!

»Möchtest du dein Zimmer sehen? Du bist bestimmt müde von der Reise.«

»Ja, das wäre super!«

»Dann mir nach.« Ginny ging voran in den hinteren Teil des Ladens und nutzte die Gelegenheit für eine kleine Einführung: »Natürlich zeige ich dir später alles genauer, aber jetzt schon mal grob: Da drüben ist unsere Abteilung mit den neuen Büchern. Wir haben uns auf ältere Ausgaben spezialisiert, sind aber kein rein antiquarischer Laden, sondern verkaufen auch aktuelle Titel, um mit der Zeit zu gehen. Da vorne sind gebrauchte Exemplare und ganz hinten durch gibt es seltene Ausgaben.«

Sophia sah sich um, während Ginny weitersprach. Wenn Port

Willis sich wie ein Zuhause anfühlte, dann könnte dieser Laden ihr persönliches Refugium sein. Hier würde es sich mit Sicherheit gut aushalten lassen!

Am Fuß der Treppe blieb Ginny stehen und zeigte auf eine Tür. »Die Wohnung ist gleich hier drüber. Wie es in der Anzeige stand, besteht sie aus einem Zimmer mit Schlafzimmermöbeln, einer kleinen Küche und einem Bad.« Sie kramte in ihrer Hosentasche und zog einen Schlüssel heraus. »Der hier ist für dich. Und wenn sonst irgendwas ist – ich wohne in dem Cottage hinterm Laden und bin normalerweise lange auf. Also schick mir einfach eine Nachricht, dann komme ich gleich rüber.«

Sophia nahm den Schlüssel entgegen. »Vielen Dank. Und wann soll ich mich zur Arbeit melden? Das gehört ja mit zur Vereinbarung.«

Ginny verschränkte die Arme und lehnte sich ans Treppengeländer. »Stimmt. Aber du hast von Freitag bis Sonntag frei, es geht dann erst am Montag los.«

»Werde ich alleine arbeiten oder mit jemandem zusammen?« Die Vorstellung, allein für die Buchhandlung verantwortlich zu sein, war etwas überwältigend.

»Wir zwei werden uns als Team versuchen.«

»Und was sagen die anderen Angestellten dazu, wenn ihnen die Arbeitszeit gekürzt wird?«

»Im Moment bin nur ich hier.« Das Lächeln der Frau verblasste ein wenig.

Hm, verdächtige Reaktion. Sophia musste ihr Therapeutinnen-Hirn ausschalten. Sie war schließlich nicht hier, um sich die Probleme anderer Leute aufzubürden, sondern um ihre eigenen zu bewältigen. »Alles klar.«

Ginnys Schultern schienen sich zu entspannen. »Wenn du auf Erkundungstour gehen willst … Man kann in der Gegend eine Menge unternehmen, ich gebe dir auch gern ein paar Tipps, wenn du möchtest. Ich lebe seit fünf Jahren hier, also weiß ich ein paar Dinge, die nicht in den Reiseführern stehen.«

Sophia biss sich auf die Lippe und schaute auf die Wohnungstür. Sie sehnte sich danach, hinaufzugehen, ihre Sachen auszupacken, sich mit einem Roman ins Bett zu legen und bei geöffnetem Fenster einzuschlafen, wenn die salzige Luft sie schläfrig machte. Aber sie war auch hierhergekommen, um aus ihrem Trott auszubrechen und ihre Geschichte zu schreiben. Und dazu gehörte, dass sie loszog und sich auf Entdeckungsreise begab, statt es sich nur bequem zu machen.

Sie richtete den Blick wieder auf Ginny. »Hättest du vielleicht heute Abend Zeit? Ich kenne niemanden hier und würde sehr gern mehr über die Stadt und auch über *Rosebud Books* erfahren.« Es schien nur ein kleiner Schritt zu sein, aber sie hatte schließlich schon den großen Sprung gewagt, überhaupt hierherzureisen. Kleine Schritte waren im Moment genug.

Sophias Frage schien Ginny überrumpelt zu haben und es dauerte einen Moment, bis sie reagierte. »Ich …«

»Natürlich, du hast bestimmt zu tun. Kein Problem!«

»Nein, das ist es nicht. Ich habe nur niemanden für den Laden. Aber ich kann heute Abend ein bisschen eher schließen. Schließlich haben wir samstags um die Zeit eh nicht viel Kundschaft.« Ginny seufzte. »Außerdem wäre es nett, mal rauszukommen.«

Sophia legte unwillkürlich die Hand an Ginnys Oberarm und drückte ihn kurz. Vielleicht war es merkwürdig, das bei jemandem zu tun, den sie erst vor wenigen Minuten kennengelernt hatte, aber Sophias Instinkt als Therapeutin ließ sich eben doch nicht ganz unterdrücken. Trotz Ginnys tapferer Miene spürte sie, dass diese Frau litt – und damit kannte Sophia sich aus. »Dann ist es abgemacht. Ich räume meine Sachen ein, du machst hier alles fertig und dann lade ich dich zum Essen ein.«

7. Kapitel

Ginny

Wenigstens schien eine von Ginnys Ideen für die Rettung der Buchhandlung zu funktionieren. Ihre erste Mieterin war fast zu gut, um wahr zu sein.

Ginny öffnete die Tür zum *Village Pub*, einem Stammlokal in Port Willis, das Anwohner wie Touristen gleichermaßen anzog. Der verführerische Duft von gebratenem Lamm, kräftigem regionalem Bier und brutzelnder Butter hätte sie beinahe umgehauen. Sie hatte seit Stunden nichts mehr gegessen. Sophia folgte ihr hinein und bestaunte die gut beleuchtete Kneipe mit der Holzvertäfelung und der maritimen Dekoration wie ein Kind die Geschenke unterm Weihnachtsbaum. Das Feuer in den offenen Kaminen tauchte die gemütlichen Nischen, in denen die Gäste Ale vom Fass genossen, in den sanften Schein der Flammen.

»Hier entlang.« Ginny schlängelte sich durch den vollen Raum zu ihrem Lieblingstisch ganz hinten durch und begrüßte die Stadtbewohner dabei mit gelegentlichem Nicken. Dann ließ sie sich vor dem langen Fenster mit Blick auf den Hafen auf einen der weißen Holzstühle fallen.

Sophia nahm ihr gegenüber Platz und stützte die Ellbogen auf den Tisch. Ihre Augen glänzten. »Dieser Pub gefällt mir! Wie lange gibt es den schon?«

Ginny war immer gern hergekommen, aber in den letzten sechs Monaten hatte sie meist einen Bogen darum gemacht – so wie um alle anderen öffentlichen Orte. Sie hasste das Gefühl, dass die Leute hinter ihrem Rücken über »die arme Ginny Rose« tuschelten.

Aber sie hatte vergessen, wie reizvoll gerade dieser Pub war, der erste, in den Garrett sie ausgeführt hatte, als sie gemeinsam nach Port Willis gekommen waren. Sie ließ nun auch ihren Blick schweifen, als sei sie noch nie zuvor hier gewesen, nahm die Nischen und Ecken und die Art, wie die Tische gleichzeitig intim und öffentlich wirkten, in sich auf, die kleinen Dinge, die den Charakter des Fischerstädtchens herausstellten, ohne kitschig zu sein. »Ich glaube, seit dem achtzehnten Jahrhundert. Es heißt, im Laufe der Zeit haben viele Premierminister hier gegessen.«

»Wahnsinn, eine solche Dimension von Geschichte kann ich mir kaum vorstellen! Arizona ist erst seit gut hundert Jahren ein Bundesstaat.« Sophia schob sich eine Strähne ihrer schwarzen Haare hinters Ohr. Obwohl sie den ganzen Tag unterwegs gewesen war, sah sie adrett aus, ohne dass es übertrieben gewirkt hätte: Ihre Stoffhose hatte ein paar kleine Falten, ihre Bluse war elegant, aber nicht zu hochpreisig, ihr Make-up hübsch, aber äußerst dezent.

Sie schien nett zu sein, wenn auch ein bisschen zurückhaltend. Und da sie den ganzen Sommer bleiben wollte, würde sie Ginny viel länger zur Hand gehen, als sie beim Schalten der Anzeige zu hoffen gewagt hatte.

Ginny zog eine Speisekarte zwischen Salz- und Pfefferstreuer hervor und reichte sie Sophia. »Das Lokal ist berühmt für die Tagliatelle mit gebratenen Artischocken und grünen Erbsen, aber der Stargazy Pie soll auch gut sein.«

»Du hast ihn noch nicht probiert?« Sophia schlug die Karte auf und trommelte mit ihren weiß lackierten Fingernägeln gegen die Plastikhülle.

»Nee. Ich hasse Fisch.«

»Ist es dann nicht schwer, hier zu leben?« Sophia lächelte.

»Ich bin sogar am Wasser aufgewachsen.« Ginny zuckte mit den Schultern und lehnte sich auf ihrem Stuhl zurück. »Mein Dad hat die ganze Zeit gearbeitet – macht er immer noch – und meine Mutter war Vorsitzende von einer Million Wohltätigkeitsorganisationen, deshalb hatte sie keine Zeit zu kochen. Also habe ich mir irgendwas Nicht-Fischiges von unserem Koch gewünscht oder mir selbst was gemacht.« Mist, nun hatte sie verraten, dass ihre Familie einen Koch hatte. Was würde Sophia jetzt von ihr denken?

Aber diese Ginny war sie nicht mehr – die unterwürfige Tochter eines Millionärs mit einem Treuhandfonds, der so viel Geld enthielt, dass sie nie wieder arbeiten müsste. Als sie hierhergekommen war, hatte Ginny den Namen Bentley zurückgelassen und alles, wofür er stand.

Zum Glück schien Sophia sich nichts aus der Information zu machen. »Ich bin sicher, wenn ich kochen müsste, würde ich versehentlich jemanden vergiften. Obwohl meine Mutter sich wirklich bemüht hat, es mir beizubringen, bin ich in der Küche eine totale Niete. In der Schule war ich besser.«

»Es macht eigentlich Spaß.« Mehr als nur Spaß – früher hatte sie einmal davon geträumt, Konditoreikurse an einer Kochschule zu belegen. Aber ihre Eltern hatten diesen Wunsch im Keim erstickt, kaum dass er über Ginnys Lippen gekommen war.

Mary Patrick, deren Familie das Restaurant gehörte, kam an ihren Tisch, ein vorsichtiges Lächeln auf den Lippen. »Hi, Ginny. Wie geht es dir? Wir haben dich länger nicht gesehen.«

Ihr Mann Blake und sie waren seit der Schulzeit mit Garrett befreundet und sie hatten so manchen Abend zu viert mit DVDs und Pizza verbracht. Bis Garrett gegangen war. Und als Mary versucht hatte anzurufen, hatte Ginny sich nicht dazu durchringen können abzunehmen, weil sie sich auf einmal gar nicht mehr sicher gewesen war, ob die beiden wirklich *ihre* Freunde waren oder nur die von Garrett.

Doch Mary jetzt wiederzusehen, machte ihr bewusst, wie sehr sie es in den vergangenen Monaten vermisst hatte, eine Freundin zu haben. »Hi. Ja, die Dinge waren … du weißt schon.« Sie räusperte sich. »Darf ich dir Sophia Barrett vorstellen? Sie hat für den Sommer das Zimmer über der Buchhandlung gemietet.«

»Ach ja, davon habe ich gehört. Willkommen im *Village Pub*. Ich heiße Mary.« Sie beugte sich zu Ginny herunter. »Wir hoffen alle, dass Garrett und du das hinbekommt. Es ist bestimmt nicht leicht.«

»Danke.« Ginny umklammerte ihre Speisekarte ein bisschen fester und warf Sophia einen kurzen Blick zu. Hatte sie Marys Bemerkung gehört? Wenn, dann ließ sie es sich nicht anmerken; seelenruhig studierte sie weiter die angebotenen Gerichte.

Nach kurzem Zögern wandte Mary sich an Sophia. »Wissen Sie schon, was Sie bestellen möchten?«

Sophia überlegte noch einen Moment. »Ich hätte gerne das gebratene Lamm«, sagte sie dann und warf Ginny ein Lächeln zu. In der Tiefe ihrer durchdringenden blauen Augen lag etwas verborgen. »Ich bin nicht sehr abenteuerfreudig.«

»Sehr gute Wahl. Mein Vater macht das beste Lamm an der Nordküste. Und für dich, Gin?«

»Das Übliche bitte.« Mit Shepherd's Pie konnte sie nichts verkehrt machen. »Danke, Mary.«

Die Bedienung biss sich auf die Unterlippe und tätschelte Ginnys Schulter. »Kommt sofort.« Dann ging sie.

Ginny schluckte mit trockener Kehle.

»Also, erzähl mir etwas über Port Willis.« Sophias Blick wanderte zum Fenster und blieb an irgendetwas in der Ferne hängen.

Puh, ja, gerne. »Was willst du denn wissen?« Das, was sie an diesem Ort liebte, ließ sich nicht gut in Worte fassen und würde nie Eingang in eine Liste von Reisetipps finden. Er war ihr Ausweg gewesen, der Schauplatz für ein neues Leben mit Garrett an ihrer Seite. Da war das Gefühl, das sie hatte, wenn sie durch das Wasser am Fuß der Klippen watete; der Stolz, wenn sie ein Buch verkaufte und damit ein Stück zu Garretts Traum beitrug; die wundervollen Erinnerungen daran, wie Garrett sie auf ihrem Lieblingswanderweg hochgehoben und umhergewirbelt hatte und sie sich in dem hohen Gras geliebt hatten, wo niemand sie entdecken konnte.

»Ein paar grundlegende Sachen habe ich schon im Vorfeld herausgefunden. Ich liebe Recherchen.« Sophia nahm den Salzstreuer und fuhr mit den Fingern über die Rillen im Glas. »Wie bist du denn eigentlich hier gelandet, so weit weg von deiner Heimat?«

Ginny zog eine Grimasse. Sie hatte Garrett nicht erwähnen wollen. Aber Sophia würde mehrere Monate hier sein. Früher oder später würde sie ohnehin von ihm erfahren. »Mein Mann ist hier geboren.« Weitere Erinnerungen zogen an ihrem inneren Auge vorbei, schön und schmerzlich zugleich. »Er hat in einer Buchhandlung in Boston gearbeitet und ich war in meinem ersten Studienjahr in Harvard, als wir zusammenkamen. Wir haben uns durch gemeinsame Freunde kennengelernt. Er hatte immer vor, wieder hierher zurückzugehen und irgendwann eine Buchhandlung zu eröffnen und dann eine Kette mit Buchläden in ganz England und vielleicht überall in Europa. Das war der Traum seiner Mutter gewesen, aber sie starb, als er klein war, also wurde es zu seinem eigenen. Er wollte Erfahrungen sammeln und genügend Geld verdienen, um ihn in die Tat umzusetzen, aber dann starb unerwartet sein Vater. Garrett hat mich gebeten, ihn zur Beerdigung zu begleiten. Das habe ich getan und bin hiergeblieben. Wir haben ein paar Wochen nach unserer Ankunft geheiratet.«

»Was für eine süße Geschichte!«

Ginny zuckte zusammen. Einen Moment lang war sie ganz in Erinnerungen versunken gewesen. Sie hatte daran gedacht, wie fertig Garrett nach dem Tod seines Vaters gewesen war, wie entschlossen, in dem Kummer einen Sinn zu entdecken. Er hatte sich an sie geklammert und sie hatte sich noch nie so gebraucht und geliebt gefühlt. Zum ersten Mal in ihrem Leben hatte sie zu jemandem gehört.

»Der Meinung waren meine Eltern nicht. Aber reden wir besser nicht davon.«

Sophia stellte den Salzstreuer wieder auf den Tisch, streckte die Hand aus und drückte Ginnys Arm zum zweiten Mal an diesem Abend. Die Berührung war erstaunlich tröstlich; ihr stiegen schon wieder Tränen in die Augen.

»Wann ist dein Mann denn gestorben?«

»Was?« Ginny hätte Sophias Hand auf einmal gern abgeschüttelt. »Er ist nicht tot.« Offenbar hatte ihre neue Mieterin Marys Bemerkung über Garrett tatsächlich nicht gehört.

»Oh, tut mir leid. Wie du über ihn gesprochen hast … ich dachte … aber wahrscheinlich habe ich nur meine eigene Erfahrung auf deine Situation projiziert.«

»Wie meinst du das?«

»Mein Verlobter …« Sophias Stimme bebte. »Er ist vor Kurzem gestorben. Eigentlich schon vor einem Jahr und drei Monaten.« Sie sah wieder aus dem Fenster. »Aber davon reden wir besser auch nicht.«

»Das tut mir wirklich leid, Sophia.« Der Schmerz, von Garrett getrennt zu sein, war schlimm genug. Die Vorstellung, er wäre tot – der Gedanke war wie ein Schlag in die Magengrube, der ihr den Atem raubte.

»Es ist einer der Gründe, warum ich hier bin: um endlich die Vergangenheit hinter mir zu lassen und wieder nach vorn zu blicken. Wenn das überhaupt möglich ist.« Sophia wandte sich ihr wieder zu und setzte ein tapferes Lächeln auf. »Aber wechseln wir das Thema und reden über etwas Erfreulicheres. Was gefällt dir am besten daran, eine Buchhandlung zu besitzen?«

»Ich dachte, du wolltest über ein schönes Thema reden. Ehrlich gesagt war die Buchhandlung immer mehr Garretts Traum als meiner. Ich fürchte, ich bin keine besonders gute Geschäftsfrau. Wir … ich bin in Schwierigkeiten. Finanziell, meine ich.«

»Das ist ja schrecklich! Ich weiß, ich bin gerade erst angekommen und weiß nicht unbedingt viel darüber, wie man eine Buchhandlung führt, aber ich liebe Bücher, und wenn ich irgendwie helfen kann, werde ich es tun.«

»Danke, das ist lieb.« Ginny zögerte. Es war eigentlich nicht ihre Art, einen Menschen, den sie kaum kannte, mit ihren Problemen zu belasten. Andererseits … Sophia würde sowieso mit dem Alltag im Buchladen zu tun haben. »Du könntest mir tatsächlich helfen. Vielleicht fällt dir etwas ein, wie ich den Laden für Kunden attraktiver machen und mehr Geld damit verdienen kann.«

In diesem Moment brachte Mary ihr Essen. Dampf stieg von Ginnys Pie auf, einer leckeren Kreation aus Kartoffeln, Gemüse und Lammfleisch. Sie selbst hätte etwas mehr Zwiebeln und Thymian hineingetan, aber das Rezept war fast so gut wie ihr eigenes.

Ginny erzählte Sophia von den Dingen, die sie bereits versucht hatte, und von den Schwierigkeiten, die sich dabei ergeben hatten.

Sophia probierte einen ersten Bissen von ihrem Lamm. »Das ist nur ein Gedanke, aber als wir durch den Laden gegangen sind, hast du gesagt, dass die seltenen Ausgaben irgendwo ganz hinten vergraben sind. Ist das Absicht?«

Ginny zuckte die Achseln, während sie mit der Gabel eine Furche durch die Stampfkartoffeln zog und schließlich ein Stück Karotte aufspießte. »So war es schon immer.«

»Aber seltene Bücher sind doch quasi das Markenzeichen des Ladens, oder? Dann sollten sie vielleicht auch eine zentralere Position haben.«

»Wow, warum bin ich da noch nicht selbst draufgekommen?«

»Außerdem könnte der Internetauftritt ein bisschen verbessert werden.« Sophia schwenkte ihr Messer durch die Luft. »Bevor ich die Buchung gemacht habe, habe ich mir die Website angeschaut. Die wichtigsten Infos sind da, aber es gibt keine Möglichkeit für Kunden, Onlinebestellungen zu machen. Um einigermaßen konkurrenzfähig zu sein, ist das heute ein Muss.«

»Das ist auch eine sehr gute Anregung! Ich kenne jemanden, der Websites gestaltet.« Steven war ein weiterer Schulfreund von Garrett und immer nett zu ihr gewesen.

Sie wälzten noch ein paar andere Überlegungen und hatten gemeinsam so gute kreative Einfälle, dass in Ginny etwas wach wurde, das sich sehr nach Hoffnung anfühlte.

Sie begriff, dass Sophia vielleicht die Antwort auf ihre unzähligen Gebete war – von einem Tag auf den anderen stand sie nicht mehr allein vor der Herausforderung, *Rosebud Books* zu retten.

8. Kapitel

Sophia

Die meisten Menschen würden nicht freiwillig den ganzen Tag im Hinterzimmer einer Buchhandlung verbringen und alte Klassiker und andere Bücher sortieren. Schließlich war der Raum schlecht beleuchtet, der ganze Staub löste ständig Niesanfälle aus und sie hatte seit Stunden keine Menschenseele mehr gesehen.

Aber Sophia war nicht wie die meisten Menschen.

Sie summte vor sich hin, während sie im Schneidersitz auf den Holzdielen saß, umgeben von Bücherstapeln. Große und kleine Bände, manche mit eingerissenen Schutzumschlägen und angestoßenen Ecken, andere in einwandfreiem Zustand, so als hätte niemand sie je aufgeschlagen. Die Armen! Nie den eigenen Zweck erfüllt zu haben, selbst wenn man nur ein Buch war ...

Natürlich gab es so etwas wie »nur ein Buch« in Sophias Welt nicht. Bücher waren eigene Universen, komprimiert auf Papier zwischen Einbanddeckeln.

»Du bist echt schräg.« Ihre geflüsterten Worte hallten in dem Lagerraum wider, aber niemand war da, der sie hören konnte.

Ginny war vorne am Tresen. Es überraschte Sophia noch immer, wie schnell sie Freundinnen geworden waren. Allerdings war ihr klar, dass Ginny nicht über ihren Mann und die aktuelle Situation sprechen wollte. Sophia hatte bereits mitbekommen, wie andere in der Stadt getuschelt hatten, aber sie hatte nicht hingehört. Wenn Ginny jemals beschließen sollte, ihr zu erzählen, was los war, dann würde Sophia für sie da sein. Auch wenn sie ursprünglich vorgehabt hatte, sich ganz auf das Niederschreiben ihrer eigenen Geschichte zu konzentrieren, während sie hier war, hatte sie Ginny längst ins Herz geschlossen. Sie wollte dieser Frau helfen, und zwar nicht nur als Therapeutin, sondern als Freundin.

Deshalb hatte Sophia angeboten, auch über ihre Vereinbarung hinaus zu helfen, wo sie konnte. So war sie an die ehrenvolle Aufgabe gekommen, die Bücher durchzusehen, die gespendet oder gekauft worden und dann wer weiß wie lange in Kisten in der Ecke versauert waren. Ginny hoffte, ihren Bestand so bald wie möglich online stellen zu können, aber es gab noch viel anderes rund um den Laden zu tun und sie hatte bislang keine Gelegenheit dazu gehabt. Und Sophia machte es wirklich nichts aus, das Lager zu sichten, obwohl sie sich natürlich aufs Wochenende freute, an dem sie endlich die Gegend um Port Willis erkunden konnte. Den letzten Sonntag hatte sie hauptsächlich damit verbracht, sich mit dem Ort selbst vertraut zu machen.

Zugegeben, sie war jetzt seit fünf Tagen hier und hatte noch kein einziges Wort von ihrer Geschichte geschrieben. Aber sie hatte ja jede Menge Zeit. Sie musste nur auf Inspiration warten.

»Wie läuft es da hinten?« Ginny steckte den Kopf durch die Tür.

Das Licht vom Flur blendete Sophia. Mit einer ausladenden Handbewegung umfasste sie die Bücherstapel. »Ich komme einigermaßen voran. Dadurch, dass ich mir die Bücher genau ansehen muss, um einen Preis festzulegen, blättere ich sie natürlich auch durch und dann fange ich unweigerlich an zu lesen … also fürchte ich, dass ich ein bisschen langsamer bin, als jemand anders es wäre.«

Es gab einfach so viele Autoren, die sie noch nicht kannte, und Themen, mit denen sie sich noch nie befasst hatte; jedes einzelne Buch war faszinierend. Selbst hinter langweiligen Titeln wie *Gartenbau im 18. Jahrhundert* oder *Geschichte des Bergbaus in Cornwall* verbargen sich Geheimnisse, die sie ergründen wollte.

Ginny lachte. »Du bist wahrscheinlich trotzdem effektiver beim Preisefestsetzen als ich. Ich lese nicht viel.«

Sophia zog eine Augenbraue hoch und wischte sich die staubigen Hände an ihrer Jeans ab. »Aber du führst eine Buchhandlung?«

»Sie funktioniert wie jeder Laden und sie ist der Traum meines Mannes, den er mit mir geteilt hat.« Einen Moment lang überschattete Traurigkeit Ginnys Gesicht, aber ihr Lächeln kehrte schon in der nächsten Sekunde zurück. »Ich experimentiere in meiner Freizeit lieber in der Küche oder gucke stundenlang Backwettbewerbe im Fernsehen.« Sie hockte sich neben einen Bücherstapel, griff nach dem obersten Band und blätterte darin. »Mist. Ich habe echt ein schlechtes Gewissen, weil ich dir das aufhalse.«

»Brauchst du nicht. Mir macht es Spaß! Wie kommt es, dass du so viele ausgefallene Bücher hast?«

»Viele Familien aus der Gegend spenden uns welche oder wir kaufen sie für wenig Geld, wenn jemand seinen Dachboden ausräumen will. Unsere Politik ist, alles zu nehmen, zu verkaufen, was wir können, und den Rest dann der Bücherei oder Schulen zu geben. Manche sind natürlich in einem so schlechten Zustand, dass das nicht geht.« Sie nahm ein offensichtlich im Copyshop gebundenes Buch im A4-Format in die Hand. Es hatte feste Deckel und eine Ringbindung. »Und dann bekommen wir Sachen wie das hier, die nicht mal richtige Bücher sind. Ist das der Stapel, der wegkommt?«

»Nein, den bin ich noch nicht durchgegangen. Ich ertrage den Gedanken nicht, auch nur eins von diesen Büchern wegzuwerfen.« Sophia nahm ihr das Buch ab. Sie schlug es auf und fand darin seitenweise Blätter mit maschinengetipptem Text vor.

Sophia überflog die erste Seite. »Hey, das scheint eine Art Erzählung zu sein!«

Ginny streckte die Hand aus. »Kann ich mal sehen?«

Sophia reichte ihr das Buch. Ginny blätterte ein wenig darin. »Vielleicht ein Schulprojekt?« Sie gab es Sophia wieder zurück und stand auf.

»Ich frage mich, ob der Spender dieser Kiste wusste, dass es da drin ist. Vielleicht vermisst die Person es jetzt. Notiert ihr euch, wer was gespendet hat?

»Das sollten wir wahrscheinlich tun, aber nein.«

Sophia öffnete das Buch noch einmal. Vielleicht hatte sie einen unveröffentlichten Schatz vor sich! »Hast du was dagegen, wenn ich es dir abkaufe?«

Ginny sah sie an, als hätte sie den Verstand verloren. »Behalt es einfach. Und wenn du noch was findest, was nicht unseren Kriterien für einen Verkauf oder eine Spende entspricht, kannst du dich auch gerne bedienen.«

»Wirklich? Toll! Danke.« Sophia legte das Buch zur Seite und machte sich über den Rest des Stapels her.

»Ich gehe besser wieder nach vorne. Danke noch mal für all deine Mühe. Du bist noch nicht mal eine Woche hier und hast dich schon unverzichtbar gemacht.«

Sophia nahm das nächste Buch zur Hand und betrachtete den Einband. »Ich helfe gerne.«

Ginny ging und schloss die Tür, sodass Sophia wieder allein im Dämmerlicht zurückblieb.

Die Bewegung der Tür hatte eine weitere Staubwolke aufgewirbelt und Sophia musste schon wieder niesen. Sie betrachtete das Buch in ihrer Hand, aber ihre Gedanken wanderten immer wieder zu dem anderen. Als sie einen Preis für das Buch gefunden und ihn mit Bleistift hineingeschrieben hatte, hielt sie es nicht mehr aus; sie legte es auf den Verkaufen-Stapel und griff wieder nach ihrem Fundstück.

Sie schlug die erste Seite auf und begann zu lesen:

Von außen betrachtet war ich eine einfache Frau mit einem einfachen Leben.

Die Worte, der Tonfall – etwas an der Art des Geschriebenen berührte etwas in ihr. Vielleicht konnte Sophia etwas von sich selbst in dieser namenlosen Autorin wiederfinden. Wie hatte jemand diesen Schatz einfach so weggeben können? Und handelte es sich wohl um eine fiktive Geschichte oder um eine wahre Begebenheit?

Was immer es auch war, eins war sicher: Die »einfache Frau« hatte eine Geschichte, die es wert war, erzählt zu werden.

Oh.

Joys Worte kamen ihr in den Sinn: »*Deine Geschichte ist es wert, erzählt zu werden, Soph.*«

Sophia holte tief Luft. Ja, die Unbekannte hatte eine Geschichte, die erzählt werden musste – und sie selbst auch.

Sie war es wert, erzählt zu werden.

Das war sie wirklich.

Warum fiel es ihr so schwer, das zu glauben? Den Wert in den Worten eines anderen Menschen konnte sie so leicht sehen, selbst in denen dieser namenlosen Frau, über die sie zufällig gestolpert war.

Vermutlich war es, weil sie keine Geschichte zu erzählen haben *sollte*. Sie trug die Schuld daran, dass alles so gekommen war. Dass sie geblieben war. Sie hatte die Anzeichen gesehen, hatte gewusst, wozu sie am Ende führen würden.

Nein, es war nicht *meine Schuld.*

Ein Gefühl der Enttäuschung stieg in ihr auf und machte sich in Form eines frustrierten Stöhnens Luft. Selbst nach monatelanger Therapie – obwohl sie selbst Therapeutin war und wusste, was sie empfinden »sollte« – herrschte in ihrem Innern noch immer völliges Durcheinander.

Denn an manchen Tagen vermisste sie David mit einer Intensität, die sie erschütterte. Aber dann folgte Erleichterung. Danach Wut auf sich selbst. Und anschließend hatte sie Schuldgefühle. Und jede Menge anderer Emotionen.

Aber egal, wie sie sich fühlte – tief in ihrem Innern wusste sie, dass ihre Geschichte Bedeutung hatte. Sie musste gegen die Lüge ankämpfen, dass sie nicht von Interesse war. Wenn sie nicht den Mut aufbrachte, sie niederzuschreiben, dann würde es niemand tun.

Niemand anders *konnte* es tun.

Sophia legte das Buch zur Seite, klopfte ihre Jeans ab, öffnete die Tür und ging die Treppe hinauf in ihr Zimmer. Dort holte sie das weiße Journal und den Füller heraus, die sie von der anderen Seite des Atlantiks mitgebracht hatte. Sie machte es sich auf dem Sitzplatz im Erker bequem, von dem aus sie auf die Straße hinuntersehen konnte. Einen Moment lang drohte die Angst sie zu überwältigen. Sie hörte Davids Worte. *Nicht gut genug. Nicht stark genug.*

Es war an der Zeit, dass sie für sich selbst einstand.

Und mit Tinte und Papier stürzte sie sich endlich in den Kampf.

9. Kapitel

Emily

Von außen betrachtet war ich eine einfache Frau mit einem einfachen Leben.

Aber ich hatte keine einfachen Träume. Und in diesem Augenblick, in dem mir schmerzhaft bewusst war, dass jeder Atemzug meines Vaters sein letzter sein könnte, erschienen sie mir ganz und gar unmöglich.

Die Kerze flackerte auf dem Nachttisch neben dem Bett. In dem dämmrigen Licht sah die Haut meines Vaters nicht ganz so gelb aus. Ich legte das Buch beiseite, das ich zu lesen versucht hatte, und griff nach dem Wasserkrug, um mein Glas vollzuschenken. Ich spürte kaum, wie die kühle Flüssigkeit meine Kehle hinunterrann. Sie war betäubt, wie alles an mir.

Regen trommelte auf das Haus und brachte einen Wind mit sich, der die Fenster wackeln ließ und heulte, als würde draußen ein Gespenst umgehen – das passende Wetter für eine solche Nacht.

Ich beugte mich über Vater und versuchte zu sehen, ob sein Brustkorb sich noch immer hob und senkte. Das tat er. Aber wie lange noch?

In dem Versuch, einen Schluchzer zu unterdrücken, sog ich zittrig die Luft ein. Ich wollte ihn nicht herauslassen. Was würde das schon nützen? Es würde den Vater, den ich geliebt hatte, nicht zurückbringen. Er war schon seit zwei Jahren fort – seit dem Tag, an dem Mama von diesem Leben ins nächste gegangen war und Vater die Bibel gegen die Flasche eingetauscht hatte.

Es klopfte an der Tür.

»Wer ist denn bei diesem Sturm unterwegs?« Ich weiß nicht, warum ich es laut sagte. Vater war seit Tagen nicht mehr bei Bewusstsein und ich war nie länger als wenige Augenblicke von seiner Seite gewichen.

Die letzten Worte, die er zu mir gesagt hatte, hatten sich für immer in mein Gedächtnis eingegraben, weil ich solche Angst gehabt hatte, seine Stimme niemals wieder zu hören. Ich hatte gedacht, er schliefe, also war ich zusammengefahren, als er meine Hand ergriffen hatte, während ich las. Er hatte den Kopf zu mir gedreht, mich aber nicht gesehen, nicht richtig. »*Alles, was wir im Leben haben, sind unsere Entscheidungen. Wir müssen Entscheidungen treffen, mit denen wir leben können – und sterben können, wenn es so weit ist.*«

Hatte er damit gemeint, dass er seine eigenen Entscheidungen für richtig hielt? Oder dass er keine Wahl gehabt hatte?

Vielleicht würde ich das nie erfahren.

Wieder klopfte es. »Ich komme gleich zurück, Vater. Jemand ist an der Tür. Vielleicht noch einmal der Arzt.«

Das war allerdings unwahrscheinlich. Dr. Walter Shelley war nur einmal da gewesen, hatte Vater untersucht und den Kopf geschüttelt. Dann hatte er etwas davon gemurmelt, dass das alles eine Schande sei. Obwohl das wenig geholfen hatte, hatte er bezahlt werden wollen. Ich hatte ihm die beiden letzten Münzen gegeben, die ich besaß, versteckt in meiner Schürze, damit Vater sie nicht fand und für etwas ausgab, das niemandem guttat.

Ich nahm die Kerze und verließ die Kammer, die nach Tod und Unzufriedenheit roch. Das Pfarrhaus war nicht außergewöhnlich klein; trotzdem waren es nur wenige Schritte vom Schlafzimmer meines Vaters bis zur Haustür. Ich zog das Umschlagtuch fester um meine Schultern. Da ich keinen Besuch erwartet hatte, schon gar nicht zu dieser Stunde, waren meine Haare nicht hochgesteckt, sondern fielen mir in blonden Locken über den Rücken. Aber inzwischen kümmerte es mich kaum noch, was andere dachten.

Ich zog die Tür auf und spähte hinaus.

»Edward.« Der Name bekam einen bedeutungsvolleren Klang, als ich beabsichtigt hatte, aber die letzten Tage allein mit meinem Vater hatten jede Mauer eingerissen, die ich vor Jahren sorgfältig um meine Gefühle errichtet hatte.

Er trat näher und das Mondlicht, das ihn von hinten beschien, verlieh ihm das Aussehen eines engelhaften Wesens. Sein braunes Haar klebte an seiner Stirn, sein Mantel war vom Regen durchnässt und sein Brustkorb hob sich schwer, so als wäre er den ganzen Weg vom Haupthaus hierher gerannt, so wie er es unzählige Male getan hatte, als wir noch Kinder waren. Er überragte mich – nicht, weil er besonders groß gewachsen gewesen wäre, sondern weil ich die zierliche Gestalt meiner Mutter geerbt hatte.

»Louisa hat es mir erzählt. Ich bin gerade erst nach Hause zurückgekehrt, sonst wäre ich eher gekommen.«

Ich gebe zu, dass ich mich über seine Abwesenheit gewundert, ja, begonnen hatte, das Schlimmste zu befürchten – dass er, wie alle anderen in der Stadt, uns verachtete.

Aber als mein liebster Freund näher trat, mir die Kerze aus der Hand nahm, sie abstellte, mich in seine starken Arme schloss und das Kinn auf meinen Kopf sinken ließ, verflogen all meine Zweifel. Wenn mein Herz nicht voller Trauer um meinen Vater gewesen wäre, hätte dieser Augenblick mir die größte Freude meines Lebens bereitet – endlich in den Armen des Mannes zu sein, den ich seit Jahren liebte. Dieses Mannes, der für mich nie mehr als ein Freund sein konnte und den ich schon für eine ferne Erinnerung gehalten hatte.

»Es tut mir leid, dein Kleid wird ganz nass.« Edward ließ mich los und plötzlich spürte ich die kalte Luft, die durch die offene Tür hereindrang.

Eilig schloss ich sie. »Bitte mach dir darüber keine Gedanken.«

»Wie geht es ihm?« Edward zog seinen Mantel aus und legte ihn über einen Stuhl. Unsere Freundschaft war nie von Förmlichkeiten bestimmt gewesen und an diesem Abend würden wir nicht damit anfangen.

»Es ist nur noch eine Frage der Zeit.« Meine Worte sollten tapfer klingen, aber sie hingen schwer in der Luft. Der Schluchzer, den ich unterdrückt hatte, hätte sich beinahe Bahn gebrochen. Und auch die Wut.

»Du hast das nicht verdient, Emily.« Er nahm meine Hand in seine und drückte sie,

»Was hat schon irgendjemand verdient?«, entgegnete ich schulterzuckend.

Er starrte mich an. »Du hast auf jeden Fall etwas Besseres verdient als einen Säuf…«

»Bitte, Edward.« Ich blickte zum Zimmer meines Vaters hinüber. Obwohl er nicht bei Bewusstsein schien, konnte er uns vielleicht doch hören. Ich wollte nicht, dass seine letzten Augenblicke voller Verachtung waren. »Er war mir früher ein guter Vater. Als er es noch sein konnte.« Ich versuchte verzweifelt, an diesen Erinnerungen festzuhalten und mich nicht dem Gefühl des Verraten- und Verlassenseins hinzugeben. Nein, mein Vater hatte mich nicht im physischen Sinn allein gelassen, aber für diese andere Art der Fahnenflucht hatte er sich in gewisser Weise selbst entschieden. Er konnte einfach nicht in einer Welt ohne Mutter leben. Und obwohl ich es nicht verstand, konnte ich ihn nicht dafür hassen.

Edward seufzte und fuhr sich mit den Fingern durchs Haar, wie immer, wenn er bekümmert war. »Natürlich, entschuldige bitte! Ich habe nur an dich gedacht. Es ist einfach ungerecht, du hast schon so viel durchgemacht! Warum musst du jetzt auch noch den Abstieg in Verzweiflung und Armut erleiden?«

Armut war mir gleichgültig, solange ich das Nötigste zum Leben hatte. Die Tatsache, die mir wirklich zusetzte, war, dass ich bald meinen Vater verlieren würde, mein Zuhause, Edward, unseren Baum … alles, was ich liebte. Die Vorstellung ließ meine Kehle eng werden. »Du warst immer ein guter Freund. Ich werde die Erinnerung an unsere Kindheitsabenteuer mitnehmen, wohin ich auch gehe.«

»Wohin du auch gehst? Was soll das heißen?«

Die Schärfe in seinem Tonfall ließ mich aufblicken und in seine Augen schauen, die ich so gut kannte. Sie waren braun mit goldenen Lichtern darin, ein ungewöhnliches Zusammenspiel der Farben, und aus ihnen sprachen Güte, Leidenschaft und Intelligenz. »Wenn … all das hier vorüber ist, muss ich mir ein neues Zuhause suchen. Deine Eltern waren so freundlich, uns weiter hier wohnen zu lassen, obwohl mein Vater seine Pflichten als Pfarrer nicht mehr erfüllen konnte.« Oder besser gesagt, *wollte*.

»*Warum soll ich denjenigen anbeten, der mir Leid zufügt, Emily?*«

Die Resignation in der Stimme meines Vaters verfolgte mich noch immer. Ich hatte nicht gewusst, wie ich seine Frage beantworten sollte. Mein Glaube war nie so stark gewesen wie seiner früher.

»Aber wo willst du hin?«, unterbrach Edward meine Gedanken. »Du hast doch keine anderen Verwandten, nicht wahr?«

Daran erinnert zu werden, brachte mich auch nicht weiter. »Keine, die mir helfen würden. Ich werde wieder eine Anstellung als Gouvernante finden.«

»Du unterrichtest doch so ungern.«

»Was bleibt mir denn anderes übrig?«

»Du könntest heiraten.«

Beinahe wäre mir die Kerze entglitten, die ich ihm gerade wieder abgenommen hatte. Ein sarkastisches Lachen kam über meine Lippen. »Du weißt doch, wie ich diesbezüglich denke, Edward.« Wenn ich ihn nicht heiraten konnte, würde ich es gar nicht tun. Nicht, dass ich ihm das gesagt hätte. Er glaubte einfach, ich wollte meine Unabhängigkeit nicht aufgeben. »Und wer würde schon die Tochter eines vom Glauben abgefallenen Pfarrers heiraten?«

Ganz gewiss nicht Edward, der aus einer adligen Familie mit Beziehungen und Erwartungen kam. Für ihn war ich immer wie eine kleine Schwester gewesen, die im Pfarrhaus auf dem Land seiner Familie wohnte und ihn beim Klettern und allen anderen Dingen schlagen konnte, die eine »richtige Dame« nicht tat.

»*Du* bist doch nicht vom Glauben abgefallen! Aber ich verstehe dein Dilemma.« Edward presste die Lippen aufeinander. »Also gut, was für Fähigkeiten hast du sonst noch?«

Ich wandte den Blick ab. Ich hatte ihm nie erzählt, womit ich meine Abende verbrachte, wie ich mir Seite für Seite alles von der Seele schrieb. Das wusste niemand, obwohl ich vorhatte, es irgendwann der ganzen Welt zu zeigen. Es würde meine Erlösung sein, die einzige Art, wahrhaft frei zu sein. Aber im Moment entschied ich mich für einen halbherzigen Scherz: »Ich kann Betten machen und nähen wie keine andere.«

Edward runzelte die Stirn. »Im Ernst, Em. Du kannst dich nicht dazu herablassen, ein einfaches Dienstmädchen zu sein.«

In Augenblicken wie diesen musste ich Edward seinen Snobismus einfach verzeihen. Er war in seine vornehme Familie hineingeboren worden und hörte vielleicht nicht, wie das klang.

»Fleißige Arbeit ist nie eine Demütigung. Ich habe keine große Wahl. Deshalb halte ich meine Entscheidung, wieder als Gouvernante zu arbeiten, für die beste Lösung.« Ich wandte mich dem Schlafzimmer zu. »Du bist doch gekommen, um ihn zu sehen, oder?«

»Ich … natürlich, aber vor allem wollte ich wissen, wie es dir geht.«

»Komm mit.« Ich führte ihn zum Schlafzimmer. Er folgte mir durch die Tür, hinter der früher Lachen und Liebe geherrscht hatten und wo jetzt nur noch ein kranker Mann lag, der seinen Glauben und alle Hoffnung verloren hatte.

Obwohl ich alles versucht hatte, war es mir nicht gelungen, seine Lebensfreude wiederzuerwecken.

»Vater.« Ich nahm seine kalte Hand. Die Adern unter seiner bleichen Haut sahen aus wie ein Spinnennetz. »Edward ist gekommen, um dich zu besuchen.«

Keine Reaktion.

Edward trat näher und räusperte sich, so als wollte er etwas sagen. Dann zögerte er. »Emily.« Er berührte mit den Fingern den Hals meines Vaters, dann richtete er seine braun-goldenen Augen auf mich. »Er ist tot.«

»Nein.« Mein Blick schnellte zur Brust meines Vaters, die sich nun nicht mehr hob und senkte.

Und dann stieg der Schluchzer, den ich so lange zurückgehalten hatte, nach oben und zerriss mein Innerstes mit roher Gewalt.

10. Kapitel

Ginny

Ginnys Daumen schwebte über der Senden-Taste. Sie musste nur drücken, dann würde Garrett wissen, dass sie an ihn dachte.

Aber die Vernunft siegte und sie löschte die Textnachricht, einen Buchstaben nach dem anderen.

Er hatte um Abstand gebeten. Andere mochten sie für verrückt halten, weil sie ihm seine Bitte erfüllte, aber sollten Ehepartner nicht die Bedürfnisse des anderen stillen?

Sie schob das Handy wieder in die Tasche ihrer Jeans, doch vorher warf sie noch einen Blick auf die Zeit. Oh! In fünf Minuten wollte sie sich mit Steven treffen. Seufzend ging sie zur Tür der Buchhandlung und drehte das Schild um, damit die Kunden wussten, dass sie erst morgen Vormittag wieder öffnen würde.

Bald würde die Touristensaison in vollem Gange sein, aber wenn sie nicht bald etwas unternahm, um mehr Kunden zu gewinnen, würde sie das Schild noch vorher zum letzten Mal umdrehen.

Sie verließ das Geschäft und schloss ab, dann wandte sie sich um und machte sich auf den Weg zu Stevens Haus.

Als Sophia am letzten Samstag vorgeschlagen hatte, die Internetpräsenz von *Rosebud Books* zu verbessern, hatte Ginny die Seite noch mal mit frischem Blick zu bewerten versucht. Sophia hatte recht – sie war nicht besonders benutzerfreundlich und die Gestaltung, die vor fünf Jahren hochmodern gewesen war, wirkte altbacken und plump.

Sie hatte probiert, selbst etwas am Design zu ändern und herauszufinden, wie sie ihre Bücher zum Verkauf einstellen konnte, aber es gab viele Details zu beachten und alles, was am Ende bei der ganzen Sache herausgekommen war, waren fiese Kopfschmerzen gewesen. Während sie sich die Schläfen gerieben hatte, war ihr etwas in den Sinn gekommen, was ihr Vater immer gesagt hatte: »*Engagiere jemand Professionellen für die Dinge, die du selbst nicht gut kannst.*«

Aber das ging natürlich nur mit Bezahlung. Eine neue Website oder auch nur ein Update konnte ganz schön kostspielig werden.

Natürlich musste man manchmal Geld ausgeben, um welches zu verdienen. Aber woher sollte man wissen, ob die Investition sich lohnen und tatsächlich zu einer Umsatzsteigerung führen würde?

Nicht zum ersten Mal hatte Ginny sich gewünscht, sie hätte in ihrem Wirtschaftsstudium in Harvard besser aufgepasst, auch wenn es sie nie wirklich interessiert hatte.

Ihre Kopfschmerzen waren nur noch schlimmer geworden. Und es hatte ihr in den Fingern gejuckt – sie hatte nur noch in die Küche gehen und etwas backen wollen. Fliehen.

Am Ende war sie zu dem Schluss gekommen, dass sie doch ihrem ersten Impuls folgen und sich an Steven wenden sollte.

Ja, Garretts alter Freund war genau die Person, die sie jetzt brauchte. Er hatte sich vor einigen Jahren als Webdesigner selbständig gemacht und würde ihr wahrscheinlich nicht so viel berechnen wie eine Firma in London. Außerdem arbeitete sie viel lieber mit einem Unternehmen zusammen, bei dem bereits eine gewisse Vertrauensbasis bestand, als mit einem, das sie aufs Geratewohl im Internet ausgesucht hatte.

Also hatte sie angerufen und einen Termin vereinbart.

Und jetzt stand sie vor dem winzigen Haus in der Nähe des Hafens, in dem er wohnte. Steven kam gleich an die Tür. Seine roten Haare waren ein wenig zerzaust und er trug eine tief sitzende Sporthose und ein weißes T-Shirt. »Hi Gin. Wie geht es dir?«

In der Nähe ertönten die Schreie der Möwen und das Läuten von Schiffsglocken.

»Wir haben eine Verabredung, oder?« Sie musterte seinen Aufzug. »Weil es so aussieht, als wolltest du joggen gehen – oder schlafen.« Sie hatte immer locker mit Steven reden und herumalbern können. Garrett und er kannten sich schon, seit Stevens Familie während seiner Grundschulzeit nach Port Willis gezogen war.

Steven lachte. »Ja, aber ich habe es gern bequem, wenn ich arbeite. Komm rein.«

Sie folgte ihm in sein typisches Junggesellenreich. Die Wäsche türmte sich in Körben und hing über den Armlehnen der Couch, halb gefaltet und vergessen. Eine leere Pizzaschachtel von *Valero* zierte den Couchtisch und aus dem Fernseher an der gegenüberliegenden Wand drangen eintönige Geräusche herüber. Das hässliche schimmelgrüne Sofa war der schlimmste Schandfleck, obwohl es mit ein paar abstrakten Gemälden wetteiferte, von denen Ginny schlecht wurde, wenn sie sie zu lange ansah.

Aber auch wenn eine Grundunordnung herrschte, war das Haus nicht schmutzig. Es duftete sogar ganz angenehm – nach einer Mischung aus frischer Seife und Gewürzen.

Es erinnerte sie daran, wie Garrett roch.

Ginny schluckte den Kloß im Hals hinunter und sank auf Stevens Sofa. »Danke, dass du mich so spontan reingequetscht hast. Ich weiß, du hast viel zu tun.«

Er setzte sich mit dem Rücken zur Armlehne neben sie und schlug lässig ein Bein über das andere. »Ich habe dir doch gesagt, dass du dich melden kannst, falls du mich irgendwann mal brauchst.«

»Dafür bin ich wirklich dankbar! Wie ich am Telefon schon sagte, müssen wir … also, muss ich einen Weg finden, mehr Kundschaft zu akquirieren. Die Idee, die Internetseite ein wenig auf Vordermann zu bringen, kam von Sophia, meiner Sommeraushilfe.«

»Okay. Hast du dir ein paar von den Musterseiten angesehen, die ich gemacht habe? Er zog seinen Laptop aus einer Tasche neben dem Sofa und klappte ihn auf.

»Ja. Mir gefallen einige davon. Vor allem die dritte Möglichkeit, glaube ich. Aber ...« Mann, war das unangenehm! »Wie viel
würde so was denn kosten?« Wenn es mehr war, als sie sich leisten konnte, konnte sie seine Hilfe nicht annehmen.

Steven wischte ihre Frage mit einer wegwerfenden Handbewegung beiseite und rief dann den dritten Entwurf auf. »Mach
dir darüber erst mal keine Gedanken. Was hat dir denn an dem
Design gefallen?«

Sie betrachtete die Seite auf dem Bildschirm noch einmal. »Ich
mag die klaren Formen, aber es wirkt auch kreativ. Es ist über-
sichtlich, ohne langweilig zu sein. Die Plug-ins, mit denen du
das Inventar nachverfolgen kannst, klangen auch interessant. Genau, was ich brauche.« Ginny zögerte. »Aber ich muss mir leider
durchaus Gedanken über die Kosten machen, Steven. Ich bin ein
bisschen ... knapp bei Kasse.«

Er klappte den Rechner zu und musterte sie. »Warum willst du
die Seite denn überarbeiten? Was ist deine Vision?«

Sie überlegte, wie sie ihm ihr Ziel am besten beschreiben konnte. »Sophia ist lustig. Sie liebt Bücher. So wie Würstchen Senf lieben. Oder Spaghetti Tomatensoße. So wie ...«

»Ich glaube, ich weiß, was du meinst.« Steven grinste.

»Gut. Jedenfalls redet sie von Büchern wie von Freunden, die
ein Zuhause brauchen, einen Ort, wo sie hingehören. Und ... es
ist vielleicht albern, aber das kann ich nachvollziehen. Deshalb
gefällt mir der Gedanke, sie online zu stellen, wo wir sie hoffentlich schneller verkaufen können, und es scheint mir als vielver-
sprechender Weg, um unser Geschäft zu retten.«

Wow. Merkwürdig, wie ihr Gehirn manchmal funktionierte.

»Was ist?« Steven zog eine Augenbraue hoch. Er musste ihr
Erstaunen bemerkt haben.

Sie schüttelte den Kopf. »Ich glaube, bislang habe ich einfach
den Zusammenhang nicht gesehen. Ich habe Sachen immer ver-
arbeitet, indem ich darüber rede, aber ... Danke, dass du mich
das gefragt hast. So vieles in letzter Zeit hat sich nur darum ge-

dreht, die Buchhandlung aus den roten Zahlen zu kriegen, aber das hier … das geht irgendwie tiefer, würde ich sagen.«

Ihre Worte hingen einige Momente lang in der Stille.

»Tja, ich bin einfach genial.« Steven zwinkerte ihr zu und grinste.

Sie musste kichern. Unglaublich, dass er sie so mühelos zum Lachen gebracht hatte, obwohl ihr kurz zuvor noch zum Heulen zumute gewesen war. »Das kann ich nicht bestreiten.«

»Aber im Ernst, Gin: Wann immer du Sachen durchsprechen musst … Ich kann ziemlich gut zuhören.«

»Das glaube ich dir sofort. Eigentlich … oh, ich sollte eine Frau für dich finden. Das ist es! Sophia ist Single. Vielleicht kann ich euch zwei verkuppeln.« Ginny stieß Steven mit dem Ellbogen in die Rippen.

Er packte seinen Laptop weg und lachte. »Ich werde mit deiner Website viel zu beschäftigt sein, um mit irgendjemandem auszugehen.«

»Ach, komm. Für ein bisschen Romantik ist immer Zeit. Aber du hast mir immer noch nicht verraten, wie viel das alles kosten wird.« Sie knetete ihre Hände. »Ich bin nicht sicher …«

»Ich mache das kostenlos.«

»Was? Nein, das kann ich nicht annehmen! Das ist nicht der Grund, warum ich zu dir gekommen bin. Ich werde unsere Freundschaft nicht ausnutzen.«

»Aber du bist zu mir gekommen und ich will dir helfen, deine Pläne umzusetzen.« Sein neckender Blick wich wieder einem ernsteren Ausdruck. »Egal, was mit Garrett passiert, du wirst hier immer Freunde haben. Obwohl ich natürlich hoffe, dass ihr zwei eure Probleme in den Griff kriegt. Ich stehe hinter dir.«

Sie schluckte. »Danke. Das bedeutet mir viel.«

11. Kapitel

Sophia

Heute war es so weit. Endlich würde sie die richtigen Worte finden, sie fühlte es.

Sophia breitete die Decke aus, die sie mitgebracht hatte, und machte es sich darauf bequem. Sie hatte sich eine Stelle unweit von Chaser's Beach ausgesucht, eine knappe halbe Stunde mit dem Auto von Port Willis entfernt. Schließlich hatte sie sich vorgenommen, etwas mehr von der britischen Insel zu sehen, und das hier war ein Anfang.

Der Samstag war noch jung und so war der Strand noch nicht überfüllt. Sie hatte bei ihren Recherchen herausgefunden, dass er ein beliebtes Ziel für Surfer war.

Nicht, dass sie selbst surfen wollte – nicht heute. Aber vielleicht bald.

Von der grasbewachsenen Landzunge blickte sie auf den goldenen Sand hinunter. Schon jetzt waren ein paar erste Surfer auf dem Wasser. Sie paddelten mit ihren Brettern hinaus und drei von ihnen ritten bereits auf den Wellen. Wie es sich wohl anfühlte, so schwerelos dahinzugleiten, sich vom Wasser tragen zu lassen, mit Wellen und Meer eins zu sein?

Die Wolken vom gestrigen Unwetter waren noch nicht ganz verschwunden und so war es ein wenig kühl. Sophia zog den Reißverschluss ihrer Jacke zu und nahm das weiße Journal zur Hand. Gestern Abend hatte sie die Geschichte in dem mysteriösen Buch zum zehnten Mal gelesen. Irgendetwas an der Sehnsucht der Autorin berührte ihre Seele und motivierte sie, sich zurückzuziehen und mehr als die mageren dreieinhalb Seiten zu füllen, die sie selbst bis jetzt zu Papier gebracht hatte. Es juckte ihr in den Fingern, die Worte ihres Herzens aufzuschreiben, so wie Emily es getan hatte.

Mit zitternden Fingern schlug Sophia das Journal auf. Ihr Blick huschte über das, was sie bereits geschrieben hatte. Die Worte waren irgendwie blutleer, leblos. Sie hatte lediglich eine Menge Nichtigkeiten zu Papier gebracht.

Warum war das so schwer? Sie wusste, was sie empfand, oder nicht?

Sie riss die beiden Blätter aus dem Buch, zerknüllte sie und stopfte sie in ihre Tasche.

»Ich hatte gleich bei unserer ersten Begegnung den Eindruck, dass Sie eine kreative Seele sind.«

Sie wandte den Kopf und blickte zu einem Mann auf, der mit einem Surfbrett in der Hand hinter ihr stand. Sein Körper steckte in einem Neoprenanzug – sein *sehr sportlicher* Körper. Sie blinzelte und schob den Gedanken beiseite.

»Ähm … hallo.« Er kam ihr bekannt vor. »Kennen wir uns?«

»Parkplatz. Sie standen im Weg …«

Der freundliche, attraktive Fremde. »Stimmt! Hallo.«

»Das sagten Sie schon.« Sein Grinsen war ansteckend. »Ich heiße übrigens William.«

»Sophia.«

»Ich weiß.« Er ging in die Hocke, damit sie nicht mehr zu ihm aufsehen musste.

Sie zog eine Augenbraue hoch. »Muss ich mir Sorgen machen?« Woher wusste er, wer sie war?

»Port Willis ist klein. Außerdem arbeiten Sie für meine Schwägerin.«

Ach ja. Ginny hatte den Bruder ihres Mannes ein paarmal beiläufig erwähnt. »Der Literaturprof, richtig?«

»Mein Ruf eilt mir voraus.«

Aus irgendeinem Grund musste sie kichern, als er das sagte.

Sie kicherte sonst nie. Aber der Typ war irgendwie … süß. »Kann man so sagen.«

»Haben Sie was dagegen, wenn ich mich kurz setze?«

Sie musterte sein Surfbrett und den wasserdichten Anzug. »Ich will Sie aber nicht vom Surfen abhalten.«

Er zuckte mit den Schultern. »Ich komme so oft wie möglich her. Es macht nichts, wenn ich heute mal ein bisschen später anfange.«

»Okay, dann gerne. Setzen Sie sich.« Sie rutschte ein Stück, sodass er sich zu ihr auf die Decke setzen konnte. »Was meinten Sie damit, ich sei eine ›kreative Seele‹?«

Er zeigte auf das Journal in ihrer Hand. »Ich habe gesehen, wie Sie Seiten rausgerissen haben. Nur sehr kreative Menschen sind frustriert genug, um das zu tun.«

»Oh.« Wenn er wüsste, wie falsch er lag. Sie war keine Schriftstellerin, obwohl sie inzwischen nur zu gut wusste, was eine Schreibblockade war. Sophia klappte das Buch zu und schob es wieder in ihre Tasche. »Ich dachte, dieser Ort würde mich inspirieren.«

»Und, tut er es?«

»Ich bin gerade erst gekommen, deshalb bin ich noch nicht sicher. Aber es ist herrlich und ganz anders als zu Hause.«

»Wo ist das?«

»In Arizona. Phoenix, um genau zu sein.«

»Also in der Wüste.«

»Sie kennen sich mit der Geografie Amerikas aus. Waren Sie schon mal dort?« Sie zog die Knie an und musterte ihn. Er schien nicht viel älter zu sein als sie, obwohl Ginny gesagt hatte, er hätte schon eine feste Professorenstelle. Vielleicht fünfunddreißig?

»Leider nein. Ich wollte immer, aber meine Reiseziele lagen bisher ausschließlich auf dieser Seite vom großen Teich.«

»Ich bin nicht viel gereist, aber während meiner Collegezeit war ich mal mit anderen Studenten und einigen Lehrkräften in London. Das war im Sommer vor meinem letzten Studienjahr. Wir waren in der British Library und seitdem hat die amerikanische Literatur bei mir keine Chance mehr. Von diesem Augenblick an wollte ich nur noch lesen, was die Briten geschrieben haben.«

Williams Mund verzog sich zu einem Lächeln. »Sehen Sie? Kreative Seele. Wusste ich's doch. Und wer sind Ihre Lieblingsautoren?«

»Natürlich sind da Austen, die Brontës, Dickens und Hardy. Aber ein Autor, dessen Werk mich in letzter Zeit wirklich berührt hat, ist Robert Appleton.«

Seine Augen blitzten und er drehte sich ihr mit dem ganzen Oberkörper zu. »Die meisten Amerikaner haben von diesem Autor noch nie gehört.«

»Einer meiner Professoren, der die Reise nach England organisiert hat, war ganz besessen von ihm. Dr. Rosenthal war allerdings davon überzeugt, dass ›er‹ eigentlich eine ›sie‹ war.«

»Ich habe meine Dissertation über Autoren aus Cornwall geschrieben. Robert Appleton war einer meiner Schwerpunkte. Und ich neige dazu, Ihrem Prof zuzustimmen.«

Sie hatte es für möglich gehalten, sich aber nicht entscheiden können, ob sie der gleichen Ansicht war. »Man weiß so wenig über sein Leben, warum glauben Sie, dass er unter einem Pseudonym geschrieben hat?«

»Das ist einer der Hauptgründe. Warum sollte über ihn nicht mehr bekannt sein? Überlegen Sie mal, wie viel man über Charlotte Brontë und ihre Schwestern weiß, und die haben ungefähr zur selben Zeit geschrieben. Aber von Robert Appleton wurde nicht ein einziger Brief oder irgendeine andere Information gefunden. Für viele erhöht das den Reiz natürlich. Trotzdem ist er außerhalb von Cornwall eine bescheidene Größe.«

»Nachdem mein Professor mich mit ihm bekannt gemacht hatte, habe ich mich verliebt.« Sophia stützte sich mit den Händen auf der Decke ab und lehnte sich zurück. »Ich habe alle seine Bücher mindestens zwanzig Mal gelesen.«

»Welches ist Ihr Lieblingsbuch?«

»Das ist, als würden Sie eine Mutter fragen, welches ihrer Kinder sie am liebsten mag. Das kann ich unmöglich beantworten. Sie alle haben etwas Besonderes an sich. Und jedes spricht mich auf andere Weise an. Zum Beispiel *Das Flüstern der Klippen*. Es ist eine Geschichte über Mut und darüber, sich neu zu erfinden, und ich sollte weiß Gott mehr wie Margaret sein.« Sie seufzte und ließ den Blick zum Horizont wandern. »Und dann natürlich *Mondlicht überm Moor*. Eine wunderbare Liebe, die alles besiegt, sogar den Tod – wie könnte das irgendjemanden nicht berühren?«

»Wohl wahr. Ich finde es faszinierend, dass Appleton sich in vielen Punkten so offensichtlich von der Bibel hat inspirieren lassen, Sie nicht auch?«

Sie sah ihn an. »Hat er das?«

»Darum geht es in meiner Dissertation eigentlich. Biblischer Symbolismus und Parallelen in der erzählenden Literatur Cornwalls.«

Dann war es ja schon fast Ironie, wie sehr Sophias Seele sich zu Appletons Geschichten hingezogen fühlte, wenn man bedachte, wie wankelmütig ihr Glaube war. Sie zuckte mit den Schultern. »Was auch immer die Geschichten inspiriert hat, sie haben *mich* inspiriert. Deshalb bin ich hier.« Teilweise jedenfalls.

Einen Moment lang schwiegen sie. Dann fing er an zu lachen.

»Was ist?«

»Abgesehen von meinen Kollegen an der Uni bin ich noch nie jemandem begegnet, der in einem Gespräch so schnell zum Thema Literatur kommt wie Sie. Das ist erfrischend.«

Sophia ertappte sich dabei, wie sie in das Lachen einstimmte. »Ja, ich bin eindeutig ein Bücherwurm.«

»Mögen Sie die Sendung *Ungelöste Geheimnisse literarischer Natur*?«

»Müsste ich die kennen?«

»Wollen Sie etwa sagen, die gibt's in Amerika nicht? Ich verpasse nie eine Folge. Das Konzept ist genial! Da werden alle möglichen Theorien um Geheimnisse der Literatur diskutiert. Zum

Beispiel: Wer hat *Beowulf* geschrieben? Oder was war das ›kleine namenlose Objekt‹ in James' *Die Botschafter*?«

Sophias Grinsen wurde noch breiter. »Na gut, hiermit haben Sie mir offiziell den Rang als Bücherwurm des Jahres abgelaufen.«

William lachte. »Tun Sie nicht so, als würden Sie nicht sofort nachsehen, wenn Sie nach Hause kommen.«

»Erwischt.« Genau genommen klang es so, als wäre das genau die richtige Sendung für sie. Es war etwas, worüber David sich lustig gemacht hätte, also hätte sie gewartet, bis er freitagsabends mit seinen Kumpels aus war, um es sich auf dem Sofa gemütlich zu machen und diese Show zu sehen.

»Wie lange wollen Sie in Cornwall bleiben?«

Mit einem Ruck kehrte sie in die Gegenwart zurück. Die Gedanken an ihren Verlobten drohten ihr die Schönheit, die sie umgab, zu vermiesen. »Drei Monate. Dann muss ich wieder arbeiten gehen.«

»Und was arbeiten Sie?«

Sie knibbelte an ihrer Nagelhaut. »Ich bin Therapeutin bei einer Beratungsstelle für Frauen.« Mehr brachte sie nicht heraus. Wenn jemand Bücher erwähnte, konnte sie ohne Punkt und Komma reden, aber wenn sie nach ihrem eigenen Leben gefragt wurde, machte sie sofort dicht. Warum war das so? Wenn sie das in Bezug auf jemand anderen analysieren müsste, würde sie sagen, dass diese Person sich vielleicht dem Schmerz der Vergangenheit oder Gegenwart nicht stellen konnte und deshalb persönliche Themen ganz vermied.

Aber sie war jetzt seit Monaten selbst in Therapie. Sie hatte bis zum Erbrechen darüber geredet, welches Gefühl David ihr gegeben hatte und dass sie sich nach einem Neuanfang sehnte. Warum gab es dann immer noch diese Blockade? Es ging ihr nicht nur bei William so. Bis zu diesem Punkt war ihre Unterhaltung ja sogar sehr entspannt gewesen.

Natürlich war sie es nicht gewohnt, viel mit anderen Männern außer David zu reden. In den letzten Monaten seines Lebens war er sehr eifersüchtig geworden und hatte sie ständig irgendwelcher Dinge beschuldigt, die sie nicht getan hatte, also war es einfacher gewesen, jedem, den er als Rivalen hätte sehen können, aus dem Weg zu gehen.

Selbst jetzt konnte sie Davids Stimme in ihrem Kopf hören, all die Beschimpfungen, die auf sie einprasselten.

Schlampe!

Verführerin!

Betrügerin!

Das war alles Unsinn. Es waren Lügen gewesen, als er sie ihr an den Kopf geworfen hatte, und es waren auch jetzt Lügen. Aber selbst Dinge, die sie als Unwahrheiten erkannte, hatten manchmal Macht über sie.

»Ich lasse Sie besser mal weiterschreiben, Sie wirken sehr vertieft.« William erhob sich und hob sein Surfbrett auf.

Es wäre leicht, ihn gehen zu lassen. Sich über die nette Begegnung zu freuen und sie zu den Akten zu legen. All das, was sie wirklich fühlte, von sich zu schieben, tief in ihrem Innern zu vergraben und nie wieder danach zu suchen.

Aber der Weg zur Heilung war kein einfacher Weg.

»Nein. Bleiben Sie bitte, wenn Sie wollen. Ich habe nur über ein paar Dinge nachgedacht.«

Ein Lächeln erschien auf seinen Lippen und er ließ sich wieder neben ihr nieder. »Zum Beispiel?«

Und dann unterhielten sie sich stundenlang, bis die Sonne tief am Himmel stand und Sophia bewusst wurde, dass sie den ganzen Tag noch nichts gegessen hatte und er nicht gesurft war und sie kein Wort geschrieben hatte. Aber das war in Ordnung. Denn sie hatte die Tür zu einer neuen Freundschaft aufgestoßen – hatte sich jemandem gegenüber geöffnet. Und noch dazu einem Mann. Das war ein Fortschritt, egal, ob sie ihr ursprüngliches Ziel für diesen Tag erreicht hatte oder nicht.

Ihr Blick wanderte über den Strand, wo ein Fotograf seine Kamera aufgebaut hatte, bereit, das Leben in einem schönen Moment in farbigen Pixeln zu erfassen. Aber auf diese Weise konnte man es nicht abbilden, nicht wirklich. Einem Foto würde immer etwas fehlen, so gut es auch sein mochte. Es konnte nicht festhalten, wie der Nebel aus Salzwasser sich auf ihrer Haut anfühlte oder die Sonne ihr Gesicht erwärmte und bis in ihr Innerstes drang.

Und wäre eine Kamera auf sie gerichtet gewesen, hätte sie nicht einfangen können, dass ihr Herz wild hämmerte, weil ein Mann, den sie gerade erst kennengelernt hatte, sie ansah, als wäre sie mehr als nur ein bisschen interessant – oder wie Angst und Euphorie gleichermaßen durch ihre Adern strömten.

12. Kapitel

Emily

August 1857

Wenn ich schrieb, verblassten die dunklen Tage meiner Vergangenheit an den Rändern und ich konnte eine Zeit lang den Schmerz vergessen, nachdem ich beinahe alle Menschen verloren hatte, die ich liebte. Wann immer mein Inneres auf das Papier strömte und ich mich selbst in meine Geschichte einlud, fand ich die Art Leben, nach der ich mich stets gesehnt hatte.

Wenn dieser Zauber sich doch nur auf alles andere übertragen ließe!

Meine Feder flog so schnell über die Seiten, wie ich schreiben konnte, während die Gedanken aus meinem Kopf durch meine Hand flossen und in das Papier eingraviert wurden. Jeden freien Augenblick verbrachte ich hier an meinem Schreibtisch, obwohl es diese Augenblicke in jüngster Zeit nur selten gab. Die Gouvernante von Edwards Schwester zu sein, hatte sich als Herausforderung erwiesen, aber es war sehr gütig von ihm gewesen, es zu arrangieren. Ich hatte kein Recht zu klagen.

Es klopfte an meiner Tür und ein Dienstmädchen trat ein. »Sie werden im Salon verlangt, Miss Fairfax.«

»Danke. Ich komme sofort.« Vielleicht wollte Edwards Mutter noch etwas in Bezug auf das kommende Unterrichtsjahr mit mir besprechen. Ich hatte bereits den Auftrag erhalten, Louisa so gut wie möglich »auszubilden«, da sie in der kommenden Saison in die Gesellschaft eingeführt werden sollte. Zusätzlich sollte jemand dafür engagiert werden, ihr in Fragen der Etikette zur Seite zu stehen.

Das Dienstmädchen knickste und schloss beim Hinausgehen die Tür hinter sich.

Ich legte den Federhalter auf den Schreibtisch, drehte den Kopf hin und her und rieb die verspannten Muskeln in meinem Nacken. Wie lange hatte ich hier gesessen?

Ich hatte die heutige Lektion frühzeitig beendet, weil die Kinder am Nachmittag ein Picknick veranstalten und draußen herumlaufen wollten. Im Unterrichtszimmer zählte ich jedes Mal die Sekunden, bis wir fertig waren. Aber wenn ich eine Feder in der Hand hielt, konnten Stunden vergehen, ohne dass ich es bemerkte.

Ich erhob mich und sah in den kunstvoll verzierten Spiegel – ein Luxus, den ich im Pfarrhaus nie gehabt hatte – und war verblüfft darüber, wie unverhüllt die Traurigkeit in meinen braunen Augen war. Abgesehen von den Sommersprossen auf meinen Wangen und einem kleinen Tintenfleck auf meinem Kleid war ich mit meinen ordentlich geflochtenen Haaren vorzeigbar. Natürlich war ich keine Schönheit, wie meine Mutter und meine ältere Schwester es gewesen waren, aber zumindest über meine zierliche gerade Nase war ich immer froh gewesen, genau wie über die Tatsache, dass ich so viel Nachspeise essen konnte, wie ich wollte, ohne mir Sorgen machen zu müssen, dass mein Kleid zu eng wurde.

Mit leisen Schritten verließ ich mein Zimmer und ging den langen Flur hinunter in Richtung Salon. Bevor ich als Gouvernante hier angestellt worden war, hatte ich das Haus nur zu den sehr seltenen Gelegenheiten betreten, bei denen die Familie unsere Familie zum Essen eingeladen hatte. Edward und ich hatten als Kinder vor allem das weitläufige Gelände außerhalb des Anwesens unsicher gemacht.

Endlich erreichte ich den Salon. Edwards Mutter hatte vor Kurzem einen neuen Dekorateur engagiert, der den Raum im neuesten Stil eingerichtet hatte – rote Seidenvorhänge an den Fenstern, Spiegel mit goldenem Rahmen, Damastpolster, schmiedeeiserne

Kerzenleuchter. Ein riesiger Lüster an der Decke zeugte von der schlichten Eleganz dieses Hauses und seiner Bewohner. Aber im Moment war niemand von ihnen zu sehen.

Das Dienstmädchen hatte doch gesagt, im Salon, oder? Ich wandte mich um, trat wieder auf den Flur hinaus – und wäre beinahe mit einer groß gewachsenen Gestalt zusammengeprallt.

»Hättest du noch ein bisschen gewartet, wäre die Überraschung etwas stilvoller geworden.«

Der Klang dieser Stimme erweckte jede Faser meines Wesens zum Leben, und als ich den Blick hob, sah ich Edward vor mir stehen. Edward, leibhaftig. Edward, den ich seit der Beerdigung meines Vaters vor acht Monaten nicht mehr gesehen hatte. Er war zum Studium fort gewesen und nach seinem Abschluss hatte er in London gelebt, um seinem Vater bei seinen Geschäften zur Hand zu gehen.

Ich konnte ein Grinsen nicht unterdrücken. »Wann bist du zurückgekommen?«

»Gerade eben erst. Ich musste einfach sehen, wie es dir geht.«

Ich wusste, ich sollte nicht zu viel darauf geben, dass er mich sofort nach seiner Ankunft aufgesucht hatte. Ihm bedeutete das nichts, mir aber alles. Selbst wenn er mich niemals lieben würde, wie ich ihn liebte, war es von überragender Wichtigkeit für mich, an unserer Freundschaft festzuhalten. Ohne ihn wäre ich nach dem Tod meiner Familie wohl der Verzweiflung anheimgefallen. »Mir geht es gut, danke.«

»Komm, lass uns in den Garten gehen. Es ist so ein schöner Tag.« Edward schob mich durch die Tür nach draußen, wo die Sonne tief am Himmel stand. Bald würde das Abendessen aufgetragen werden, aber wir würden noch einige Minuten haben, um die herrliche Kühle der Luft zu genießen, die den Herbst ankündigte, der langsam Einzug zu halten begann.

»Ich wusste nicht, dass du vorhattest, nach Hause zu kommen.«

Wir gingen die Treppe hinunter, die vom Haus in den Garten führte. Rhododendren, blühende Bäumchen aus dem Himalaya und mehr als einhundertzwanzig Sorten cremeweißer Magnolien wuchsen in ordentlichen Reihen, aber ich konnte mir vorstellen, dass sie sich danach sehnten, aus ihren Beeten auszubrechen und sich wild in alle Richtungen zu strecken, sobald sie frei waren.

»Wirklich? Ich habe Mutter gesagt, sie soll dir Bescheid sagen.« Edward verschränkte im Gehen die Hände hinter dem Rücken. Sein Zylinder saß ein wenig schief auf seinem Kopf und ich verspürte den Drang, ihn ganz herunterzustoßen. Es war merkwürdig, ihn in so förmlicher Kleidung zu sehen, nachdem wir vor gar nicht allzu langer Zeit noch gemeinsam in schlichten Spielkleidern hinter jeder Ecke ein Abenteuer gesucht hatten. »Jedenfalls waren meine Geschäfte früher erledigt, als ich dachte, deshalb konnte ich eine Woche eher heimkommen als geplant.«

»Wunderbar.«

Wir gingen weiter den Weg entlang und bald waren exotische orangefarben blühende Pflanzen wie Fackellilien und Paradiesvogelblumen zu sehen, umgeben von Korallenbäumen, Natternköpfen und dem Okira-Strauch mit seinen grünen Schoten. Die leuchtenden Farben zogen meine Blicke an und ich blieb stehen, um das Meer aus Blüten zu betrachten. Es war zu lange her, dass ich hier einen Spaziergang gemacht hatte. Früher hatte die Natur mich belebt, sie war mein einziger Trost gewesen und hatte mir das Gefühl gegeben, stark und wagemutig zu sein, aber ich hatte zugelassen, dass meine Umstände mich zähmten. Dabei hatte ich noch nie viel von den schwachen und weinerlichen Frauen gehalten, die in der Regel aus ebensolchen Umständen hervorgingen.

»Du bist sehr still«, stellte Edward fest. »Ich muss dich noch einmal fragen … Wie geht es dir?«

Ich sah ihn an. »Mir geht es wirklich gut.« Der Zweifel, der ihm ins Gesicht geschrieben stand, veranlasste mich dazu, einschränkend hinzuzufügen: »Die meiste Zeit über.«

»Und in der restlichen?«

»Ich habe Vater vergeben, so gut ich es vermag.« Ich setzte mich wieder in Bewegung. »Was die Tätigkeit als Gouvernante betrifft, so ist es ein einsames Leben. Die anderen Dienstboten reden nicht mit mir, aber ich bin gesellschaftlich auch nicht auf einer Ebene mit deiner Familie. Ich nehme die meisten Mahlzeiten in meinem Zimmer ein und verbringe viele Stunden damit zu lesen oder …« Ich presste die Lippen aufeinander. Beinahe hätte ich mein Geheimnis preisgegeben. Obwohl Edward und ich einander immer alles erzählt hatten, hatte ich ihm diese Sache aus irgendeinem Grunde vorenthalten. Er würde den Wunsch, etwas zu tun, was man nicht unbedingt tun »sollte«, nicht verstehen. Seine Zukunft war immer klar gewesen – Erbe des väterlichen Geschäfts und Vermögens, der einzige Sohn, auf dem die Verantwortung lasten würde, für mehrere Schwestern zu sorgen. Er würde eine reiche adlige Frau heiraten, die sein Ansehen in der Gesellschaft noch vergrößern würde, mehrere Söhne zeugen und ein Mann sein, den jeder in der Grafschaft respektierte.

Ich konnte den Gedanken nicht ertragen, dass er meine Träume, zu schreiben und zu veröffentlichen, missbilligen würde, allein schon aus dem Grund, dass so etwas normalerweise nur Männern gelang. Noch schlimmer wäre, wenn er nicht glauben würde, dass ich das Talent dazu hatte.

»Oder …?«

Ich beschleunigte meine Schritte, um mich seinen Blicken zu entziehen, und bog in einen anderen Gartenweg ein. Der Baum, bei dem ich Edward vor so vielen Jahren zum ersten Mal begegnet war, kam in Sicht. Er stand am Rand des Steilufers und die Wellen brachen sich tief unter ihm. Keine anderen Bäume, nicht mal Büsche, wuchsen in unmittelbarer Nähe, was seine ausladende Krone noch majestätischer erscheinen ließ. Trotz seines offensichtlichen Alters trieben die knorrigen Äste noch immer aus, ein herrliches Grün vor einem dunkler werdenden Himmel, der mit Wolken gesprenkelt war. In der Ferne wachte ein neuer Leuchtturm über die Klippen.

Es verschlug mir den Atem. Ich hatte diesen Anblick vergessen

– wie das passiert war, wusste ich nicht. Denn wie konnte man etwas vergessen, was dem Himmel so nah kam?

Ich ging zu der Stelle, wo unser Baum wurzelte, zu dem Ort, an dem tausend Erinnerungen an uns hausten. Stundenlang waren wir in den Ästen geklettert und hatten Pflaumen gegessen, während wir das Wasser unter uns beobachteten. Dort oben zu sitzen, hatte sich unsicher und zugleich behaglich wie in einem Kokon angefühlt.

Der Wind peitschte mir die Gischt gegen die Wangen und ich beschloss, mit meinem Tagebuch wieder herzukommen, um das, was ich sah und hörte, niederzuschreiben. Ohne die Worte in meinem Herzen auf Papier zu bannen, konnte ich das schwindelerregende Gefühl in meinem Innern einfach nicht begreifen.

»Behandeln meine Eltern dich gut?«

Ich wandte mich zu Edward um, registrierte die kantigen Konturen seines Kinns und die in Falten gelegte Stirn. »Ja, natürlich. Deine Mutter ist immer sehr freundlich zu mir.« Seit meine Mutter ihr als Hebamme das Leben gerettet hatte, als Louisa auf die Welt gekommen war, waren die beiden Frauen Freundinnen gewesen. Bevor meine Mutter starb, hatte Edwards Mutter versprochen, für mich zu sorgen. Mich auf den Vorschlag ihres Sohnes hin als Gouvernante einzustellen, war ihre Art, das zu tun, vermutete ich.

»Gut.« Edward stieß mich mit dem Ellbogen an. »Vorhin sagte ich ja, ich sei gerade erst angekommen, aber tatsächlich hatte ich noch einen kleinen Abstecher gemacht, bevor ich das Haus betreten habe.«

Ich riss die Augen auf und rannte zu dem Loch im Baum. Mit einer geübten Bewegung griff ich hinein und zog eine neue Ausgabe von *Stolz und Vorurteil* aus den Tiefen. »Oh, Edward.« Es war eines meiner Lieblingsbücher und das Exemplar seiner Eltern war seit einiger Zeit unauffindbar. Ich strich über den Einband und stellte mir vor, wieder mit Elizabeth und Mr Darcy vereint zu sein.

»Es gehört dir.«

»Wirklich?«

Er lachte. »Natürlich. Meine Mutter und meine Schwestern lesen nicht viel und den Geschmack meines Vaters trifft es eher weniger.«

»Es ist wunderschön! Danke.« Ich ließ mich unweit des Baumes ins Gras fallen. »Komm. Erzähl mir von deinen letzten acht Monaten.«

Lachfalten bildeten sich um Edwards Lippen, als er mich musterte. »Meinst du nicht, wir sollten ins Haus zurückgehen?«

Die Sonne war dem Horizont inzwischen noch ein ganzes Stück weiter entgegengesunken – es war wirklich schon recht spät. Aber vielleicht konnte ich wenigstens noch ein paar kostbare Momente lang so tun, als hielte das Leben mehr für mich bereit als die mir bestimmte Einsamkeit. Denn ich wusste, dass meine Zeit mit Edward, nur er und ich im schwindenden Tageslicht, begrenzt sein würde. Wenn er alt genug war, würden seine Eltern ihn bitten, sich eine Braut zu suchen.

Und obwohl ich ihn mehr liebte, als eine andere es jemals könnte, würde diese Braut mit Sicherheit nicht ich sein.

13. Kapitel

Sophia

Eine Woche war seit ihrer Entdeckung vergangen und das Buch und sein Inhalt gingen ihr einfach nicht aus dem Sinn.

Sophia ging den gewundenen Weg hinauf, der über die Hügel um Port Willis herumführte. Das hohe Gras verneigte sich vor ihr, als sie vorbeiging, und tanzte ein Ballett, das so lieblich und grazil war, dass sie wünschte, sie könnte bleiben, um es zu beobachten. Aber sie wollte auch den alten Leuchtturm hier oben auskundschaften, weil mitten in Emilys geheimnisvoller Geschichte einer erwähnt wurde – wer auch immer Emily war. Etwas in ihrem Inneren drängte Sophia dazu, mehr über sie in Erfahrung zu bringen.

Eigentlich war es albern. Sie wusste ja nicht einmal, ob Emily eine reale Person war oder eine Figur, die irgendjemand sich ausgedacht hatte.

»Warum ist das so wichtig?«

Niemand war in der Nähe und hätte sie hören können und doch spürte sie etwas tief in sich, beinahe wie das gedämpfte Flüstern einer Stimme, die herauswollte.

Sie aß den Rest des Muffins, den sie an diesem Morgen in der Bäckerei gekauft hatte. Das leere Papierförmchen knisterte, als sie es in ihre Tasche schob. Den süßen Geschmack noch auf der Zunge sah sie über die Steilküste hinaus. Zu ihrer Rechten, ein ganzes Stück unter ihr, leckte das Meer an einem steinigen Strand. Das Wasser fächerte sich jedes Mal aufs Neue in kleine Ströme zwischen den Steinen auf, bevor es wieder zurückwich.

Sophias kurze Haare wehten im Wind und der Pony schlug ihr in die Augen. Sie wischte ihn mit einer Hand zur Seite.

Da entdeckte sie den Leuchtturm. Ginny hatte gesagt, er sei nicht mehr in Betrieb, aber der Öffentlichkeit zugänglich. Erhaben thronte er auf einer von zerklüfteten Felsen umgebenen Klippe und trotzte Wind und Wetter.

Als Sophia näher trat, kam es ihr vor, als wäre der Geruch des Meeres hier noch intensiver.

Sie blickte in beide Richtungen, sah aber am Ufer keinen Baum, der dem aus Emilys Geschichte hätte entsprechen können.

Sophia ging auf die Tür des Leuchtturms zu, die leuchtend rot gestrichen war und offen stand. Sie zögerte und lauschte, doch es waren keine Stimmen zu hören.

Sie war allein.

Ein paar Sekunden lang verharrte sie reglos, schaute übers Meer in die Ferne und schloss dann kurz die Augen, um alles auszublenden außer dem Wellenrauschen und dem Gefühl des Windes auf ihrem Gesicht. Schließlich trat sie geduckt unter dem niedrigen Türrahmen hindurch ins Innere des Turms und stieg langsam die Steinstufen hinauf. Von Alter und Abnutzung gezeichnet wand die Treppe sich spiralförmig nach oben und endete in einem Raum, in dem früher der Leuchtturmwärter gearbeitet haben musste. Das große Fenster bot einen herrlichen Blick auf den Hafen von Port Willis und auf den Küstenstreifen.

Sie konnte unmöglich sagen, ob dies derselbe Leuchtturm war wie in Emilys Aufzeichnungen. Was hatte sie erwartet? Irgendein kosmisches Zeichen? Allerdings gab es acht bis elf Leuchttürme in Cornwall – je nachdem, welcher Internetseite man glauben wollte – und dann blieb ja immer noch die Frage, ob Emilys Geschichte sich überhaupt hier abgespielt hatte.

Sophia spürte eine tiefe Enttäuschung. Aber warum? Schließlich half ihr die Geschichte einer anderen ja nicht, ihre eigene zu entschlüsseln. Nicht, wenn man es logisch betrachtete.

Und doch sagte ihr Herz etwas anderes.

Auf den Stufen unter ihr erklangen Schritte. Als Sophia am Geländer vorbei nach unten schaute, sah sie Ginny heraufkommen. »Hi«, begrüßte sie sie, als sie den letzten Treppenabsatz erreichte, und sah auf ihre Uhr. »Ich habe doch hoffentlich keine meiner Schichten verpeilt?«

Ginny schob die Hände in die Taschen ihrer hochgeschlossenen Kapuzenjacke mit Harvard-Logo. »Nein, keine Angst. William ist vorbeigekommen und hat gesagt, dass er kurz auf den Laden aufpassen würde, damit ich wegkann. Aber ich glaube, er hatte eigentlich gehofft, dich dort anzutreffen.« Sie zwinkerte ihr zu.

»Oh.« Sophia blickte zu Boden, während ihre Wangen heiß wurden. Seit dem Tag am Strand letztes Wochenende hatte sie William ein paarmal gesehen. Um ehrlich zu sein, fand sie ihn auf eine Weise anziehend, die sie viel zu sehr an ihre Gefühle für David erinnerte. Damals war genau das der Anfang der Katastrophe gewesen und sie hatte nicht die Absicht, sich noch einmal in eine solche Lage zu begeben.

Außerdem war sie sich nicht sicher, ob sie ihrem eigenen Geschmack in Sachen Männer überhaupt noch trauen konnte. Schließlich hatte der einzige, mit dem sie jemals eine ernsthafte Beziehung eingegangen war, sie am Ende emotional misshandelt und ihr mit seiner Eifersucht und seinem Kontrollzwang das Leben schwer gemacht.

»Ich hoffe, es stört dich nicht, dass ich einfach so aufkreuze! Es ist eine Ewigkeit her, dass ich hier oben war.« Ginny hauchte gegen das Fensterglas und malte dann mit dem Finger ein G auf die beschlagene Scheibe. »Hier hat Garrett mir den Antrag gemacht.«

»Oh, wow.« War Ginny endlich bereit, ihr zu erzählen, was mit ihrem Mann los war? Sophia lehnte sich an die Wand. »Dann weckt dieser Ort sicher eine Menge Erinnerungen.«

Ginnys Finger erstarrte. Sie steckte ihre Hand wieder zurück in die Jackentasche. »Ja.« Für einige Augenblicke herrschte Schweigen.

»Du fragst dich bestimmt, was mit ihm ist.«

Sophia lächelte. »Nur, wenn du darüber reden willst.«

Ginny stieß hörbar die Luft aus. »Sagen wir einfach, er ist seit sechs Monaten weg.« Dann erzählte sie Sophia den Rest der Geschichte.

Es gab so vieles, was Sophia hätte sagen können. So viele Strategien, die sie kannte, um Menschen in solchen Situationen Halt zu geben. Als Therapeutin wusste sie, wie sie Ginny helfen konnte, ihre Gefühle zu verarbeiten.

Sophia öffnete den Mund, um eine solche Strategie vorzuschlagen – doch dann kam etwas ganz anderes heraus: »Ich habe dir doch erzählt, dass mein Verlobter gestorben ist.« Was machte sie da? Eine Therapeutin erzählte nie ihre eigene Geschichte. Dies war Ginnys Moment. Es ging um sie und nicht um Sophia. Und doch schien die undeutliche innere Stimme von vorhin sie dazu zu drängen, alles mit Ginny zu teilen. Denn schließlich war sie heute keine Therapeutin, sondern nur eine Mitreisende auf dem Weg zur Besserung.

»Aber ich habe dir nicht erzählt, dass ich abwechselnd traurig darüber bin ... und froh.«

Während die Worte aus ihr herausflossen, kam Ginny zu ihr, nahm ihre Hand, hielt sie und ließ Sophias Blick nicht los, bis sie geendet hatte. »Oh, Sophia.« Ginny hatte Tränen in den Augen. Sie blinzelte und die ersten liefen ihre Wangen hinab. »Ich kenne dich noch nicht lange, aber ich weiß schon jetzt, dass du ein wundervoller Mensch bist. Du hast es verdient, glücklich zu sein.«

»Eine Menge Menschen haben das verdient und sind es nicht.«

»Aber bestimmt ebenso viele schon. Vielleicht müssen wir einfach weitergehen, auch wenn uns der Weg irgendwohin führt, wo wir nicht hinwollen. Vielleicht finden wir dort das Glück. Wenn wir aufgeben, entdecken wir nie ...« Ginny hielt inne. »Komm mit.«

Sie zog sanft an Sophias Arm und sie stiegen die Treppe hinunter und verließen den Leuchtturm. Draußen traten sie an das Geländer heran, hinter dem die Küste steil abfiel.

»Das Meer ist atemberaubend hier, nicht wahr? Von meinem

Elternhaus in Nantucket aus hat es immer ganz anders auf mich gewirkt. Natürlich war sein Anblick auch da schön, aber für mich war er in gewisser Weise ein Ausdruck des Gefangenseins. Eine spöttische Anspielung auf das, was sein könnte, aber nie kam, bis ich den Mut hatte, mich nach einer anderen Aussicht umzusehen. Insofern ist das Meer in vielerlei Hinsicht ein Symbol für mich. Etwas, das mich von meinem alten Leben trennt. Das mir eine neue Zukunft geschenkt hat.« Sie wandte sich Sophia zu. »Wenn wir die Hoffnung aufgeben, werden wir nie das Meer der Möglichkeiten entdecken, das sich vor uns erstreckt, und damit auch nicht, was es für uns bereithält.«

Sophia drückte Ginnys Hand. »Ich weiß nicht, wie du bei allem, was du durchmachst, so optimistisch sein kannst.«

»Die Alternative wäre, das Handtuch zu werfen. Und das kann ich nicht, weil zu viel auf dem Spiel steht.«

Eine Weile waren sie beide in ihre eigenen Gedanken vertieft. Das Meer folgte stetig seinem immergleichen Rhythmus. Obwohl es jedes Mal, wenn es an Land kam, gegen die Felsen schlug, brachte es den Mut auf, erneut zurückzukommen. Um wieder abzuprallen. Und plötzlich kam Sophia etwas in den Sinn: Mit der Zeit waren die Felsen von den Wellen verändert worden. Geglättet worden.

Veränderung war unvermeidlich. Aber wie Ginny hatte auch Sophia die Wahl. Wie würde sie damit umgehen?

Emilys Geschichte.

Da war diese Stimme wieder. Mit jedem Mal klang sie etwas weniger undeutlich. Würde Ginny sie für verrückt halten, wenn sie ihr davon erzählte? Sie lehnte sich an die hölzerne Brüstung. »Weißt du noch, wie ich gesagt habe, ich sei hier, um meine eigene Geschichte aufzuschreiben?«

»Ja, natürlich.«

»Ich weiß, dass es verrückt ist, aber ich habe das Gefühl, als hätte das Buch, das ich letzte Woche in einer deiner Kisten gefunden habe, etwas mit mir zu tun.«

»Wieso denn das?«, fragte Ginny irritiert.

Sophia sog die frische Luft tief in ihre Lunge und begann zu erklären, was sie meinte: »Das Buch ist von vorne bis hinten mit schönster Prosa gefüllt. Ich habe es förmlich verschlungen. Die Geschichte handelt von einer jungen Frau, die Schriftstellerin werden will – möglicherweise stammt sie sogar aus der Feder genau dieser Frau. Es geht um Liebe und Verlust und Herzschmerz und Mut und noch so viele Dinge mehr, die mich direkt hier getroffen haben.« Sie legte eine Hand aufs Herz.

Ginny kaute auf ihrer Unterlippe. »Ich frage mich ... ich meine, William ist Literaturprofessor. Vielleicht kann er dir helfen, mehr darüber in Erfahrung zu bringen.«

Sophia beschloss, die Idee ein wenig köcheln zu lassen, doch im Grunde begann sie schon jetzt in ihrem Kopf zu brodeln. »Was, wenn es nur ein Roman ist?«

»Könnte sein. Oder es ist eine wahre Lebensgeschichte. Wäre es nicht spannend, das herauszufinden?«

»Vielleicht wäre es auch nur Zeitverschwendung.«

»Oder das Abenteuer deines Lebens.« Ginny zeigte noch einmal auf das, was sie von ihrem Aussichtspunkt aus sahen. »Es könnte dein Meer sein.«

∛

Den ganzen Tag über hallten Ginnys Worte in Sophias Gedanken wider – während sie mit ihrer Mom skypte, bei der Arbeit in der Buchhandlung und beim Essen von Cornish Pasties aus dem Laden, den sie an ihrem ersten Tag in Port Willis gesehen hatte.

An diesem Abend las sie Emilys Geschichte ein weiteres Mal von vorne bis hinten. Dann lehnte sie sich an das Kopfteil ihres Bettes, seufzte und sah auf die kleine Standuhr mit dem antiken Eichengehäuse, das zu Bett und Nachttisch passte. Es war spät und sie sollte besser schlafen. Sie schaltete die Leselampe aus und zog die Bettdecke über ihre Schultern. Aber das mit dem Einschlafen funktionierte nicht, weil die Gedanken in ihrem Kopf sich im Kreis drehten, anstatt sich zur Ruhe zu legen.

Es könnte dein Meer sein.

War es völlig absurd, herausfinden zu wollen, wer diese Geschichte geschrieben hatte? War es nicht nur eine neue Ablenkung davon, endlich selbst wieder den Stift in die Hand zu nehmen?

Sophia knipste die Lampe wieder an und griff zu ihrem Handy. Sie startete einen Anruf und wartete fast eine halbe Minute, bis Joy sich meldete.

»Hi, Soph. Wie geht es dir? Ich habe lange nichts von dir gehört.«

»Stimmt.« Wahrscheinlich fünf oder sechs Tage – so viel Zeit verging sonst nie, ohne dass sie miteinander sprachen. »Was machst du denn so?«

»Es ist zu heiß, um überhaupt irgendwas zu machen. Im Moment mache ich Mittagspause, aber nach der Arbeit habe ich vor, mit meinen Hunden abzuhängen und eine ganze Staffel von *Dr. Who* am Stück zu gucken.«

»Und du findest *mein* Leben langweilig.« Sophia nahm ihre Nagelfeile vom Nachttisch. »Geh doch aus und triff irgendeinen gut aussehenden Arzt.«

»Ich mag meine Hunde lieber als alle Männer, die ich in letzter Zeit getroffen habe.«

»Das verstehe ich.« Nur dass es bei ihr inzwischen ein wenig anders aussah. Denn jetzt gab es William. Sie fuhr mit der Feile über die Kanten ihrer Fingernägel.

»Was verschweigst du mir?«, unterbrach Joys Stimme ihre Gedanken.

»Nichts?!«

»Raus damit, Süße. Du hast etwas Interessantes zu erzählen, habe ich recht?«

Sophia lachte, aber es fühlte sich etwas gezwungen an. »Du bist verrückt.«

»Warte. Hast du jemanden kennengelernt?«

»Was? Nein!« Sie zuckte zusammen, als die Feile ausrutschte und in ihre Nagelhaut stieß. »Na ja, irgendwie schon. Trotzdem nein. Ich stand ihm gleich bei meiner Ankunft im Weg, als er mit dem Auto durchwollte, und dann hat er mich an einem Samstag am Strand wiedererkannt, wo ich gerade versucht habe zu schreiben. Es stellte sich heraus, dass er Ginnys Schwager ist. Wir haben uns … eine Weile unterhalten.« Es war wundervoll gewesen. Und angsteinflößend.

»Eine Weile?«

»Den ganzen Tag.« Sie konnte immer noch nicht fassen, wie leicht es ihr gefallen war, mit ihm zu reden. Mit jemandem über Literatur zu reden, war natürlich immer leicht. Aber dann hatten sie sich tiefergehenden Themen zugewandt, hatten einander von ihren Reisen und ihren Berufen erzählt. Kurz hatten sie auch über ihre Familien gesprochen, aber seinen Bruder hatte William überhaupt nicht erwähnt.

Und Sophia hatte nichts von David gesagt.

»Und hast du ihn seitdem noch mal gesehen?«

»Er war ein paarmal im Laden.« Sophias Herzschlag beschleunigte sich unwillkürlich bei dem Gedanken an seine Besuche. »Er ist Literaturprofessor, unterrichtet aber im Sommer nur ein paar Blockseminare, deshalb kann er vorbeikommen und Ginny helfen, wenn sie ihn lässt.«

»Soph, ich …«

»Ich weiß, ich weiß, es ist noch zu früh.« Wenigstens hatte ihre Mom das angedeutet, als Sophia William bei ihrer Unterhaltung an diesem Nachmittag versehentlich erwähnt hatte. Ihre Mutter hatte keine Ruhe gegeben, bis sie jede kleinste Einzelheit erfahren hatte, und dann hatte sie Sophia ermahnt, vorsichtig zu sein. Weil sie dazu neigte, falsche Entscheidungen zu treffen. Obwohl sie den letzten Teil nicht ausgesprochen hatte. Stattdessen hatte sie Sophia gefragt, ob sie irgendwann während des Sommers zu ihr kommen sollte, was wahrscheinlich bedeutete, dass sie sie nicht für fähig hielt, mit der Situation allein fertigzuwerden. Und wer konnte es ihr verdenken? Natürlich hatte Sophia Nein gesagt und ihre Mom schien das zu akzeptieren. Aber trotzdem.

»Das wollte ich gar nicht sagen. Sondern, dass ich mich für dich freue.«

»Oh. Na ja, es ist ja nichts ... eigentlich.«

»Oh, oh. Also wechseln wir lieber das Thema? Wie läuft's mit dem Schreiben?«

Sophia legte die Nagelfeile weg und stand auf. Die hölzernen Bodendielen fühlten sich kalt an. »Nicht so besonders.« Sie ging zum Kühlschrank, öffnete die Tür und suchte nach einer Limo. Ganz hinten fand sie eine und zog sie heraus.

»Hängst du immer noch fest?«

»So kann man es auch sagen.« Sie öffnete die Dose und trank einen Schluck. Die Flüssigkeit rann prickelnd ihre Kehle hinunter. »Ich dachte, hier würde ich mich schnell inspiriert fühlen.«

»Klingt so, als wären dir deine Probleme bis nach England gefolgt.« Joy überlegte. »Bei deiner Abreise habe ich dir ja gesagt, dass der Tapetenwechsel dir guttun kann, aber das gilt nur, wenn er nicht in Wahrheit eine Flucht ist. Denn auch wenn du im Moment nicht in deinem Haus bist, begleitet die Erinnerung an David dich überallhin.«

Sophia lehnte sich an die kleine Küchenzeile und ließ die Limonade in ihren leeren Magen blubbern. Später würde sich das wahrscheinlich rächen, aber sie trank trotzdem weiter. »Denkst du, das wäre mir nicht klar? Ich habe den gleichen Abschluss wie du. Ich verstehe, wie das psychologisch funktioniert.«

»Du verstehst es aus der Perspektive der Therapeutin, nicht aus der einer Klientin. Wir können so viel Wissen im Kopf haben, wie wir wollen, aber oft ist es unser Herz, das uns in die Katastrophe führt – oder zur Heilung.«

Sophia ließ Joys Worte sacken. Sie trat ans Fenster und spähte durch die Gardine hinaus. In Phoenix wäre der gesamte Horizont voller kleiner Lichter gewesen. Hier kam das einzige Licht von den Straßenlaternen und dem einen oder anderen Fenster wie ihrem, hinter dem jemand zu Hause die Stille genoss.

»Hier fühle ich mich anders. Ich fange an, meine Erinnerungen zuzulassen, anstatt vor ihnen davonzulaufen. Keine große Sache wahrscheinlich, aber ein kleiner Schritt.« In der Ferne erklang der tiefe Ruf eines Schiffshorns. »Ich ziehe mich nicht mehr völlig in mein Schneckenhaus zurück wie in den vergangenen fünfzehn Monaten.«

»Hör mal, du weißt, dass ich dich lieb habe.« Noch eine Pause. »Aber du ziehst dich schon viel länger in dein Schneckenhaus zurück, Soph.«

Joys Worte taten weh, aber vor allem deshalb, weil sie recht hatte. Egal, wie oft Sophia alles in Gedanken durchgegangen war, egal, wie viele Stunden sie in Therapiesitzungen verbracht oder mit nahestehenden Menschen darüber geredet hatte, konnte sie eine Tatsache doch nicht leugnen: »Ich hätte es besser wissen müssen, Joy.« Sie leerte die Getränkedose und zerdrückte sie in ihrer Faust.

»Ich weiß nicht, wie ich es anders formulieren soll, also sage ich es einfach noch mal – es ist nicht deine Schuld.«

»Wessen Schuld ist es dann?«

»Davids. Würdest du es wagen, einer Klientin zu sagen, es sei ihre Schuld, dass ihr Freund oder Mann sie misshandelt hat?«

»Nein, aber im Gegensatz zu anderen Betroffenen hätte ich das nötige Fachwissen gehabt. Ich hätte …« Sophia seufzte. Wieder einmal gab es keine richtige Antwort. Es war, wie Joy gesagt hatte – ihr Verstand lieferte ihr Tatsachen, aber ihre Gefühle stimmten nicht damit überein.

»Jede von uns kann zum Opfer werden, Sophia. Misshandlung und Missbrauch machen da keine Unterschiede und die Täter tun es auch nicht.« Genau das hatte Joy ihr schon mehr als einmal gesagt. Ihre beste Freundin war wirklich ein sehr geduldiger Mensch. »Von dem Tag an, als David und du zusammengekommen seid, hat er versucht, dich zu der Person zu machen, die du für ihn sein solltest. Er hat die wahre Sophia eingesperrt. Sie war so lange begraben, dass du nicht mehr weißt, wer sie ist. Ich glaube, du erhaschst den einen oder anderen Blick auf sie, aber dann fängst du an, dich zu schämen.«

»Er hat mich vielleicht begraben, aber ich habe ihm die Schaufel in die Hand gedrückt.«

»Er hat dich manipuliert. Hat es Liebe genannt und ist in Wirklichkeit genau dem Gegenteil von echter Liebe gefolgt. Es. Ist. Nicht. Deine. Schuld.«

»Das weiß ich ja eigentlich. Aber mein Herz hört nicht darauf. Und ich weiß nicht, wie ich mir selbst vergeben soll.«

»Fang damit an, dass du dir dein Leben zurückholst. Es reicht nicht, nur zu wissen, dass du eine Lüge hörst. Du musst diese Lüge durch die Wahrheit ersetzen.«

»Aber wie soll ich wissen, was die Lüge ist und was die Wahrheit?«

»Indem du erkennst, dass weder das eine noch das andere von dir selbst ausgeht.«

»Das verstehe ich nicht.« Aus dem richtigen Winkel konnte sie sogar von hier aus aufs Meer blicken. Selbst durch das geschlossene Fenster hörte sie, wie die Wellen ihr ein Schlaflied sangen.

»Ich weiß, Liebes. Ich bete, dass du es eines Tages verstehen wirst.«

Sophia ging zu ihrem Bett zurück, stieg hinein und kroch wieder unter die Steppdecke. Sie war das alles so leid – das Grübeln, das Weinen, die Sinnlosigkeit. »Ginny findet, wir sollten versuchen, die Autorin der Geschichte zu finden, die ich entdeckt habe. Sie meint, es wäre ein Abenteuer.«

»Und was denkst du?«

»Ich mache mir Sorgen, dass es mich nur von dem ablenkt, warum ich eigentlich hier bin.«

Ein Klopfen durchbrach das Schweigen am anderen Ende der Leitung – Joy trommelte immer mit dem Stift auf ihrem Schreibtisch, wenn sie nachdachte. »Weißt du, wenn Autoren eine

Schreibblockade haben, duschen sie oder gehen spazieren oder sehen fern. Das heißt, sie machen bewusst etwas, um Abstand von ihren Geschichten zu bekommen, weil sie sich festgebissen haben. Aber im Unterbewusstsein beschäftigt das Gehirn sich weiter damit. Vielleicht ist es das, was du brauchst. Vielleicht *musst* du dich sogar von deinen krampfhaften Schreibversuchen ablenken und in der Zwischenzeit hat dein Herz Gelegenheit zu heilen.«

14. Kapitel

Emily

November 1857

»Bitte komm vom Fenster weg, Charlotte.« Ich versuchte, nicht ungeduldig zu klingen, aber aus der finsteren Miene der Siebenjährigen schloss ich, dass es mir nicht gelungen war. Sie verschränkte die Arme vor der Brust, schob die Unterlippe vor und ließ sich neben mir auf den Stuhl fallen, als würde ein großes Gewicht sie hinunterziehen.

Seufzend tippte ich auf das Buch, das vor ihr lag. »Du wärst wesentlich schneller fertig, wenn du nicht ständig aufstehen würdest.«

Auf der anderen Seite des Tisches feixte ihre neunjährige Schwester. Ich warf ihr einen strengen Blick zu und sie sah rasch wieder in ihr eigenes Buch. In der Ecke des Zimmers machte Louisa französische Schreibaufgaben, ohne von ihren beiden jüngeren Schwestern Notiz zu nehmen. Elegant und selbstsicher saß sie da. Obwohl ich fünf Jahre älter war als sie, war Louisa mir in Sachen Anmut und Etikette weit überlegen. Wenn sie doch nur so viel Zeit mit den Schulaufgaben verbrächte wie mit ihren Träumereien über die kommende gesellschaftliche Saison! Ich hatte sie nur halb so oft unterrichtet wie sonst, weil ihre Mutter inzwischen wie angekündigt eine Frau eingestellt hatte, die ihrer gesellschaftlichen Ausbildung den letzten Schliff verleihen sollte.

Wieder tippte ich auf die Seite. Charlottes Lippe bebte und sie sah mit Tränen in den Augen zu mir auf – Augen, die mich immer an die von Edward erinnerten.

»Bitte, Miss Fairfax – kann ich bald nach draußen?«

Die Bitte traf mich mitten ins Herz, denn dieselbe Frage hatte ich meiner Mutter so oft gestellt. Sie hatte uns zu Hause unterrichtet, solange sie konnte. Dabei hatte sie meiner Liebe zur Natur oft nachgegeben und es hatte meiner Bildung nicht geschadet. Ich blickte meine junge Herrin noch einmal an, kniff ein wenig die Augen zusammen und unterdrückte ein Lächeln. »Wenn du diese Seite zu Ende lernst, dann darfst du eine kurze Pause machen und hinausgehen.« Es war ein selten trockener Tag für den nassen November; der Sonnenschein wurde nicht einmal von Wolken gedämpft. »Vielleicht können wir die Köchin überreden, uns eine Kleinigkeit zu essen mitzugeben. Was hältst du davon?«

Ihre Augen leuchteten und sie machte sich mit Eifer über ihre Arbeit her. Ich konnte mir ein kleines Lachen nicht verkneifen. Es war lange her, dass ich lauthals gelacht hatte, und diesen Teil meines Wesens vermisste ich. Früher war ich nicht so voller Trübsinn und Kummer gewesen.

Eine Stunde später breiteten wir eine Decke aus und holten Butterbrote und Obst aus einem Korb. Unter Edwards und meinem Baum wäre ein perfekter Ort für ein Picknick gewesen, aber es schien mir nicht richtig, andere in unser Reich zu lassen, also hatten wir uns für einen Flecken auf dem Rasen entschieden, unweit einer Baumgruppe.

Louisa hatte beschlossen, im Haus zu bleiben, damit sie keine Sommersprossen bekam. Darum machte ich mir keine Sorgen; ich genoss den Sonnenschein auf meinem Gesicht. Obwohl es etwas kühler war als gewöhnlich an Picknicktagen, konnte er uns wärmen.

Wäre ich allein gewesen, hätte ich meine Haube abgesetzt und meine Haare offen fallen lassen. Etwas an diesem Tag war, als wäre er dazu bestimmt, voller Freude zu sein – etwas, das ich lange nicht gefühlt und von dem ich nur einen kleinen Vorgeschmack erhalten hatte, als Edward und ich vor drei Monaten auf der Klippe miteinander gesprochen hatten, bis es dunkel geworden war und er sagte, wir müssten zurückkehren, um meinen Ruf nicht zu gefährden. Wenn es nach mir gegangen wäre, wären wir bis zum Morgengrauen dortgeblieben. Vielleicht hätte ich ihm dann sogar den Traum in meinem Herzen anvertraut – den, ein Buch zu veröffentlichen, und nicht den, der sich um ihn drehte.

Letzteren würde ich mit ins Grab nehmen.

Wir aßen schnell, dann zog ich ein Buch aus meiner Tasche und war schon bald in eine Geschichte voller Abenteuer und verborgener Schätze vertieft, während die Mädchen mit dem Hund der Familie Fangen spielten. Dann flehten sie mich an, mit ihnen auf die Bäume zu klettern – Edward hatte ihnen erzählt, dass ich früher die beste Baumkletterin weit und breit gewesen sei.

Ich sah mich um und hatte schon einen Stiefel auf den untersten Ast gesetzt, als ein Dienstbote erschien. Er räusperte sich und sah mich eindringlich an, während er sagte, die Herrin wolle mich sehen. Es hätte mir unangenehm sein sollen, aber ein albernes Grinsen erschien auf meinem Gesicht und ließ sich nicht mehr vertreiben. Die Mädchen kicherten und ich zwinkerte ihnen zu. Seit Jahren hatte ich mich in meiner Haut nicht mehr so wohlgefühlt.

Nachdem ich ein paar Blätter und Zweige von meinem Rock gewischt hatte, folgte ich dem jungen Mann ins Haus und er führte mich zum Salon, in dem Edwards Mutter in einem Sessel mit hoher Lehne saß und Tee trank. Ihre Haut war blass wie Porzellan und ihre Wangen waren zartrosa, ihre Haare makellos frisiert. Eine Perlenkette zierte ihren anmutigen Hals, elegant und herrschaftlich, genau wie sie selbst. Jede ihrer Bewegungen spiegelte ihre vornehme Herkunft wider.

»Miss Fairfax, setzen Sie sich doch bitte.« Sie zeigte auf den gegenüberstehenden Sessel neben dem Kamin und stellte ihre Teetasse auf ein Tablett. Sie läutete und ein Dienstmädchen kam aus einer Ecke und trug es weg.

Ich gehorchte, strich mein Kleid glatt und faltete verkrampft die Hände, während ich mich setzte. Obwohl ich schon oft in der

Gegenwart meiner Arbeitgeberin gewesen war, machte mich irgendetwas an dieser Unterredung nervös. Die Hitze des Feuers schlug mir entgegen und sorgte dafür, dass mir noch heißer wurde als mir vor Aufregung ohnehin schon war.

»Miss Fairfax, ich möchte Sie davon unterrichten, dass wir etwas ändern wollen, und hören, ob Sie dafür zugänglich sind.« Sie zögerte, neigte den Kopf ein wenig zur Seite und sah mich an.

»Ja, Ma'am.«

»Miss Hayworth hat mit sofortiger Wirkung gekündigt.«

»Oh?« Miss Hayworth war Louisas Gesellschafterin. »Was für ein ungünstiger Zeitpunkt.« Die inoffizielle Saison begann schon zur Weihnachtszeit und die Familie sollte in wenigen Wochen nach London fahren, um sich dort häuslich einzurichten und mit den Vorbereitungen zu beginnen. Es würde mein erster Besuch in der Großstadt sein, und auch wenn ich mich darauf freute, Edward wiederzusehen, würde ich mit meinen Pflichten als Gouvernante viel zu tun haben und die meisten gesellschaftlichen Anlässe nur aus der Ferne erleben.

»So ist es. Deshalb haben wir uns etwas überlegt.« Etwas an der Art, wie sie mich prüfend ansah, brachte mich schließlich dazu, den Blick abzuwenden und ins Feuer zu sehen. Die orangefarbenen Flammen züngelten in einem willkürlichen Tanz empor.

»Ich schätze Ihr vorbildliches Betragen sehr, Miss Fairfax.«

Beinahe hätte ich aufgelacht, aber es gelang mir gerade noch, mich zurückzuhalten. Wenn Sie mich nur hätte sehen können, wie ich vor wenigen Minuten noch Anstalten gemacht hatte, auf einen Baum zu klettern! »Danke, Ma'am.«

»Und auch wenn ich weiß, dass es Ihre Leidenschaft ist zu unterrichten, frage ich mich, ob Sie dies eine Zeit lang zurückstellen und für die Dauer der Saison die Stelle als Louisas Gesellschafterin übernehmen könnten. Anschließend würden Sie sich natürlich wieder Ihren jetzigen Aufgaben widmen.«

Ich starrte sie an. Bevor ich auf ihre falsche Annahme reagieren konnte, das Unterrichten sei meine »Leidenschaft«, begriff ich, was der Rest ihrer Worte bedeutete. Sie bat mich, Louisa in eine Welt zu begleiten, von der ich nie Teil gewesen war. Obwohl meine Familie vornehme Wurzeln hatte, war die Entscheidung meines Vaters, Gottes Ruf zu folgen und Pfarrer zu werden, dem Willen seines eigenen Vaters entgegengelaufen. Mein Großvater hatte ihn enterbt und sich geweigert, seine einzigen Enkelinnen auch nur zu sehen.

Edwards Mutter, die sehr viel darauf gab, was andere dachten, konnte mich unmöglich als Gesellschafterin ihrer Tochter wollen, vor allem, wenn man bedachte, wie das Leben meines Vaters geendet hatte. »Ich bin sehr geschmeichelt, Ma'am. Aber …«

»Ich weiß, welchen Ruf Ihre Familie hat, aber es ist an der Zeit, Ihr Verhalten für sich sprechen zu lassen. Sie sind nicht Ihr Vater.«

Wenn Edwards Mutter bereit war, über den Skandal der letzten Lebensjahre meines Vaters hinwegzusehen, musste sie wahrhaftig verzweifelt sein. Vielleicht waren alle anderen geeigneten Kandidatinnen für die Stelle in dieser Saison bereits vergeben.

Der Gedanke, von anderen beurteilt zu werden, löste in mir Übelkeit und Kampfwillen gleichermaßen aus. Ich öffnete den Mund, um abzulehnen, aber dann kam mir ein anderer Gedanke. Als Gesellschafterin könnte ich Erfahrungen sammeln, die meiner Schriftstellerei zugutekommen würden. Mein Roman war beinahe fertig, aber ich würde für weitere Geschichten von dem Wissen profitieren können.

Womöglich ergäbe sich ja sogar die Gelegenheit, einige Verleger aufzusuchen und ihnen mein Manuskript anzubieten. Ich würde möglicherweise einen weniger starren Dienstplan haben als meinen jetzigen mit den festen Unterrichtszeiten.

Und das Beste war, dass ich als Louisas Gesellschafterin mehr Zeit mit Edward würde verbringen können, der inzwischen den Großteil seiner Zeit in London verbrachte.

»Wenn Sie es so wünschen, willige ich sehr gerne ein.«

Edwards Mutter klatschte vor Entzücken in die Hände. »Wunderbar! Das nimmt mir eine große Sorge.« Hatte sie etwa Angst gehabt, ich könnte Nein sagen? »Ich muss mich darauf verlassen können, dass Louisa in guten Händen ist, wenn ich nicht dabei bin.«

Dies war das höchste Lob, das Edwards Mutter mir jemals hatte zuteilwerden lassen. Einen Moment lang war ich sprachlos. Auch wenn sie kaum ahnen konnte, welche Wirkung ihre Worte auf mich hatten, war vielleicht eine Art mütterlicher Instinkt am Werk, der sich zu meinen Gunsten auswirkte.

Ich setzte mich aufrechter hin. »Ich werde mein Bestes geben, Ma'am.« Sorgfältig wählte ich meine nächsten Worte. »Beabsichtigen Sie, in dieser Saison eine Partie für Louisa zu machen, oder werden Sie damit noch ein Jahr warten?«

»Wie umsichtig von Ihnen, danach zu fragen! Sie müssen natürlich wissen, was unsere Absicht in dieser Hinsicht ist, da haben Sie recht. Nein, wir warten noch, weil sie noch recht jung ist und sowohl ihr Vater als auch ich der Meinung sind, dass ein weiteres Jahr Ausbildung in häuslichen Dingen ihr guttun wird.« Ein Lächeln huschte über ihre Lippen. »Wir haben jedoch bereits mit mehreren Familien gesprochen, die ein Interesse daran haben, sich mit uns zu verbinden.«

Edwards Mutter sprach mit mir, als gehörte ich zu ihrem engeren Freundeskreis – als wäre ich eine Vertraute. Ich beugte mich kaum merklich vor. »Louisa wird eine wunderbare Partie machen, das ist gewiss!«

Edwards Mutter stieß ein trillerndes Lachen aus. »Nein, nein, meine Liebe, Sie verstehen mich falsch! Zuerst einmal geht es um Edward.«

Die Hitze im Raum schien von einem Moment auf den anderen unerträglich und dunkle Wolken tauchten am Rande meines Blickfelds auf. »Edward?«

Das Lächeln seiner Mutter leuchtete mir viel zu strahlend entgegen. »Natürlich. Wir wünschen uns, dass er eine Frau findet und so bald wie möglich eine Familie gründet.«

Meine Gesichtszüge drohten mir zu entgleisen.

»Sie sehen blass aus, Miss Fairfax. Geht es Ihnen gut?«

»Ja.« Es klang schrill. Sie sprach weiter, aber ich konnte ihr nicht mehr zuhören. Sobald ich meiner Stimme wieder halbwegs traute, entschuldigte ich mich. Im Korridor begann ich zu rennen, an verwunderten Angestellten vorbei, durch den Dienstboteneingang hinaus und den Gartenweg hinunter bis zu unserem Baum.

Bei meinem Ziel angekommen sank ich auf die Knie. Hier am Rand der Klippe wehte ein scharfer Wind, fast schon ein Sturm, der um mich tobte. Tote Blätter tanzten hinaus, hinaus, hinaus, in die Umarmung des Meeres.

Warum reagierte ich so heftig? Ich hatte doch immer gewusst, dass Edward eine andere heiraten würde. Hatte mein Herz gebändigt, ihm gesagt, es solle unsere Freundschaft als solche genießen und unsere flüchtigen gemeinsamen Augenblicke in Ehren halten.

Aber er war schon immer ein widerspenstiger Schüler gewesen, entschlossen, seiner Lehrerin zu widersprechen.

Irgendwann stand ich schwerfällig auf. Ohne mir die Mühe zu machen, meinen Rock von Gras und Schmutz zu befreien, ging ich zurück. Ich verzog mich in mein Zimmer, nahm meinen Stift und schüttete dem Papier mein Herz aus. Es war die einzige Art von Rettung, die ich kannte.

15. Kapitel

Ginny

Ginny stöhnte, als sie das Backblech aus dem Herd holte. Die Plätzchen hätten saftig und weich sein sollen, stattdessen waren sie bröselig und hart geworden. Was war nur mit dieser Ladung schiefgelaufen? Sie stellte das Backblech auf der Arbeitsfläche der winzigen Küche ab. Sophia musterte die Kekse von ihrem Platz auf einem der Barhocker aus und beugte sich zögernd vor, um sich einen zu nehmen.

»Das ist sehr lieb, aber die werde ich dich nicht probieren lassen.«

Sophia zog die Hand zurück. »Ich kann es nicht leiden, wenn etwas Selbstgebackenes weggeworfen wird. So etwas bekomme ich nur noch, wenn meine Mutter es mitbringt.«

»Aber schlechtes Selbstgebackenes ist viel schlimmer als Gekauftes. Ich kann nicht fassen, dass ich die hier ruiniert habe. Offenbar bin ich heute nicht gut drauf.« Ginny nahm einen Pfannenwender und warf die Plätzchen einen nach dem anderen in den Müll. Sie zeigte auf einen Teller mit Cranberry-Orangen-Muffins, die sie an diesem Morgen gebacken hatte. »Nimm einen davon, wenn du magst.«

»Darf ich echt?«

»Na klar! Ich backe jede Menge. Vor allem, wenn ich gestresst bin.«

Sie hatte den ganzen Tag damit verbracht, genügend zusätzliche Pfund aus dem Budget der Buchhandlung herauszuquetschen, weil bald die Miete fällig war. Und dann war da noch Steven mit seinem großzügigen Angebot. Was würde Garrett dazu sagen, wenn sie unbezahlte Hilfe von ihm annahm?

Anderseits war er es doch, der irgendwo in London wer weiß wie viel Geld verschwendete, obwohl er sich genauso gut hier bei ihr »selbst finden« könnte.

Sie knallte den Deckel des Mülleimers zu.

»Tut mir leid, dass du so unter Druck bist.« Sophia führte ihre Unterhaltung weiter, als würde Ginny sich gerade nicht wie ein Kleinkind benehmen, das einen Wutanfall bekommt. »Willst du darüber reden?«

»Eigentlich nicht.« Ganz wahr war das nicht, aber sie schluckte nur. Irgendwie wollte sie schon darüber reden. Und normalerweise hatte sie auch keine Probleme, offen über die Dinge zu sprechen, aber das hier ... das hier war anders. Es ging um ihren Mann. Um den einen Menschen, der sie nicht im Stich lassen sollte. Aber genau das hatte er getan. Sie wünschte nur, sie wüsste, warum.

Zeit, das Thema zu wechseln. »Ach, übrigens: Ich habe heute Morgen mit William gesprochen und er hat gesagt, dass er dir gerne hilft, die Autorin der Geschichte zu finden. Hat er dir gesagt, wie heiß und innig er diese Fernsehsendung liebt, in der sie irgendwelche Nachforschungen über Literaturfragen anstellen?« Ginny zog eine Grimasse. »Er hat mir regelrecht das Ohr abgekaut.«

Ursprünglich hatte sie gedacht, Sophia und Steven würden gut zusammenpassen, aber nachdem sie das Interesse in Williams Blicken bemerkt hatte, wann immer er über Sophia sprach, hatte Ginny ihre Meinung geändert. Außerdem war es irgendwie total logisch.

»Oh. Danke, dass du ihn gefragt hast.« Sophia wurde rot.

Ginny spürte, dass Sophia zögerte, was William betraf – und wer konnte ihr das verdenken nach dem, was sie in ihrer letzten Beziehung erlebt hatte? Aber William war wirklich einer von den Guten. Hoffentlich erkannte Sophia das rechtzeitig. Dieses Projekt war jedenfalls für die beiden der beste Vorwand einander häufiger zu sehen. Wenn Ginny dabei ein bisschen helfen konnte ...

»Ich unterstütze euch auch gerne, zumindest abends oder an einem Tag, an dem ich den Laden etwas früher schließen kann.«

»Danke. Kann gut sein, dass ich auf das Angebot zurückkomme. Es wäre mir eindeutig lieber, wenn du dabei wärst.« Sophia verschlang den Rest von ihrem Muffin. »Der war superlecker!«

Wie es aussah, waren sie beide gut darin, bestimmte Themen zu umgehen. »Ach, das ist nichts Besonderes. Die von Mr Trengrouse sind ein Gedicht! Hast du ihn schon in der Bäckerei kennengelernt?«

»Ja, er versucht immer, mich mit Kuchen vollzustopfen. Er sagt, wenn er schon mal eine Amerikanerin als Kundin hat, will er sie auch ordentlich mästen, bevor sie wieder abreist.« Sophia sprang von ihrem Hocker und ging zur Spüle, um sich die Hände zu waschen. »Und ich habe seine Muffins probiert. Ich finde sie aber ehrlich gesagt ein bisschen trocken. Der Teig von deinem war viel fluffiger. Wenn ich nicht wüsste, dass du heute Abend noch andere Sachen backen willst, würde ich mir glatt noch einen nehmen.«

Ginny hielt Sophia die Karte mit dem nächsten Rezept hin. »Hierbei brauche ich nachher unbedingt dein Urteil: American Chocolate Chip Cookies. Bei uns gibt es die nicht, deshalb konnte ich meine noch nicht perfektionieren – niemand hat einen Vergleich. Es war gar nicht so einfach, überhaupt die richtigen Schokosplitter zu finden. Ich musste sie online bestellen. Aber ich verrate dir nicht, wie viel sie gekostet haben. Es war echt übel!«

Sophia lachte und trocknete sich die Hände ab. »Hört sich ganz danach an.« Sie kehrte zu ihrem Hocker zurück.

Ginny grinste und streckte ihr die Zunge heraus. »Okay, ich weiß, ich übertreibe, aber im Ernst. Ich liebe diese Cookies! Ich habe mein eigenes Rezept entwickelt und glaube, besser kriege ich sie nicht hin.«

»Solange sie weich und süß und schokoladig sind, kannst du doch nichts falsch machen.«

»Wenn es nur so wäre.« Ginny suchte die Zutaten zusammen und begann, sie mithilfe eines Handrührgeräts zu vermengen. Ihr ganzer Körper entspannte sich dabei und sie genoss den Rhythmus der Rührhaken, die Mehl mit Zucker und Butter verrührten und ... *hach.* Wenn sie doch nur einfach immer weitermachen und vergessen könnte, dass sie jemals eine Buchhandlung besessen und dass sie einen Mann namens Garrett geheiratet hatte, um sich von ihm das Herz brechen zu lassen ...

Seufzend schaltete sie das Rührgerät aus. »Wo wärst du wohl in diesem Moment, wenn du David nicht kennengelernt hättest?« Sie konnte die Fassade nicht länger aufrechterhalten – wollte es auch gar nicht. Die Frage war ihr spontan herausgerutscht, aber sie wollte es wirklich wissen, also nahm sie sie nicht zurück.

Ein Ausdruck der Überraschung huschte über Sophias Gesicht, aber sie fasste sich schnell wieder, legte die Hände auf der Arbeitsplatte übereinander und lehnte sich auf ihrem Hocker ein wenig vor. »Wahrscheinlich nicht hier.« Ein trauriges Lächeln zupfte an ihrem rechten Mundwinkel. »Und du auch nicht, wenn du Garrett nicht kennengelernt hättest.«

»Ich hätte nicht einmal von Port Willis gehört, geschweige denn alles zurückgelassen, um hierherzuziehen.«

»Überlegst du manchmal, nach Hause zu fliegen?«

Ginny teilte mit einem Löffel etwas Teig von der weichen Masse ab und ließ ihn auf das mit frischem Backpapier ausgelegte Blech gleiten. »Das kommt eigentlich nicht infrage. Nicht, wenn ich in irgendeiner Weise unabhängig bleiben will.« Ginny formte einen Keks nach dem anderen. Das Backpapier knisterte jedes Mal, wenn sie weiteren Teig darauf fallen ließ. »Außerdem müsste die Buchhandlung dichtmachen, wenn ich gehen würde.«

»Aber du hast doch gesagt, dass es eher Garretts Traum war als deiner. Wie kann er es ertragen, sie einfach zurückzulassen?«

Sophias Worte waren so doppeldeutig – was wahrscheinlich gar nicht ihre Absicht war, aber Ginny kamen trotzdem die Tränen. Sie hielt sie zurück; vom Weinen hatte sie schon lange genug. »Vielleicht …« Ihre Lippen zitterten und beinahe hätte sie die Hand gehoben, um sie dagegenzudrücken. Stattdessen löffelte sie weiter Teig auf das Backblech. »Vielleicht war die Wirklichkeit nicht so toll wie der Traum.« Das zu sagen, war, als würde sie in ein Soufflé stechen, um zu sehen, ob es gar war – alle Luft strömte aus ihrer Lunge.

»Hey.«

Sophias sanfter Tonfall ließ Ginny aufblicken, während ihr das Herz bis zum Hals schlug.

In Sophias Augen lag so viel Mitgefühl, so viel Verständnis.

»Wenn das so ist, dann hat er eben Pech gehabt.«

Oh Mann. Ginny nickte, denn was konnte sie schon darauf erwidern? Die Worte blieben ihr im Hals kleben wie Erdnussbutter an Kinderhänden.

»Und was deine Frage betrifft, wo ich wäre, wenn ich David nie begegnet wäre … Ich weiß es wirklich nicht. Aber vielleicht wäre ich noch, wie ich damals war – ausgesprochen zielstrebig und die ganze Zeit im Stress, weil ich erfolgreich sein und so vielen Menschen wie möglich helfen will, ständig darauf bedacht, ein nützliches Leben zu führen und so toll zu sein wie meine Mom.« Sophia zog an einer ihrer kurzen Haarsträhnen. »Aber genau das ist es: Ohne meine Erfahrungen wäre ich nicht der Mensch, der ich heute bin. Beziehungsweise könnte nicht der Mensch werden, zu dem ich mich hoffentlich gerade entwickle. Im Moment fühle ich mich manchmal, als wäre ich nur eine Hülle. Dann wieder bin ich voller Emotionen, so wie ein übervoller Koffer, der sich nicht schließen lässt. Aber wenn ich es zulasse, wird all der Schmerz irgendwann zu einem besseren Ich führen. Daran halte ich mich fest, wenn mir alles zu viel wird.«

»Diese Perspektive gefällt mir.« Ginny kratzte den Rest Teig aus der Schüssel und formte ihn zu einem letzten Cookie. Er war kleiner als die anderen, aber er würde genauso gut schmecken. Sie schob das Backblech in den Ofen und stellte die Eieruhr.

Sophia zeigte auf einen Apfel-Erdbeer-Kuchen, den Ginny am

Vortag gebacken hatte. »Okay, und wo wir jetzt beide total deprimiert sind, kann ich bitte etwas von diesem herrlich aussehenden Stück Himmel da drüben haben?«

Ginny lachte und griff nach Kuchenmesser und Tortenheber. »Gerne! Ich werde ihn auch probieren.« Sie lud für Sophia und sich selbst je ein Stück auf einen Teller.

Beim ersten Bissen schloss Sophia die Augen und gab ein genüssliches Stöhnen von sich. »Mmh, ohne Witz, das ist der beste Kuchen, den ich je gegessen habe! Warum verkaufst du deine Leckereien nicht in der Buchhandlung?«

Ginny hätte sich fast verschluckt. »Wie bitte?« Sophias beiläufige Bemerkung könnte in Wahrheit ein richtiger Geistesblitz sein!

Auch ihr selbst schien das jetzt klar zu werden. »Das solltest du wirklich! Stell dir vor, du würdest ein kleines Café in den Laden integrieren – obwohl er dafür natürlich etwas umgebaut werden müsste. Aber wir könnten doch testweise ein paar Tische und Stühle in einer Ecke aufstellen. Da, wo die überzähligen Sachbücher im Moment sind? Und ich wette, auf dem Tresen vorne könntest du gut eine Vitrine platzieren, um das Gebäck zu präsentieren. Da ist jede Menge Platz. Oh, und du könntest Aktionen machen – zu jedem gekauften Buch gibt es einen Muffin dazu oder so –, um den Kunden einen zusätzlichen Anreiz zu bieten.«

»Du bist ein Genie.« Ginny nahm ein Blatt Papier und fing an, Ideen zu notieren.

Endlich! Eine Möglichkeit, ihre eigenen Fähigkeiten mit Garretts Traum zu vereinen.

Eine Garantie auf Erfolg mochte es nicht geben – aber es zu versuchen, war allemal besser als die Alternative.

16. Kapitel

Emily

Februar 1858

Heute würde ich mein Glück selbst in die Hand nehmen.

Der Wind versuchte mit aller Kraft, meine Haube zu lösen, und der schmutzige Schnee knirschte unter meinen Stiefeln. Ich umklammerte mein Manuskript mit beiden Händen, damit es mir auf keinen Fall entglitt und in eine der Pfützen auf den Londoner Straßen fiel. Um mich herum herrschte geschäftiges Treiben – Dienstboten machten Besorgungen für ihre Herrschaften, Töchter aus wohlhabenden Familien stiegen aus ihren Kutschen, um auf Streifzug in die Welt der Mode zu gehen, Verkäufer boten ihre Waren an den Straßenecken feil und luden potenzielle Kunden in ihre warmen Läden ein.

Warum liebte die Gesellschaft London so sehr? Von dem Gestank des Abwassers, dem Qualm, den die Fabriken in die Luft bliesen, und den Pferdeäpfeln auf der Straße tränten mir schon die Augen. Meine Sinne wurden überwältigt von der Kakofonie aus dem Läuten der Glocke, die der Muffinverkäufer schwang, dem Spiel des Klarinettisten an der Ecke und dem Klackern der Damenschuhe.

Ich wünschte, Edwards Familie wäre so wie viele andere bis nach den Osterfeiertagen auf dem Land geblieben, aber seine Mutter wollte nichts von der Saison verpassen, auch wenn der offizielle Teil erst in einigen Monaten begann.

Aber London bot mir eine Sache, die ich auf dem Land nicht hatte, nämlich Zugang zu Verlagshäusern. Der Gedanke ließ meine Hoffnung neu entflammen. Ich kam am *Daily Telegraph and Courier* vorbei, an einem beliebten Damenschneider und einer kleinen Hutmacherei, doch ich hatte nur Augen für *Smith & Richards Publishing*.

Seit meiner Ankunft vor zwei Monaten hatten mich bereits zwei Verleger abgewiesen, aber ein Schriftstellerkollege, mit dem ich im Briefkontakt war, hatte vorgeschlagen, ich solle es bei *Smith & Richards* versuchen, einem recht jungen Verlag, der Frauen als Autorinnen gegenüber möglicherweise aufgeschlossener sein könnte. Angesichts meiner Aufgaben und des vollen Kalenders von Louisa – der zur Folge hatte, dass auch mein Kalender voll war – hatte ich dem Verleger noch keinen Besuch abstatten und ihn fragen können, wie die Politik seines Hauses war, was die Veröffentlichung von Manuskripten betraf. An diesem Morgen war mir jedoch mitgeteilt worden, Louisa habe Kopfschmerzen und werde das Haus nicht verlassen.

Das war keine Überraschung. Wir waren bis vier Uhr morgens auf einem Ball gewesen. Ich war die ständigen Veranstaltungen leid, abgesehen von dem Lichtblick, dass Edward sie ebenfalls besuchte. Natürlich schmerzte es mich jedes Mal, wenn ich ihn mit vielen jungen Damen tanzen sah, die um seine Aufmerksamkeit buhlten. Aber die kurzen Augenblicke voller Lachen und Necken, die wir uns hin und wieder stahlen, bewahrte ich tief in meinem Herzen.

Das Schild von *Smith & Richards* kam in Sicht. Es waren kaum mehr als fünf Minuten Fußmarsch vom Haus der Familie gewesen, trotzdem zitterte ich vor Kälte – und die Nervosität tat ihr Übriges. Das Gebäude, vor dem ich stand, hatte eine saubere Fassade aus Ziegeln und wirkte weder besonders modern noch altmodisch. Nichts ließ die Macht erahnen, die zwischen diesen Mauern hauste – die Macht, Leben zu verändern, sowohl meines als auch das meiner Leser.

Ich atmete ein und wieder aus und sah eher, als dass ich fühlte, wie meine Hand die schwere Eingangstür aufstieß. Im Inneren des Gebäudes drang ein leises Summen an mein Ohr. Der Raum, den ich betreten hatte, war recht klein und mehrere Korridore führten in verschiedene Richtungen. Eine junge Frau saß an einem Schreibtisch in der Nähe der Tür. Sie blickte von ihrem Federhalter auf und lächelte mich an, während sie das Manuskript in meinen Händen musterte. »Guten Tag, Miss. Was kann ich für Sie tun? Sind Sie gekommen, um ein Manuskript abzugeben?«

»Ja, das bin ich.« Ihre Freundlichkeit überraschte mich. Ich hatte keinen so herzlichen Empfang erwartet. Also trat ich vor und legte mein Manuskript vorsichtig auf den polierten Tisch. »Könnte ich bitte mit dem zuständigen Herrn sprechen?«

»Mr Richards ist heute sehr beschäftigt. Erwartet er das Manuskript? Ist es von Mr Joseph oder von Mr Langley?«

Ein Anflug von Zweifel stieg in mir auf. »Nein, er erwartet es nicht. Ich habe gehört, dass Sie auch unverlangte Manuskripte annehmen.«

»Das tun wir. Obwohl wir natürlich nicht versprechen können, sie auch zu veröffentlichen. Nur die besten werden ausgewählt.«

Ich hatte mein ganzes Herz in dieses Manuskript gelegt. »Ich glaube, dieses hier wird Ihren Ansprüchen genügen.«

Sie lächelte wieder, aber diesmal spürte ich einen unterschwelligen Hochmut, der vorher nicht da gewesen war. Oder vielleicht hatte ich ihn nur nicht bemerkt. »Ich bin sicher, dass Sie dieser Ansicht sind, aber Mr Richards wird das beurteilen. Wie kann er sich mit Ihrem Arbeitgeber in Verbindung setzen?«

»Was hat denn mein Arbeitgeber damit zu tun?« Es war besser, wenn Edwards Familie nichts davon erfuhr – nicht, weil ich etwas Unanständiges tat, sondern weil gerade seine Mutter jemand war, für den der gute Ruf über alles ging. Und auch wenn einige Frauen bereits auf diesem Gebiet erfolgreich tätig waren, wurden sie von Mitgliedern der höheren Gesellschaft nicht immer respektiert.

Die Frau am Schreibtisch zog eine Augenbraue hoch. »Ist das nicht das Manuskript Ihres Arbeitgebers?«

Das Summen im Raum schien immer lauter zu werden. Ich straffte die Schultern. »Nein. Ich habe es selbst geschrieben.«

Die Frau kicherte. »Ich verstehe. Leider muss ich Ihnen mitteilen, dass *Smith & Richards* keine unverlangten Manuskripte annimmt.«

Verständnislos starrte ich sie an. »Gerade eben haben Sie mir noch gesagt, dass Sie es tun.«

»Ja, von den Besten.« Die Frau sah aus, als würde sie gleich in schallendes Gelächter ausbrechen.

Ihr Missfallen hätte ich hinnehmen können. Aber ihren Spott? Nichts war schlimmer als das. Ich ballte die Hände zu Fäusten. »Und warum sollte meines nicht infrage kommen?«

»Sehen Sie sich doch an, meine Liebe. Sie sind eindeutig jemandes Dienstmädchen …«

»Ich bin die Gesellschafterin der Tochter einer der angesehensten Familien in unserer Grafschaft.« Meine Stimme feuerte Pfeile auf diese Frau ab und ich hoffte, dass wenigstens einer davon sie mitten ins Gesicht treffen würde. »Aber warum spielt meine Position oder mein Geschlecht« – denn das war offensichtlich ebenfalls ein Problem für sie, obwohl sie selbst eine Frau war – »eine Rolle, wenn eine gute Geschichte doch für sich selbst sprechen sollte?«

Die Frau schüttelte den Kopf und der Hohn wich einem mitleidigen Blick. Ich hatte mich geirrt. Es gab doch etwas, das schlimmer war als Spott.

»Ich …«

Bevor sie noch ein Wort sagen konnte, riss ich das Manuskript von ihrem Schreibtisch und stürmte zur Tür hinaus. Meine Augen fingen an zu brennen, aber ich wollte nicht, dass mich jemand weinen sah, und blinzelte sie weg. Draußen begann ich, mir meinen Weg zwischen den vielen Menschen auf dem Gehweg hindurchzubahnen. Aufgebracht wie ich war, achtete ich nicht darauf, wo ich hintrat. Schon glitt mein Fuß auf einer vereisten Stelle aus und ich stürzte. Voller Entsetzen sah ich mein Manuskript in einem Haufen aus Schneematsch landen. Die Leute um mich herum gingen einfach weiter. Entweder hatten sie meinen Sturz nicht bemerkt oder sie scherten sich nicht darum. Ich hechtete zu meinem Manuskript und zog es aus dem Schnee. Beim Anblick der verlaufenden Tinte und des durchweichten Pergaments wäre ich aufs Neue beinahe in Tränen ausgebrochen. Wie benommen hockte ich auf dem schmutzigen Boden, die Überreste meines Herzens in den Händen.

»Emily?«

Ich war zu beschäftigt damit, die Seiten voneinander zu lösen und zu sehen, was noch zu retten war, um aufzublicken.

»Emily.« Ein Mädchen hockte sich neben mich und legte eine Hand auf meinen Arm. »Emily? Ist alles in Ordnung?«

Erst jetzt wurde mir klar, wen ich vor mir hatte. »Louisa? Ich dachte, du wolltest heute im Bett bleiben.«

Hinter ihr stand eine ihrer Freundinnen, die ich von dem Ball am Abend zuvor wiedererkannte.

»Hier.« Louisa zog mich mit einer erstaunlichen Kraft wieder auf die Füße. »Ich habe beschlossen, dass nichts meine Kopfschmerzen so gut vertreiben wird wie ein Spaziergang in Gesellschaft an der frischen Luft.«

Ich hätte fast darüber gelacht, wie sie London beschrieb und wie unterschiedlich doch unsere Sichtweisen waren. Obwohl wir auf demselben Grundstück aufgewachsen waren, hatten Louisa und ich uns nie nahegestanden; sie war der Inbegriff von Anstand und Schicklichkeit und ich war das Mädchen, das sich nicht die Bohne für Benimmregeln interessierte. Seit ich ihre Gouvernante und dann ihre Gesellschafterin geworden war, hatte sich eine gewisse professionelle Beziehung zwischen uns entwickelt, eine Mauer, die aus unserer Zugehörigkeit zu verschiedenen Gesellschaftsschichten heraus entstanden war.

Und plötzlich wurde mir bewusst, dass ich es war, die diese Mauer errichtet hatte. Als ich die Sorge in Louisas Blick sah, kam ich nicht umhin, mich zu fragen, ob ich eine mögliche Freundschaft verhindert hatte. Obwohl Louisa viel lebhafter war als ich, könnte gerade diese Lebensfreude, die sie ausstrahlte, vielleicht gut für mich sein, wenn ich sie an mich heranließ.

»Danke.« Ich klemmte mir das Manuskript unter den Arm und betete, dass sie es nicht bemerkte. Selbst wenn wir tatsächlich Freundinnen werden sollten, war es wohl kaum ein sinnvoller erster Schritt, ihr mein Geheimnis zu enthüllen.

Doch manche Gebete werden nicht erhört.

Louisas Freundin trat vor und riss mir das Manuskript weg. »Nicht!«, rief ich, aber erst als Louisa tadelnd »Hattie!« sagte, gab sie es mir zurück, allerdings nicht, ohne vorher einen Blick auf die erste Seite geworfen zu haben.

Hatties spöttisches Grinsen verriet mir genau, was sie von ihrer Entdeckung hielt. »Haben Sie eine Geschichte geschrieben?«

Ich hob das Kinn. »Das geht Sie gar nichts an.«

Sie zog die Augenbrauen hoch. »Louisa, meine Liebe, lässt du etwa zu, dass deine Gesellschafterin so mit mir redet?«

Louisa biss sich auf die Unterlippe und musterte mich. Dann musste sie etwas beschlossen haben, denn sie straffte kaum merklich die Schultern. »Sie kann reden, wie sie will. Wer gibt mir das Recht, sie zu tadeln?«

Bevor ich ihr ein dankbares Lächeln schenken konnte, wandte Louisa sich an ihre Freundin und ergriff Hatties Hand. »Sei so lieb und verrate niemandem etwas davon, ja? Es ist doch ganz schön aufregend, eine Schriftstellerin zu kennen, nicht wahr?«

Hattie rümpfte ein wenig die Nase. »Wenn du meinst ...«

»Gut. Ich habe Mutter versprochen, dass ich zum Tee wieder daheim bin, also mache ich mich besser auf den Weg. Emily? Hast du etwas dagegen, mich zu begleiten?«

»Natürlich nicht.«

Louisa winkte Hattie zum Abschied, aber die hatte bereits eine andere Bekannte entdeckt, also stiegen Louisa und ich in die wartende Kutsche der Familie.

»Danke, Louisa, dass du niemandem etwas erzählst.«

»Dein Geheimnis ist bei mir gut aufgehoben.« Louisa lächelte und hakte sich bei mir unter.

17. Kapitel

Sophia

Wann immer Sophia eine Bücherei betrat, wurde ihr ganz warm ums Herz. Dann stiegen wundervolle Erinnerungen an all die Samstage in ihr auf, an denen sie stundenlang auf einem Sitzsack mit dem aktuellen Band einer ihrer Lieblingsbuchreihen in die Fantasiewelt eines anderen Menschen eingetaucht war.

In den Tiefen der altehrwürdigen Bibliothek der Port Danby Universität zu sein, entfachte ein loderndes Freudenfeuer in ihr.

»Hier entlang.« George, ein Bibliothekar in den Vierzigern mit schmaler Gestalt und riesiger Brille mit Horngestell, führte Sophia, William und Ginny zwischen den Bücherstapeln hindurch.

Sophia atmete den Duft der alten Wälzer ein – ein irgendwie vornehmer Geruch – und ließ sich von der friedvollen Atmosphäre umhüllen. Die meisten Studenten waren in den Sommerferien und die Stille war wirklich wohltuend.

Als hätte er ihre Gedanken gelesen, wandte William sich zu ihr um, lächelte und zwinkerte ihr zu.

Ginny stieß sie an. »Irgendwie unheimlich hier, oder?« Ihr Flüstern brach den Bann.

Aber Sophia war ihrer Freundin viel zu dankbar, um sich über sie zu ärgern. Ginny hatte wie angeboten den Laden etwas früher geschlossen, um sie zu begleiten. Offenbar hatte sie verstanden, dass es Sophia nervös machte, mit William allein zu sein.

Sophia wusste einfach nicht, wie sie mit ihren Gefühlen umgehen sollte und mit diesem aufblühenden ... Etwas zwischen ihnen. Seit dem Tag am Strand hatte sie alles hinterfragt, was sie zu ihm gesagt hatte. Hatte sie kokett geklungen? Oder völlig idiotisch? War William hier, weil er glaubte, dadurch Punkte bei ihr zu sammeln, oder weil er wirklich an dem geheimnisvollen Buch interessiert war, so wie sie selbst?

Sophia riss ihren Blick von William los und beugte sich nun ihrerseits zu Ginny, während sie weitergingen. »Ich liebe alte Bibliotheken! Und diese hier ist nicht unheimlich, ganz im Gegenteil. Da hättest du mal die in meiner Uni sehen sollen.«

Das Archiv der Bibliothek dort befand sich im Keller, wo es kein natürliches Licht gab, und miefte wie in der Männerumkleide einer Sporthalle. Aber als sie sich jetzt dem Raum näherten, in dem das Archiv und besondere Sammlungen untergebracht waren, kam Sophia nicht aus dem Staunen heraus. Die Wände wurden von vier Buntglasfenstern unterbrochen und ein Tiffany-Rundbogen schmückte die Fläche über der Tür. Drei massive Eichentische und zwölf Stühle boten jedem Forschenden ausreichend Platz, um seine Funde auszubreiten und zu studieren. Bücherregale und einige wenige Ausstellungsvitrinen reihten sich an den Wänden auf. Wären die zwei Computer in der Ecke des Raumes nicht gewesen, hätte sie sich vorstellen können, durch die Zeit gereist zu sein.

»Diese Universität ist fünfhundert Jahre alt, also ist ›alt‹ tatsächlich eine zutreffende Bezeichnung.« Die Belustigung in Williams Stimme trieb ihr die Röte ins Gesicht.

Ihr Flüstern war wohl doch nicht so leise gewesen, wie sie gedacht hatte.

Sophia sah, dass Ginny sie beide beobachtete, ein kleines Lächeln auf den Lippen.

»Jetzt, wo wir hier sind, können Sie sich unterhalten, so viel Sie wollen«, sagte George, als sie sich im Raum versammelt hatten.

Bei seinem durchdringenden Blick hatte Sophia sofort ein schlechtes Gewissen, weil sie vorhin gegen die goldene Bibliotheksregel des Schweigens verstoßen hatte.

William trat vor und legte eine Hand auf Georges Schulter.

»Danke, dass Sie bereit sind, uns heute zu helfen, George. Ohne Ihre Expertise wären wir verloren.«

Seine Schmeichelei schien George ein bisschen zu besänftigen. Der Bibliothekar schob die Brille auf seiner Nase nach oben und nickte. »Dann lassen Sie uns doch Platz nehmen und über Ihre Recherche reden.«

Sophia war froh, ihrem ersten Impuls, Williams Hilfe bei der Suche nach Emily Fairfax abzulehnen, nicht nachgegeben zu haben. Die ganze Sache fühlte sich zwar irgendwie sehr persönlich an, aber William hatte Zugang zu den Mitteln der Universität und hatte so schnell Kontakt zu einem wissenschaftlichen Bibliothekar herstellen können, der sich auf Genealogie spezialisiert hatte. George hatte eingewilligt, ihnen einen kurzen Überblick über den Prozess der Ahnenforschung zu geben und bei den ersten Schritten behilflich zu sein.

Sie setzten sich an einen der Tische.

George saß kerzengerade und zupfte einen Fussel von seinem Anzug. »William hat mich bereits über die wesentlichen Details informiert.«

Sophia hatte William das Tagebuch zu lesen gegeben, nachdem sie schließlich doch auf sein Hilfsangebot eingegangen war.

»Und ich muss Sie warnen, dass es nicht leicht sein wird. Vielleicht sogar unmöglich.«

Seine Worte dämpften Sophias Hoffnung schlagartig. Ihre Schultern sackten nach unten. »Denken Sie das wirklich?«

»Kommen Sie, George«, sagte William. »Es besteht trotzdem die Chance, dass wir etwas finden, oder nicht?«

Der Bibliothekar rückte erneut seine Brille zurecht. »Die besteht immer. Aber selbst wenn man zu Beginn viele Informationen auszuwerten hat, kann es schwierig werden. Und Sie haben nur einen Namen. Kein Datum. Keinen Geburtsort.«

Was hatte sie sich nur dabei gedacht? Es war ein Fehler gewesen herzukommen. »Es tut uns leid, dass wir Ihre Zeit verschwendet haben.«

William streckte eine Hand aus. »Warte mal! George, wir haben vielleicht nur einen Namen, aber es gibt einige Hinweise, was den Kontext betrifft, und die könnten uns auf jeden Fall helfen. Dank der Erwähnung des *Daily Telegraph and Courier* wissen wir, dass wir die Geschichte zeitlich nach 1855 verorten können. Die Zeitung wurde erst in diesem Jahr gegründet. Natürlich kennen wir Emilys Alter nicht genau, aber wahrscheinlich war sie um die zwanzig Jahre alt. Und es gibt mehrere andere Indizien, die darauf hindeuten, dass die Erzählung während der viktorianischen Zeit spielt. Dadurch haben wir zumindest einen Rahmen für unsere Suche.«

Er hatte recht, so aussichtslos sah es mit diesen ersten Anhaltspunkten doch gar nicht aus. Sophia warf ihm einen dankbaren Blick zu.

»Und auch wenn wir nicht sicher wissen, in welcher Grafschaft Emily geboren wurde«, fuhr William fort, »können wir immerhin mit Sicherheit sagen, dass die Geschichte – oder das Tagebuch – in England geschrieben wurde, also wurde Miss Fairfax, sofern sie wirklich existiert hat, wahrscheinlich auch dort geboren. Wir *müssen* schließlich nicht alle Einzelheiten wissen, oder? Können wir das Netz bei unseren Recherchen nicht etwas weiter auswerfen?«

»Ja, natürlich. Es wird nur sehr viel länger dauern, die Einträge durchzusehen.«

»Das macht nichts.« William schaute wieder zu Sophia herüber. »Nicht wahr?«

Sophia schaffte es nicht länger als eine Sekunde, ihm in die Augen zu sehen. »Ich bin den ganzen Sommer hier, wenn meine Vermieterin mich nicht rauswirft.« Doch ihr jämmerlicher Scherz blieb ohne Reaktion. Ginny saß neben ihr und schrieb irgendwelche Zahlen in ein Notizbuch. Die Arme! Sophia hätte sie in Ruhe zu Hause austüfteln lassen sollen, wie sie ihren Laden retten konnte, statt sie mitzuschleppen. Nächstes Mal würde sie den Mut aufbringen, mit William allein herzukommen. Falls es ein nächstes Mal gab.

Sophia räusperte sich und lenkte ihre Aufmerksamkeit wieder auf George. »Also, was müssen wir über den Suchprozess wissen?«

»Er ist langwierig und erfordert Geduld. Fangen Sie immer mit dem an, was Sie wissen. Sie werden überwiegend Geburtsurkunden, Totenscheine und Heiratsurkunden durchsuchen. Im Vereinigten Königreich begann die entsprechende Registrierung erst ab 1837 und für Geburten und Tode war sie vor 1874 nicht verpflichtend, deshalb gibt es in diesen Unterlagen Lücken. Eheschließungen mussten gemeldet werden, also sind die Aufzeichnungen darüber zuverlässiger.« George machte eine kurze Pause, bevor er mit seinen Ausführungen fortfuhr: »Nach 1837 teilte die Regierung das Land in Verwaltungsbezirke und -unterbezirke auf, in denen jeweils die Meldungen von Eheschließungen, Geburten und Todesfällen gesammelt wurden. In jedem Quartal gaben die Bezirke eine Liste dieser Ereignisse an das zentrale Büro. Aber diese Listen enthalten nur die wichtigsten Informationen. Und an dieser Stelle wird Ihre Suche kompliziert.« Dann leierte er eine ganze Reihe von Quellen sowie möglicher Schwierigkeiten herunter – Listen konnten Übertragungsfehler enthalten, manche waren durch Brände oder andere Zwischenfälle in den Bezirken verloren gegangen, Namen konnten falsch geschrieben worden sein, ein Teil der Urkunden war möglicherweise noch nicht digitalisiert und so weiter.

Sophias Mutlosigkeit nahm mit jedem Satz wieder zu. Vielleicht stand sie vor einem unlösbaren Rätsel.

»Irgendwelche Fragen?«

»Ich glaube, im Moment ist alles klar«, sagte William. »Wenn uns doch noch etwas einfällt, sage ich Ihnen Bescheid. Ganz herzlichen Dank, George.«

George nickte, stand auf und ließ sie allein.

Genau in diesem Augenblick klingelte Ginnys Handy. »Ups! Ich habe vergessen, es auf lautlos zu stellen.« Sie zog es aus ihrer Handtasche. »Sorry, da muss ich rangehen.« Auch sie verließ den Raum.

Instinktiv suchte Sophia nach Fluchtwegen – einer war die Tür, durch die sie gekommen waren, und zu ihrer Rechten gab es einen Notausgang.

Reiß dich zusammen! Sei nicht albern. Er wird dir nicht wehtun. Sie musste nur zu dem freundschaftlichen Miteinander zurückfinden, das ihnen am Strand so leichtgefallen war.

»Und, sollen wir anfangen?« William stand auf. »Wir können uns ja erst mal an den Rechnern mit den Datenbanken vertraut machen, die George uns empfohlen hat.«

Sophia konnte ihre Zweifel nicht länger zurückhalten: »Das ist doch völlig unsinnig! Wir wissen ja nicht einmal, ob die Geschichte Wahrheit oder Fiktion ist. Es wäre verrückt, so viel Zeit zu investieren und am Ende feststellen zu müssen, dass wir einem Hirngespinst nachgejagt sind.«

William ließ sich zurück auf seinen Stuhl fallen. »Aber es macht Spaß. Und es scheint dir wichtig zu sein.«

»Ich weiß nicht, warum ich die Sache nicht einfach auf sich beruhen lassen kann. Ich meine, es ist eine tolle Geschichte. Und vieles, was die Autorin sagt, kann ich sehr gut nachvollziehen. Aber es scheint mir mehr als ein normaler Roman zu sein, weißt du? Es fühlte sich ...«

»Echt an?«

»Ja.« Und vertraut. Aber warum?

William hatte das Buch mitgebracht und nahm es nun noch einmal zur Hand. Die dicken Seiten gaben ein raschelndes Wispern von sich, als er durch sie hindurchblätterte. »Die Geschichte hat auf jeden Fall etwas an sich. Ich frage mich, warum sie überhaupt in einer Bücherkiste versteckt war, die der Buchhandlung gespendet wurde.«

»Das wüsste ich auch gern. Und ich habe einige der ausgefalleneren Formulierungen gegoogelt und nichts gefunden, also ist es kein veröffentlichtes Buch, das jemand sich ausgedruckt hat. Es sei denn, es ist veröffentlicht, aber nicht im Internet auffindbar.« Sophia erhob sich und fing an, auf und ab zu gehen. Sie hatte schon viel darüber nachgedacht, aber es half, mit jemand anderem darüber zu reden.

»Das wäre theoretisch möglich, aber Papier und Einband selbst scheinen nicht älter als zehn Jahre zu sein. Also ist die eigentliche Frage: Wurde diese Geschichte ursprünglich auf einem Computer geschrieben und ausgedruckt und ist versehentlich in der Kiste gelandet? Oder wurde sie abgetippt, um ein Originaldokument zu erhalten, das jemand in der Vergangenheit geschrieben hat?«

»Hm. George hatte recht. Das werden wir nie herausfinden.«

»Aber er hat auch gesagt, dass es immer eine Chance gibt. Machen wir eins nach dem anderen, in Ordnung? Wir gehen den Hinweisen nach. Wenn wir etwas finden sollen, dann werden wir es auch finden. Hab ein bisschen Vertrauen.«

Vertrauen in wen? In sich selbst? Das war ihrer bitteren Erfahrung nach keine gute Idee.

Obwohl sie nicht wirklich überzeugt war, gab sie nach. »Na gut, machen wir uns an die Arbeit.« Sie ging zu einem der beiden Computer, setzte sich und griff nach der Maus. »Wie es aussieht, brauche ich Zugangsdaten.«

»Stimmt.« William kam zu ihr herüber und beugte sich über sie, um die Hände auf die Tastatur zu legen.

Während er seinen Benutzernamen und sein Passwort eingab, stieg ihr der schwache Zitronenduft in die Nase, der ihm diesen Frisch-aus-der-Dusche-Geruch verlieh – und den mochte sie sehr.

David hatte auch nach Zitrusfrüchten gerochen – Orangen. Fruchtig und sauber.

Plötzlich wurde die Luft um sie herum dünner und sie bekam Platzangst. Sie wollte William ausweichen, aber die Wand auf ihrer anderen Seite war im Weg und hielt sie gefangen.

Als sie das letzte Mal einem Mann so nah gewesen war, war da auch eine Wand gewesen, in ihrem Rücken, und eine Hand um ihre Kehle hatte sie dagegengedrückt und ...

Abrupt stand sie auf und stieß den Stuhl um.

»Hey, alles in Ordnung?« William fasste nach ihrem Arm, aber sie riss sich los.

William ist nicht David. William ist nicht David.

»Tut mir leid. Ich bin …«

»Sorry, Leute, das war Steven mit einem Update zu meiner Internetseite.« Ginny kam hereingerauscht und blieb stehen, während ihr Blick zwischen Sophia und William hin und her ging. »Was habe ich verpasst?«

»Nichts.« Sophia spürte, dass William sie besorgt ansah, während sie den Stuhl aufrichtete und sich wieder setzte. »William loggt sich gerade am Rechner ein, damit wir mit unserer Suche starten können.«

Ohne noch etwas zu sagen, schloss William die Anmeldung ab und klickte sich zu einer der Datensammlungen durch. Dann tat er dasselbe bei dem zweiten Computer. »Okay, Gin, der hier ist für dich.«

»Danke, liebster Schwager.« Ginny setzte sich neben Sophia auf den Stuhl. »Und wonach suche ich jetzt?«

Sophia hielt den Blick starr auf den Bildschirm gerichtet. Langsam beruhigte ihr Herzschlag sich wieder.

William antwortete hinter ihnen: »Am vielversprechendsten ist erst mal Emily Fairfax selbst, da bei allen anderen Namen in der Geschichte keine Nachnamen angegeben sind. Ihr beide sucht also nach irgendeiner Erwähnung dieses Namens zwischen etwa 1830 und 1900. Ich werde in der Zwischenzeit Volkszählungen durchsehen, wie George vorgeschlagen hat, und dann können wir uns austauschen.«

Ginny hob die Hand wie zum Salut. »Aye, aye, Käpt'n.«

Ja, Sophia war wirklich froh, dass Ginny hier war. Natürlich war William bisher ganz und gar respektvoll gewesen und hatte auch nicht mit ihr geflirtet, abgesehen von dem einen Zwinkern auf dem Weg hierher. Er schien ein aufrichtiger, netter Typ zu sein, der sich die Mühe machte, ihr zu helfen. Und sie hatte sich wie ein Dummkopf benommen. Ginnys Anwesenheit half jedenfalls, die Spannung im Raum etwas zu lockern, und mit etwas Glück würde William nicht darauf zurückkommen, was gerade passiert war.

Sophia zog ihre Wasserflasche heraus und trank einen Schluck.

»Wenn wir den Namen tatsächlich irgendwo finden … Woher wissen wir dann, ob wir die richtige Emily Fairfax haben?«, fragte Ginny.

George zufolge würden sie in der Datenbank nur die Liste finden und damit lediglich grundlegende Informationen.

»Das wissen wir nicht unbedingt. William und ich glauben, dass sie vielleicht aus Cornwall stammt, da das Buch ja wahrscheinlich hier aus der Gegend zu *Rosebud Books* gekommen ist, aber sicher sein können wir natürlich nicht. Andererseits hat George ja gesagt, dass wir eine Geburtsurkunde anfordern können, wenn ein Eintrag vielversprechend aussieht. Das würde natürlich eine Weile dauern, aber dadurch könnten wir unter Umständen einen Kontext bekommen. Wir wissen, dass ihr Vater Pfarrer war, also wäre diese Info sicherlich in ihrer Geburtsurkunde eingetragen.«

Mit diesen Worten gab Sophia Name und Zeitraum in die Maske ein und klickte auf den Suchbutton. Mehr als tausend Frauen mit dem Namen Emily Fairfax in England allein während der viktorianischen Ära! »Offensichtlich ein beliebter Name.«

»Siehst du auch, was ich sehe?« Ginny sah zu Sophias Monitor herüber. »Ja. Okay, sollen wir sie aufteilen und nacheinander überprüfen?«

»Gerne. Lass uns bei den Emilys in Cornwall beginnen. Wenn das nichts ergibt, können wir von da aus weitersuchen.« Oder so.

Mehrere Stunden später schob Sophia sich die Haare hinters Ohr. »Vielleicht gehen wir die Sache doch falsch an. Gibt es irgendein Detail, an das wir noch nicht gedacht haben?« Da kam ihr eine Idee. Sie schnipste mit den Fingern. »William?«

Er blickte von seinem Laptop auf. »Mhm?«

Er hatte seine Lesebrille aufgesetzt, ein Modell mit dickem Rand. *Oha.* Sie hatte schon immer auf den Professorenlook gestanden.

Sophia räusperte sich. Was hatte sie gerade sagen wollen? Ach ja. »Wie wäre es, wenn wir nach Orientierungspunkten suchen? Zum Beispiel nach Edwards und Emilys Baum? Vielleicht gibt es diesen Ort ja wirklich?« Aber war er einzigartig genug? Vielleicht zusammen mit der Tatsache, dass er auf einem größeren Anwesen stand und in der Nähe eines Leuchtturms ...

William presste die Lippen zusammen und runzelte die Stirn. »Guter Ansatz!« Er zögerte. »Ich kenne da eine Professorin in London, die sich ausführlich mit der Geografie Englands beschäftigt hat. Wir hatten länger keinen Kontakt, aber ...«

»Glaubst du, diese Professorin würde uns helfen?«

»Vielleicht. Sie mag interessante Rätsel, genau wie ich. Allerdings ist es nicht ganz leicht, sie zu erwischen. Sie ist sehr altmodisch in dieser Hinsicht und telefoniert nicht gerne.«

»Einen Versuch ist es trotzdem wert.« Vielleicht war es doch in Ordnung, wenn man gelegentlich Hilfe annahm.

18. Kapitel

Ginny

Jeden Tag jubelte Ginny innerlich, wenn der Ladenschluss näher rückte.

Es war schon 18.59 Uhr. Nur noch eine Minute und sie konnte schließen, nach Hause gehen und etwas tun, was sie nicht an das große Loch in ihrem Herzen erinnerte.

Der Sekundenzeiger wanderte weiter. 19 Uhr. *Halleluja!* Sie ging zur Tür und drehte das Schild um. Dann machte sie die Kassenabrechnung. Der Betrag sah nicht wesentlich anders aus als am Morgen, obwohl die Werbeaktion mit einem kostenlosen Muffin bei jedem Kauf neue Kundschaft angezogen hatte. Einige der Touristen, die da gewesen waren, hatten ihre Schokoladen-Scones gelobt. Von denen hatte sie heute alle verkauft und noch anderes Gebäck dazu, sodass sie das Gefühl hatte, wenigstens etwas erreicht zu haben.

Es war immer noch nicht genug, um ihre allgemeine finanzielle Situation herumzureißen, aber es war immerhin ein Anfang. Und in der Touristensaison würden die Geschäfte bestimmt besser laufen. Sie musste einfach positiv denken.

Ginny summte ein Lied, das sie an diesem Morgen im Radio gehört hatte, während sie die Vitrine leerte – ein paar Haferplätzchen mit Rosinen und drei Blaubeermuffins. Vielleicht würde sie die später bei William vorbeibringen. Seit ihrem Bibliotheksabenteuer hatten sie noch nicht die Gelegenheit gehabt zu reden.

Es klopfte an der Tür. *Hm.* Jeder hier wusste, dass sie um sieben schloss, aber vielleicht war es ja etwas Wichtiges. Hatte Mr Albert den Geburtstag seiner Frau vergessen und brauchte dringend noch ein Geschenk?

Sie schloss die Gefriertüte mit dem Gebäck, legte sie auf den Tresen und ging wieder zur Tür, wo sie durch die Glasscheibe spähte. Warum war ihre Vermieterin hier?

Ginny schloss auf und öffnete, dann setzte sie ihr bestes Lächeln-bis-es-wehtut-Gesicht auf. »Hi, Julia.«

Die Frau hielt ein Baby im Arm und ihre kleine Rosie klammerte sich an ihr Bein. Die beiden Jungs im Grundschulalter standen hinter ihr. »Tut mir leid, dass ich störe, Ginny. Hast du eine Minute?« Ihre schlaffen braunen Haare hingen ihr ums Gesicht und sie hatte ein ehrliches, aber zögerliches Lächeln auf den Lippen. Die Frau sah einfach nur erschöpft aus. Ginny konnte sich nicht vorstellen ... Na ja, sie *hatte* es sich vorgestellt, aber nachdem Garrett und sie vergeblich auf eine Schwangerschaft gewartet hatten ...

»Natürlich. Kommt rein.« Sie hielt die Tür weit auf und streckte Rosie die Hand entgegen. »Hallo, Kleine! Möchtest du vielleicht die neuen Spielsachen sehen, die ich gekauft habe?«

Die Augen des Mädchens leuchteten auf und sie nickte gespannt. Angetrocknete Erdnussbutter klebte an ihrer Oberlippe. Sie und ihre zwei älteren Brüder rannten in die Kinderecke.

Julia atmete hörbar aus und verlagerte das Baby von einer Hüfte auf die andere. »Danke. Sie sind heute ganz schön anstrengend. Nach dem Essen musste ich sie mal ein bisschen an die frische Luft bringen. Außerdem muss ich mit dir reden.«

Ginny streckte die Hände nach dem kleinen Sammy aus. »Komm, gib ihn mir mal.« Bevor Julia protestieren konnte, nahm Ginny den Kleinen auf den Arm. Puh, er war schon ganz schön schwer. Sie sah dem glucksenden acht Monate alten Jungen in die Augen und zog eine lustige Grimasse, wofür sie ein süßes Lachen erntete. Als ihr Blick wieder zu Julia schwenkte, hatte die Frau die Augen zusammengekniffen, als hätte sie Schmerzen. »Was ist los, Julia? Ich bin nicht zu spät mit der Miete, oder? Ich dachte, die ist

139

nächste Woche erst fällig. Natürlich hat Garrett sich immer um die Zahlungen gekümmert, aber jetzt, wo ich alleine bin, versuche ich, alles richtig zu machen ...«

Halt den Mund, Ginny, red dich nicht um Kopf und Kragen.

»Nein, du bist nicht zu spät dran.« Die Frau seufzte. »Ich weiß nicht so recht, wie ich es dir sagen soll.«

Sammy krallte die Finger in Ginnys Haare und zog. Sie unterdrückte einen kleinen Aufschrei und löste sein Händchen sanft von der Strähne, die er erwischt hatte.

»Du machst mich nervös.« Sie fügte ein kleines Lachen an, aber innerlich zog es ihr den Magen zusammen.

»Aldwin sagt, wegen der Wirtschaftslage wird alles teurer.« Julia fingerte an den Knöpfen ihrer Bluse herum, die irgendwelche orangefarbenen Flecken hatte. »Deshalb müssen wir bei allen unseren Immobilien die Miete erhöhen. Er hat schon mit Mr Trengrouse und Mrs Lincoln gesprochen. Es ist also nicht irgendwie gegen dich gerichtet, wirklich nicht.«

Bei Ginny schrillten alle Alarmglocken. Sie konnte sich die Miete ja so schon kaum leisten. »Wie viel?«

Julia nannte die Summe, um die sie erhöhen wollten.

»Aber was ist mit unserem Mietvertrag?«

»Der muss sowieso bald verlängert werden.«

Musste er? »Oh.« Ginny strich geistesabwesend über Sammys weichen Arm. Er griff nach ihrer Halskette und fing an, daran zu lutschen. »Ich bin nicht sicher ...«

Von der anderen Seite des Ladens wurde sie von wütendem Geschrei unterbrochen. Julia seufzte. »Würdest du mich bitte kurz entschuldigen?« Dann marschierte sie in Richtung Kinderbuchecke.

»Was soll ich denn jetzt machen, Sammy?« Ginny zog den Säugling näher und atmete seinen Duft ein – nach Milch und ... Süßkartoffeln? Aber ihm schien es nicht zu gefallen, von ihr so festgehalten zu werden, und er begann zu strampeln.

Julia kam zurück, an jeder Hand einen der Jungs. Rosie stapfte heulend hinter ihnen her. »Sorry, Ginny, wir müssen gehen.« Julia hockte sich hin und sprach leise, aber bestimmt mit ihren Söhnen. Beide nickten stumm und gingen zur Tür. Julia nahm Ginny den kleinen Sammy ab und schob Rosie ebenfalls zum Ausgang. Bevor sie durch die Tür trat, drehte sie sich noch einmal um. »Es tut mir wirklich leid. Ich weiß, dass es für dich gerade nicht leicht ist. Ich habe meinen Mann bekniet und er versteht dein Problem auch, aber ...«

»Ist schon gut, Julia. Ihr habt eine Familie zu ernähren. Eine wunderbare Familie.«

Julias Schultern entspannten sich ein wenig. »Danke für dein Verständnis. Aldwin wird sich bei dir melden, damit ihr besprechen könnt, ob du den Vertrag verlängern willst oder nicht. Er wollte eigentlich gleich selbst auf dich zukommen – mit Garrett hat er ja auch immer alles geregelt –, aber ich fand, es wäre ... persönlicher, wenn ich dir die Hiobsbotschaft überbringe.«

»Das weiß ich zu schätzen.«

Nachdem Julia und die Kinder gegangen waren, nahm Ginny ihre Sachen, ging hinaus, schloss hinter sich ab und ging ums Haus herum zu ihrem Cottage, das ebenfalls Aldwin und Julia gehörte. Wenn sie den Mietvertrag für die Buchhandlung nicht verlängern konnte, würde sie vielleicht auch ihr Zuhause verlieren – den ersten Ort, bei dem sie selbst hatte mitbestimmen können, wie er sein sollte. Die Bentleys waren reich genug, um ein Leben nach ihren Wünschen zu führen, aber ihre Mutter hatte Ginny nicht ein einziges Mal nach ihnen gefragt, nicht was ihr Zimmer anging, nicht mal bei der Kleidung, die sie für sie gekauft hatte, oder bei ihrem ersten eigenen Auto. Den Raum, der achtzehn Jahre lang Ginnys Reich gewesen war, hatte eine Innenarchitektin im Shabby-Chic-Stil mit viel Rosa und Spitze gestaltet.

Ginny hasste Rosa.

Sie legte die Schlüssel auf die Anrichte und sah sich wehmütig in ihrer modernen Küche in Grau und Schwarz um, die sie neu eingerichtet hatte – sie hatte nicht allzu viel Geld hineingesteckt, aber Garrett hatte ihr komplett freie Hand gelassen. Er hatte ihr ein echtes Zuhause geschenkt, wo sie zum ersten Mal in ihrem Leben ganz sie selbst hatte sein können.

Wie sehr sie ihn vermisste!

Wenn er hier wäre, könnten sie das Problem zusammen ganz sicher lösen.

Wieder einmal flackerten Wut und Gekränktheit in ihr auf. Warum war er nicht hier? Er hatte ihr nie einen konkreten Grund genannt; alles, was sie von ihm zu hören bekommen hatte, waren vage Gemeinplätze und abgedroschene Klischees. Und obwohl so viele seine Abwesenheit als untrügliches Zeichen dafür sahen, dass er eine Affäre hatte, hatte sie ihm geglaubt, als er das verneint hatte. Sie hatte geglaubt, dass er Zeit brauchte, um sich zu sammeln. Sie war wirklich geduldig gewesen.

Aber jetzt würde die Buchhandlung schließen, wenn sich nichts änderte. Und zwar bald.

Sie hatte so getan, als könnte sie es allein schaffen. Als könnte sie die Last ohne Garrett stemmen und ihm den Raum geben, um den er gebeten hatte.

Aber wenn er zurückkam und sein geliebter Laden nicht mehr existierte ... Sie musste es ihm sagen. Ihm *war* doch immer noch wichtig, was mit dem *Rosebud Books* geschah, oder?

Bitte lass es ihm noch wichtig sein.

Sie griff in das Innenfach ihrer Handtasche und zog ihr Handy heraus. Dann wählte sie seine Nummer. Wahrscheinlich würde wieder gleich die Mailbox anspringen ...

»Hallo? Ginny?«

»Garrett.« Sie hauchte seinen Namen wie ein Amen.

»Wow, das ist ja fast wie Schicksal, dass du mich anrufst! Ich wollte mich nämlich auch gerade bei dir melden.«

»Wirklich?« Also vermisste er sie doch! Erleichterung durchströmte sie. Sie sank auf einen der Küchenhocker – die hatte er mit ausgesucht. Vielleicht war er endlich bereit, nach Hause zu kommen.

»Ja.« Er machte eine Pause. »Ich weiß nicht so recht, wie ich anfangen soll.«

»Ist schon in Ordnung, Garrett.« Die Vergangenheit war vergangen. »Natürlich kannst du nach Hause kommen. Ich verzeihe dir.«

»Was?« Er holte tief Luft. »Ich wollte nicht ... Das ist nicht der Grund, warum ich dich sprechen wollte.«

Sie nahm eine Papierserviette, die auf der Arbeitsplatte lag, und zerknüllte sie in ihrer Hand. »Nicht? Okay. Wie ist London? Regnet es viel? Wir haben hier super Wetter. Ein paar Stürme, aber nicht so heftig wie im letzten Jahr.« Sie wollte nicht gleich mit der Tür ins Haus fallen.

»Small Talk übers Wetter? Wirklich, Ginny?« Und dann sagte er die Worte, die sie gefürchtet und zugleich für unmöglich gehalten hatte: »Ich will die Scheidung.«

∞

Ein sanftes Klopfen. Irgendwer rief ihren Namen, seltsam gedämpft. Ihr Nacken schmerzte.

Ginny stöhnte. Wo war sie? Ihre Wange fühlte sich kalt an. Sie schlug die Augen auf und hob den Kopf. Sie war offenbar in der Küche eingeschlafen und die Granitarbeitsplatte war ihr Kopfkissen gewesen, der Hocker ihr Bett. Kein Wunder, dass ihr ganzer Körper protestierte. Aber wieso hatte sie ...?

Mit einem Mal kehrte die Erinnerung an das Telefonat mit Garrett zurück und raubte ihr den Atem. Nachdem sie ihn angefleht hatte, es sich noch einmal zu überlegen, und er ihr wieder einmal alle Erklärungen schuldig geblieben war, hatten sie aufgelegt.

Ginny blickte zum Herd hinüber, auf dem sie einen Kirschkuchen, Zimtplätzchen, Kürbismuffins und eine Schüssel mit Schokokuchenteig hatte stehen lassen – Zeugen ihrer Backwut, die der Katastrophe gefolgt war. Sie erinnerte sich dunkel daran, wie sie mitten in der Nacht erschöpft auf den Hocker gesunken war, um eine kleine Pause einzulegen.

»Ginny?«

Sie rieb sich den Schlaf aus den Augen und wünschte, sie könnte einfach ins Bett gehen. Gähnend streckte sie sich. Moment mal. Wie spät war es denn? Ginny sah blinzelnd auf die Uhr ihrer Mikrowelle. *Na super.* Vor fast einer Stunde war schon Ladenbeginn gewesen. Zum Glück war Sophia heute dran ...

Klopf, klopf, klopf. »Ginny? Ist alles in Ordnung?«

War sie das etwa? Ginny eilte zur Tür. Als sie aufmachte, stand Sophia mit besorgtem Blick davor.

»Warum bist du hier?«

»Ich wünsche dir auch einen guten Morgen. Du hast meine Frage nicht beantwortet. Ist etwas passiert? Du siehst furchtbar aus.«

»Na, vielen Dank. Aber du hast meine Frage auch nicht beantwortet. Warum bist du nicht im Laden?« Sie hasste sich selbst für diesen vorwurfsvollen Ton.

»Als du nicht erschienen bist, habe ich William angerufen und ihn gebeten rüberzukommen. Er hat alles im Griff.«

Was würde sie nur ohne die beiden tun?

»Gut, danke. Tut mir leid, ich wollte dich nicht anblaffen.« Ginny versuchte zu lachen, aber was herauskam, war eher ein Krächzen. »Mir geht es gut.«

Sophia legte den Kopf schief. »Irgendwas stimmt nicht.«

Sie war eindeutig zu scharfsinnig.

Aber wenn Ginny so tat, als wäre alles in Ordnung, würde es das ja vielleicht auch sein. »Ich habe nur verschlafen.« Ginny ging zum Kühlschrank und holte eine kleine Flasche Saft heraus. Sie drehte den Deckel auf und trank einen Schluck. Einfach nicht darüber nachdenken, nicht durchdrehen, nicht ...

»Komm schon, Ginny. Das ist nicht die Wahrheit und das wissen wir beide.«

Ginnys Finger krallten sich so fest um die Flasche, dass das

Plastik sich eindellte. Sie seufzte. »Wahrscheinlich kann man eine Seelenklempnerin nicht täuschen.«

Sophia schloss die Tür hinter sich und trat näher. »Ich bin Therapeutin, keine Psychiaterin.« Sie lächelte und legte eine Hand an Ginnys Oberarm. »Aber im Moment bin ich nur eine Freundin, die sich Sorgen macht. Was ist los?«

Mit bebenden Lippen trank Ginny die Flasche leer. Sie konnte das jetzt nicht. Nach dem gestrigen Abend hatte sie ohnehin mehr Fragen als Antworten. »Ich muss in den Laden.«

Sophia zeigte auf den Küchentisch. »Setz dich.«

Auf keinen Fall. Wenn sie jetzt auch nur für einen Moment innehielt, würde sie in Selbstmitleid zerfließen. »Willst du Frühstück? Ich habe Kuchen. Und ich kann uns einen Kaffee machen.«

»Gerne.« Sophia nahm auf einem der Stühle Platz, die Ruhe selbst.

Ginny spürte den Blick ihrer Freundin, während sie zwei Teller aus dem offenen Küchenschrank nahm. »Irgendwelche Neuigkeiten von Williams Freundin über Emilys Geschichte?« Sophia war so enttäuscht gewesen, dass sie nichts gefunden hatten, was sie weitergebracht hätte.

Ginny entfernte die Frischhaltefolie von dem Kuchen und schnitt zwei große Stücke ab.

»Ja, die gibt es tatsächlich. Es sieht so aus, als würden wir sie dieses Wochenende in London besuchen.« Sophia zögerte. »Ich weiß, dass du viel um die Ohren hast, also brauchst du diesmal nicht mitzukommen, wenn du nicht willst. Auch wenn ich dich natürlich gern wieder dabeihätte.«

»Ich habe nicht das Gefühl, dass ich beim letzten Mal eine große Hilfe war.« Schließlich hatte sie Emilys Geschichte nicht mal gelesen, also hatte sie auch nicht viel beizusteuern gehabt. »Aber da fällt mir ein: Was war denn in der Bibliothek los? Als ich zurückkam, warst du weiß wie eine Kokos-Sahne-Torte.«

Es dauerte einen Moment, bis Sophia antwortete: »Ehrlich gesagt ist William mir etwas zu nahe gekommen, als wir uns am

Computer angemeldet haben. Es war gar nichts dabei, aber ich hatte einen Flashback.« Sie seufzte. »Ich musste mir immer wieder sagen, dass er nicht wie David ist.«

Ginny kam mit den Tellern zum Tisch und stellte sie ab. »Das tut mir leid.« Vielleicht sollte sie die beiden doch nach London begleiten. Aber es waren vier oder fünf Stunden Fahrt pro Strecke und sie konnte es sich wirklich nicht erlauben, so lange weg zu sein.

»Danke.« Sophia schloss kurz die Augen. Dann öffnete sie sie wieder und stieß ihr Gäbelchen in das Kuchenstück. »Wo ich jetzt die ganzen leckeren Sachen sehe, fällt mir ein, dass heute Morgen ein paar Kunden da waren, die Muffins kaufen wollten, aber die Vitrine war leer. Wir sollten also besser welche mit rübernehmen, wenn wir hier fertig sind. Sieht aus, als hättest du jede Menge.«

»So ist das, wenn man nach Mitternacht noch Anti-Stress-Backorgien veranstaltet.« Ginny zog eine Grimasse angesichts ihrer eigenen Worte und machte auf dem Absatz kehrt. Kaffee. Sie brauchten Kaffee. Eilig machte sie sich an ihrer Espressomaschine zu schaffen – ein Geschenk von Garrett zu ihrem vierten Hochzeitstag.

»Konntest du nicht schlafen?«

»So was in der Art.« Ginny füllte den Tank mit kaltem, gefiltertem Wasser. Dann stöhnte sie. Die Maschine brauchte ja fünfzehn Minuten, um aufzuheizen! Na gut, keine Ausreden mehr. Sie schaltete das Gerät ein und wandte sich wieder zu Sophia um.

Die hatte sie nicht aus den Augen gelassen. Wie konnte es sein, dass Ginny sich ihr – obwohl sie sich noch keine drei Wochen kannten – näher fühlte als ihren eigenen Geschwistern und jedem Menschen, dem sie in den letzten fünf Jahren hier begegnet war?

Vielleicht hatte es damit zu tun, dass sie beide verletzt worden waren. Das verband sie miteinander. Und es bedeutete, dass sie Sophia vertrauen konnte. Vielleicht hatte sie ein paar Ideen, wie sie Garrett dazu bringen konnte, Vernunft anzunehmen.

Ginny gab sich einen Ruck und setzte sich zu ihr an den Tisch.

Sie schob ihren Kuchenteller hin und her. Die knusprige, goldbraune Oberfläche bedeckte eine herrliche rote Füllung. Das Ergebnis war beinahe zu vollkommen, um es zu essen. »Meine Vermieterin war hier. Mein Mietvertrag muss erneuert werden, aber sie werden die Monatsmiete fast verdoppeln, wenn ich verlängere.«

Sophia runzelte die Stirn. »Das ist ja furchtbar!«

»Es kommt noch schlimmer. Ich habe Garrett angerufen, um es ihm zu sagen und zu hören, ob er eine Lösung weiß.«

»Es muss schwierig gewesen sein, wieder mit ihm zu reden.«

»Das ist es ja. Klar war ich etwas nervös, aber ich habe mich auch gefreut, seine Stimme zu hören. Endlich hatte ich einen guten Grund dafür, mich bei ihm zu melden. Oh, es ist wirklich übel, wenn man nicht mehr ohne besonderen Anlass mit dem eigenen Mann reden kann.« Ihr Blick heftete sich an den Blumenkasten vor dem Fenster. Es hatte ihr immer Freude bereitet, in der Erde zu wühlen und hübsche einheimische Pflanzen zu hegen und zu pflegen und blühen zu sehen. Aber in diesem Jahr hatte sie viel zu viel Arbeit mit dem Laden gehabt, um sich um sie zu kümmern. Unkraut hatte große Teile des Kastens erobert und die Blumen, die trotzdem blühten, litten unter mangelnder Pflege. Wann hatte sie zuletzt daran gedacht, sie zu gießen?

»Und, hatte er eine Lösung?«

»Ich bin gar nicht dazu gekommen, ihm alles zu erzählen. Er …« Erstaunlich, dass sie noch nicht weinte. Wahrscheinlich hatte sie ihre Tränen in der Nacht alle aufgebraucht. »Er hat gesagt, dass er die Scheidung will.«

Sophia ließ ihre Kuchengabel fallen und griff nach Ginnys Hand, um sie sanft zu drücken. »Oh, Ginny!«

»Zuerst war es ein Schock. Das ist doch dumm, oder? Ich meine, er ist seit sechs Monaten fort und wir hatten wochenlang nicht miteinander gesprochen. Aber ich habe mir immer eingeredet, er würde nach Hause kommen, wenn er so weit wäre.« Ginny spießte eine Kirsche auf und zog sie wie in Zeitlupe aus der Füllung. »Frag ruhig, was du fragen willst.«

»Und was wäre das?«, fragte Sophia.

»Na zum Beispiel: ›Wie konntest du so dumm sein?‹ Oder …«

»Stopp. Hör auf.« Sophia sah Ginny eindringlich an. »Ich verstehe, dass dich all das an dir selbst zweifeln lässt, aber dich deswegen runterzumachen, bringt gar nichts. Glaub mir, das weiß ich aus Erfahrung. Ich kämpfe jeden Tag gegen diese Versuchung an. Und an vielen Tagen gewinnt sie.«

Ginnys Brustkorb zog sich zusammen. Draußen vor dem Fenster stieg die Sonne höher und ihre Strahlen erreichten den Blumenkasten. Eine der Blumen – eine leuchtend gelbe Wicke – schien sich geradezu aus dem Schatten heraus dem Licht entgegenzustrecken.

»Ich habe versucht, ihn nach seinen Beweggründen zu fragen. Ich will es einfach verstehen. Vielleicht kann ich dann etwas tun. Ihn nach Hause holen. Ihn daran erinnern, dass wir zusammengehören.«

»Was hat er denn gesagt?«

»Nur, dass er schon eine ganze Weile nicht glücklich war. Dass er nicht wusste, ob er mich noch liebt.« Seine Worte hatten sich angefühlt, als würde man versuchen, ein Steak mit einem Buttermesser klein zu schneiden – einfach falsch. Das konnte er unmöglich so gemeint haben. »Ich begreife es einfach nicht. Er liebt diese Stadt, diese Buchhandlung. Schon immer! Und egal, was er sagt, ich *weiß*, dass er mich liebt. Wie kann er da einfach so gehen?« Jetzt tropfte doch eine Träne auf den Kuchen, wo sie von den Streuseln aufgesogen wurde.

Von der anderen Seite des Tisches reichte Sophia ihr ein Papiertaschentuch.

Sie faltete es auf und wischte sich damit über die Augen.

Sophia seufzte. »Ich habe darauf leider auch keine Antwort. Aber manchmal ist es einfacher zu gehen, als sich mit den eigenen Gefühlen auseinanderzusetzen.«

»Aber irgendwann muss man das doch tun, oder? Ich hätte nie gedacht, dass er so lange wegbleiben würde – oder dass er entscheiden könnte, nicht wiederzukommen.«

»Er hat also gesagt, dass er dortbleibt?«

»Im Moment jedenfalls.«

»Und du hast den Laden überhaupt nicht erwähnt?«

»Nein. Zu dem Thema sind wir gar nicht erst gekommen. Er hat nur gesagt, sein Anwalt würde sich mit mir in Kontakt setzen.«

Was sollte sie jetzt tun? Die Buchhandlung aufgeben? Garrett aufgeben? In die Staaten zurückkehren, wo ihre Eltern ihr zweifellos ihr ganzes Versagen vorhalten würden?

Das Licht wanderte von der gelben Blume in eine andere Richtung, aber die Blüte schien sich ihm immer noch entgegenzustrecken.

»Warte mal … Wann fahrt ihr beiden nach London?«

19. Kapitel

Emily

Mai 1858

Ich hätte es nie für möglich gehalten, aber ich vermisste es, Gouvernante zu sein.

In dieser Rolle hatte ich mich meist vor den Augen der Gesellschaft verstecken können. Mein Verhalten war nicht ständig kritisch begutachtet worden, da ich fast ausschließlich von Kindern umgeben gewesen war. Ihnen war es gleichgültig, ob ich mich ganz und gar schicklich benahm oder die richtigen Dinge sagte.

Aber als Gesellschaftsdame fühlte ich mich unentwegt gefangen, wie ein Insekt, dessen Flügel man auf ein Brett gespießt hatte. Ich begleitete Louisa zu Bällen und Besuchen bei zahllosen Familien, wo ich mich im Hintergrund hielt, während sie wie ein Schmetterling herumflatterte und flirtete, plauderte und sich zur Schau stellte.

Einerseits beneidete ich sie. Andererseits konnte ich mir nicht vorstellen, so zu sein wie sie.

Aber in jedem Fall vermisste ich die Freiheit.

Nicht dass ich als Gouvernante wirklich frei gewesen wäre. Wahre Freiheit würde ich erst haben, wenn ich den Durchbruch als Schriftstellerin schaffte und genug verdiente, um finanziell auf eigenen Füßen stehen und tun zu können, was ich liebte. Von dem Tag vor wenigen Monaten an, als mein Manuskript in den Schnee gefallen war, hatte ich jeden Abend bei Kerzenschein daran gearbeitet, das Ende meiner Geschichte noch einmal zu schreiben – und hatte dabei entdeckt, dass das Unglück mir in Wahrheit vielmehr eine zweite Chance eröffnet hatte. Die Geschichte war jetzt besser, tiefer. Dass ich sie notgedrungen hatte überarbeiten müssen, hatte sie bereichert.

Etwas Unerwartetes, das meine neue Stellung mit sich gebracht hatte, war, dass sich tatsächlich eine Freundschaft zwischen mir und Edwards Schwester entwickelt hatte. Seit Louisa mein Geheimnis entdeckt hatte, waren wir viel vertrauter miteinander – nicht so vertraut wie Edward und ich, aber vertrauter als ich es mit jeder anderen Freundin gewesen war, die ich bislang gehabt hatte.

Nachdenklich schob ich mir einen weiteren Bissen Lammfleisch in den Mund und kaute. Um mich herum kratzten Gabeln über Teller und die Unterhaltungen brummten. Edwards Familie hatte an diesem Abend einige Familien zum Dinner geladen. Die Frauen sahen himmlisch aus in ihren Kleidern, vor allem eine junge Frau namens Rosamond, deren dunkelbraunes Haar mich an gesponnene Seide erinnerte. Ihre Taille schien nur halb so umfangreich wie meine eigene, aber sie wirkte nicht schwach, wie zierliche Frauen es für gewöhnlich tun. Immer, wenn sie lachte, schien sich im ganzen Raum Freude auszubreiten. Warum, war mir allerdings schleierhaft – es war nämlich kein gütiges Lachen, sondern eher ein unausstehliches.

Ich gebe zu, dass mein Urteil über sie nicht ganz unparteiisch war, denn dies war weder das erste Mal, dass ihre Familie bei uns zu Abend aß, noch das erste Mal, dass sie neben Edward saß und ihn während der ganzen Mahlzeit mit Beschlag belegte. Unter den Dienstboten kurierten bereits Gerüchte, dass ihre Eltern eine Verbindung zwischen den beiden arrangieren wollten.

Ich vergrub meine Gabel in einem Berg Erbsen und erstach eine davon, wobei die Zinken einen unangenehmen Laut auf dem Porzellan erzeugten. Das Geräusch schien im ganzen Raum widerzuhallen und einige Köpfe drehten sich zu mir um, auch die von Edward und Rosamond. Edward lächelte mir zu. Rosamond nicht.

Ich legte die Gabel ab und betupfte mit der Serviette meine Lippen.

»Wie gefällt Ihnen London, Miss Fairfax?«, fragte Rosamonds Mutter.

Ich saß zwischen ihr und Louisa. Obwohl sie gerade mit dem Gast zu ihrer anderen Seite gesprochen hatte, musste sie meine Verlegenheit bemerkt haben. Es war sehr freundlich von ihr, von meinem Fauxpas abzulenken.

»Es ist ganz wunderbar.«

»Ach, komm. Du bist doch viel lieber auf dem Land.«

Edwards Worte ließen mich aufblicken. Seine Augen funkelten neckisch.

»Ich habe nicht die geringste Ahnung, wovon du redest.« Ich spürte, wie meine Mundwinkel nach oben wanderten.

»Warum sollte jemand das Land dem aufregenden Leben in London vorziehen?« Rosamonds Lachen zerrte an meinen Nerven.

Warum musste sie sich in die Unterhaltung einmischen? »Ich mag nun einmal die Ruhe. Unter vielen Menschen zu sein, ist nichts für mich.«

»Das kann ich mir nicht vorstellen. Zeit in guter Gesellschaft gehört doch zu den schönsten Dingen im Leben.« Rosamond blickte zwischen Edward und mir hin und her. Ein Anflug von Verärgerung lauerte unter ihrer gelassenen Fassade.

»Unsere liebe Miss Fairfax bevorzugt die Gesellschaft von Büchern.«

»Das werde ich nicht abstreiten. Wie gut, dass du Nachsicht mit mir hast und mir so oft Lesefutter zum Verschlingen mitbringst.«

»Heutzutage kann ich mit deinem unersättlichen Appetit kaum noch mithalten, was das angeht.« Edward wandte sich wieder Rosamond zu und der Bann zwischen uns war gebrochen. »Miss Fairfax ist eine äußerst versierte Leserin und ihr Geschmack ist sehr vielfältig.«

»Wie interessant.« Rosamond wandte sich wieder an mich und ihre vollkommen geformten Lippen formten die Worte nahezu genüsslich. »Wie ich höre, sind Sie nicht nur eine versierte Leserin, sondern auch eine Schriftstellerin.«

Das Glas, das ich gerade an den Mund gehoben hatte, rutschte mir beinahe aus der Hand. Wassertropfen rannen an meinem Mund vorbei und mein Kinn hinunter und ich stellte es hastig auf den Tisch, um erneut nach meiner Serviette zu greifen. Die anderen Gäste verstummten und schauten allesamt zu mir.

Mein Blick huschte wieder zu Edward und diesmal wirkte er verwirrt. »Du musst dich irren. Miss Fairfax hat noch nie ein Buch geschrieben.«

»Ach nein?«

Wie konnten zwei Worte, mit solch falscher Unschuld gesprochen, mich so erschüttern? Und warum brachte ich mit einem Mal kein Wort mehr heraus?

»Es tut mir leid, Miss Fairfax. Ich habe aus verlässlicher Quelle erfahren, dass Sie einen Roman verfasst haben und ihn veröffentlichen wollen. Ich wollte Ihnen nur viel Erfolg bei Ihren Bemühungen wünschen.«

Wer hatte es ihr erzählt? Nur zwei Personen hatten davon gewusst. Ich wandte mich zu Louisa um, und als sie meinem Blick auswich, wusste ich, dass es nicht ihre Freundin Hattie gewesen war. Ihre Finger zitterten ein wenig, während sie auf ihrem Teller ein Stück Fleisch zerkleinerte. Der Verrat war wie ein Dolchstoß in meinen Magen.

»Wirklich? Das überrascht mich aber sehr«, sagte Mr Banks, ein wohlhabender Jurist, der das ganze Jahr über in London lebte. Er und seine Frau hatten einen rasanten gesellschaftlichen Aufstieg erlebt und Edwards Mutter war überglücklich gewesen, als sie ihre Einladung zu dem Abendessen angenommen hatten. »Junge Frauen sollten ihre freie Zeit damit verbringen, häusliche Arbeiten zu erlernen, oder sich den Pflichten widmen, die sie bereits haben.«

»Wie recht du hast, mein Lieber.« Seine Gattin sah mich misstrauisch an. »Wenn Sie Zeit haben, einen Roman zu schreiben, junge Frau, müssen Sie auf irgendeine Weise Ihre Aufgaben vernachlässigen.«

Meine Wangen brannten, aber nicht mehr vor Verlegenheit. Wie konnte diese Frau, die mich nicht einmal kannte, es wagen, so etwas zu behaupten – sie in ihrem schicken Kleid, mit ihrem bequemen Leben, in dem wahrscheinlich nie etwas wirklich Schlimmes passiert war? Ich presste meine Fingernägel in die Handflächen und es erforderte all meine Selbstbeherrschung, ihr nicht mein Weinglas an den Kopf zu werfen.

Edwards Mutter kam mir zu Hilfe. »Aber, aber, kein Grund zur Aufregung! Miss Fairfax ist eine ausgezeichnete Gesellschafterin für unsere Louisa, stets sorgfältig und aufmerksam. Gewiss hast du da etwas falsch verstanden, Rosamond.«

Jetzt war es an Rosamond zu erröten. Auch ihre Eltern schien die Wendung, die diese Unterhaltung nahm, ein wenig zu beunruhigen.

»Ich bitte um Verzeihung, Ma'am. Es war nicht meine Absicht, jemanden zu verärgern. Ich wollte Miss Fairfax nur zu ihrer Leistung beglückwünschen. Ist es nicht bewundernswert, wenn jemand einen ganzen Roman schreibt? Allein die Selbstdisziplin und das Talent, die dazu nötig sind, eine interessante Geschichte zu erzählen, gerade wenn das eigene Leben so unglücklich gewesen ist … Sollte man da denn kein Lob aussprechen?«

Ich war im Moment nicht diejenige mit Talent. Wie es Rosamond gelang, mir gleichzeitig ein Kompliment zu machen und mich zu beleidigen, während sie selbst naiv und unschuldig wirkte, war verblüffend.

Sicher durchschaute Edward ihre Vorstellung. Doch sein Lächeln angesichts ihrer Worte schien echt, ebenso wie die Traurigkeit in seinem Blick, als er mich ansah.

Ich hatte einen wichtigen Teil von mir vor ihm geheim gehalten und jetzt wusste er es.

»Du bist wirklich ein reizendes Mädchen.« Edwards Mutter lächelte Rosamond an, die das ihrerseits mit einem Strahlen erwiderte. »Aber nun lasst uns über den kommenden Ball in Camden Hall reden.«

Die Unterhaltung wandte sich von mir und meinem *Zeitvertreib* ab – als wäre es nicht mehr als das – und nichtigen Themen zu.

Als wir später den Raum verließen, kam Edwards Mutter auf mich zu. »Ich muss es wissen, Miss Fairfax – ist es wahr?« Die anderen Gäste waren bereits außer Hörweite, nur wir und ein paar Bedienstete waren noch zurückgeblieben.

Beim Essen mochte ich dieser Frage entgangen sein, aber jetzt konnte ich ihr nicht mehr ausweichen. »Das ist es. Aber ich verspreche, dass es sich niemals auf meine Arbeit ausgewirkt hat. Als Gouvernante habe ich an den Abenden geschrieben, wenn die Kinder im Bett waren. Und jetzt schreibe ich jeden Tag, wenn Louisa mich nicht mehr braucht.«

Sie musterte mich einen Moment lang. »Ich gebe zu, ich bin nie so hart mit weiblichen Autoren ins Gericht gegangen wie manch andere. Aber Sie haben Mr und Mrs Banks heute Abend gehört. Es gibt Menschen in unseren Kreisen, die auf uns herabsehen würden, weil wir Sie beschäftigen – erst recht als Gesellschafterin für unsere Tochter. Die Unbesonnenheiten Ihres Vaters sind eine Sache. Dies jedoch ist Ihre eigene Entscheidung. Ich kann das nicht dulden.«

Ich wollte protestieren, wagte es dann aber doch nicht. Was konnte ich schon sagen? Wahrscheinlich würde ohnehin nichts ihre Meinung ändern können, weil es eine unumstößliche Tatsache war, wie Schriftstellerinnen in der Gesellschaft wahrgenommen wurden. Aber es gab etwas, das ich sagen musste: »Ich werde Ihre Entscheidung respektieren, wie auch immer sie ausfällt. Aber ich kann nicht aufhören zu schreiben. Es ist wie ein körperliches Verlangen, und wenn ich ihm nicht nachgebe, werde ich innerlich sterben.«

Sie streckte die Hände aus, als wollte sie mich in den Arm nehmen, doch dann ließ sie sie wieder sinken. Offenbar war ihr wieder eingefallen, dass ich nur eine Bedienstete war. »Ich will nicht behaupten, dass ich die Verluste, die Sie erlebt haben, oder den Schmerz, den Sie empfinden müssen, nachempfinden kann. Ihre Mutter war eine wundervolle Frau und mir eine gute Freundin. Wie ich sehe, hat sie ihre Tochter gelehrt, stark zu sein und auf ihre eigenen Bedürfnisse zu achten, und das bewundere ich. Wenn das Schreiben Ihnen gegen den Kummer hilft, dann schreiben Sie. Ich kann jedoch nicht erlauben, dass Sie eine Veröffentlichung anstreben, während Sie für mich arbeiten. Ich muss an unseren Ruf denken.«

Ihre Worte waren zugleich Balsam und Nagel für meine Seele. Ich nickte, denn was blieb mir anderes übrig? Wenn ich es mir hätte leisten können, ihre Bedingungen abzulehnen, dann hätte ich es vielleicht getan. Aber ich war auf das Geld angewiesen, das mir meine Anstellung einbrachte.

Wir gesellten uns zu den anderen Damen im Salon. Ich begab mich an die Seite von Louisa, die sich mit Tränen in den Augen zu mir umwandte.

»Es tut mir so schrecklich leid, Emily! Ich wollte dich nicht verraten. Rosamond hat nur nach dir gefragt und ich war so stolz auf dich und da habe ich …« Ihre Stimme klang ganz dünn. »Wirst du mir jemals verzeihen können?«

Warum hatte Rosamond sich wohl nach mir erkundigt? Aber eigentlich spielte das keine Rolle. Der Schaden war angerichtet und Louisa hatte mein Geheimnis ganz offensichtlich nicht aus bösem Willen verraten. Ich tätschelte ihre Hand. »Mach dir keine Gedanken, Louisa. Natürlich verzeihe ich dir.«

Sie war sichtlich erleichtert und schenkte mir ein dankbares Lächeln.

Nach einer Weile stießen die Männer wieder zu uns und ich sah Edward auf mich zusteuern. Sicher wollte er mich nach dem befragen, worüber wir beim Essen gesprochen hatten. Rosamond fing ihn jedoch ab und ich war ausnahmsweise erleichtert darüber.

Ich erhob mich und ging auf die andere Seite des Raumes, wo einige Gemälde hingen, die zu betrachten ich vorgeben konnte. Eines zeigte einen Mann auf einem Pferd, in eine Militäruniform gekleidet, ein Schwert in die Höhe gereckt. Hinter ihm marschierten Soldaten, die ihm in den Krieg folgten. Seine Haltung war zuversichtlich und siegesgewiss.

In dem Krieg, der in meinem Innern tobte, konnte es keinen Sieger geben. Wie sollte ich meine Stelle behalten – und damit mein Einkommen und meinen Lebensunterhalt – und zugleich meinem eigenen Herzen treu bleiben?

Ich hörte, wie sich Schritte von hinten näherten. Hatte Edward sich doch aus Rosamonds Fängen losreißen können? Aber als ich mich umwandte, sah ich Edwards Vater hinter mir stehen. »Guten Abend, Sir.«

Er strich sich über den Schnurrbart und nickte mir zu, dann gleich darauf noch ein zweites Mal. »Soso.«

Seine Angewohnheiten waren mir schon immer ein wenig seltsam erschienen, so methodisch und langsam. Meiner Erfahrung nach brauchte er immer außergewöhnlich lange, um zu sagen, was er sagen wollte – oder seine Frau übernahm das Reden für ihn.

Einige Augenblicke lang betrachteten wir das Bild gemeinsam, bevor er ansetzte, etwas zu sagen. »Ich glaube ...« Er brach ab.

»Sir?« Ich blickte zu ihm auf.

Er räusperte sich. »Ich glaube, wenn Sie sich bei Ihren nebenberuflichen Aktivitäten eines Pseudonyms bedienten, hätte meine Frau keine Einwände, solange die Sache nicht auf sie zurückfallen kann. Letzteres müsste aber unter allen Umständen gewährleistet sein.«

»Meinen Sie das ernst?«

Ein Nicken.

Zum ersten Mal seit Rosamond mich beim Essen in Verruf zu

bringen versucht hatte, spürte ich wieder so etwas wie Hoffnung.

»Ihr Vorschlag ist sehr großzügig. Danke, Sir.«

»Versprechen Sie, meine Familie zu schützen?«

»Ich verspreche es. Ich werde niemals unter dem Namen Emily Fairfax veröffentlichen.«

ℭ

Es war mir gelungen, Edward den ganzen Abend über aus dem Weg zu gehen, was dank Rosamonds Interesse an ihm nicht sonderlich schwierig gewesen war.

Am nächsten Morgen aber, als ich zu Louisas Zimmer ging, um meinen Arbeitstag zu beginnen, begegnete er mir auf dem Flur. Es schien beinahe so, als hätte er mir aufgelauert.

»Emily.«

»Hallo, Edward.« In dem spärlich beleuchteten Korridor sah er sogar noch besser aus als sonst, obwohl er dieselbe Kleidung trug wie immer – ein braunes Wams und lange, sandfarbene Hosen. Der Geruch von der Zigarre, die er am Abend zuvor geraucht hatte, haftete ihm noch an, ein süßer, kraftvoller Duft, der viel zu männlich war.

Und obwohl ich ihn im Laufe unseres Lebens schon in vielen verschiedenen Situationen gesehen hatte – früh am Morgen mit ihm hier im Gang zu stehen, wo das geschäftige Treiben aller anderen weit, weit weg schien, brachte eine Intimität mit sich, die anders und neu war.

Er neigte den Kopf ein wenig und sah mich an. »Warum hast du mir nichts davon erzählt?«

Als ich die Enttäuschung in seinen Augen sah, kamen mir die Tränen. »Es tut mir leid! Ich habe nie irgendjemandem etwas davon gesagt. Jedenfalls nicht freiwillig.«

»Ich dachte, ich wäre für dich nicht einfach nur *irgendjemand*.«

Nicht zum ersten Mal fragte ich mich, ob Edward vielleicht wusste, was ich für ihn empfand. Doch wenn er es getan hätte, wäre es grausam gewesen, so etwas zu sagen. Aber so war Edward nicht und das bedeutete, dass er von meiner Liebe nichts ahnte. »Du hast recht. Du bist mein bester Freund.« Das zumindest *konnte* ich ihm sagen. »Auch wenn ich fürchte, dass sich das bald ändern wird.«

»Das wird es.« Er presste die Lippen zusammen und lehnte sich an die Wand. »Aber was hat das damit zu tun, dass du mir deinen Hang zur Schriftstellerei verschwiegen hast?«

»Ich vermute ... vielleicht habe ich angefangen, auf Abstand zu gehen.« Das hatte ich nie bewusst getan, aber als ich es jetzt aussprach, erkannte ich, dass es stimmte. »Das Schreiben ist das Persönlichste, was ich jemals getan habe. Und wenn du verheiratet bist, werden wir persönliche Dinge nicht mehr miteinander teilen können.«

»Ich wünschte, es wäre anders.«

»Ich auch.« Ich stellte mich neben ihn, den Rücken ebenfalls an die Wand gelehnt, und meine Hände kribbelten förmlich, so gerne hätte ich ihn berührt.

»Aber noch bin ich nicht verheiratet. Und ich würde so gerne wissen, was in deinem Herzen vor sich geht. Wirst du es mir sagen?«

Wenn er nur wüsste, was er da verlangte ... aber das tat er nicht. Also erzählte ich ihm so viel, wie ich konnte – dass das Schreiben mich gerettet hatte, als nichts sonst es gekonnt hätte, dass ich all meine Hoffnungen für die Zukunft darauf setzte und dass ich mit meinem ganzen Wesen dafür kämpfen würde, meinen Traum zu verwirklichen.

Nichts sonst auf der Welt mochte gewiss sein, niemand sonst für mich streiten, aber ich würde unermüdlich kämpfen, um einen tieferen Sinn in meinem Leben zu finden.

Während ich sprach, leuchtete in Edwards Augen etwas auf. Er schien sich immer näher an mich heranzuschieben und gebannt jedem meiner Worte zu lauschen. Nicht ein einziges Mal wandte er den Blick von mir ab und seine Lippen waren ein klein wenig geöffnet, als ich endete.

Das Schweigen zwischen uns vibrierte, als wir einander anstarrten – und etwas schien sich zu verändern. Ich wusste nicht, was genau es war, aber es fühlte sich an, als würde er mich plötzlich mit anderen Augen sehen, mich zum ersten Mal nicht mehr nur als Spielkameradin seiner Kindheit betrachten.

Vielleicht ging auch nur meine Fantasie mit mir durch, aber die Spannung zwischen uns war mit Händen zu greifen. Mein Herz hämmerte.

»Würdest du es ... mir zeigen?« Sein Flüstern durchbrach die Stille, zerstörte den Zauber jedoch nicht. »Kann ich dein Buch lesen?«

Ich schloss die Augen und schüttelte den Kopf.

Denn dies war die Wirklichkeit und die Wirklichkeit verlangte, dass ich einen Schritt zurückmachte. So sehr ich mir auch wünschte, er würde mich in den Arm nehmen, mich leidenschaftlich küssen und mir seine Liebe gestehen, wusste ich doch, dass dies niemals geschehen würde. Er war der einzige männliche Erbe eines Vermögens und er musste eine gute Partie machen – und auch wenn ich nicht von niedrigem Stand war, hatte ich doch keinerlei Besitztümer von Wert.

»Ich ... kann nicht.« Wie sollte ich ihm erklären, dass ich ihm mein ganzes Ich aushändigen würde, wenn ich ihm mein Buch gäbe? Ich würde ihm gehören – mit Verstand, Leib und Seele – und mir würde nichts bleiben außer Erinnerungen und noch einsameren Nächten, als ich sie schon jetzt erlebte.

»Em ...«

Ich öffnete die Augen und erkannte sogleich meinen Fehler. Seine Finger näherten sich meiner Wange und wischten eine Träne fort, die ich selbst gar nicht bemerkt hatte. Edwards Berührung war ganz sanft – erstaunlich zärtlich für einen Jungen, der immer so ungestüm gewesen war.

Aber er war kein Junge mehr und ich kein Mädchen. Unsere Kindheit lag hinter uns.

Und wir konnten auch nicht länger so tun, als wäre es nicht so.

»Oh, Entschuldigung, Sir!«

Eine Stimme riss mich aus dem Tumult der Gefühle, die in meinem Innern tobten. Edward zog seine Hand blitzartig zurück und nickte dem Dienstmädchen zu. Über ihre Züge war unverkennbares Erstaunen gehuscht, bevor sie eine ausdruckslose Miene aufgesetzt hatte.

Sie räusperte sich. »Miss Fairfax, die Herrin fragt, wo Sie bleiben. Louisa ist wach und braucht Ihre Hilfe.« Dann ging sie.

»Ich muss zu ihr.« Ich warf Edward ein verlegenes Lächeln zu.

Sein Stirnrunzeln verfolgte mich bis zu dem mir bestimmten Platz im Dienst seiner Schwester.

20. Kapitel

Sophia

Sophia war schon einmal in der St. Paul's Cathedral gewesen, in ihrem ersten Jahr am College. Ihr jüngeres Ich erinnerte sie im Nachhinein irgendwie an Giselle aus dem Disneyfilm »Verwünscht« – noch voller Hoffnung für die Zukunft, mit dem starken Wunsch, anderen zu helfen, und einer unglaublichen Naivität.

Jetzt war sie wieder hier, in mancher Hinsicht stärker, in anderer verletzlicher, und versuchte endlich einen Zugang zu ihrer Geschichte zu finden.

Sie stand neben William im Hauptschiff der Kathedrale und ihr Blick sog alles in sich auf, von dem schwarz-weiß karierten Fußboden bis hinauf zu der Kuppel mit ihren leuchtenden Fresken in mehr als hundert Metern Höhe. Besucher bewegten sich ehrfürchtig durch die Kirche. Einige saßen auf den Stühlen, die Köpfe gesenkt. Der Anblick weckte etwas in ihr, was sie nicht klar benennen konnte.

»Es ist wunderschön hier«, murmelte sie, während William und sie weitergingen und jedes Denkmal, jede Gedenktafel und jede Statue betrachteten.

William schwieg. Obwohl sie ihn noch nicht lange kannte, wusste sie, dass Nachdenklichkeit bei ihm nichts Ungewöhnliches war. Aber sie hatte das Gefühl, dass irgendetwas nicht stimmte.

»Alles okay?« Sie hatte das Bedürfnis, seinen Arm zu berühren, und umklammerte stattdessen den Riemen ihrer Handtasche.

Er starrte weiter auf eine Marmorskulptur von zwei Frauen vor einem Grabstein.

»William?«

Er zuckte leicht zusammen und sah sie an. »Sorry. Was ist?«

»Ich habe nur gefragt, ob alles okay ist. Du hast diese Skulptur so intensiv angesehen. Klar, sie ist ganz gut, aber nicht wirklich etwas Besonderes, würde ich sagen.«

Die Falten um seine Lippen wurden tiefer, wenn er die Stirn runzelte, so wie er es jetzt gerade tat. »Ich mache mir nur Sorgen um Ginny.«

Als Sophia ihr erzählt hatte, dass sie die Bekannte von William in London treffen wollten, hatte Ginny wider Erwarten beschlossen mitzukommen. Zuerst waren sie davon ausgegangen, dass sie nur eine Ablenkung suchte, aber an diesem Morgen hatte sie verkündet, dass sie Garrett sehen wollte. William hatte vehement dagegen protestiert und sie, als sie sich nicht von ihrem Vorhaben hatte abbringen lassen – begleiten wollen, aber sie hatte darauf bestanden, dass das Ganze eine Sache zwischen ihr und ihrem Mann sei.

»Ich mache mir auch Sorgen um sie.« Sophia wäre ebenfalls lieber mitgegangen, konnte aber auch Ginnys Wunsch verstehen, das Wiedersehen mit Garrett allein in Angriff zu nehmen. Eigentlich bewunderte sie ihre Freundin sogar dafür. »Hoffentlich hilft es, wenn sie sich Auge in Auge gegenüberstehen. Telefonate sind für die Lösung von Konflikten nicht besonders gut geeignet.«

Da die Professorin erst am Nachmittag Zeit für sie hatte und es bei einem Londonbesuch eigentlich Pflicht war, Sehenswürdigkeiten zu besichtigen, hatte Sophia William gebeten, Ginny und ihr vorher einige seiner Lieblingsorte zu zeigen. Nach Westminster Abbey war Ginny ihrer Wege gegangen und sie waren hierhergekommen.

Mit jeder Unterhaltung mit ihm entspannte sie sich mehr in seiner Nähe. Dass Ginny ständig nette Dinge über ihn zu sagen hatte, schadete natürlich auch nicht.

»Wahrscheinlich ist es so oder so besser, wenn ich Garrett im

Moment nicht begegne. Ich könnte mich dazu hinreißen lassen, ihm eine reinzuhauen.«

Sophia berührte leicht seine Schulter. »Du siehst mir nicht gerade wie ein Schlägertyp aus.«

»Wut und Enttäuschung können einen dazu bringen, Dinge zu tun, die man sonst nie in Erwägung ziehen würde.«

»Wohl wahr.« Sophia legte sich ihre nächsten Worte sorgfältig zurecht. »Ich weiß, dass du das wahrscheinlich nicht hören willst, aber was immer sich zwischen Ginny und ihm abspielt, er ist immer noch dein Bruder. Irgendwann wirst du mit ihm reden müssen – wahrscheinlich besser, ohne ihn zu verprügeln –, sonst wirst du leiden. Ich sehe, dass du ihn wirklich liebst, sonst wärst du nicht so wütend.«

William betrachtete sie einen Moment lang so intensiv, dass sie nicht recht deuten konnte, wie er ihre Worte aufgenommen hatte. Dann blickte er auf Sophias Hand, die immer noch auf seiner Schulter lag.

Hastig zog sie sie weg.

Wieder runzelte er die Stirn, was er viel zu oft tat. Er hatte ein schönes Lächeln und das wollte Sophia am liebsten ununterbrochen auf seinem Gesicht sehen.

»Komm.« Sie hielt ihm die erst kurz zuvor auf Abstand gebrachte Hand hin und nach einem Augenblick ergriff er sie. Seine eigene Hand war groß und ein wenig schwielig – nicht glatt, wie die von David es gewesen war. William hatte ihr erzählt, dass sein Vater Zimmermann gewesen war. Seine Söhne hatten in ihrer Jugend an seiner Seite gearbeitet. William hatte ihr gestanden, dass ihm das Handwerk eigentlich nie Spaß gemacht hatte, weil er immer der Typ gewesen war, der gern las und grübelte. Er hatte seine Wünsche damals hintangestellt, um seinem Dad nahe zu sein.

David hatte man auch in dieser Hinsicht angemerkt, dass er als privilegierter Sohn eines reichen Geschäftsmannes aufgewachsen war. Seine Vorstellung von Handarbeit war ein bisschen Geschirrspülen und selbst das hatte er nicht getan. »*Warum soll ich das denn machen, wenn du es so gut kannst, Baby?*«

Sie konnte einfach nicht anders, andauernd verglich sie die beiden Männer miteinander. Das war William gegenüber nicht fair. Er wusste ja nicht einmal von David.

Aber sie wusste nicht, wie sie damit aufhören sollte.

Genieße den Augenblick.

Also schob sie ihre Sorgen und Ängste beiseite, so gut sie konnte, und konzentrierte sich auf angenehmere Dinge, zum Beispiel den sanften Druck von Williams Fingern. Er ließ sich von ihr die Treppe zur Kuppel hinaufführen. Schon hatten sie die Galerie erreicht, von der aus sie in den Kirchenraum hinuntersehen konnten. Als sie das letzte Mal hier gestanden hatte, war es völlig überfüllt gewesen, aber jetzt waren nur wenige andere Besucher zu sehen.

Sophia trat an das eiserne Geländer und sah den karierten Fußboden, auf dem sie gerade noch gestanden hatten. Sonnenlicht beschien die Mitte des Raumes. Sie sah so lange hin, bis es ihr vorkam, als würde das Muster sich zu drehen beginnen.

William lehnte sich über das Geländer, um besser sehen zu können. »Das hier ist die Flüstergalerie.«

»Ich erinnere mich dunkel. Wir waren in meiner Collegezeit während einer Studienreise hier.«

»Es ist lustig – die Akustik ist so, dass wir auf gegenüberliegenden Seiten der Galerie stehen und etwas flüstern können, und der andere hört es.«

»Ach ja! Einige aus unserer Gruppe haben sich zehn Minuten lang irgendwelche blöden Sprüche zugeflüstert, nachdem der Reiseleiter uns das erzählt hatte.« Sophia verdrehte die Augen.

William wandte sich ihr zu, eine Hüfte an das Geländer gelehnt, seine Hand immer noch in ihrer. »Ich würde deine Erinnerung an diesen Ort ja gerne erneuern, aber andererseits will ich deine Hand nicht loslassen.«

Ihre Wangen verrieten wahrscheinlich ihre gleichzeitige Freude und Verlegenheit. »Stimmt, das ist ein Dilemma.«

»Vielleicht könnten wir *diesen* Augenblick einfach auch erneuern, wenn wir fertig sind?« Er lächelte und auf seinen Wangen erschienen Grübchen.

»Vielleicht.«

»Dann bin ich bereit, es zu riskieren.« William zog sie zu der Bank, die an der Wand entlang um die ganze Galerie lief. »Setz dich hierhin.«

Sie gehorchte und sah dann zu, wie er die Galerie entlangging. Als er genau ihr gegenüber angekommen war und gut dreißig Meter sie trennten, setzte er sich auch. Sophia lehnte sich zurück und wartete.

Dann hörte sie ein leises Flüstern, das sie in den Ohren kitzelte: »Du bist mir ein Rätsel, Sophia Barrett. Eins, das ich wahnsinnig gerne lösen würde.«

Sie spürte, wie ihr ein Schauer über den Rücken lief. Sie legte die Fingerspitzen gegeneinander und berührte damit ihre Lippen. Was sollte sie ihm antworten?

Eine Stimme in ihrem Innern verspottete sie. Flirten war nie ihre Stärke gewesen. Wie sie David jemals dazu gebracht hatte, sich für sie zu interessieren, war ihr nach wie vor unbegreiflich. Andererseits hatte er vielleicht gesehen, wie schwach sie war und wie leicht sie sich von anderen Menschen abhängig machte.

Du musst diese Lüge durch die Wahrheit ersetzen, hallte Joys Stimme in ihrem Kopf wider. Aber was war die Wahrheit?

»Bist du da?« Williams Flüstern, ein sanftes Nachhaken.

»Ja, ich höre dich.«

»Da bin ich ja froh. Ich dachte schon, ich rede nur mit einer Wand.«

»Wenigstens wärst du nicht der Einzige an diesem Ort, der das tut.«

»Stimmt auch wieder. Also, willst du mir dein tiefstes, dunkelstes Geheimnis verraten?«

Wenn sie das doch nur könnte.

Zum ersten Mal wollte sie es fast. Nicht nur, weil man mit Wil liam so gut reden konnte, sondern weil der Gedanke, sich ihm anzuvertrauen, irgendwie … befreiend war.

Und William war lieb und zuverlässig und …

Das alles war David früher auch einmal gewesen. Erst rückblickend konnte sie die Anzeichen für seinen wahren Charakter sehen. Mom hatte sie immer vor Männern wie ihm – und ihrem Vater – gewarnt, aber sie hatte beschlossen, diese Warnung zu ignorieren. Und das würde ihr nicht noch einmal passieren.

Besser, sie flüsterte unverfängliche Dinge als solche, die ihre Seele zerbrechen konnten.

»Ich hasse englischen Tee. Ich mag Tee eiskalt, nicht heiß. Und *nur* Tee. Ohne Milch oder Zucker.«

»Das ist wirklich ein dunkles Geheimnis. Ich finde, das solltest du hier für dich behalten. Man könnte dich für immer aus England verbannen.«

Sie musste unwillkürlich kichern. »Das wäre doch schade, oder?«

»Sehr schade sogar.« Plötzlich war seine Stimme nicht mehr neckisch.

Sie schluckte. Wie hatte dieser Mann es in so kurzer Zeit geschafft, ihr derartig unter die Haut zu gehen? Ein wohliges Gefühl breitete sich bis in ihre Zehen und Fingerspitzen aus. Als Therapeutin wusste sie, was sie tun sollte – sie sollte diese Emotionen zulassen, sie spüren. Aber sie waren zu überwältigend. Vielleicht konnte sie ja eins nach dem anderen ausprobieren? Für den Moment würde sie die Schuldgefühle und die Scham zurückdrängen. Stattdessen beschloss sie, die Freude neuer Anfänge zuzulassen. »Das fände ich auch, William.«

Es dauerte eine Weile, bis von der anderen Seite der Galerie wieder ein Flüstern kam: »Du hast mich gar nicht nach meinem Geheimnis gefragt.«

Sie blickte zu der gewölbten Decke hinauf, wo Szenen aus dem Leben des Paulus zu sehen waren. »Was ist dein Geheimnis?«

»Ich bin dabei, mich in dich zu verlieben, Sophia.«

Etwas an der Art, wie sie hier miteinander redeten, bei der er weit weg schien, aber trotzdem so nah an ihr Herz herankam, machte ihr Mut. »Ich mich möglicherweise auch in dich.«

21. Kapitel

Ginny

Hier verbrachte Garrett also lieber seine Zeit als zu Hause?

Ginny war auf dem Weg von der U-Bahn-Station zu der Adresse, die William ihr genannt hatte. Selbst am helllichten Tag hatte sie in dieser Umgebung den Drang, ihre Handtasche fest an sich zu drücken. Dank der hohen Luftfeuchtigkeit klebten ihr Jeans und Top am Körper. Die Gebäude, an denen sie vorbeikam, waren in unterschiedlichen Stadien der Unordnung und Vernachlässigung. Männercliquen warfen ihr anzügliche Blicke zu, als sie sie passierte.

Vielleicht hätte sie Williams und Sophias Angebot, sie zu begleiten, doch annehmen sollen. Aber sie wollte das allein durchziehen und nicht zu allem Überfluss noch zusätzliche Spannungen zwischen den Brüdern auslösen. Die beiden mussten ihre Probleme ohne Frage dringend klären, doch heute ging es nur darum, Garrett davon zu überzeugen, dass er nach Hause kommen und eine Lösung für die Buchhandlung finden musste. Sie brauchte ihren Teampartner.

Schließlich erreichte sie das Haus, das noch aus der viktorianischen Ära stammte und in den letzten mehr als hundert Jahren mit Sicherheit viele Menschen hatte kommen und gehen sehen. Der Backstein bröckelte, das Schieferdach war milde gesagt baufällig und die Schiebefenster waren völlig verdreckt.

Garretts Wohnung befand sich im Erdgeschoss, also war sie wenigstens leicht zu finden.

Ginny hatte schon die Hand gehoben, um an die rote Tür mit der abblätternden Farbe zu klopfen, doch dann ließ sie sie wieder sinken. Sie zog einen kleinen Spiegel aus ihrer Handtasche und starrte ihr Spiegelbild an. Ihre Wimperntusche war etwas verwischt und einige wilde Strähnen fielen ihr ums Gesicht. Eine Delle in ihrer Unterlippe ließ erkennen, dass sie schon den ganzen Tag immer wieder darauf herumgekaut hatte.

Gut, dass ihre Beziehung auf mehr beruhte als auf Äußerlichkeiten.

Bevor sie es sich anders überlegen konnte, rang sie sich nun zum Anklopfen durch. Mit einem Summen sprang eine Neonröhre im Flur an.

Die Tür ging auf. »Hast du vergessen, dein …?« Garrett verstummte und blinzelte. »*Ginny?*«

Sie hatte erwartet, ihn unrasiert und in Basketballshorts und fleckigem T-Shirt vorzufinden – eben wie jemanden, der nicht arbeitete und auf einem Selbstfindungstrip war. Stattdessen trug er ein ordentliches Hemd und eine gebügelte Stoffhose, seine Wangen und sein Kinn waren glatt rasiert und seine Züge entspannt. Die Haare hatte er sich ganz kurz schneiden lassen. Es sah gut aus.

»Hi.« Sie fuhr mit den Fingern über das kühle Kunstleder ihrer Handtasche.

Er warf einen Blick hinter sich. »Was machst du hier?«

Die Schärfe in seinem Tonfall ließ sie zusammenzucken. »Ich konnte nicht … ich wusste nicht, was ich sonst tun sollte. Die Dinge sind so schrecklich schiefgelaufen und ich wollte dich einfach sehen, weil ich wusste, wenn ich dich sehe, kann sich alles wieder einrenken.« Ihr Kinn bebte. »Garrett, ich …«

Mit einem Mal sah er betroffen aus. »Es tut mir leid, Ginny.« Dann trat er näher und nahm sie in die Arme, in die sie immer gepasst hatte, in die sie gehörte. Ein neuer Duft – würzig, wie Zimt – umgab sie. Offenbar benutzte er nicht mehr das Rasierwasser, das sie ihm zum Geburtstag geschenkt hatte.

Sie klammerte sich an ihn und jegliche Vernunft verließ sie. Wenn er doch nur ihr Kinn anheben und sie küssen würde …

Warte!, warnte sie ihr Herz. Deshalb war sie nicht gekommen. Ja, sie wollte sich mit ihm versöhnen. Aber zuerst brauchte sie eine Erklärung.

Ginny löste sich aus seiner Umarmung und straffte die Schultern. »Was ist wirklich los, Garrett?« Es überraschte sie selbst, wie energisch die Frage klang.

Er blickte zu Boden, auf dem ein schäbiger Teppich lag, der vielleicht früher einmal leuchtend blau gewesen war, jetzt aber trüb und verschlissen aussah. »Du hättest nicht herkommen sollen.«

»Ich hatte keine Wahl. Der Laden ... Also, ich muss mit dir reden. Außerdem hast du mir nicht gerade viel gesagt. Wir sind seit fünf Jahren verheiratet. Ich habe ein Recht darauf zu erfahren, warum du dich scheiden lassen willst!«

Jetzt trug er seine Entscheidungsmiene: gespitzte Lippen, ein wenig zur Seite gezogen, in Konzentration gerunzelte Stirn. Dann nickte er. »Komm rein.«

Bildete sie sich das ein oder hatte er gerade noch einen Blick den Flur hinuntergeworfen, während er sie ins Haus und durch die Wohnungstür geschoben hatte? Warum sollte es ihm peinlich sein, mit ihr gesehen zu werden?

Die Wohnung musste schon möbliert gewesen sein, denn er hatte all das unmöglich extra kaufen können. Sie hatte einen Schweinestall erwartet – dieser Mann schaffte es ja nicht einmal, seine Unterwäsche in die Wäschetonne zu werfen –, aber abgesehen davon, dass sie etwas zu voll wirkte, war alles ordentlich und aufgeräumt. Als sie an der Küche vorbeikamen, bemerkte sie einen Stapel Geschirr in der Spüle, darunter auch Bratpfannen und Töpfe. Seit wann kochte Garrett? Vielleicht war das Teil seiner »Selbstfindung«?

Er führte sie in ein kleines Wohnzimmer und wartete, bis sie auf dem Sofa Platz genommen hatte. Dann setzte er sich auf einen Sessel. Seine Hände umklammerten seine Knie, als er sich vorbeugte und ein wenig vor- und zurückwiegte. Offenbar war er genauso nervös wie sie.

Sie hätte ihn gerne beruhigt, aber sie musste daran denken, weshalb sie hergekommen war. »Es tut mir leid, dass ich unangekündigt auftauche, aber du hast meine Anrufe ignoriert.«

»Ich weiß, aber du hast mir immer wieder dieselbe Frage draufgesprochen. Damit konnte ich nicht umgehen.« Er warf einen Blick auf die Uhr, während er seine Hände knetete.

»Es ist nur ...« Ihre Augen brannten. »Warum?« Erbärmlicher hätte dieses entsetzliche Wort beim besten Willen nicht klingen können.

Er antwortete nicht sofort. »Ich habe dir doch schon gesagt ...«

»Ja, du hast gesagt, du bist dir nicht sicher, ob du mich noch liebst.«

»Es ist nicht nur das.« Er ballte die rechte Hand zur Faust und schlug damit in seine Linke, während er die Stirn runzelte. »Ich bin nicht sicher, ob ich dich überhaupt jemals geliebt habe.«

Sie starrte ihn mit offenem Mund an. »Was ...?«

»Lass mich bitte ausreden. Es hat eine Weile gedauert, bis ich es verstanden habe, aber ich weiß, dass du es zum ersten Mal hörst. Deshalb tut es mir leid, wenn ich ... gefühllos klinge. Tatsache ist, dass mein Vater gestorben ist und du da warst, um mir zu helfen. Und ich dachte, das bedeutet, dass du die Richtige für mich bist. Du warst wunderbar zu mir, aber das bedeutet nicht, dass wir zusammen sein sollten.«

»Aber wir *sind* zusammen. Spielt es da eine Rolle, ob wir es sein ›sollen‹ oder nicht?« Wie konnte sie ihm begreiflich machen, wie sie sich fühlte, wenn sie bei ihm war? »Du bist alles für mich, Garrett.«

»Und weißt du, wie viel Druck das für einen Mann bedeutet? Ich bin nicht perfekt, Ginny. Genau genommen bin ich ein ziemlicher Versager, falls du das noch nicht bemerkt hast.« Er hatte gesagt, er würde nicht emotional werden, aber sie spürte, wie es in ihm brodelte.

»Es war nie meine Absicht, dich unter Druck zu setzen. Ich bin auch nicht perfekt.«

»Wirklich nicht? Du bist doch alles, was ein Mann sich wünschen kann: intelligent, schön, liebevoll.«

»Wenn du das so siehst, warum willst du dann die Scheidung?«

Und da waren die Tränen – sie sah sie in seinen Augen glänzen, auch wenn sie noch nicht flossen. »Weil das allein nicht ausreicht.« Wieder schlug er mit der Faust in seine andere Hand. »Es tut mir leid. Ich wollte dir nicht wehtun.«

»Aber was ist mit unserer Buchhand…?«

»Liebling?« Die Wohnungstür ging auf und schlug wieder zu. »Kannst du kommen und mir mit den Einkäufen helfen?«

Ginny brauchte mehrere Sekunden, um zu begreifen.

Garrett war blass geworden.

Das Rascheln von Papiertüten.

Eine zierliche Blondine kam herein, besagte Papiertüten auf dem Arm und einen überraschten Ausdruck im Gesicht.

Ginny stöhnte leise.

Sie war so eine Idiotin!

»Ginny …« Garrett rutschte von seinem Sessel und hockte sich vor sie auf den Boden.

»Wer ist das?« Ginny zeigte auf die Frau, die den Blick gesenkt hatte. »Und warum nennt sie dich Liebling?«

Er streckte die Hand aus, als wollte er sie berühren, tat es dann aber doch nicht. »Es tut mir wirklich leid.« Es klang qualvoll und ehrlich, aber die Entschuldigung passte nicht zu der Lüge in Form der Blondine, die keine drei Meter von ihr entfernt stand.

»Du hast mich angelogen.«

»Nein. Ja.« Garrett seufzte. »Ich bin wirklich hergekommen, um mich selbst zu finden. Da war keine andere. Aber in meiner ersten Woche hier habe ich Samantha kennengelernt und wir haben uns angefreundet. Und daraus ist mehr geworden.« Er zögerte. »Du hast alles Recht der Welt, mich zu hassen.«

Samantha kam näher, stellte die Tüten auf dem Couchtisch ab und legte eine Hand auf Garretts Schulter – um ihren Anspruch anzumelden oder ihn zu trösten, vermutlich beides.

Ginny sah nicht zu ihr auf, um es ihrem Gesicht abzulesen. »Und warum bist du nicht nach Hause gekommen und hast mich um Verzeihung gebeten? Ich hätte dir verziehen.«

Und das hätte sie wirklich. Der Gedanke schockierte sie. Hätte sie ihn allen Ernstes zurückgenommen, ohne Fragen zu stellen? War sie so verzweifelt, dass sie ihm gleich wieder vertraut hätte, obwohl er ihr so etwas angetan hatte?

»Ich weiß und ich habe auch darüber nachgedacht. Aber dann ...« Er räusperte sich. »Samantha und ich haben uns verliebt. Es war nicht geplant, es ist einfach geschehen. Und es war so anders, als meine Gefühle für dich es jemals waren. Es ist nicht deine Schuld, Gin. Du warst eine gute Ehefrau. Aber ...«

Und da verstand sie es endlich.

Es spielte keine Rolle, dass sie Garrett mit jedem Atemzug geliebt hatte, dass sie ihre ursprünglichen Pläne aufgegeben und mit allem, was sie hatte, für seinen Traum gekämpft hatte.

Sie war immer noch genau am selben Punkt wie vor fünf Jahren, weil sie immer noch nicht wusste, wohin sie gehörte.

22. Kapitel

Sophia

Als William gesagt hatte, dass seine Bekannte in London altmodisch und schwer zu erreichen sei, hatte Sophia sich eine ältere Dame mit Brillenkette und klassischem Kleidungsstil vorgestellt – und nicht jemanden wie die langbeinige Schönheit in Blumentop und Gucci-Jeans, die jetzt vor ihr stand.

Professor Abigail Wentworth öffnete die Tür zu ihrer Wohnung noch ein bisschen weiter. »William! Kommt rein.« Sie trat vor und schlang die Arme um ihn. Die blonden Haare fielen ihr in Wellen bis zur Taille und sie roch nach Eukalyptus.

Ein kleines giftiges Gefühl erfasste Sophia, als sie sah, wie William ihre Umarmung erwiderte.

Dann löste er sich von seiner Freundin und lächelte. »Es ist schön, dich mal wieder zu sehen, Abigail. Es ist viel zu lange her.« Dann wandte er sich an Sophia. »Das ist Sophia Barrett.«

Abigail musterte sie. Nach einem Augenblick wurden ihre Züge weicher, als hätte sie gerade etwas in Bezug auf Sophia erkannt. »Willkommen in meinem Zuhause! Es ist mir ein Vergnügen.«

Auch wenn der Anflug von Eifersucht nicht verschwand, konnte Sophia ihn nicht rechtfertigen. Abigail hatte etwas Weiches, Freundliches an sich. »Ganz meinerseits.«

Abigail machte auf dem Absatz kehrt und bedeutete ihnen, ihr zu folgen.

Sie traten über die Schwelle und William schloss die Tür hinter ihnen. Dann sah er Sophia an und schmunzelte. »Und?«, murmelte er. »Ich habe doch gesagt, dass sie ungewöhnlich ist.«

»Das ist sie. Aber du hast nicht erwähnt, dass sie so …«

»Reich ist?« Die Wohnung befand sich in einer beliebten Lage von Chelsea.

»Nein. So schön.«

William wirkte belustigt. »Ist sie das?«

»Witzbold.« Sie boxte gegen seinen Arm und ging dann an ihm vorbei, um Abigail einzuholen. Sie hörte William leise lachen, während er sich beeilte, Schritt zu halten.

Große Ölgemälde hingen im Flur an den Wänden – alles von Monet bis Picasso und einige moderne Kunstwerke von Künstlern, die Sophia nicht kannte. Der Flur teilte sich und zur Rechten sah sie ein großes Esszimmer oder etwas, das vermutlich das Esszimmer hätte sein sollen. Statt eines großen Tisches mit Stühlen standen in dem Raum jedoch Vitrinen mit den verschiedensten Artefakten darin. Sie war zu weit entfernt, um sie alle zu sehen, und wenn Abigail sie nicht von der anderen Seite des Ganges gerufen hätte, wäre sie hineingegangen. Stattdessen wandte sie sich um und folgte William in eine Bibliothek mit mindestens zwanzig hohen Bücherregalen, die bis zum Rand vollgestopft waren. In der Ecke des Raumes, neben dem breiten Fenster mit bodenlangen Gardinen, war die bestimmt drei Meter hohe weiße Buddha-Statue mit in Meditation geschlossenen Augen zu sehen. An den Wänden, an denen keine Regale standen, hingen verschiedene Kruzifixe. Abigail hatte sich auf einem königlich anmutenden Sofa in der Raummitte niedergelassen; auf dem Couchtisch vor ihr brannte Weihrauch.

William setzte sich in den Sessel ihr gegenüber. »Wie ich sehe, hast du noch mehr Bücher als früher.«

Auf dem Weg zur Couchgruppe kam Sophia an einer Vitrine vorbei, in der sie eine sehr alte Ausgabe des Korans liegen sah. »Bist du Professorin für Religionswissenschaft, Abigail?« Sie setzte sich mit etwas Abstand zu ihrer Gastgeberin aufs Sofa.

»Nein, nein. Geografie.« Abigails leichtes Lachen schwebte durch die Luft. »Ich interessiere mich nur für Spiritualität. Erinnerst du dich noch an die Auszeit, die wir damals in der Uni genommen haben, William? Das war so erfrischend, dass ich versuche, mindestens einmal im Jahr so etwas zu machen.«

»Ich erinnere mich. Wenn ich mich recht entsinne, hast du mich davon überzeugt, dass ich Yoga ausprobieren sollte. Ich sah selten dämlich aus dabei.«

»Ach, das hatte ich ganz vergessen! Ja, das war lustig, ich gebe es zu. Aber ihr seid ja nicht hergekommen, um in Erinnerungen zu schwelgen.« Abigail wandte sich lächelnd an Sophia. »William hat mir eine Kopie von dem Manuskript geschickt und ich glaube, ich kann euch helfen.«

»Das ist super!« Sophia spürte einen Funken Hoffnung.

»Aber vorher gibt es Tee.« Abigail erhob sich und verließ kurz den Raum. Dann kam sie mit einem Tablett zurück, auf dem eine Teekanne stand, daneben hatte sie drei Tassen mit Untertassen, Milch, Zucker, Scones, Clotted Cream, Marmelade und kleine Sandwiches arrangiert.

Abigail stellte alles auf den Couchtisch und setzte sich wieder. Sie beugte sich vor und goss etwas Milch in jede der Tassen. Dann fügte sie Tee aus der Kanne hinzu. Sophia starrte ganz gebannt auf ihre schmalen Finger. Sie hatte nicht gewusst, dass jemand bei etwas so Simplem wie dem Ausschenken von Tee so anmutig wirken konnte. Abigail strahlte eine Aura der Ruhe aus.

»Wir sollten uns vielleicht ein bisschen besser kennenlernen, bevor wir uns an die Arbeit machen. Sophia, ich spüre, dass dein Beruf etwas damit zu tun hat, Menschen zu helfen.«

Das *spürte* sie? »J-ja, ich bin Frauentherapeutin.«

Abigail schob eine der Tassen in Sophias Richtung und hielt ihr die Zuckerdose hin, aus der eine kleine Zange herausragte. »Hm.« Abigail neigte den Kopf zur Seite und musterte Sophia, während sie zwei Würfel Zucker in die dampfende Tasse fallen ließ. Vielleicht würden die den Teegeschmack überdecken.

»Wieso hast du dich für diesen Beruf entschieden?«

»Ich wollte wohl einfach für andere da sein.« Sophia hob die Tasse an ihre Lippen. Es wäre unhöflich, den Tee nicht wenigstens zu probieren. Sie merkte, dass William sie beobachtete, und da fiel ihr wieder ein, dass er ja jetzt ihr »Geheimnis« kannte, wie sehr sie englischen Tee hasste. Sie hob die Tasse ein wenig an, als wollte sie sagen: »Jetzt oder nie.«

Sein Mund verzog sich zu einem Grinsen.

Als der Tee auf ihre Geschmacksknospen traf, gab sie sich die größte Mühe, nicht das Gesicht zu verziehen.

»Ja, das ergibt Sinn.« Abigails Stimme holte sie in die Gegenwart zurück. »Als ich dich sah, wusste ich gleich, dass du sehr mitfühlend bist. Aber es ist mehr als das, oder? Deine Empathie rührt auch daher, dass du selbst Opfer bist. Du willst keins sein. Deine Körpersprache und deine Ausstrahlung verraten mir, dass das dazu führt, dass du dich abschottest.«

»Wie ...?« Sophia bekam die Frage nicht heraus. Ohne nachzudenken, trank sie einen großen Schluck Tee und verbrannte sich Gaumen und Kehle. Sie hustete.

»Alles in Ordnung?« William griff in seine Tasche und zog eine Wasserflasche heraus. »Hier.«

Sophia wehrte ab. »Alles gut, danke.« Sie wandte sich wieder Abigail zu, die ihre eigene Tasse zum Mund gehoben hatte und mit geradem Rücken und voller Eleganz daraus trank, ein Bild vollkommener Harmonie. »Woher weißt du das alles?« Sie spürte Williams fragenden Blick, der sich in sie bohrte.

»Oh, ich habe einfach ein gutes Gespür für Menschen.« Abigail stellte ihren Tee ab, dann strich sie sich die Haare zurück. »Deine Mutter hat auch etwas damit zu tun, nicht wahr? Mit deiner Entscheidung, Therapeutin zu werden, meine ich.« Ihre Fähigkeit, andere zu durchschauen, war beinahe unheimlich, aber vielleicht war sie einfach so ein Sherlock-Holmes-Typ und konnte aus den kleinsten Hinweisen und Kontexten Schlussfolgerungen ziehen.

Sophia dachte nach. »In gewisser Weise stimmt das wohl. Sie hat mein Leben immer sehr beeinflusst. Sie ist stark geblieben, obwohl sie viel durchgemacht hat, und sie hat immer zuerst an andere gedacht.«

»Man kann zuerst an andere denken, ohne Therapeutin zu sein.«

Das war Sophia natürlich bewusst. Aber Therapeutin zu sein, war eine Garantie dafür, dass sie sich wirklich auf andere konzentrierte – und dass sie nicht in ihrem Selbstmitleid ertrank, das sie jedes Mal überkam, wenn sie zu viel über ihre Vergangenheit nachdachte.

»Darf ich dich etwas fragen? Warum bist du heute hier?«

»Das verstehe ich jetzt nicht. Du weißt doch von unserer Recherche?!«

»Ja, aber ich meine, warum hast du dich überhaupt auf die Suche gemacht?«

Sophia zuckte die Schultern. »Ehrlich gesagt weiß ich es nicht genau. Ich bin nach England gekommen, um ... also, um die Vergangenheit zu verarbeiten. Und irgendetwas sagt mir, dass die Nachforschungen über Emilys Geschichte ein Teil davon sind, auch wenn ich nicht verstehe, inwiefern.«

Abigail nahm einen Keks, tunkte ihn in ihren Tee und ließ dann die überschüssige Flüssigkeit am Tassenrand abtropfen. Dann aß sie einen Bissen und kaute nachdenklich.

»Die Erfahrung hat mich gelehrt, dass das Leben oft wie ein Puzzle ist. Wir haben die richtigen Teile, aber sie sind alle durcheinander. Manchmal versuchen wir, das Puzzle auf die Schnelle zusammenzusetzen, und dann landen Teile, die eigentlich gar nicht zusammengehören, beieinander oder andere an der falschen Stelle. Das führt dazu, dass wir alles frustriert wieder auseinanderreißen. Meine Mutter und ich haben wahnsinnig gerne gepuzzelt. Aber sie musste mich immer daran erinnern, dass es einfacher ist, zuerst den Rahmen zusammenzufügen, bevor man nach und nach die Mitte füllt. Auch das ist im Leben genauso. Was du machst, ist gut – geh einen Schritt nach dem anderen. Das Motiv des Puzzles ergibt vielleicht erst einen Sinn, wenn das letzte Teil am richtigen Platz ist. Aber dann wird es ein wunderschönes Bild sein.«

Abigail starrte Sophia an, als erwarte sie eine Antwort. Aber was sollte sie darauf sagen? Die Analogie hatte etwas in ihr zum Klingen gebracht, aber sie war sich nicht sicher, was. Eine Sehnsucht vielleicht? Dankbarkeit?

»Abigail.« Williams sanfte Stimme löste die Spannung des Moments.

Seine Freundin nickte ihm zu und lächelte. »Hast du die Scones mit Clotted Cream und Marmelade schon probiert? Wenn nicht, musst du das unbedingt tun.«

Er nahm einen Scone, schnitt ihn auf und strich Sahne und rote Konfitüre auf die Hälften. »So faszinierend diese Unterhaltung ist, sind wir ja eigentlich hier, um über die Geschichte von oder über Emily Fairfax zu reden. Wie würdest du weiter vorgehen?«

»Natürlich.« Abigail wischte sich die Hände an einer Serviette ab. »Entschuldige, dass ich so vom Thema abgekommen bin, Sophia. Ich habe einfach das Gefühl, dass wir beide viel gemeinsam haben. Sie lächelte. »Aber ja, zurück zu Emily! Als ich die Geschichte gelesen habe, ist mir ein Detail aufgefallen: An einer Stelle wird ein Okira-Strauch erwähnt.«

Sophia kramte in ihrem Gedächtnis. »Der wuchs in Edwards Garten, richtig?«

»Genau. Der Okira-Strauch ist Anfang des zwanzigsten Jahrhunderts ausgestorben. Er ist nur in Cornwall belegt und war vor allem in der viktorianischen Ära beliebt. Ihn zu pflegen, war nicht ganz einfach. Nur die Reichen konnten sich Gärtner leisten, die sich damit auskannten.«

Endlich ein Hinweis, wenn auch nur ein winziger. Als Sophia sich vorbeugte, stieß sie mit dem Knie an den Couchtisch, sodass ihr Tee über den Tassenrand in die Untertasse schwappte. Sie griff schnell nach einer Serviette, um die Überschwemmung einzudämmen, behielt Abigail dabei aber im Blick. »Sonst noch etwas?«

»Ja. Die Tatsache, dass der Strauch überhaupt erwähnt wird,

ist erstaunlich, wenn man bedenkt, wie wenig bekannt er war. Abgesehen von der Tatsache, dass es ihn jetzt nicht mehr gibt, ist er eigentlich nichts Besonderes. Deshalb vermute ich, dass es sich bei der Geschichte nicht um eine fiktive Erzählung handelt, es sei denn, die Autorin war eine Botanikerin oder Landschaftsgärtnerin in Cornwall.«

»Woher weißt du denn so viel darüber?«

Abigail wandte den Blick ab und sah aus dem Fenster hinter Sophia. »Die Natur hat mich schon immer fasziniert. Als Mädchen war ich geradezu besessen davon, alles zu lernen, was mit Geografie, Botanik, Geomorphologie und Geologie zu tun hatte. Meine Eltern haben mir in der Grundschule ein großes Pflanzenlexikon geschenkt. Ich kann mir Dinge gut merken und so ...« Sie zuckte mit den Schultern. »Der Okira-Strauch ist in meinem Kopf irgendwo zwischen der Eichenlaubhortensie und der Zierzwiebel hängen geblieben.«

»Ich verstehe.« Sophia lächelte.

William faltete die Hände und ließ ein Knie auf und ab wippen. »Was ist mit dem Baum, bei dem Emily und Edward sich getroffen haben? Erinnerst du dich an irgendwelche Erwähnungen bestimmter Bäume in der Gegend, wo der Okira-Strauch früher gewachsen ist?«

Abigail schürzte die Lippen. Sie lehnte sich auf dem Sofa zurück, die Schultern entspannt. »Nicht aus dem Stand, aber irgendetwas klingelt da bei mir. Gebt mir ein bisschen Zeit, um der Sache nachzugehen, dann melde ich mich. Ich habe ja die Mailadresse.«

Das bedeutete noch eine enttäuschende Verzögerung bei ihrer Suche. Auch wenn Abigail ihnen eine neue Information geliefert hatte, bot die Sache mit dem Strauch noch keinen konkreten Anhaltspunkt. Sie würden abwarten müssen, ob sie noch etwas herausfinden konnte, was sie weiterbringen würde.

 beta

»Und? Schmeckt gar nicht so schlecht, oder?« William beugte sich vor, die Ellbogen auf den Kneipentisch gestützt, ein breites, jungenhaftes Grinsen im Gesicht.

Sophia zwang sich, weiterzukauen und dann zu schlucken. Sie inhalierte ein halbes Glas Eiswasser, bevor sie antworten konnte. »Das. War. Ekelhaft.«

»Nicht dein Ernst!« Er aß noch einen Bissen von seinem Haggis. »Das ist das schottische Nationalgericht!«

Nachdem sie sich von Abigail verabschiedet hatten, hatte William Ginny zu erreichen versucht – ohne Erfolg. Sie waren in Richtung ihres Hotels gegangen, das sich am Piccadilly Circus befand, und bis zur Abendessenszeit durch die Gegend geschlendert. Dabei waren sie auf diesen urigen schottischen Pub gestoßen.

»Das Zeug besteht aus Schafsmagen. Aber wenigstens kann ich jetzt sagen, dass ich es probiert habe.« Sie spießte ein Stück Rübe auf und tunkte es in ihr Kartoffelpüree – oder *Neeps and Tattie*, wie die Beilagen auf der Speisekarte bezeichnet wurden – und aß es. Zum Glück war wenigstens dieser Teil der Mahlzeit genießbar. »Das kann ich also ein für alle Mal von meiner To-do-Liste streichen.«

»Ah, du hast eine Liste?«

Der Pub war von oben bis unten mit Holzpaneelen verkleidet und nur spärlich beleuchtet. Das Ganze hatte einen *Arts-and-Crafts*-Touch und schottischer Folk erklang leise aus Lautsprechern, die Sophia nicht sehen konnte. Obwohl es voll war, hatte die Ecke, in der William und sie einen Tisch gefunden hatten, etwas Privates, Intimes. Fast wie bei einem Date. War sie dazu schon bereit?

»Hat nicht so gut wie jeder eine? Ich habe neulich den Blog einer Frau gelesen, die eine Herztransplantation hatte und später die Wunschliste ihrer Spenderin erfüllt hat. Sie ist durch die ganze Welt gereist und hat die Dinge getan, die dieses Mädchen nicht mehr tun konnte. Ist das nicht eine schöne Geschichte?«

»In der Tat. Aber ich will wissen, was auf *deiner* Liste steht.«

»Nur die üblichen Dinge.« Die Dinge, die auf der Liste gestanden hatten, bevor sie David kennengelernt hatte, erschienen ihr jetzt trivial, und die Dinge, die sie nach seinem Tod daraufgesetzt hatte, zu persönlich – oder sogar unmöglich. »Wie sieht es bei dir aus?«

William nahm mit nachdenklicher Miene einen Schluck Wein. Ihr Ablenkungsmanöver schien ihn nicht zu stören. »Ich möchte irgendwann in den nächsten paar Jahren ein Sabbatical machen. Ich würde gerne ein bisschen reisen und die alten Kathedralen in ganz Europa erforschen.«

»Klingt wundervoll.«

»Finde ich auch. Aber vor allem möchte ich mir die Zeit nehmen, ein Buch zu schreiben.«

»Wie Emily?«

Er lächelte und schüttelte den Kopf. »Nicht ganz. Ich will ein Buch darüber schreiben, wie die Gnade mein Leben verändert hat.«

»Du wirkst nicht wie jemand, der mal wegen irgendwas hätte begnadigt werden müssen.«

Die kleine rote Kerze zwischen ihnen flackerte.

William lächelte. »Im juristischen Sinne vielleicht nicht. Aber der Mann, den du jetzt siehst, ist nicht der, der ich früher war. Als Kind war ich ziemlich gehorsam und zurückhaltend, aber als ich zu studieren begann, habe ich meinen Glauben aufgegeben und war nur noch aufs Vergnügen aus.« Seine Stimme war sachlich, aber sein Gesichtsausdruck machte deutlich, dass es ihm schwerfiel, ihr das zu erzählen. »Erst als mein Vater starb, ist mir wirklich bewusst geworden, wie sehr ich mich zum Negativen verändert hatte. Ich war verzweifelt und sah keinen Ausweg – und Gottes Gnade hat mich gerettet.«

Jetzt sah Sophia einige Dinge in Bezug auf William in einem neuen Licht – das Thema seiner Dissertation, die Tatsache, dass er ihr von allen Sehenswürdigkeiten in London ausgerechnet Westminster Abbey und St. Paul's Cathedral hatte zeigen wollen und dass ihr Herz sich bei seinem so wohlfühlte, trotz all ihrer Bedenken. Sie hatte früher auch einmal an Gott geglaubt. »Aber ...«

»Aber was?«

»Nichts für ungut, aber ich dachte immer, wenn man sich selbst in Schwierigkeiten bringt, ist man auch dafür verantwortlich, sich wieder daraus zu befreien. Warum sollte Gott da einschreiten?« Sie war mit dem christlichen Glauben aufgewachsen, aber inzwischen hatte Sophia gelernt, wie die Welt funktionierte: Menschen trafen Entscheidungen und diese Entscheidungen hatten Folgen. Punkt.

»Ich glaube, manchmal wartet er einfach darauf, dass wir unsere eigenen Grenzen erkennen.«

Sophia nahm die Dessertkarte und fuhr mit den Fingerspitzen über die glatte, glänzende Oberfläche. Ein Kloß formte sich in ihrem Hals.

William streckte den Arm über den Tisch und drückte sanft ihre Hand. »Wenn du reden willst ... ich bin hier.«

Wie es wohl wäre, William alles zu erzählen? Würde er dann schlecht von ihr denken?

Sieh es einfach ein, du bist schwach. Du bist nichts.

Davids Flüstern verfolgte sie immer noch. Aber allmählich gelang es ihr besser, seine Worte von ihren eigenen Gedanken zu unterscheiden – und damit auch, sie als Lügen zu entlarven.

Sie hatte Ginny die Wahrheit über ihre Vergangenheit erzählt und ihre neue Freundin hatte sie auf ganzer Linie unterstützt. Vielleicht würde das bei William genauso sein.

Lautes Gelächter drang vom Nachbartisch herüber und schwappte in die behagliche Stille zwischen ihnen.

Sie beobachtete, wie Williams Daumen über ihre Hand strich. Es war immer ein Risiko, sich einem neuen Menschen zu öffnen. Aber sich zu öffnen, würde nicht bedeuten, dass sie sich verlor – diesmal nicht. »Lass uns woandershin gehen.«

Sie bezahlten ihre Rechnung und verließen den Pub. Die Nachtluft war kühl auf ihrer Haut und voller Verheißung. Es war spät geworden, während sie sich drinnen unterhalten hatten, aber trotzdem waren die Bürgersteige und Straßen noch voller Menschen. An einem Samstagabend in London war das kaum eine Überraschung. Der Mond schien und die Laternen warfen ihr warmes Licht auf die Straße.

Als sie in eine ruhigere Straße abbogen, die durch ein Wohnviertel führte, nahm Sophia allen Mut zusammen. »Ich möchte dir meine Geschichte erzählen.«

Während sie von David sprach und darüber, warum sie nach Cornwall gereist war, kamen sie zu einem kleinen Platz, der von Bänken umgeben war. Rosenbeete und Grünstreifen rahmten die Fläche ein und Bäume mit tief hängenden Ästen markierten die verschiedenen Zugänge. In der Mitte stand auf einem gepflasterten Bereich eine Statue auf einem Podest. Blumen waren um sie herum gepflanzt worden; rote, blaue und gelbe Blüten verliehen der Nacht Farbe.

William zog Sophia auf eine der Bänke, während sie weiterredete. Er sah sie die ganze Zeit über aufmerksam und mitfühlend an – in seinen Augen lag so etwas wie ... Respekt?

Wie konnte er ihr Respekt entgegenbringen? Aber vielleicht galt diese Anerkennung ihrem Wunsch, ein neuer Mensch zu werden. Aus der Asche wiederaufzuerstehen.

Wenn sie nur wüsste, wie sie das anstellen sollte.

Als sie geendet hatte, holte Sophia zitternd Luft. »Auch wenn es sich oft so anfühlt, als würde ich ziellos durch die Gegend stolpern, habe ich den Eindruck, dass ich Fortschritte mache. Leider ist es schwer zu wissen, wann dieser Heilungsprozess abgeschlossen ist oder ob das jemals der Fall sein wird. Aber Abigail hatte recht: Ich will kein Opfer sein. Nicht mehr.«

Eine Brise wehte über sie hinweg und ließ sie frösteln.

William legte einen Arm um ihre Schultern, und anstatt ihr das Gefühl zu geben, gefangen zu sein, tröstete diese Geste sie. »Ich kann mir nicht einmal vorstellen, was du durchgemacht hast. Du hättest geliebt und geschätzt werden sollen, nicht kleingehalten. Ich bewundere, wie stark du in dieser schrecklichen Situation warst.«

»Hast du nicht gehört, dass ich David nicht verlassen habe?«

»Du hast überlebt, Sophia. Überlebende sind stark. Du willst Heilung. Du willst dein Leben wieder selbst in die Hand nehmen. Du hast dich von deiner Erfahrung nicht bestimmen lassen – oder willst zumindest nicht, dass sie dich weiterhin bestimmt.«

Sophia zuckte nur mit den Schultern, weil sie kein Wort herausbrachte.

»Es ist keine Schande, Hilfe in Anspruch zu nehmen, weißt du? Wir sind so geschaffen, dass wir einander brauchen.«

»Das ist überhaupt nicht die Überzeugung, mit der ich aufgewachsen bin. Zumindest unterbewusst nicht.«

»Nein?«

Wie konnte sie erklären, was sie meinte? »Es ist schwer zu glauben, wenn du siehst, was die ›Liebe‹ Menschen antut. Ich erinnere mich genau an den Tag, an dem mein Dad gegangen ist. Ich habe mich oben auf dem Treppenabsatz versteckt und gesehen, wie Mom schluchzend in den Armen meiner Tante lag. Dann hat sie sich plötzlich aufgerichtet, ihre Tränen weggewischt, und weißt du, was sie gesagt hat? ›Es heißt ja, es sei besser, geliebt und verloren zu haben, als nie geliebt zu haben – aber das stimmt nicht! Ich habe von Herzen geliebt und jetzt ist er fort und ich bin nur noch ein Häufchen Elend. Ich weigere mich, einem Mann solche Macht über mich zu geben. Ich werde nie wieder so schwach sein.‹«

Es dauerte eine Weile, bis William antwortete. »Hast du sie mal gefragt, ob sie das ernst gemeint hat?«

Die Frage rüttelte an dem Käfig, in dem Sophias Erinnerung gefangen war. »Ich habe ihr nie erzählt, dass ich dabei war, nein.«

»Vielleicht war es eine spontane Reaktion auf die Umstände. Vielleicht sieht sie das in Wahrheit gar nicht so.«

Ob sie wirklich dieser Ansicht war oder nicht – mit einem Mal erkannte Sophia, wie dieser Augenblick ihr Bild von ihrer Mutter geprägt hatte ... und die Art und Weise, wie sie ihr eigenes Versagen betrachtete, was David betraf.

»Hat deine Mutter noch mal geheiratet?« William musste ihr Zögern bemerkt haben, über diese neuen Gedanken zu reden.

»Nein. Sie hatte überhaupt keine Beziehung mehr.« Sie lachte leise. »Obwohl sie jetzt ausgerechnet Hochzeitsplanerin ist.«

»Dann glaubt sie vielleicht doch noch an die Liebe.« Williams Atem strich über ihre Stirn, eine sanfte Wärme in der kalten Nachtluft. »Was ist mit dir? Glaubst du nach all dem, was du erlebt hast, noch an die Liebe?«

Diese Frage hatte sie bislang immer von sich geschoben. Aber sie spürte die Antwort in ihrer Seele. »Ganz ehrlich?«

»Ja.«

»Bei anderen schon. Aber was mich selbst betrifft ... da bin ich nicht sicher, ob ich noch daran glaube.« Sie zögerte. »Aber ich würde gerne.«

William sagte nichts, sondern lehnte nur sacht seinen Kopf gegen ihren. Sie war noch nie jemandem begegnet, der ihr so sehr das Gefühl gab, in einen urteilsfreien Raum zu treten, befreit von den Fesseln ihrer Vergangenheit. So als würde sie auf etwas zugehen, anstatt vor etwas davonzulaufen. Es war beängstigend ... und ermutigend zugleich.

Sophia schmiegte sich in Williams Armbeuge. Dann machte sie noch einen sprichwörtlichen Schritt vorwärts. »Also, meine Wunschliste. Willst du immer noch wissen, was daraufsteht?«

»Auf jeden Fall!«

»Sie hat sich im Laufe der Jahre verändert, aber eins stand immer ganz oben.« Sophia holte tief Luft und betete, dass William sie nicht auslachen würde, so wie David es getan hatte. »Ich möchte surfen lernen. Überrascht dich das?«

»Du überraschst mich jeden Tag aufs Neue. Und das finde ich toll.« Er drückte einen Kuss auf ihre Stirn und sie konnte spüren, dass er dabei lächelte. »Gibt es dafür einen bestimmten Grund?«

»Mein Dad war Surfer und ich habe irgendwie das Gefühl, es

liegt mir im Blut. Oder vielleicht will ich auch nur herausfinden, ob es so ist.« Sie malte mit dem Finger eine Acht auf Williams Arm. »Ich weiß, es ist merkwürdig, aber ich habe nie zugelassen, dass der Verlust meines Vaters Selbstzweifel in mir aufkommen lässt. Stattdessen war ich einfach wütend, weil er Mom und mir so etwas angetan hat, vor allem Mom. Irgendwann habe ich gelernt, dass ich nur mir selbst wehtue, wenn ich ihn hasse. Außerdem ist mir der Gedanke gekommen, dass er vielleicht nicht durch und durch schlecht war. Er war nicht das personifizierte Böse, auch wenn er Fehler gemacht hat. Ich habe ein paar schöne Erinnerungen aus meiner Kindheit. Deshalb denke ich irgendwie, dass ich vielleicht eine neue gute Erinnerung an ihn erschaffen kann, wenn ich etwas lerne, was er geliebt hat. Und mir dadurch etwas von dem zurückhole, was die Wut mir gestohlen hat.« Sie lachte. »Das ergibt wahrscheinlich nur in meinem Kopf einen Sinn.«

»Es ergibt sogar total viel Sinn.« William drückte ihre Schulter. »Und wenn du surfen lernen willst, dann wirst du surfen lernen.«

23. Kapitel

Emily

Juni 1858

Ich klappte das Buch zu und seufzte. Der Protagonist war am Ende doch noch mit der richtigen Frau zusammengekommen.

Meine Schultern sackten nach unten, als ich mich auf meinem Sessel im Salon zurücklehnte. Wenn das Leben doch nur so wäre wie ein Roman!

Aber es hatte keinen Sinn, Trübsal zu blasen und mir über Dinge den Kopf zu zerbrechen, die ich nicht ändern konnte.

Die Kinder machten einen Ausflug mit ihrer Mutter und so hatte ich den Nachmittag ganz für mich. Ich hatte gedacht, das Lesen würde meine Stimmung heben, aber nachdem der Versuch fehlgeschlagen war, sollte ich vielleicht ein wenig nach draußen gehen.

Vor meinem Fenster strahlte der Londoner Himmel in leuchtendem Blau – wenn ich lange genug daraufstarrte, tanzten Flecken in Lilatönen vor meinen Augen. Winzige Federwolken zogen über die Stadt, veränderten ihre Form und verwandelten sich dabei in alles, was sie sein wollten.

Ich warf meinen Umhang über und verließ den Raum, ging den Flur hinunter und trat durch die Tür, die in den kleinen Garten hinter dem Haus führte.

Eine Decke aus bunten Blumen begrüßte mich. Der Frühling hatte den Winter aufgefordert, Platz zu machen, und sich an seiner Stelle ausgebreitet.

Ich spürte den Wind auf meinen Wangen und genoss den Anblick des frischen Grases und der wunderbaren Glockenblumen.

Nach einigen Schritten blieb ich bei einer Pflanze stehen, deren weiße Blüten ebenfalls wie Glocken herabhingen. Fasziniert von ihrer Schönheit und ihrem betörenden Duft streckte ich die Hand aus, um eine von ihnen zu berühren. Aber dann erinnerte ich mich an etwas, das Edward mir erzählt hatte, als ich diese Pflanze auf dem Landsitz seiner Familie zum ersten Mal gesehen hatte. *»Das ist eine Engelstrompete. Lass dich nicht von ihr blenden – die Blüten sind giftig.«*

Plötzlich hörte ich laute Stimmen hinter der Hausecke und eine von ihnen gehörte Edward. Ich ließ die Hand sinken und eilte schnell näher. Stritten Rosamond und Edward etwa? Bei dem Gedanken verspürte ich unwillkürlich Schadenfreude.

Als ich die beiden sah, verlangsamte ich meine Schritte. Es war nicht Rosamond, sondern Louisa, die weinte und ihren Bruder anschrie. Als sie mich sah, schlug sie die Hand vor den Mund und stürzte an mir vorbei, sodass Edward allein zurückblieb, eine Hand im Nacken.

»Was ist passiert?« Ich ging auf ihn zu. »Ist jemand krank?« Ich hatte Louisa noch nie in einer solchen Verfassung gesehen und konnte mir nicht vorstellen, was sonst ein solches Betragen hätte auslösen können.

»Nein, nichts in der Art.« Edward atmete hörbar aus und schritt auf und ab.

»Was dann?«

»Charles Miller hat um Louisas Hand angehalten und sie glaubt, sie sei in ihn verliebt.« Edward knurrte die Worte förmlich. »Hat sie zu dir irgendetwas gesagt? Hast du sie oft mit ihm zusammen gesehen?«

»Nicht häufiger als mit einer Handvoll anderer Männer, die ihr den Hof machen. Louisa ist ein reizendes Mädchen.«

»Reizend und naiv.« Edward stapfte den Gartenweg hinunter, die Hände zu Fäusten geballt.

Ich musste fast rennen, um mit ihm Schritt zu halten. »Ich glaube, ich verstehe das Problem nicht. Ich weiß, dass deine Eltern erst nächstes Jahr nach einem Ehemann für sie Ausschau halten wollten, aber er ist doch eine gute Partie, oder nicht?« Die Millers waren eine der reichsten Familien in ganz England und Charles galt als ausgesprochen attraktiv. Für mich wäre das zwar keine Grundlage für eine Ehe gewesen, aber ich unterschied mich mit meinen Einstellungen ja nicht selten vom Rest der Gesellschaft.

Edward blieb stehen und wandte sich zu mir um. »Charles Miller ist ein Schurke! Alle wissen das, aber seines Geldes wegen ist es ihnen gleichgültig. Ich werde keine Einzelheiten ausplaudern, Emily, aber du kannst mir glauben: Ich werde nicht zulassen, dass meine Schwester an einen solchen Mann gefesselt wird.«

Für die Leidenschaft, die in seinen Worten loderte, liebte ich ihn nur noch mehr. »Was halten deine Eltern denn von der Partie?«

Seine Miene verfinsterte sich. »Vater wollte schon seinen Segen geben, bis ich ihn davon überzeugt habe, dass er es nicht tun soll. Er ist so verzweifelt wegen ...« Er verstummte.

»Verzweifelt wegen was?«

»Lass uns zum Haus zurückgehen, ja?«

»Was verheimlichst du mir, Edward?«

Mit einem Seufzen riss er eine Blüte von einem Busch und drehte sie zwischen den Fingern. »Mein Vater hat einige schlechte Investitionen getätigt und wenn sich nicht bald etwas ändert, werden wir in Kürze bankrott sein. Deshalb habe ich mich bereit erklärt, in diesem Jahr auf Brautschau zu gehen, obwohl ich gehofft hatte, es noch etwas hinauszögern zu können.«

Ich war unfähig, mich zu rühren. »Warum hast du mir das nicht erzählt?«

Er sah mich traurig an. »Du hast so hohe Ideale, Em. In einer Welt, die durch Ehen bestimmt wird, weigerst du dich zu heiraten, weil du deine Unabhängigkeit nicht verlieren willst. Und du hast keine Ahnung, wie sehr ich dich dafür bewundere.«

Wenn er nur die Wahrheit wüsste! Ich hatte doch immer nur

so getan, als wollte ich nicht heiraten, weil ich den Gedanken, dass er mich zurückweisen könnte, nicht ertragen konnte.

Edward trat auf mich zu und ergriff meine Hände. Er legte die Blume hinein und schloss meine Finger um den Stängel. »Ich möchte dich nicht enttäuschen, indem ich des Geldes wegen heirate. Aber es wird von mir erwartet. Und ich nehme diese Verantwortung nicht auf die leichte Schulter. Wenigstens habe ich mein Bestes gegeben, um eine Braut zu finden, von der ich glaube, dass ich sie eines Tages lieben kann.«

Ich schluckte, weil meine Kehle plötzlich ganz trocken war. Mein Herz raste in meiner Brust, während Edward und ich einander lange in die Augen sahen.

Endlich ließ er meine Hände los und wandte den Blick ab. »Was hältst du von Rosamond?«

»Sie ist reizend.« Was sollte ich sonst sagen? Wahrscheinlich hörte er die Lüge in meinen Worten. Schnell sprach ich weiter: »Macht es ihren Eltern denn nichts aus, dass deine Eltern in finanziellen Schwierigkeiten sind?«

»Ihr Vater ist sich unserer Lage sehr wohl bewusst und er ist bereit, meinen Vater zu retten. Offenbar sind ihre Geschäftsinteressen ähnlich und der gute Ruf meines Vaters wäre von großem Wert für ihn. Sie würden Respekt einflößende Partner sein.«

»Ich verstehe. Das klingt ja, als wäre alles bereits arrangiert.« Ich konnte die Schärfe in meinem Tonfall nicht zügeln.

Als wir auf dem Weg zurück zum Haus an den Engelstrompeten vorbeigingen, kam es mir vor, als würden sie mich verhöhnen. Sie schienen ein Spottlied in den Wind zu summen, das nur ich hören konnte.

24. Kapitel

Ginny

Ginny hielt den antiken Ring zwischen den Fingern ins Licht ihrer Nachttischlampe. Der große Diamant in der Mitte saß in einer rechteckigen Zargenfassung, gerahmt von feinem Gitterwerk und kleineren schlichteren Diamanten.

Zum hundertsten Mal an diesem Morgen, seit sie ihre Entscheidung getroffen hatte, kamen ihr die Tränen.

Bevor sie es sich anders überlegen konnte, schob Ginny den Ring in die Tasche ihrer Jeans, zog ein Sweatshirt über, schlüpfte in ihre ausgelatschten Turnschuhe und ging die Treppe hinunter in ihre Küche. Sie überlegte, ob sie erst etwas frühstücken sollte, aber nein – wenn sie zu lange wartete, würde sie vielleicht der Mut verlassen.

Als sie die Hand erneut in die Tasche steckte, streifte ihr Daumen den Platinring. Ihre Großmutter mütterlicherseits hatte ihn Ginny vermacht, da ihr Vater keine Geschwister hatte und Ginnys Schwester Sarah moderneren Schmuck vorzog. Aber Ginny hatte diesen Ring immer geliebt, und als ihre Großeltern innerhalb weniger Monate beide gestorben waren, hatte sie ihn bekommen.

Nicht die Größe des Diamanten oder der erhebliche Wert des Ringes war ihr wichtig; das Schmuckstück war für sie ein wunderbares Symbol für die ewige Liebe ihrer Großeltern. Im Gegensatz zu Ginnys Eltern hatten sie immer Liebe und Familiensinn über Geld und Ansehen gestellt.

Als Garrett Ginny den Heiratsantrag gemacht hatte, war all ihr Geld in die Buchhandlung geflossen, deshalb hatte er keinen Ring für sie gehabt. Aber das war Ginny egal gewesen, denn sie hatte ohnehin immer den Ring ihrer Grandma tragen wollen. Und das hatte sie getan.

Der Gedanke, ihn zu verkaufen, drehte ihr den Magen um, aber was blieb ihr anderes übrig?

Ginny verließ das Haus und ging schnurstracks zu Mrs Lincolns Antiquitätengeschäft. Der wolkenverhangene Himmel machte den Tag dunkler.

Als sie eintrat, läutete das Glöckchen über der Tür eine fröhliche Begrüßung. Ginny verspürte den Drang, es abzureißen und quer durch den Laden zu schleudern.

»Hallo.« Mrs Lincolns raue Stimme ertönte vom hinteren Teil des Geschäfts. »Bin gleich da.«

»Ich habe keine Eile.« Ginny lugte durch ein Labyrinth antiker Gegenstände – alte Türrahmen, Möbel, Nippes, Kleidung. Irgendwo duftete es nach Lavendel. Das sollte die Kunden wohl beruhigen, aber bei Ginny wirkte es nicht.

Wenn sie Mrs Lincoln überreden konnte, ihn zu kaufen, würde ihr Ring zwischen all den anderen einst geliebten Gegenständen in diesem Chaos landen.

Sie konnte es tun. Sie musste.

Mrs Lincoln kam um die Ecke geschlurft, die Wangen rosig, das Hinterteil breit und die Haare schneeweiß. Ihr Lächeln wurde breiter, als sie Ginny sah. »Was führt Sie denn hierher, meine Liebe?«

»Ich ...« Sie zögerte.

»Was ist los, Liebes? Sie sehen aus wie eine Biene, die keine Blume findet, auf der sie landen kann.«

Ginny griff in ihre Hosentasche und zog den Ring heraus. Einige Augenblicke lang hielt sie ihn noch in der geschlossenen Hand und konzentrierte sich darauf, wie er sich anfühlte. Sie hatte für diesen Ring Träume gehabt – Träume vom ewigen Glück, wie bei ihren Großeltern. Aber diese Träume waren vor fünf Tagen um sie herum in Schutt und Asche zerfallen, als sie Garretts neue Flamme getroffen und erfahren hatte, dass die beiden heiraten wollten, sobald die Scheidung rechtskräftig war.

Danach war sie durch die Straßen von London gelaufen, vollkommen ziellos. Trotzdem war sie noch vor William und Sophia im Hotel angekommen, hatte sich in ihrem Bett verkrochen und die ganze Nacht mit dem Schlaf gerungen. Am nächsten Morgen waren sie alle nach Hause gefahren und sie hatte nichts über ihren Besuch bei Garrett gesagt außer: »Er hat eine Neue.«

William war blass geworden und Sophia hatte den Arm nach hinten ausgestreckt, um Ginnys Knie zu drücken. Als sie zu Hause angekommen waren, hatte Sophia ihre Hand gehalten, während sie sich die ganze schreckliche Geschichte von der Seele geredet hatte.

Alles, was Ginny jetzt noch blieb, war der Laden. Sie würde ihn nicht aufgeben, solange die Chance bestand, ihn zu retten. Irgendwie musste sie die erhöhte Miete und alle anderen Ausgaben finanzieren. Wenn sie doch bloß die Durststrecke schon hinter sich hätte! Aber es würde noch dauern, bis die Internetseite lief und sie all ihre Ideen für die Gewinnung neuer Kunden umsetzen konnte.

Ginny öffnete die Faust, sodass der Ring auf ihrer Handfläche zum Vorschein kam. »Ich bin gekommen, um zu fragen, ob Sie mir den hier abkaufen wollen.«

»Ist das nicht Ihr Ehering?«

»Stimmt.« Ginny kämpfte mit den Tränen. Es war ihr ein Rätsel, wie sie nach fast einer Woche ständigen Weinens überhaupt noch welche produzieren konnte. »Haben Sie Interesse?«

»Darf ich mal sehen?«

»Natürlich.« Ginny ließ den Ring in die Hand der Frau fallen und konnte dabei förmlich spüren, wie etwas in ihr zerbrach. Nun lief ihr doch eine Träne die Wange hinunter, aber sie wischte sie fort, bevor Mrs Lincoln sie sehen konnte.

»Was wissen Sie über diesen Ring?«

»Er stammt aus der Zeit Edwards VII. und der mittlere Diamant hat 2,2 Karat. Er ist seit dem frühen zwanzigsten Jahrhundert im Besitz meiner Familie – den Bentleys aus Boston,

Massachusetts, in den USA.« Mit einem Mal verspürte Ginny Gewissensbisse. War das hier ein Fehler?

»Beeindruckend.« Mrs Lincoln wackelte zu dem Mikroskop, das sie für die Warenprüfung auf dem Tresen bereithielt. Sie legte den Ring darunter und betrachtete ihn lange. Die Sekunden zogen sich wie Kaugummi. Ginny krallte die Zehen in die Sohlen ihrer Schuhe.

Endlich blickte Mrs Lincoln auf und sah Ginny über den dünnen Rand ihrer Brille hinweg an. »Was wird Garrett sagen, wenn Sie den verkaufen?« In ihrer Stimme lag weder Verurteilung noch Vorwurf, es war nur eine Frage.

»Es kann ihm egal sein.« Und das war es offensichtlich auch.

Die Erinnerung an den Ring an Samanthas Finger – mindestens 1 Karat – stieg in ihr auf. Wie hatte Garrett sich den leisten können? Gab er Geld aus, das er nicht hatte? Oder hatte er einen Teil des Geldes benutzt, das er von dem Konto des Buchladens abgehoben hatte, bevor er abgehauen war? Eigentlich musste er längst alles aufgebraucht haben, aber vielleicht fütterte Samantha ihn durch.

»Tut mir leid, meine Liebe. Ich hatte gehofft, dass das mit Ihnen beiden gut ausgeht.«

»Danke.«

Einige Augenblicke verlegenen Schweigens verstrichen. »Wie viel wollen Sie denn dafür haben?«

»Ich brauche – ich meine, ich hätte gerne ...« Ginny räusperte sich und nannte dann ihren Preis.

Mrs Lincoln nahm den Ring und hielt ihn Ginny hin. »Er ist das Doppelte wert. Aber ein so schönes Stück sollte von Generation zu Generation weitergegeben werden.«

Ginny schüttelte den Kopf und weigerte sich, den Ring zurückzunehmen. »Nichts würde ich lieber tun, aber ... Ich bin in einer Zwickmühle. Finanziell.« Ihre Wangen brannten bei diesem Geständnis.

»Das tut mir leid zu hören.« Mrs Lincoln kam um ihre Kasse

herum. »Vielleicht versuchen Sie, ihn woanders zu verkaufen, wo Sie mehr dafür bekommen. Online gibt es viele Möglichkeiten – jedenfalls sagt das mein Neffe. Ich kann es mir einfach nicht leisten, das zu bezahlen, was er wert ist, und ich will Sie nicht übervorteilen.«

Die lieben Worte vergrößerten Ginnys Zweifel an ihrer Entscheidung nur noch. Großmutter hätte es furchtbar traurig gemacht zu sehen, was sie hier tat. Aber hoffentlich hätte sie es verstanden. »Ich kann nicht auf eine andere Möglichkeit warten. Ich brauche das Geld jetzt.«

Mrs Lincoln schürzte nachdenklich die Lippen und nickte schließlich. »Abgemacht.« Sie zog eine Ringschachtel aus dem Schrank und steckte den Ring hinein. »Wollen Sie lieber Bargeld oder einen Scheck?«

»Das ist beides in Ordnung.« Ginny fingerte an dem Saum ihres Ärmels herum. »Vielen Dank, Mrs Lincoln.«

Die ältere Frau schrieb ihr einen Scheck und dann zwang Ginny sich, den Laden zu verlassen, bevor sie Mrs Lincoln anflehen konnte, ihr den Ring doch zurückzugeben. Sie wandte sich der Bank zu – und stieß mit Steven zusammen.

»Hey!« Er hatte reflexartig die Arme ausgestreckt und ließ sie nun wieder sinken. »Alles in Ordnung?«

Sein Lächeln war eine Wohltat für ihre Seele.

»Alles gut, danke.« Ginny versuchte, das Lächeln zu erwidern, aber es gelang ihr nicht. »Du, ich muss leider gleich weiter.« Sie könnte jeden Moment die Fassung verlieren. »Nächstes Mal passe ich besser auf, wo ich hinlaufe.« Sie ging weiter in Richtung Bank, auch wenn ihr jeder Schritt schwerfiel.

»Warte doch mal!« Sie hörte, wie er hinter ihr herlief. »Wo willst du denn so dringend hin?«

Sie schwenkte den Scheck. »Zur Bank.«

»Ich wusste gar nicht, dass es noch Leute gibt, die Schecks ausstellen.«

»Mrs Lincoln schon.« Oh nein, das hätte sie nicht sagen sollen!

»Hast du ihr etwas verkauft?«

Sie drehte sich nicht zu ihm um, obwohl er sie inzwischen eingeholt hatte. »Ja.« Uuuuund da ging es auch schon wieder los mit den Tränen. Mit schnellen Schritten marschierte sie weiter schnurstracks die steile Straße hinauf, an deren oberem Ende sich die Bank befand.

»Ginny, weinst du etwa?«

Auch wenn seine Besorgnis lieb war, sie konnte nicht stehen bleiben.

Aber Steven war hartnäckig. Er zog sie sanft am Arm und zwang sie so anzuhalten. »Du weinst ja wirklich! Was ist los? Was hast du verkauft? Und warum? Ich meine, du musst es mir nicht erzählen, aber wie ich letztens schon gesagt habe: Ich bin für dich da, wenn du reden willst.«

Die Monate, in denen sie sich so vollkommen allein gefühlt hatte, die letzte Woche, in der sie nachts in ihr Kissen geweint und Garrett mit einer Heftigkeit vermisst hatte, die sie nach seinem Verrat selbst erstaunte, ihn gehasst hatte, weil er sie so im Stich ließ, und ihn doch immer noch liebte – das alles kam jetzt heraus. »Ich weine, weil mein Mann eine neue Frau gefunden hat und sich von mir scheiden lässt, und das Einzige, was ich noch habe, ist ein dämlicher Buchladen, den ich eigentlich gar nicht wollte. Aber es ist der einzige Ort, an dem ich mich jemals zu Hause gefühlt habe, und ich kann ihn nicht aufgeben. Ich kann einfach nicht.« Ihre schrille Stimme zog die Aufmerksamkeit der Passanten auf sich, aber ausnahmsweise war ihr das egal. »Deshalb musste ich es tun. Ich habe meinen Ehering verkauft, der früher meiner Großmutter gehört hat und seit über hundert Jahren in der Familie ist. Den ich für immer tragen wollte. Jetzt ist es vorbei. Es ist endgültig vorbei.«

Sie fuhr mit den Fingern unter ihren Augen entlang und wischte sie dann an ihrer Hose ab. Jetzt hatte sie es getan – sie hatte ihr ganzes Scheitern vor diesem Mann ausgeschüttet, der wahrscheinlich Partei für ihren Ex ergreifen würde und der erstaunlich regungslos vor ihr stand, die Hände in den Taschen, die Mundwinkel heruntergezogen.

Doch da streckte er die Arme aus und zog sie an seine breite Brust, wo sie sofort neue Tränen zu vergießen begann.

Wie peinlich! Ginny schniefte, aber ihre Nase war verstopft. Sie hustete. »Tut mir leid.« Ihre Stimme klang heiser und wurde durch die weiche Baumwolle seines Hemdes gedämpft. »Das wolltest du alles gar nicht wissen.«

»Ginny.«

Sie löste sich aus seiner Umarmung. »Ja?«

»Es tut mir leid. Das mit dem Ring deiner Großmutter. Und der ganze Mist mit Garrett.«

Plötzlich brachte sie kein Wort mehr heraus, also zuckte sie nur mit den Schultern.

»Und ich werde alles tun, damit deine Website bald online gehen kann, okay?«

»Ich habe echt ein schlechtes Gewissen, weil du es kostenlos machst. In der Zeit kannst du kein Geld verdienen.«

»Ich helfe gerne! Und andere würden das bestimmt auch, du musst nur fragen. Du bist hier nicht nur Garretts Frau, weißt du? Die Menschen lieben und achten dich.«

Sie trat gegen einen Stein. »Danke dir.« Ein Windstoß ließ den Scheck in ihrer Hand flattern. »Ich bringe den jetzt besser zur Bank.«

Steven musterte sie einen Moment lang, dann nickte er. »Ich muss auch noch etwas erledigen. Kopf hoch, Gin. Du schaffst das!«

Als sie ihm nachblickte, brach die Sonne durch die Wolken und erleuchtete die Risse in der Straße.

Sie hatte Freunde, denen sie etwas bedeutete.

Und sie hatte etwas Geld.

Im Moment war das genug.

25. Kapitel

Sophia

Der Klang der Wellen war noch nie so schön gewesen.

Oder so beängstigend.

Sophia stand am Strand, den warmen Sand zwischen den Zehen, und der Wind zerrte an ihren Haaren. Er blies gerade stark genug, um das Wasser mit hübschen Schaumkronen zu überziehen, aber nicht so heftig, dass bei ihrem erster Surf-Tag die Katastrophe vorprogrammiert war.

Allerdings würde sie dafür vermutlich schon ganz allein sorgen.

Nein. Sie würde es hinkriegen! Immerhin hatte sie William, der es ihr beibringen würde.

Sie konnte nicht leugnen, dass er in seinem schwarz-grauen Neoprenanzug toll aussah, und Sophia dachte an ihre erste Begegnung zurück. War das erst einen Monat her? Wie waren sie einander so schnell so nahe gekommen?

Bei David ging es auch schnell.

Entschlossen schob Sophia diesen Gedanken beiseite. Natürlich kamen sie sich näher. In den letzten beiden Wochen seit ihrer Fahrt nach London hatte sie neben der Arbeit im Buchladen schließlich viel Zeit mit ihm und Ginny verbracht. Von Abigail hatten sie noch nichts gehört, also spielten sie Karten, guckten Filme, sprachen über Bücher und machten Spaziergänge durch den Ort. Sie hatte ihn sogar Mom und Joy jeweils über Skype-Videoanruf »vorgestellt«. Beide hatten ihn sofort gemocht.

Das war ihr erschreckend wichtig gewesen.

Sie verschränkte die Arme vor dem Körper. »Und du bist ganz sicher, dass du das machen willst?«

Er sah sie an und etwas leuchtete in seinen Augen auf. »Es ist mir ein Vergnügen. Unter anderem, weil es mich von der Situation mit meinem Bruder ablenkt.«

Der arme William! Sobald sie aus London zurückgekehrt waren, hatte er Garrett angerufen und ihm die Leviten gelesen, aber er hatte immer noch das Gefühl, nicht genug für seine Schwägerin zu tun. In den letzten Wochen hatte Sophia sich bemüht, sie zu trösten. Ginny hatte wirklich jedes Recht auf einen Nervenzusammenbruch, aber trotz der üblen Umstände ließ sie sich nicht unterkriegen und bewahrte sich ihre positive Art. Sie konnte ihre Freundin dafür nur bewundern.

Sophia blickte zu Boden und zog an ihrem kurzen Pferdeschwanz. Sie lächelte. »Es ist mir eine Ehre, dich ablenken zu dürfen.«

»Zum Glück ist heute auch einfach ein perfekter Tag zum Surfen.«

Die Sonne schien, aber es war nicht zu heiß. Einige andere Surfer waren zwar da, doch auf dem Wasser war es längst nicht so überfüllt wie an beliebteren Stränden. William hatte sie zu einem seiner Lieblingsspots gebracht, wo es nicht von Touristen wimmelte.

Es war wirklich perfekt.

»Worauf warten wir?« Sophia drehte sich um und nahm das Surfbrett, das Ginny ihr geliehen hatte.

»Nicht so schnell!« William lachte. »Bevor wir im wörtlichen Sinne in die Kunst des Surfens eintauchen, müssen wir ein paar Trockenübungen machen.«

Er legte sein Board in den Sand und bedeutete ihr, dasselbe zu tun. Dann kniete er sich hinter sein Brett und Sophia machte es ihm nach.

»Wenn du auf dem Board liegst, musst du beide Seiten festhalten. Wenn du zu weit vorne bist, kippst du kopfüber ins Wasser, und wenn du zu weit hinten bist, ist es sehr schwierig, durch die Wellen zu paddeln und dich aufzurichten.« Er zeigte ihr die richtige Position mithilfe seines Brettes. »Diese hölzerne Linie in der Mitte nennt man Stringer. Daran richtest du deinen Körper aus, damit dein Gewicht nicht mehr zur einen oder zur anderen Seite zieht.«

Sie versuchte, sich so zu positionieren wie er. Das Brett unter ihr fühlte sich fremd an. Der Gedanke, damit draußen in den Wellen zu sein, dem Willen des Meeres ausgeliefert ...

Ihre Hände ballten sich zu Fäusten; sie waren schon jetzt ganz schwitzig.

William fuhr mit seinen Anweisungen und Tipps fort. Seine Erklärungen waren effizient und nicht übermäßig detailliert, aber Sophia hatte dennoch Mühe, alles zu behalten.

»Ich fühle mich schon gut vorbereitet.« Sie versuchte, selbstbewusst zu klingen.

Warum war sie so nervös? Was spielte es für eine Rolle, ob sie sich nun als geborene Surferin entpuppte oder nicht?

Aber in Wahrheit brauchte man keinen Abschluss in Psychologie, um zu verstehen, warum sie so reagierte. David hatte ihr gesagt, sie könne das nicht und es sei dumm, es versuchen zu wollen. Und irgendwie hatte sie mit der Zeit angefangen, das zu glauben, und die Lüge war mächtiger geworden als ihr Wunsch.

Es war Zeit, dass sie sich von Davids Lügen befreite. Von allen. Für immer.

»Auf geht's!«

»Gut. Was hältst du davon, wenn wir erst mal ins flache Wasser gehen und das Auf- und Absteigen üben?« William erhob sich und hielt ihr die Hand hin.

Sophia ergriff sie, stand auf und klemmte sich das Board unter den Arm. Gemeinsam liefen sie in die Wellen.

Selbst in dem Neoprenanzug war der erste Kontakt mit dem kalten Wasser ein Schock, aber bald gewöhnte sie sich an die Temperatur. Fast eine halbe Stunde lang beschäftigten sie sich mit der Ausgangsposition.

Dann nahm William sein Brett und sie paddelten auf dem

Bauch und ließen sich treiben, sodass Sophia den Rhythmus der Wellen unter sich spüren konnte.

»Achte immer darauf, dass du die Füße zusammenhältst und die Bauchmuskeln anspannst.« William machte es vor.

»So?«

»Du siehst super aus!«

Sie versuchte, nicht zu viel in seine Worte hineinzudeuten – oder in den Blick, mit dem er sie ansah. Er hatte bereits gestanden, dass er dabei war, sich in sie zu verlieben. Weshalb konnte sie dann so schlecht damit umgehen? Sie konzentrierte sich wieder auf die erforderlichen langen, ausladenden Bewegungen, wobei sie die Brust anhob und ihre Hände zu Schaufeln formte, während sie mit den Armen das Wasser zerteilte.

Als Nächstes zeigte William ihr, wie man unter einer Welle hindurchtauchte. Nach einer weiteren halben Stunde, in der sie übte, sich mit den Wellen zu bewegen, kehrten sie für eine Pause an den Strand zurück.

Er zog eine Flasche Wasser aus der Kühltasche, die er von zu Hause mitgebracht hatte, und reichte sie ihr. »Wie fühlst du dich?«

Sie drehte den Deckel ab und trank einen Schluck. »Gut, glaube ich.«

»Ich weiß, dass es sich am Anfang ein bisschen komisch anfühlen kann, aber ich würde sagen, du bist ein Naturtalent.«

Vielleicht hatte sie die Begabung ja doch von ihrem Vater geerbt. *Ha, David, da hast du's!*

»Danke. Für das Kompliment und dafür, dass du dir hierfür Zeit nimmst, obwohl du deinen Tag mit allen möglichen anderen Dingen verbringen könntest.«

»Aber nichts davon würde so viel Spaß machen.« William starrte auf die Wellen hinaus. »Nicht nur, weil ich das Vergnügen deiner Gesellschaft habe. Das Wasser hat etwas an sich, das mich schon immer gelockt hat. Wenn ich da draußen bin, ist das pure Poesie – derselbe Kick, den ich erlebe, wenn ich Dickens oder Keats lese. So als würde die universelle Wahrheit mich rufen.«

»Und was sagt sie?« Sie kannte niemanden, der ein so inniges Verhältnis zur Literatur hatte wie William. Und das Wissen, dass er genauso empfand wie sie, was die Natur, das Wasser betraf ...

Ein Schauer lief ihr über den Rücken.

»Jedes Mal etwas anderes, aber mit demselben Unterton. Freiheit. Gnade. Liebe.« Er wandte den Blick wieder ihr zu. »Bist du bereit, wieder rauszugehen und das Aufstehen zu probieren?«

»Ja.« Und das war sie tatsächlich.

Wieder zeigte er ihr zuerst am Strand die Technik und sie versuchte sich an dem Bewegungsablauf.

Dann war der Moment gekommen, es im Wasser zu probieren. Ihr Herz schlug wild in ihrer Brust, als sie hinauspaddelte. William hatte ihr erklärt, dass sie als Anfängerin nach schaumigen Wellen Ausschau halten sollte, die sich parallel zum Ufer brachen. Sie tauchte unter mehreren hindurch, die dieser Kategorie nicht entsprachen, während sie aufs offene Meer zusteuerte, und wusste William in der Nähe.

In diesem Augenblick gab es nur sie und die unendliche See.

Eine Welle kam auf sie zugerollt. Sophia drehte sich, um sie zu erwischen, und als die Welle brach, zog sie sich auf ihrem Surfbrett hoch. Einige wundervolle kurze Augenblicke lang surfte sie auf der Welle. Obwohl es eine eher kleine war, erfasste die Tatsache, dass sie es geschafft hatte, Sophias ganzes Wesen und füllte sie mit übersprudelnder Freude.

Als die Welle sich verlief, sprang sie von ihrem Brett. Sie tauchte unter und kam erst nach einigen langen Sekunden wieder hoch, um Luft zu holen. Ihre Füße berührten den weichen Meeresboden. Da hörte sie Williams Juchzer und sah ihn ohne sein Board auf sie zuschwimmen.

»Das war fantastisch! Dein erster Versuch. Ich bin total beeindruckt.«

»Ich habe einen guten Lehrer!«

Das Wasser war hier ruhiger und reichte ihnen nur bis zur Brust; das Auf und Ab der Wellen warf sie nicht so stark hin und her wie weiter draußen.

»Gleich noch mal!« Sophia wollte sich schon wieder von einer Seite auf das Surfboard ziehen, aber William bewegte sich zur anderen Seite und hielt sie auf. »Noch nicht.« Wasser tropfte von seinen Haaren, die sich von der Feuchtigkeit lockten. Sie konnte den Kokosduft der Sonnenmilch auf seiner Haut riechen.

»Was ist? Gibt es noch was an meiner Technik zu korrigieren?«

Aber er musste darauf gar keine Antwort geben; seine Augen verrieten ihr genau, was er vorhatte – und obwohl ein Teil ihres Gehirns protestierte, dass das viel zu schnell ging, dass sie in ein paar Monaten wieder abreisen würde und es deshalb sowieso keinen Sinn hatte, befahl der andere Teil ihr sehr nachdrücklich, sie solle den Mund halten.

William stützte die Ellbogen auf das Brett und zog sich hoch, um die Entfernung zwischen ihnen zu überbrücken. Einen Moment lang wartete er, während sein Blick wortlos um ihre Einwilligung bat. Als sie nicht protestierte, küsste er sie. Es war ein weicher, süßer Kuss und sie wollte mehr davon – mehr von diesem wundervollen Mann und seiner wundervollen Seele. Viel zu schnell ließ er wieder von ihr ab. Sie glitt von dem Brett, löste den Klettverschluss der Leine, mit der es an ihrem Knöchel befestigt war, und schubste das Board in Richtung Strand.

Dann legte sie die Arme um Williams Hals und küsste ihn mit mehr Leidenschaft. Er umfasste ihre Taille und zog sie näher.

Während die Sonne die Umgebung liebkoste, standen sie zusammen in den Wellen, die sanft ans Ufer schlugen.

Schließlich löste er sich von ihr und legte seine Stirn an ihre. »Siehst du? Poesie.«

26. Kapitel

Emily

August 1858

Nur noch einen Ball musste ich über mich ergehen lassen, bevor die Saison zu Ende war und ich mit Edwards Familie in meine Heimat zurückkehren konnte, zu meinen geliebten Bäumen und der herrlichen Küstenlandschaft.

Ein Dienstmädchen half mir in mein Kleid, ein Erbstück meiner Mutter, das so altmodisch war, dass es mir hätte peinlich sein müssen. Aber dieses Kleid hatte etwas Besonderes an sich. Ich hatte es für diesen letzten Ball aufgehoben. Es war unwahrscheinlich, dass ich jemals wieder eine Gelegenheit haben würde, es zu tragen. Obwohl Louisas Familie mit meinem kurz entschlossenen Dienst als Gesellschaftsdame zufrieden zu sein schien, sollte ich meine vorige Stellung als Gouvernante wieder aufnehmen und eine neue Gesellschafterin für Louisa sollte gefunden werden, sobald wir London verlassen hatten.

Als mein Haar ordentlich frisiert war, verließ ich mein Zimmer und ging den Flur hinunter zu Louisas Schlafgemach. Ich klopfte und streckte den Kopf hinein. Louisa war von drei Dienstmädchen umringt, die sie von vorne bis hinten bedienten und dafür sorgten, dass auch das letzte Haar perfekt lag. Ihr blaues Kleid war bei einem der besten Schneider der Stadt in Auftrag gegeben und gefertigt worden.

»Ist dieses Kleid nicht göttlich, Emily? Ich wollte es die ganze Zeit schon tragen, aber ich musste Mutter versprechen, es für das Ende der Saison aufzuheben.« Sie puderte ihre Nase und tupfte

Parfüm auf ihre Handgelenke, bemüht, ihren Kummer nicht zu zeigen. Ihre Überschwänglichkeit hatte sich deutlich gelegt, seit ihre Eltern vor zwei Monaten den Antrag von Charles Miller abgelehnt hatten.

»Rosamond wird wie eine Göttin aussehen. Sie hat mir letzte Woche ihr Kleid gezeigt.« Louisa bauschte ihren Rock auf. »Und das ist gut so, denn Edward will ihr heute einen Antrag machen. Jedenfalls hat Mutter das gesagt.«

Ich musste mich schnell abwenden, damit sie mein Gesicht nicht sah. Was war nur mit mir los? Warum rollte diese herzzerreißende Angst sich in meinem Magen zusammen wie eine Schlange, die jeden Moment angreifen konnte? Ich hatte doch gewusst, dass er ihr einen Antrag machen würde. Seit dem Tag im Garten hatte ich es vermieden, mit Edward allein zu sein, obwohl er einige Male versucht hatte, mich von den anderen Leuten wegzuziehen.

Wenn er erst einmal verlobt war, würde er wahrscheinlich in London bleiben oder nach Hertfordshire reisen, wo Rosamonds Familie ein riesiges Anwesen besaß. So oder so würde es eine Weile dauern, bis er wieder nach Hause kam. Das würde meinem Herz Zeit geben zu heilen. Es war das Beste so. Das sagte ich mir im Geiste immer wieder, während ich Louisa die Treppe hinunter folgte, an deren Fuß Edwards Eltern warteten. Edward selbst war auch da und unsere Blicke trafen sich. Sein Blick war nicht zu deuten, aber selbst aus der Entfernung sah ich, dass er schwer schluckte. Vielleicht war er nervös wegen des Heiratsantrags, den er Rosamond machen würde. Dabei brauchte er das keinesfalls zu sein. Es war überdeutlich, dass sie in ihn verliebt war und sofort Ja sagen würde. Und obwohl sie mir keine besonderen Freundlichkeiten erwiesen hatte, konnte ich auch keinen groben Charakterfehler bei ihr entdecken, der dem Gelingen ihrer Ehe hätte im Weg stehen können.

Als wir unten waren, bekam Louisa von ihrem Vater einen Kuss auf die Wange. »Du siehst wundervoll aus, Liebes.« Er hielt ihr und seiner Frau je einen Arm hin und führte sie zum Eingang.

Edward und ich blieben allein zurück.

Mit gesenktem Kopf wollte ich den anderen nach, aber er packte meinen Ellbogen.

»Emily Fairfax, wenn ich es nicht besser wüsste, könnte ich denken, dass du mir aus dem Weg gehst. Obwohl ich nicht weiß, womit ich das verdient hätte.« Seine Stimme hallte in dem hohen Raum mit der gewölbten Decke laut wider.

»Ich weiß nicht, wovon du redest.« Ich zog meinen Arm weg und ging weiter auf die Haustür zu.

Er trat mir in den Weg und ich sah die Enttäuschung in seiner Miene. »Wir haben seit dem Tag im Garten kaum ein Wort miteinander gesprochen.«

»Bitte, Edward! Es wäre unhöflich, deine Familie warten zu lassen.«

Er gab sich vorübergehend geschlagen und reichte mir seinen Arm, aber sein Blick verhieß mir, dass er vorhatte, die Diskussion später fortzusetzen. Gemeinsam gingen wir hinaus. Bevor wir die Kutsche erreichten, blieb er stehen und beugte sich zu mir herab. »Du siehst schöner aus, als ich dich jemals gesehen habe.«

Mein Herzschlag stolperte. Ich blickte zu ihm auf, den Mund leicht geöffnet.

Seine Augen waren ernst, aber seine Lippen zuckten. »Es ist gar nicht so einfach, diesen Anblick mit dem Wildfang zu vereinbaren, mit dem ich aufgewachsen bin.«

»Keine Sorge. Unter all den Rüschen bin ich immer noch dasselbe Mädchen.«

»Das liebe ich am meisten an dir.«

Er half mir in die Kutsche und stieg nach mir ein. Seine Worte hatten einen Punkt tief in meiner Seele getroffen. Es würde wahrscheinlich das einzige Mal bleiben, dass er die Worte »liebe« und »dich« im selben Satz an mich gerichtet hatte.

Wie erbärmlich, seine Aussage im Stillen ununterbrochen zu

wiederholen, und doch tat ich genau das während der gesamten Fahrt zum Ball.

છ

Einige Stunden später, als sich nach dem Essen etliche Paare auf der Tanzfläche zusammenfanden, saß ich auf einem Stuhl mit hoher Lehne und behielt Louisa im Auge, die von Andrew Forsight aufgefordert worden war, einem langweiligen jungen Mann, der kaum eine Gefahr darstellte. Zum Glück war von Charles Miller weit und breit nichts zu sehen.

Gelächter ertönte um mich herum, die Gäste unterhielten sich und die jungen Leute flirteten. Die verschiedenen Düfte der Parfüms und Rasierwasser mischten sich in dem großen Saal und verursachten mir leichte Kopfschmerzen.

Louisa schien mich fürs Erste nicht zu brauchen, also stand ich auf und ging auf den Balkon, um etwas frische Luft zu schnappen.

Hier draußen war ich allein. Der Klang von Streichern und anderen Instrumenten war gedämpft, aber immer noch gut zu hören. Regen lag in der Luft wie ein düsteres Omen. Ich stand am Geländer, die Arme um meine Taille geschlungen, und wiegte mich im Takt der hübschen Melodie, die zu mir herausdrang.

Ich hatte es nicht eilig damit, durch die Tür in diese Welt zurückzukehren, in der ich nie mehr als eine Zuschauerin gewesen war. Aber in diesem Augenblick schwor ich mir, auf andere Weise Teil von ihr zu werden – diese Menschen, die mich nicht für gleichrangig hielten, würden eines Tages meine Worte in ihren Häusern finden, und zwar in Form ihrer Lieblingsbücher.

»Komm schon, so schlimm ist der Ball auch wieder nicht, oder?« Edward trat neben mich.

War er mir gefolgt?

»Er ist überhaupt nicht schlimm.«

»Du lügst. Du hasst diese Veranstaltungen. Du würdest am

liebsten gar nichts mit der gehobenen Gesellschaft zu tun haben, richtig?« Ein Anflug von Scherz lag in seinen Worten, aber da war noch etwas anderes – eine echte Frage vielleicht?

»Das stimmt nicht. Ich gehöre nur einfach nicht dazu.«

»Du gehörst zu mir, also gehörst du auch hierher.«

Ich schloss die Augen, weil ich es nicht wagte, ihn anzusehen. Wieder einmal hatten seine unbedachten Worte ihre Macht entfaltet, mich zugleich zu bezaubern und zu verletzen. »Wir sind Freunde, das ist wahr. Aber niemand im Saal hält mich für ebenbürtig.«

»Du bist auch nicht ebenbürtig, Emily. Du bist besser als sie alle zusammen.«

Jetzt sah ich ihn doch an. Seine Miene war wieder ernst, diesmal ohne den neckischen Unterton.

Ich konnte mich einfach nicht beherrschen. »Aber doch sicher nicht besser als deine Rosamond?«

Er runzelte die Stirn.

»Wie ich gehört habe, gibt es etwas zu feiern.«

Edward trat von einem Fuß auf den anderen. »Bald. Ich will ihr heute einen Antrag machen – wenn ich sie finden kann. Sie scheint verschwunden zu sein.«

»Dann will ich dich nicht von deiner Suche abhalten.«

Die Musik wechselte von einer Quadrille zu einem Walzer. Edward neigte den Kopf ein wenig zur Seite und streckte dann die Hand aus. »Darf ich vorher noch um diesen Tanz bitten?«

Ich konnte ein Lachen nicht unterdrücken. »Weißt du nicht mehr, was passiert ist, als wir das letzte Mal versucht haben zu tanzen? Ich bin dir ständig auf die Füße getreten. Es war demütigend.« Zugegeben, ich war erst zwölf Jahre alt gewesen, als Edward mir hatte beibringen wollen, was er von seinem Tanzlehrer gelernt hatte.

»Ich erinnere mich daran, dass du sehr anmutig warst.«

»Dann hast du ein wirklich schlechtes Gedächtnis.«

»Unsinn.« Er trat näher und legte seine Hand in meine.

Mein Herz schlug warnend. *Lass es*, sagte es. Aber ich hörte nicht darauf. Stattdessen ließ ich Edward meine Taille umfassen und mich durch den Walzer führen.

Ein paarmal trat ich ihm tatsächlich auf die Zehen – aber es war anders als damals, als wir Kinder gewesen waren. Ich blickte zu ihm auf in der Erwartung, dass wir miteinander lachen würden, aber er sah auf mich herab, als hätte er mich noch nie zuvor gesehen. Seine Mundwinkel bogen sich nach unten, sein Blick bohrte sich in meinen und er schien mich immer dichter an sich zu ziehen. Eng aneinandergeschmiegt bewegten wir uns über den Balkon, ganz und gar in Harmonie miteinander, ganz und gar versunken in uns und nichts als uns.

Und so tanzten wir weiter, als die Musik endete. Ich hatte Angst aufzuhören, hatte Angst, dass dieser Traum, in den ich gefallen war, in tausend Teile zerspringen würde.

Es war Edward, der den Tanz irgendwann beendete. Wir beide waren außer Atem, als wären wir gerannt, und noch immer sahen wir einander in die Augen. Was ging nur in ihm vor? Fühlte er auch, was ich fühlte – die Helligkeit und Freude und Leidenschaft, die in mir aufstiegen und sich danach sehnten, endlich ausbrechen zu dürfen?

Er sprach zuerst. »Es tut mir leid.«

»Was?« Dass ihm endlich bewusst geworden war, dass er mich heiraten wollte und nicht Rosamond?

»Dass du nass geworden bist.«

Erst jetzt bemerkte ich, dass ein sanfter Regen vom Himmel fiel. Aber er hätte nicht sanft sein sollen. Wenn er zu dem Aufruhr der Gefühle in meinem Inneren hätte passen wollen, hätten Blitz und Donner uns erschrecken, die Tropfen auf unsere Haut prasseln und der Wind mein Haar in alle Himmelsrichtungen peitschen müssen.

Ich konnte nicht länger schweigen. »Liebst du sie, Edward?« Die geflüsterten Worte offenbarten nichts und doch waren sie ein Bekenntnis.

Regen tropfte von seiner Nasenspitze. »Das spielt keine Rolle.« Er wandte sich um, um wieder hineinzugehen.

Ich hielt ihn an der Jacke zurück. »Antworte mir.«

»Nicht, Em.« Er sah mir nicht in die Augen, als er das sagte. »Bitte.«

Mein Stolz verbot mir, ihn weiter zu drängen. Ich würde nicht um etwas betteln, das er nicht zu geben bereit war. Der Zeitpunkt, an dem wir uns unsere Gefühle hätten offenbaren können, war verstrichen – vielleicht lag er auch schon lange hinter uns und ich hatte nur zu sehr in meinem Wunschdenken gelebt, um es zu glauben. »Werde glücklich, Edward. Niemand hat es mehr verdient als du.«

Ich strich mir die nassen Haare aus dem Gesicht und ging in den Ballsaal zurück. Es wäre ein Skandal gewesen, wenn ich zusammen mit Edward hereingekommen wäre, durchnässt, wie wir waren, also suchte ich mir einen Seiteneingang, der in einen anderen Flur führte. Es war kein weiter Weg zurück zu unserem Haus und ich betete, dass Edwards Eltern nicht denken würden, ich hätte meine Pflichten Louisa gegenüber vernachlässigt – obwohl ich natürlich genau das tat. Aber mein Herz war kurz davor zu bersten. Ich musste an meinen Schreibtisch, um meine Gefühle zu verarbeiten.

Ohne einen klaren Gedanken fassen zu können, verlief ich mich bei meiner Suche nach dem Ausgang. Merkwürdig, dass mir kein einziger Dienstbote oder Gast begegnete, der mir den richtigen Weg zeigen konnte. Ich blieb stehen, um mich zu orientieren. In meinem aufgewühlten Zustand schien alles gleich auszusehen.

Als ich um die nächste Ecke bog, hörte ich leise Stimmen. In einer dunklen Nische sah ich eine Bewegung und gleich darauf atmete ich unwillkürlich scharf ein.

Ein Mann hatte Rosamond gegen die Wand gedrückt und ihre Röcke auf höchst undamenhafte Weise angehoben. Sie stöhnte, als er sie küsste, und erwiderte seinen Kuss dann mit einer Leidenschaft, die nicht für andere Augen gedacht war – schon gar nicht für meine.

Doch es war Edwards Verhalten, das mich am meisten entsetzte. Und wie hatte er Rosamond so schnell gefunden, nachdem wir uns auf dem Balkon getrennt hatten? Wie auch immer, er hatte ihr offenbar den Antrag gemacht und sie musste Ja gesagt haben.

Ich wich zurück, mein Herz so schwer wie nie zuvor, aber bei meinem Versuch zu fliehen stieß ich gegen eine Bodenvase, die daraufhin geräuschvoll umfiel.

Rosamond zuckte zusammen und entdeckte mich. Edward fuhr zu mir herum – aber er war es gar nicht! Stattdessen hatte sie sich einem Bediensteten hingegeben, der uns an diesem Abend bei Tisch bedient hatte.

Wie konnte sie es wagen, Edward so etwas anzutun? Ich wusste, dass er ihr immer treu sein würde, selbst wenn er sie nicht ganz und gar liebte. So war er eben. Bei ihr hingegen sah das offenbar anders aus.

Sie kam auf mich zu und sah mich drohend an. »Du wirst es niemandem erzählen.«

Ich hätte den Mund halten und weitergehen sollen. Aber mein gebeuteltes und gekränktes Herz ließ das nicht zu. »Edward sucht dich schon den ganzen Abend und du bist *hier*? Das ist abscheulich!«

»Tu nicht so unschuldig, Emily Fairfax. Ich sehe doch, wie du ihn ansiehst.« Ihre Lippen verzogen sich zu einem gehässigen Lächeln. »Und was auch immer du tust, er gehört mir. Es muss dir das Herz brechen zu wissen, dass du ihn nicht haben kannst.«

Meine Lippen bebten, aber ich würde nicht weinen – nicht vor ihr. »Ich bin ihm eine Freundin und das kann man von dir wahrlich nicht behaupten. Du bist eine Ehebrecherin.«

Sie lachte und der Dienstbote trat neben sie. »Ich bin noch nicht verheiratet. Und ich habe vor, mich zu vergnügen, solange ich kann.«

»Vielleicht sollte Edward erfahren, was für einer Frau er einen

Heiratsantrag machen will.« Ich wusste, ich hätte das nicht sagen sollen, aber ich konnte nicht zulassen, dass Edward so beschämt wurde.

»Wenn du auch nur ein Sterbenswörtchen zu ihm sagst …«

»Er würde mir glauben.«

Ich machte auf dem Absatz kehrt und rannte davon, bevor ich mich in noch größere Schwierigkeiten bringen konnte, als ich es bereits getan hatte.

Am nächsten Morgen waren meine Augen ganz geschwollen. Nach dem Ball war ich die ganze Nacht aufgeblieben, während der Schmerz in meinem Kopf, vor allem jedoch in meinem Herzen gewütet hatte und meine Feder über die Seiten geflogen war. Sollte ich Edward von Rosamonds Verhalten erzählen? War es etwas, das er würde wissen wollen, oder war es in den Kreisen seiner Familie vielleicht ganz normal und ich war einfach zu naiv in diesen Dingen? Der Gedanke, dass ausgerechnet ich ihm so wehtun sollte, war mir unerträglich.

Meine Finger waren voller Tinte und ich trug immer noch das alte Ballkleid meiner Mutter, als ich von Edwards Eltern in den Salon zitiert wurde.

»Haben sie gesagt, warum sie mich sehen wollen?«, fragte ich Bridget, das Dienstmädchen, das mir die Nachricht überbracht hatte. Sie hatte mich noch nie so früh am Morgen gerufen.

»Nein, Miss.« Sie senkte schnell den Blick.

Mir wurde ganz kalt. Das Feuer in meinem Zimmer war schon vor Stunden erloschen, doch das war nicht der Grund für mein plötzliches Frösteln. »Was weißt du?«

»Ich sollte mir nicht anmaßen …«

»Bitte. Was kannst du mir sagen?«

»Nur, dass die Herrin nicht glücklich aussah.«

Vielleicht hatte sie doch bemerkt, dass ich Louisa allein zurückgelassen hatte. Dann würde es keine angenehme Unterredung werden. »Danke, Bridget. Kannst du mir bitte dabei behilflich sein, dieses Kleid auszuziehen?«

Das Mädchen beeilte sich, mir zu helfen. Ich dankte ihr und zog mein Alltagskleid an, dann verließ ich mein Zimmer und ging zum Salon. Mit jedem Schritt wurden meine Füße schwerer. Der Gedanke, dass ich Edwards Eltern enttäuscht hatte – die in meiner Not so gut zu mir gewesen waren –, machte mich traurig. Aber ich würde annehmen, was immer sie als Strafe für mich vorgesehen hatten. Ich betete nur, dass ich meine Stelle nicht verlieren würde.

Ich klopfte und trat dann ein. Edwards Eltern saßen auf Sesseln, die dicht zusammengeschoben waren. Sie unterhielten sich mit gesenkten Stimmen. Obwohl der Raum recht groß war, fühlte er sich mit einem Mal klein und beengt an. Am liebsten wäre ich zu dem Fenster hinter den beiden gelaufen und hätte die dunkelroten Vorhänge aufgerissen, um mehr Licht hereinzulassen.

»Guten Morgen, Sir, Ma'am. Sie wollten mich sprechen?«

Jetzt blickte Edwards Mutter auf und sah mich an. Sie runzelte die Stirn. »Danke, dass Sie gekommen sind, Miss Fairfax. Bitte setzen Sie sich.« Sie zeigte auf das Sofa ihnen gegenüber.

Ich gehorchte und wappnete mich für den bevorstehenden Schlag.

Edwards Vater räusperte sich. Sein Schnurrbart zuckte, aber nicht vor Belustigung. »Es gibt etwas recht Dringendes, worüber wir mit Ihnen sprechen müssen. Und es ist ... etwas delikater Natur.«

Delikat? Vielleicht war ich wegen einer ganz anderen Angelegenheit hier. »Worum geht es denn, Sir?«

Offenbar war es ihm unangenehm weiterzusprechen, sodass er sich seiner Frau zuwandte. Sie wechselten einen Blick. Sie seufzte. »Uns ist zu Ohren gekommen, dass eine junge Frau gestern Abend bei dem Ball in den Armen eines Bediensteten gesehen wurde. Ihr Betragen war äußerst ... unsittlich.«

215

Sie wussten, was Rosamond getan hatte? Erleichterung durchströmte mich. »Dann haben Sie davon erfahren? Wer hat es Ihnen erzählt?« Vielleicht überlegten sie, wie sie es Edward am schonendsten beibringen konnten, und suchten meine Hilfe, weil wir befreundet waren.

Edwards Mutter schien auf ihrem Sessel zusammenzusinken. Ihre Hand fuhr zitternd an ihren Mund. »Dann ist es also wahr?«

»Ich fürchte ja.« Sosehr ich Rosamond verachtete, bereitete es mir doch kein Vergnügen, ihr unanständiges Verhalten vor Edwards Eltern zu bestätigen. Es musste ihnen furchtbar unangenehm sein, die falsche Frau für ihren Sohn ausgewählt zu haben.

»Ich bin erstaunt«, sagte Edwards Vater. »Wir wollten es nicht glauben.«

Sie sollten nicht glauben, dass es in irgendeiner Weise ihre Schuld war, dass sie Rosamonds Spiel nicht durchschaut hatten. »Für mich war es auch eine Überraschung.«

»Das ist keine Entschuldigung.« Die Wangen von Edwards Mutter hatten sich gerötet. Mit einem Mal wurde mir ganz warm. Warum starrten die beiden mich so wütend an? Wandte ihr Ärger sich aus irgendeinem Grund gegen mich?

Ich wählte meine Worte mit Bedacht. »Da haben Sie recht.«

Sie sahen einander noch einmal an, dann nickte Edwards Mutter einmal. Sein Vater musterte mich und aus seinen Zügen sprach tiefe Enttäuschung. »In diesem Fall fürchte ich, dass uns nichts anderes übrig bleibt, als Sie zu bitten, sich eine andere Stellung zu suchen. Unverzüglich.«

Eine andere Stellung ...? »Wie meinen Sie das?« Offenbar hatte ich während unserer Unterhaltung irgendetwas missverstanden.

»Wir sind Ihrer Mutter viel schuldig und haben versucht, diese Schuld wiedergutzumachen, indem wir Sie aufgenommen und Ihnen eine Stellung in unserem Haushalt gegeben haben. Aber Sie werden sicher nicht erwarten, dass wir jemanden, der sich so verhält, weiter beschäftigen – noch dazu als Gesellschafterin unserer Tochter?« Edwards Mutter fächelte sich Luft zu, während die Worte die Luft zerschnitten. »Es wäre ein Skandal.«

»Sie glauben, *ich* sei diejenige, die bei einem Techtelmechtel mit einem Dienstboten ertappt wurde?« Ich konnte nicht verhindern, dass mir ein Aufschrei entwich.

»Das wurde uns berichtet, ja.«

»Von wem?« Aber ich wusste es. Ich erinnerte mich zu gut an den Ausdruck in ihren Augen, als ich sie zur Rede gestellt hatte. »Rosamond?«

»Sie ist mit ihren Bedenken zu uns gekommen, ja.« Edwards Mutter kniff die Augen noch ein wenig mehr zusammen und sah mich misstrauisch an. »Jetzt wollen Sie es bestreiten?«

»Natürlich bestreite ich es. Ich war dort, aber …«

»Was ist hier los?« Edward kam in den Salon gestürzt, die Augen funkelnd, die Hände zu Fäusten geballt. Er sah mich im Angesicht der Inquisition und blickte seine Eltern mit hochgezogenen Augenbrauen an. »Louisa hat mir erzählt, dass ihr Emily in schrecklicher Weise beschuldigt, aber ich habe ihr nicht geglaubt. Und nun sehe ich, dass ihr genau das tut.«

»Bitte, Edward. Diese Sache betrifft dich nicht.« Edwards Vater hob die Hand, als könnte er ihn damit zum Schweigen bringen. Offensichtlich kannte er seinen Sohn nicht sehr gut.

»Wenn es Emily betrifft, dann betrifft es auch mich.«

Seine Mutter zog eine Augenbraue hoch. »*Miss Fairfax*«, sagte sie mit Nachdruck, »hat sich in eine kompromittierende Lage begeben und wir werden unseren guten Ruf nicht beschädigen, indem wir eine solche Bedienstete in unserem Haus dulden.«

Obwohl das natürlich meine Rolle war, zuckte ich bei dem Wort *Bedienstete* zusammen, vor allem wegen der Schärfe, mit der sie es betonte. Ich konnte nicht länger still sitzen. Als ich mich erhob, bemühte ich mich, das Zittern in meiner Stimme zu beherrschen. »Wie ich schon sagte, bestreite ich es.«

»Seht ihr?« Edward durchquerte den Raum und stellte sich neben mich. Er sah mich an. »Emily sagt nie etwas anderes als die reine Wahrheit.«

Meine Brust zog sich zusammen und ich wandte den Blick ab. Er glaubte das und doch konnte ich ihm nicht von Rosamond erzählen. Wenn er gestern Abend die Wahrheit über meine Gefühle für ihn erkannt hatte – und es schien mir undenkbar, dass dem nicht so war –, dann würde er vielleicht glauben, meine Geschichte sei aus Missgunst geboren.

»Wir haben Beweise, mein Sohn.« Sein Vater blieb ruhig, während Edwards Mutter uns beide beobachtete und ihre Augen allmählich einen panischen Ausdruck annahmen. Es schmerzte mich und war doch zugleich auch befriedigend, das zu sehen.

»Was für Beweise?«

»Der Mann, mit dem sie gesehen wurde, hat es Rosamond gestanden.«

Unglaublich! Was hatte sie dem armen Dienstboten im Gegenzug für seine Lüge versprochen?

»Warum sollte er das tun?« Auch Edward klang jetzt ruhiger. Er versuchte offensichtlich, der Sache mit Logik anstatt mit Emotionen auf den Grund zu gehen.

»Genau das ist es ja. Was hätte ihn dazu veranlassen sollen zu lügen?«

»Em?« Edward nahm meine Hand und drückte sie – eine Geste, die mir so vertraut war wie meine eigenen Atemzüge. »Er lügt, nicht wahr? Dieser Dienstbote?« Seine Augen waren voller Vertrauen, voller Liebe für mich. Selbst wenn es brüderliche Liebe war, war er der einzige Mensch auf der ganzen Welt, dem ich wirklich wichtig war.

Endlich fand ich meine Stimme wieder. »Ja, natürlich. Er lügt.«

»Seht ihr.« Edward sah wieder seine Eltern an. »Ich will nichts mehr von derartigen Beschuldigungen gegen Emily hören.«

Sein Vater musterte ihn und nickte dann. »Also gut. Miss Fairfax, Sie können gehen. Wir entschuldigen uns dafür, dass wir Sie so früh am Morgen belästigt haben.«

»Machen Sie sich keine Gedanken, Sir.« Ich wandte mich zum Gehen. Aber bevor ich ging, beugte ich mich in Edwards Richtung und senkte die Stimme. »Danke.«

»Das ist doch selbstverständlich.«

Ich ging hinaus, aber auf dem Flur lehnte ich den Kopf an die Wand und holte tief Luft. Rosamond war sogar noch hinterhältiger, als ich es ihr zugetraut hatte.

Aus dem Salon ertönten jetzt erhobene Stimmen.

»Seit wann seid Miss Fairfax und du so vertraut miteinander, Edward?«

»Wir sind schon seit einer Ewigkeit Freunde, Mutter. Das weißt du.«

»Ich wusste, dass ihr als Kinder befreundet wart, ja, und dass du dich um ihre Familie gekümmert hast. Aber das Verhalten, das ich gerade gesehen habe ... Sag mir, dass ich mir keine Sorgen machen muss.«

»Sorgen worüber?«

Ein ungläubiges Lachen. »Für jemanden, der nur ein Freund ist, hast du dich sehr als Beschützer aufgespielt, Edward. Du bist mit einer anderen Frau verlobt, oder nicht? Du wirst doch wohl deine Aufmerksamkeit nicht in eine andere Richtung lenken? Denn du weißt ja, was auf dem Spiel steht.«

»Und du weißt, dass ich mit Rosamond verlobt bin.« Eine Pause folgte. »Und wie könnte ich vergessen, was an dieser Verbindung hängt? Ich werde ja bei jeder Gelegenheit daran erinnert.«

»Du hast meine andere Frage nicht beantwortet.«

Edward seufzte und aus Erfahrung wusste ich, dass es ein Seufzer der Frustration war. »Em ... Miss Fairfax und ich sind immer nur Freunde gewesen, Mutter. Du brauchst dir diesbezüglich keine Sorgen zu machen.«

27. Kapitel

Ginny

»Ich kann nicht fassen, dass wir das gemacht haben.«

Ginny starrte das Halbgeschoss über ihrem Verkaufsraum an, das vor ihren Augen eine gewaltige Verwandlung durchgemacht hatte. Seit Garrett und sie das Gebäude gemietet hatten, war dieser balkonartige Teil des Raums nur als Ablagefläche benutzt worden. Sie hatte immer das Potenzial darin gesehen, aber nie die Zeit gehabt, sich ernsthaft Gedanken darüber zu machen. Jetzt war es die perfekte Leseecke, die Kunden einlud, länger im Laden zu verweilen.

Aldwin und Julia hatten gern ihre Einwilligung für die Veränderungen gegeben. Das baufällige Geländer war verschwunden und durch stabiles Holz ersetzt worden. Die Treppe zu benutzen, stellte keine Lebensgefahr mehr da. Kaputte Bücherregale waren repariert. Und das alles hatten sie William und Steven zu verdanken. Sie hatten den ganzen Tag gearbeitet, während Ginny und Sophia Kisten weggeräumt und Möbel mit Tüchern abgedeckt hatten, um sie vor Farbspritzern zu schützen, wenn sie gleich die Wände der neuen Leseecke strichen.

William musste noch einige Hausarbeiten korrigieren, deshalb hatte er bereits gehen müssen, aber Sophia und Steven hatten darauf bestanden, ihr beim Streichen zu helfen.

»Ich danke euch so sehr! Das Ergebnis ist umwerfend.« Sie war kurz davor, in Tränen auszubrechen, zur Abwechslung aber vor Rührung und Freude. Nach dem Sturzregen in Stevens Gegenwart vor zwei Wochen hatte sie allerdings nicht den Wunsch, Hurrikan Ginny zu wiederholen. Sie schluckte. »Noch mal: Danke.«

Steven ließ den Hammer in der Hand kreisen. »Wir haben gern mit angepackt.«

Sophia lächelte. »Ja. Ich bin froh, dass wir dir helfen konnten.«

»Obwohl dein freier Tag dafür draufgegangen ist?« Ginny war das gar nicht recht, aber sie konnte den Laden tagsüber nun mal nur an den Sonntagnachmittagen zumachen, wenn auch die anderen Geschäfte in der Stadt geschlossen hatten. »Bitte nimm dir doch zum Ausgleich morgen frei.«

Sophia nickte langsam. »Das Angebot nehme ich vielleicht an. William hat mir gerade erzählt, dass er endlich von Abigail gehört hat – seiner Bekannten, mit der wir uns in London getroffen haben. Sie hat einen Hinweis für uns, der unsere Geschichte betrifft. Aber wenn du mitkommen willst, können wir auch nächstes Wochenende hinfahren.«

»Oh, ihr solltet nicht so lange warten. Ich weiß doch, wie sehr du darauf brennst, mehr zu erfahren.« Außerdem wollte sie bei dem, was sich zwischen Sophia und William entwickelte, nicht im Weg sein.

»Ich stehe zur Verfügung, wenn du noch jemanden im Laden brauchst.« Steven legte den Hammer in die Werkzeugkiste. Garretts Werkzeugkiste. Ihr Mann hätte hier sein und all das tun sollen. Aber er war nicht hier. Sein Freund und sein Bruder hatten diese Rolle übernommen und halfen ihr, die Buchhandlung zu renovieren – ein Projekt nach dem anderen. Sie unterstützten sie dabei, etwas Neues und Besseres zu erschaffen.

Steven zog einen Schraubenzieher aus seiner Tasche und legte ihn an seinen Platz.

Nicht zum ersten Mal bemerkte Ginny, wie gut er aussah, selbst in Sweatshirt und fleckigem T-Shirt und mit Baustaub in den Haaren.

Was war nur mit ihr los? Sie war noch nicht einmal geschieden und schon hängte sie ihr Herz an den nächsten Typen. Aber sie hatte ihre Lektion gelernt. Sie konnte sich nicht über einen Mann definieren. »Das kann ich nicht annehmen. Ich komme schon klar. Aber danke.«

Ginny schlängelte sich zum Lagerraum durch und kam mit zwei Eimern Farbe zurück, Antikblau und Cremefarben. »Sollen wir?«

Steven nahm ihr die Eimer ab. Sophia und sie folgten ihm die Treppe hinauf nach oben, wo sie bereits Pinsel, Rollen, Klebeband und Farbwannen ausgebreitet hatten. Sophia, die sich als Abklebekönigin bezeichnet hatte, nahm das Malerkrepp und machte sich an die Arbeit.

Ginny öffnete den ersten Farbeimer. Dann kippte sie ihn und ein blauer Wasserfall ergoss sich in die Plastikwanne. Obwohl der Farbton Sophias Vorschlag gewesen war, hatte Ginny ihn sowieso im Auge gehabt. Er erinnerte sie an die Tapete im Schlafzimmer ihrer Eltern zu Hause. Konnte es etwa sein, dass sie doch ein klein wenig Heimweh hatte?

»Wie sagt man so schön? Einen Penny für deine Gedanken?« Steven stieß sie mit dem Ellbogen an.

»Na, da bin ich ja froh, dass meine Gedanken dir so viel wert sind.« Die Malerrollen lehnten an der Wand; sie griff sich zwei und hielt Steven eine davon hin.

»Haha.« Er nahm die Rolle. »Aber im Ernst. Du hast doch irgendwas auf dem Herzen.«

»Ich habe an meine Familie gedacht.« Sie tauchte ihre Rolle in die Farbe und erzählte ihm von dem Anwesen, auf dem sie aufgewachsen war. »Seit ich mit Garrett hierhergezogen bin, habe ich keinen von ihnen gesehen. Und wir telefonieren nur selten.« Sie ließ die überschüssige Farbe abtropfen. Ginny ging zu der nächstliegenden Wand. Die Rolle fuhr darüber und hinterließ herrliche blaue Streifen.

»Sie vermissen dich bestimmt.«

»Vielleicht.« Sie zuckte mit den Schultern. »Oder sie sind sauer, weil sie die Chance verpasst haben, mich mit irgendeinem reichen Campbell oder Livingston zu verheiraten.«

»Hmm. Jedenfalls bewundere ich deinen Mut, in ein ganz fremdes Land zu ziehen, ohne eine Menschenseele dort zu kennen.« Steven fing an, neben ihr den oberen Teil der Wand zu streichen, an den sie nicht herangekommen war.

Das Lösungsmittel in der Farbe kitzelte sie in der Nase. »Rückblickend kommt es mir gar nicht mutig vor. Vielleicht bin ich nur weggelaufen.«

»Und warum bleibst du dann?«

Ginnys Hand erstarrte und ihr Kopf fuhr zu Steven herum.

Er musterte sie. »Versteh mich nicht falsch, ich bin froh darüber.« Er hatte innegehalten und einige Tropfen Farbe fielen von der Rolle auf den Boden, der mit Plastikfolie bedeckt war. »Aber ist *Rosebud Books* nicht untrennbar mit deiner Zeit mit Garrett verbunden? Warum tust du dir diese Erinnerungen an?«

Sie umfasste ihre Rolle fester und drückte sie gegen die Wand. Die nächsten Bahnen wurden deutlich dunkler als diejenigen, die sie zuvor gestrichen hatte. Der altbekannte Schmerz drückte ihr die Luft ab. »Natürlich erinnert der Laden mich an ihn. Aber ich habe sehr viel investiert, um einen Ort zu haben, der mir gehört. So leicht gebe ich nicht auf.«

Hinter ihnen schaltete Sophia klassische Musik ein.

»Wäre es denn ein Aufgeben, wenn es um etwas geht, das du selbst eigentlich gar nicht wolltest?« Steven tauchte seine Rolle in die Farbe, bevor er weitermalerte.

»Das habe ich mich auch schon tausendmal gefragt. Aber was soll ich sonst tun? Nach Hause zurückgehen? Dann würde ich irgendwann für meinen Vater in irgendeiner Bentley-Firma arbeiten und den Rest meines Lebens mit der Gewissheit verbringen, den Ansprüchen niemals genügen zu können.«

Sie fuhr mit der Rolle über den letzten weißen Streifen. Aber es spielte keine Rolle, wie viele Schichten Farbe sie auftrug. Sie konnte versuchen, alles in neuem Glanz erstrahlen zu lassen, aber darunter war es immer noch so wie vorher.

Vielleicht war es dumm von ihr, ihr Schicksal ändern zu wollen. Vielleicht sollte sie einfach in die Staaten zurückgehen, sich dem Willen ihrer Familie fügen und versuchen, in die Form zu passen, die ihre Eltern für sie vorgesehen hatten. Vielleicht würde sie dann wenigstens das Gefühl haben, irgendwohin zu gehören, auch wenn es nicht ganz echt war.

Unechte Verbundenheit war immer noch besser als echte Einsamkeit und Verzweiflung, oder nicht?

In diesem Augenblick begann das Handy in ihrer Gesäßtasche zu klingeln. Ginny legte die Rolle auf ein Stück Zeitungspapier auf dem Boden. Ihre Nagelbetten waren voller getrockneter Farbe.

Sie starrte auf die Nummer auf dem Display.

Mutter.

Sie rief nur an, wenn irgendetwas passiert war. »Tut mir leid, da muss ich rangehen.«

»Kein Problem.« Steven machte sich wieder an die Arbeit.

Ginny holte Luft und nahm den Anruf an. »Hallo?«

»Virginia Bentley, was hat es mit diesen Gerüchten über eine Scheidung auf sich?«

Ginny stöhnte. Mit raschen Schritten lief sie die Treppe hinunter in den Hauptteil des Ladens und fand sich gleich darauf in der Reiseabteilung wieder. Wenn sie dieses Gespräch doch nur schon hinter sich hätte! »Woher weißt du davon?«

»Der Anwalt deines Mannes hat unseren informiert, ganz einfach.«

»Wie bitte?« Woher hatte Garrett überhaupt die Kontaktdaten?

»Ja, offenbar denkt dein nichtsnutziger Ehemann, er könnte bei uns einiges absahnen.«

»So ist er nicht.« Ginny massierte ihre Schläfen.

»Er hat dich sowieso nur des Geldes wegen geheiratet, Schätzchen, falls dir das noch nicht klar geworden ist.«

Die Worte trafen Ginny wie ein Stich ins Herz. »Das ist nicht wahr!« Nein, Garrett hatte sie geliebt. Früher jedenfalls – egal, was er sagte. Wenn nicht, wäre ihr Leben in den letzten fünf Jahren eine Lüge gewesen.

»Wie auch immer, unser Anwalt hat ihm mitgeteilt, dass wir

dich schon lange aus unserem Testament gestrichen haben, es sei denn, du entscheidest dich, Vernunft anzunehmen und nach Hause zurückzuziehen, wo du hingehörst.«

Es hätte sie nicht überraschen dürfen. Aber trotzdem fühlte es sich so an, als würden sie ihre Liebe an Bedingungen knüpfen, wenn sie auch Ginnys Erbe an Bedingungen knüpften.

Und egal, wie schwierig die Lage hier geworden war – dazu konnte sie nicht zurückkehren.

»Es tut mir leid, dass er euch belästigt hat, Mutter. Ich werde ihn anrufen und dafür sorgen, dass es nicht wieder vorkommt.«

»Wenn er uns nicht in Ruhe lässt, verklagen wir ihn.« Selbst aus mehreren Tausend Kilometern Entfernung ließ das vertraute Schnauben ihrer Mutter Ginny zusammenzucken.

»Ich entschuldige mich für die Unannehmlichkeiten.« Sie konnte nicht verhindern, dass ihre Antwort bitter klang. »Und mir geht es gut, danke der Nachfrage.«

Ein Schweigen folgte am anderen Ende der Leitung und sie konnte förmlich sehen, wie ihre Mutter die Augen verdrehte. »Sei nicht so melodramatisch, Virginia.«

»Also gut. Ich mache jetzt Schluss. Ich habe nämlich einen Buchladen zu streichen.«

»Du hast doch nicht allen Ernstes vor, dortzubleiben, oder? Warum? Ich dachte, jetzt, wo dein erbärmlicher Versuch einer Ehe vorüber ist, kommst du nach Hause.«

Ginny umklammerte das Handy noch etwas fester. So weh Mutters Spitzen auch taten, schmerzte es sie doch am meisten, dass sie einen Moment lang tatsächlich überlegt hatte, genau das zu tun.

Es war an der Zeit, dass Ginny sich ihren Platz in der Welt eroberte. Sie selbst würde von jetzt an darüber entscheiden, was das Richtige für sie war. Sie würde ihr eigenes Zuhause gestalten. Ganz allein.

Diesmal würde sie nicht wegrennen.

»Ich fürchte, du hast dich geirrt, Mutter. Ich habe nicht die Absicht, von hier wegzugehen.«

28. Kapitel

Sophia

William stellte den Wagen auf dem Parkplatz von Elliott Manor ab, einem Anwesen in der Nähe von Wendall, keine achtzig Kilometer von Port Willis entfernt. Er ließ das Lenkrad los und nahm Sophias Hand. »Bist du bereit?«

Nachdem Abigail am Samstag angerufen hatte, um ihnen zu sagen, dass sie ein Anwesen ausfindig gemacht hatte, bei dem es sowohl einen berühmten Baum als auch einen Leuchtturm gab, hatten Sophia und William ihre freie Zeit damit verbracht, so viel wie möglich über diesen Ort in Erfahrung zu bringen. Elliott Manor wurde jetzt als Veranstaltungsort für Hochzeiten und Tagungen genutzt und etwas über die vorigen Besitzer herauszufinden, hatte sich als schwierig erwiesen. Es gab eine Online-Bildergalerie, die die Schönheit des Herrenhauses zeigte sowie verschiedene Szenerien für Trauungen – darunter auch eine Zeremonie, die beim »Geschichtenbaum« abgehalten wurde.

Der Baum stand am Rand einer Klippe und streckte seine Blätter zur einen Seite über den Rasen und zur anderen übers Meer. Er sah auf jeden Fall so aus, als könnte er *der* Baum sein.

Aber das bewies noch nicht, dass Emily echt war.

»Es ist unwahrscheinlich, dass wir den richtigen Ort gefunden haben, aber ja, ich bin bereit.« Sophia setzte ein Lächeln auf und stieg aus dem Auto.

»Wer weiß, was wir hier entdecken werden.« William stieg ebenfalls aus und gemeinsam wandten sie sich dem riesigen Haus zu.

Sie waren über mehrere Morgen des herrlichen Grundstücks

gefahren, bevor sie das imposante Gebäude aus grauem Schiefer und Granit erreicht hatten. Die Sonne schien und verlieh dem Tag etwas Hoffnungsvolles. Sie näherten sich dem großen, auf beiden Seiten von hohen Fenstern eingerahmten Haupteingang, zu dem eine Steintreppe hinaufführte. Es war ein merkwürdiges Gefühl, einfach hineinzugehen, aber William hatte vorher angerufen und sie angemeldet.

Bevor Sophia die Schönheit des königlichen Foyers würdigen konnte – Gobelins, die bis zur Decke reichten, eine Treppe, die sich teilte und in zwei Flügel des Anwesens führte, hohe Säulen, die den Blick auf sich zogen –, kam eine zierliche Brünette in gerüschter Bluse und Bleistiftrock aus einem Raum rechts vom Foyer, der ein kleines Büro zu beherbergen schien. »Willkommen in Elliott Manor!« Sie streckte eine manikürte Hand aus, die William als Erster schüttelte und anschließend auch Sophia. »Ich bin Claudia Vetters und für die Events hier verantwortlich. Sind Sie Mr Rose und Ms Barrett?«

»Die sind wir«, bestätigte William.

»Wunderbar, wunderbar. Soll ich dann gleich die Führung machen?«

»Das wäre toll, danke.«

Ms Vetters lächelte. »Gibt es einen bestimmten Ort, an dem Sie anfangen möchten?«

William legte eine Hand um Sophias Taille. »Wie wäre es mit dem Geschichtenbaum?«

»Oh ja!« Sophia spürte ein verlegenes Grinsen auf ihren Lippen. »Den würde ich auch gern sehen.«

»Eine hervorragende Wahl!« Ms Vetters verschwand noch einmal kurz in dem Raum, aus dem sie gekommen war, und kam mit einer Mappe zurück. »Folgen Sie mir bitte.«

Sie gingen durchs Foyer, einige Korridore entlang und durch die Hintertür in Richtung Gärten, während Ms Vetters ihnen Verschiedenes über Veranstaltungen in Elliott Manor erzählte.

Sophia blendete die Frau aus. Sie konnte nur an Emily denken.

War sie durch genau diese Gänge gelaufen? War dies der Ort, an dem ihre Liebe zu Edward gewachsen war? Wo ihr das Herz gebrochen worden war? Wo sie beschlossen hatte, ihr Lebensglück nicht mehr von anderen abhängig zu machen?

Oder war all das doch nur eine Erzählung?

Nach wie vor hätte Sophia nicht sagen können, warum es ihr so wichtig war, die Antwort darauf zu finden. An der Tatsache, dass sie hier war, um sich auf ihre eigene Geschichte zu konzentrieren, hatte sich nichts geändert. Und doch war ihre Suche vielleicht Teil ebendieser Geschichte, genau wie der Tag vor etwa einer Woche, als sie zum ersten Mal im Leben gesurft war. Vielleicht drehten sich nicht alle Kapitel nur um David. Und auf irgendeine unerklärliche Weise schien es wichtig zu sein, ihr Leben mit dem von Emily zu verbinden.

Es war rätselhaft und sie verstand es nicht ansatzweise. Aber vielleicht musste sie das auch gar nicht, sondern durfte einfach akzeptieren, dass es so war.

»Soph.«

Williams Stimme riss sie aus ihren Gedanken. Ihr stockte der Atem, als sie sich dem Baum näherten – er war größer, als sie ihn sich vorgestellt hatte, und einige seiner tiefen Wurzeln waren über der Erdoberfläche sichtbar.

Sie trat vor und blickte nach Osten. Als sie einen alten Leuchtturm sah, überkam sie ein tiefer innerer Friede. »Das muss er sein!« Sophia wandte sich an Ms Vetters. »Wissen Sie, warum er Geschichtenbaum genannt wird?«

»Es gibt Gerüchte, dass ein berühmter Schriftsteller hier geschrieben hat.«

Sophia riss die Augen auf. »Wissen Sie, wer?«

Sie starrte gebannt auf Ms Vetters' Mund und erwartete, den Namen Emily Fairfax zu hören. »Nein, tut mir leid. Wie gesagt, es sind nur Gerüchte.«

»Ach so.«

»Das wäre aber auch zu einfach gewesen.« William stieß sie an.

»Ja.«

»Der Zeremonienmeister würde vor dem Baum stehen«, sagte Ms Vetters. »Sie beide hätten das Meer im Rücken und die Stuhlreihen mit den Gästen vor sich. Wenn die Sonne über dem Wasser untergeht, ist das einfach umwerfend. An welchem Datum soll die Hochzeit denn stattfinden?«

»Entschuldigung, wie bitte?« Sophia sah irritiert zu William. »Unsere Hochzeit?«

Er lachte. »Das muss ein Missverständnis sein, Ms Vetters. Wir heiraten nicht. Bei meinem Anruf habe ich erwähnt, dass wir Nachforschungen über die Familie anstellen, der dieses Anwesen früher gehört haben könnte. Ich dachte, das wüssten Sie. Wir wollten eine Führung, um zu sehen, ob wir der richtigen Spur folgen.«

»Oh.« Ms Vetters straffte die Schultern und strich ihre Bluse glatt. »Das hat meine Assistentin leider nicht erwähnt.«

»Das tut mir leid.« William rieb sich den Nacken. »Ich hoffe, es macht Ihnen nichts aus, dass wir Ihre Zeit dafür in Anspruch genommen haben.«

Ms Vetters seufzte, offensichtlich enttäuscht darüber, dass sie keine Buchung machen wollten. »Nein, natürlich nicht, obwohl niemand hier viel über die Geschichte des Hauses weiß. Ich kann Ihnen sagen, dass die Firma, für die ich arbeite, es vor zwanzig Jahren gekauft hat. Es war verfallen und alle Wertgegenstände sind veräußert worden.«

»Wie schade.« Sophia biss sich auf die Lippe. »Gibt es irgendjemanden, der uns mehr darüber sagen könnte?«

»Ich bin mir nicht sicher, aber ich könnte jemanden für Sie fragen. Mein Chef muss ja wissen, von wem wir das Anwesen gekauft haben.«

»Das wäre nett. Vielen Dank.«

Ms Vetters zog ein Handy aus ihrer Mappe. »Einen Moment bitte.« Sie wählte und entfernte sich ein Stück von ihnen.

Während sie telefonierte, trat Sophia auf den Baum zu. Sie

streckte die Finger aus und fuhr über die Rinde. »Ich kann es nicht erklären, aber ...«

»Es fühlt sich an wie der richtige Ort.« William legte seine Hand neben ihre an den Stamm.

»Aber was machen wir, wenn sie nichts herausfindet?« Sophia blickte zu ihm auf. »Wo suchen wir dann?«

»Keine Sorge. Ich bin sicher, beim Grundbuchamt kann uns jemand weiterhelfen.«

»Aber das dauert bestimmt.« Und sie wurde allmählich ungeduldig.

Er beugte sich zu ihr und gab ihr einen kleinen Kuss auf die Lippen. »Alles wird sich fügen.«

Das wollte Sophia so gern glauben. Von ganzem Herzen. Nicht nur, was Emily und ihre Geschichte betraf, sondern auch in Bezug auf alles andere. Ihre Seele fühlte sich der Heilung so nah, aber was kam eigentlich danach? Vor allem, wenn sie in ihren Alltag, ihre Arbeit zurückkehren musste – eine Aussicht, die sie aus irgendeinem Grund mit Angst erfüllte. Vielleicht geschah ihre »Heilung« nur, weil sie nicht zu Hause war. Vielleicht war die Sache mit William nur eine Schwärmerei.

Vielleicht, vielleicht, vielleicht ... Die ganzen Fragezeichen würden sie noch in den Wahnsinn treiben!

»Okay. Danke.« Ms Vetters legte auf. »Der ehemalige Besitzer des Anwesens ist wohl ein gewisser Hugh Bryant. Er hatte hohe Schulden und brauchte das Geld, um sie zurückzuzahlen. Soweit mein Chef weiß, lebt Mr Bryant noch immer im Dorf.«

»Super«, sagte William. »Vielen Dank!«

»Ich gehe dann wieder in mein Büro. Sie können sich gerne noch umsehen. Wir schließen heute um fünf.«

Sie verabschiedeten sich von ihr und sie ging zum Gebäude zurück.

Sophia drehte sich zu William um und stieß einen kleinen Freudenschrei aus. Dann schlang sie die Arme um seinen Hals und drückte ihm einen Kuss auf den Mund.

»Wofür war das denn?« Er zog sie näher. »Nicht, dass ich mich beklagen würde.«

»Das war dafür, dass du zuversichtlich warst, als ich gezweifelt habe. Wir haben einen neuen Hinweis.«

Sie wusste nicht, wohin er führen würde ... aber im Moment genügte es, den nächsten Schritt zu kennen.

29. Kapitel

Emily

März 1858

Im August kehrten wir aufs Land zurück, kurz nachdem Edwards Verlobung bekannt gemacht worden war. Er begleitete uns nicht, sondern fuhr stattdessen zum Familiensitz von Rosamonds Eltern. Ich vermisste ihn sehr, obwohl er mir einige Male schrieb, um sich nach mir und meiner Schriftstellerei zu erkundigen.

Ich antwortete nicht.

Es war ein fremdes Gefühl, seine Briefe zu ignorieren, aber ich konnte mich einfach nicht für ihn über die bevorstehende Hochzeit freuen, nun, wo ich den wahren Charakter seiner Braut kannte. Außerdem wusste ich, wenn wir miteinander kommunizierten, würde er mein Zögern bemerken und mich ausfragen – Edward hatte sich nie zurückgehalten, wenn er etwas wissen wollte, und er hätte nicht lockergelassen. Ich konnte ihn nicht anlügen, aber genauso wenig konnte ich ihm die schmutzige Wahrheit in einem Brief darlegen.

Rückblickend wünschte ich, ich hätte es ihm persönlich gesagt, aber meine Gefühle waren so durcheinander gewesen, dass ich einfach nicht gewusst hatte, was richtig war.

Ich hatte wie geplant meine Pflichten als Gouvernante wieder aufgenommen und widmete mich ganz meiner Arbeit und meiner Schriftstellerei. Ich begann mit einem neuen Roman und einem Band mit Gedichten und schickte das erste Manuskript an mehrere Verleger.

Dann kamen die Absagen.

Die erste überraschte mich wenig, denn wurde nicht jedes Manuskript mindestens einmal abgelehnt? Die zweite traf mich etwas mehr, aber ich hatte immer noch Hoffnung. Beim dritten Mal fühlte es sich anders an, obwohl ich nicht wusste, warum. Vielleicht war es einfach der Zeitpunkt – eine Woche vor Edwards Hochzeit im März, die auf dem Landsitz seiner Familie stattfinden sollte. Aus diesem Grund war der ganze Haushalt seit einem Monat in Aufruhr. Die Familie hatte sogar beschlossen, dass sie ihre Abreise nach London zu Louisas zweiter Saison bis nach der Hochzeit aufschieben würde.

Ich hatte Edward seit Monaten nicht gesehen. Er traf wenige Tage nach meiner letzten Absage mit Rosamond und ihrer Familie ein. Ich schwankte zwischen dem Wunsch, ihn zu sehen, und dem Gedanken, mich den ganzen Tag in meinem Zimmer zu verstecken – oder am besten die ganze Woche. Am Ende siegte jedoch mein Bedürfnis nach frischer Luft.

Ich schlich den Korridor hinunter und auf die Treppe zu und da sah ich sie. Rosamond und er standen untergehakt und lachten über etwas, das Edwards Vater gesagt hatte. Selbst in ihrem Reisekleid war Rosamond eine Schönheit und trotz der langen, oft unbequemen Fahrt war ihre Frisur makellos.

Und dann war da Edward.

Sie waren wirklich ein attraktives Paar.

Mein Herz machte einen Satz. Ich wollte mich zurückziehen, aber da entdeckte Edward mich. Ich hätte gerne geglaubt, dass er nach mir Ausschau gehalten hatte, so wie ich immer nach ihm, aber wahrscheinlich hatte mich nur das Quietschen meines Stiefels auf dem Holzfußboden verraten.

»Em.« Er warf einen Blick auf Rosamond und sah dann mich an. Seine Augen waren voller Traurigkeit und Wut. »Ich meine, Emily. Wie geht es dir?«

»Mir geht es gut, danke.« Er musste mich hassen, weil ich mich nicht mehr gemeldet hatte. Ein winziger Teil von mir war froh darüber. Dadurch würde es leichter sein.

Rosamonds Finger schlossen sich fester um Edwards Arm. »Hallo Miss Fairfax.«

Ich eilte zu meinem Zimmer zurück. Dies würde mit Sicherheit die längste Woche meines Lebens werden.

ℭℬ

Ich hatte es einfach nicht ertragen können, dass die Beziehung zwischen Edward und mir so angespannt war. Nicht, wenn er am nächsten Tag heiratete.

Ich lehnte an unserem Baum und hielt das Päckchen im Arm, während ich in die Dunkelheit hinausstarrte. Alle waren im Bett gewesen, als ich mich aus meinem Zimmer geschlichen hatte. Der Vollmond hatte mir den Weg hierher erleuchtet, den ich auch mit geschlossenen Augen gefunden hätte.

Hinter mir knackte ein Zweig. Ich wandte mich um und sah Edward mit einer Laterne in der Hand.

»Du bist gekommen.«

Er trat näher und ich konnte seine Anspannung spüren. »Dein Wunsch war mir Befehl.« Obwohl es belustigt klang, hörte ich die Bitterkeit aus seiner Stimme heraus. Nachdem ich den Kontakt abgebrochen hatte und ihm seit seiner Ankunft aus dem Weg gegangen war, war das nicht verwunderlich.

Das war notwendig gewesen, um mein Herz Stück für Stück aus seiner unbewussten Umklammerung zu befreien. Ich hatte das Gefühl gehabt, auf einem guten Weg zu sein.

Aber dann war mir bewusst geworden, dass wir uns nie wieder so würden treffen können, nur er und ich. Selbst jetzt war es in den Augen der Gesellschaft in höchstem Maße unschicklich. Nach seiner Hochzeit wäre eine solche Verabredung geradezu schockierend.

Aus diesem Grund hatte ich mit all unseren gemeinsamen Erinnerungen im Herzen eine kurze Nachricht in der Sprache verfasst, die wir als Kinder erfunden hatten, und sie von einem ahnungslosen Dienstmädchen in sein Zimmer bringen lassen.

»Worum geht es denn, Emily? Ich muss morgen früh raus, falls dir das nicht bewusst ist.«

Edwards Worte holten mich wieder in die Gegenwart zurück. Ich biss mir auf die Lippe und streckte ihm das Päckchen entgegen, das ich in der Hand hielt. »Ich wollte dir dieses Geschenk geben.« Ich konnte mich nicht überwinden, *Hochzeitsgeschenk* zu sagen.

Er stellte die Lampe auf den Boden und nahm das Päckchen von mir entgegen. Das braune Packpapier knisterte in seiner Hand, als er es entfernte. Dann zog er die kleine Handarbeit aus dem Papier und zog die Augenbrauen hoch. »Du hasst Sticken.«

»Das stimmt.« Ich zeigte darauf. »Aber es ist ein Gedicht. Eins ... eins, das ich geschrieben habe. Für dich.« Es war vielleicht nicht mein Roman, aber ich hatte ihm damit endlich gegeben, worum er mich gebeten hatte: eine Kostprobe meiner Arbeit.

Seine Züge wurden sofort weicher und er betrachtete das Stickbild eingehend, obwohl es sehr mittelmäßig gearbeitet war. Es war zu dunkel, um den Text zu lesen, aber er starrte ihn trotzdem an. »Danke, Em.«

»Gern geschehen. Und Edward ...« Ich zögerte. »Es tut mir leid, dass ich deine Briefe nicht beantwortet habe.«

Er musterte mich im Dunkeln, dann schob er mein Geschenk in die Tasche seines Mantels. Dann streifte er ihn ab, breitete ihn auf dem Boden aus und nahm darauf Platz. Ich zögerte nur kurz, bevor ich mich zu ihm setzte.

Vor unseren Augen spannte sich das Firmament über das Meer, ein riesiges Feld mit einem Heer von Himmelskörpern, das weit über das hinausging, was ich sehen oder mir ausmalen konnte. Der Boden unter mir war kalt, aber dieser Moment wärmte mich so tief, dass es mir gleichgültig war.

»Warum hast du es nicht getan? Zurückgeschrieben, meine ich.«

Das Rauschen der Wellen, die unter uns gegen die Klippen schlugen, hatte etwas Besinnliches und erfüllte die Nacht mit einem gewissen Zauber. Manche Worte, so schien es mir, konnten nur im Dunkeln ausgesprochen werden. »Weißt du noch, dass ich immer eine Abneigung gegen die Ehe hatte? Das habe ich nur vorgetäuscht, Edward.«

»Wie meinst du das?«

»Ich würde heiraten, wenn es der Richtige wäre. Wenn du es wärst.« Ich war nicht hierhergekommen, um das zu sagen, aber als die Worte über meine Lippen kamen, fühlte es sich richtig an. Er sollte endlich die Wahrheit wissen.

Sein geräuschvolles Einatmen war mir Beweis genug. Obwohl ich das für nahezu ausgeschlossen gehalten hatte, hatte er nichts von meinen Gefühlen gewusst.

Was dachte er wohl?

Er rutschte näher zu mir und sein Arm legte sich um meine Schulter, zog mich näher, hielt mich fest. Ich legte den Kopf an seine Brust und eine Weile blieben wir so sitzen.

Endlich sagte er etwas: »Ich liebe die Beständigkeit der Sterne. Sie verändern sich nie. Um uns herum könnte die ganze Welt einstürzen und die Sterne würden trotzdem jeden Abend am Himmel erscheinen.«

»Das ist ein schöner Gedanke.«

»Es gibt nur eine andere Sache in meiner Welt, die so beständig ist, besser gesagt, einen Menschen. Dich, Emily.«

Ich rührte mich nicht und lauschte auf Edwards Herzschlag. »Mich?«

»Du warst mir immer eine gute Freundin und erst, als ich deine Freundschaft nicht mehr hatte, habe ich dieses große Loch in meinem Leben gespürt – und da ist mir bewusst geworden, wie ganz und gar du es ausgefüllt hattest.«

Dann war ich also wirklich immer nur eine Freundin gewesen. Er enttäuschte mich auf die sanfteste Weise, die ihm möglich war. »Ich …« Ein Schluchzer brach aus mir heraus. Ich riss mich von ihm los, stand auf und lehnte mich an den Stamm unseres Baumes, um mich zu stützen. Ich schloss die Augen und holte mehrmals tief Luft.

Ich fühlte mehr, als dass ich sah, wie Edward hinter mich trat. »Em ...«

Etwas an der Art, wie er meinen Namen sagte – es war mehr ein qualvolles Ächzen –, veranlasste mich dazu, mich umzudrehen und ihn anzusehen ... ihn zum ersten Mal an diesem Abend wirklich anzusehen. Seine Hände waren zu Fäusten geballt. Im Mondschein sah ich die Konturen seines Unterkiefers, die zusammengepressten Lippen.

Schließlich trat er näher, sodass unsere Stiefelspitzen sich berührten. Er legte die Hände an meine Oberarme und ich wandte mich ihm ganz zu. »Wenn ich mein Herz doch nur ergründet hätte, bevor ich einer anderen ein Versprechen gegeben habe. Ich war ein Narr, Em.«

Sein Herz? Vielleicht hieß das ...?

Ich hob meine zitternden Finger an seine Wange und wagte es dann, den Schwung seiner Lippen nachzuzeichnen. Die Bartstoppeln an seinem normalerweise so sauber rasierten Kinn überraschten mich. Aus irgendeinem Grund schien es mir eine intime Geste darüberzustreichen. Jetzt suchten seine Lippen meine Finger und er küsste sie ganz sacht. Seine Hände ließen meine Arme los und legten sich um meine Taille, um mich näher zu ziehen.

Meine Lunge füllte sich mit Luft – und mit Hoffnung. »Dein Versprechen ist nicht vollendet, bis ihr euch morgen die Treue schwört.« Seine Eltern würden das doch sicher verstehen. Sie mussten doch wollen, dass er glücklich war. »Edward ...« Ich suchte seinen Blick im Dunkel der Nacht.

Aber anstatt mich zu küssen, wie ich es mich so sehr ersehnte, stöhnte er auf. »Was tue ich hier nur?« Er ließ mich los. »Wenn ich die Dinge ändern könnte, Emily ...«

Alles in mir schmerzte vor Sehnsucht nach ihm. »Du *kannst* sie ändern. Es ist dein Leben. Nimm es selbst in die Hand, Edward!«

»Ich kann mein Leben nicht so leben, wie ich es will, solange andere von mir abhängig sind.« Er schritt auf und ab und fuhr sich mit der Hand durch die Haare.

»Willst du denn nicht aus Liebe heiraten, Edward?« Meine Worte waren gefährlich für mein Herz, aber ich sprach sie trotzdem aus.

»So einfach ist das nicht. Die Schulden ... Sie haben sich aufgetürmt. Verstehst du nicht? Meine Familie würde alles verlieren. Meine Mutter und meine Schwestern wären mittellos, und wenn mir oder meinem Vater etwas zustieße, was dann? Die Vorstellung macht mich krank. Nicht jeder kann sich den Luxus leisten, aus Liebe zu heiraten, Emily.«

»Dann verdammst du dich selbst zu einem Leben ohne Liebe?«

»Liebe ist nur ein Teil der Ehe.« Sein Atem kam in kurzen Stößen. »Ich weiß nicht, was ich sonst tun soll.«

Es brach mir das Herz zu sehen, wie der Mann, den ich liebte, zwischen seinem eigenen Glück und dem Wohl seiner Familie hin- und hergerissen wurde. »Es geht im Leben nicht um Geld. Selbst wenn deine Familie alles verlöre, hätten sie doch einander, oder nicht?« Ich versuchte, nicht so verzweifelt zu klingen, wie ich mich fühlte.

Sein Blick durchbohrte mich. »Du weißt, dass meine Mutter lieber sterben würde, als arm zu sein oder ihren guten Ruf zu verlieren.«

Diese Diskussion führte zu nichts. Er hatte sich offenbar entschieden. Aber er kannte nicht alle Fakten. Vielleicht war es ein reiner Akt der Hilflosigkeit, aber mehr blieb mir nicht. »Rosamond ist deiner nicht würdig, Edward.« Und dann platzte aus mir heraus, wie ich sie und den Dienstboten bei dem Ball zusammen gesehen hatte.

Entgegen meiner Erwartung blieb er seltsam gefasst. »Das habe ich wohl verdient.«

Ich trat auf ihn zu und packte ihn beim Revers seines Mantels. »Wie bitte? Natürlich nicht!«

»Vielleicht war sie gekränkt, weil ich Gefühle für ...« Er konnte es nicht einmal sagen – dass er mich liebte und nicht sie. Der

Edward, den ich liebte, war kein Feigling. Was war mit ihm geschehen?

Wie konnte er ihr Verhalten verteidigen? »Sie ist abscheulich. Sie …«

»Sprich nicht so über sie, Emily.« Seine Stimme war sanft, aber bestimmt. »Sie ist meine Verlobte. Und ich versuche, das Richtige zu tun.«

Es traf mich wie ein Schlag ins Gesicht. »Das Richtige für wen?« Wie sollte ich mit seinem Entschluss leben? Ich stellte mir vor, wie ich mein Herz in einen Kasten legte, ihn verschloss und dann den Schlüssel wegwarf.

»Em, wenn ich könnte, wie ich wollte …«

Meine Wangen glühten. »Was dann?«

»Das weißt du doch.«

»Sag es trotzdem.«

»Ich kann nicht.«

»Und ich kann nicht hierbleiben und zusehen, wie du dein Leben wegwirfst.« Ich ließ seinen Mantel los und stapfte zum Haus zurück. Auf dem Weg begann ich zu rennen, vorbei an den Blumenbeeten und den Flur zu meinem Zimmer entlang, wo ich mich auf mein Bett warf und in mein Kissen schrie.

Aber ich konnte nicht lange wütend sein. Edward war mir gegenüber immer loyal gewesen. Ich konnte ihm nicht vorwerfen, dass er auch jetzt an dem festhielt, was ich an ihm schon immer geliebt hatte.

Ich wünschte nur, ich hätte mich in seiner Gegenwart besser beherrscht. Was er jetzt wohl von mir dachte?

Der nächste Tag zog herauf, mild und freundlich – perfekt für eine Hochzeit.

Ich ließ ausrichten, ich hätte Kopfschmerzen, und blieb den ganzen Tag im Bett.

Und als am späten Vormittag die Kirchenglocken in der Ferne ertönten, wurde mir klar, wer von uns beiden der wahre Feigling war.

30. Kapitel

Ginny

Heute würde sie einen weiteren Sieg erringen.

Ginny trat von einem Fuß auf den anderen, während sie vor Stevens Tür wartete, einen Teller mit Schokocookies in der Hand.

Er öffnete die Tür. »Hereinspaziert.«

»Danke. Tut mir leid, dass ich nicht sofort kommen konnte. Und dass es jetzt so spät ist.« Er hatte ihr gegen halb sieben eine Nachricht geschrieben und jetzt war es beinahe neun. »Ich war gerade mitten in einer Backorgie, als du dich gemeldet hast. Aber ich habe dir etwas mitgebracht, also hat sich das Warten hoffentlich gelohnt.«

Ein breites Grinsen erhellte sein Gesicht. »Was hast du denn da?«

Ginny trat durch die Tür, gab ihm den Teller und hängte dann ihre schwarze Jacke auf. »Nur ein kleines Dankeschön dafür, dass du die Website so schnell zum Laufen gebracht hast. Sie ist toll geworden!«

Er schloss die Tür hinter ihr und ging in die Küche, wo er die Frischhaltefolie vom Teller entfernte und sich einen Keks nahm. »Freut mich, dass sie dir gefällt.« Beim ersten Bissen schloss er einen Moment lang die Augen. »Mmh! Die sind viel besser als die von meiner Mutter. Aber verrat ihr nicht, dass ich das gesagt habe.«

Ginny lachte und betrat die kleine Küche, die nach gedünsteten Zwiebeln duftete. In der Spüle standen einige schmutzige Teller und in einem Obstkorb ruhten ein paar fleckige Bananen. »Ich schweige wie ein Grab.« Dann griff sie in ihre Handtasche, zog einen Umschlag heraus und wollte ihn unauffällig unter den Obstkorb schieben.

Aber Steven sah es. »Was ist das?«

»Nichts.«

Mit einem Stirnrunzeln stellte er den Keksteller ab, nahm den Umschlag und öffnete ihn mit dem Zeigefinger. Dann holte er einen Stapel Geldscheine heraus. »Ginny Rose, was soll das?«

»Dein Honorar.« Es war nicht einmal annähernd so viel, wie Steven und seine Arbeit wert waren, aber alles, was sie hatte zusammenkratzen können. »Ich kann dich das wirklich nicht unbezahlt machen lassen.«

Ohne mit einer Wimper zu zucken, schob er das Geld in den Umschlag zurück und steckte diesen in Ginnys Handtasche. »Du *lässt* mich überhaupt nichts machen. Ich habe es angeboten.« Bevor sie protestieren konnte, nahm er ihren Ellbogen. »Und jetzt schalten wir deine Homepage frei.«

Sie legte ihre Handtasche ab und seufzte. »Also gut.«

Er ging voran zu seinem Sofa und sie setzten sich. Das Möbelstück war so durchgesessen, dass sie beide in die Mitte rutschten und ihre Beine sich berührten. Ginny rückte ein klein wenig nach rechts, aber das Polster gab zu stark nach und machte ihren Versuch zunichte.

Steven hatte seinen Laptop auf dem Schoß und klickte sich zu der Seite durch, von der aus er ihren Webshop freigeben konnte. Am Abend zuvor hatte sie sich seinen Entwurf bereits angesehen und nur noch ein paar kleinere Verbesserungsvorschläge gemacht.

»Bist du bereit?«

Ginny umklammerte ihre Knie. »Ja.«

Steven klickte auf eine Schaltfläche. »Jetzt bist du online.«

»Wow.« Ginny spürte alle möglichen Gefühle – von Erleichterung über Hoffnung bis hin zu Traurigkeit. Sie hatten auch die Inhaberseite überarbeitet und Ginny stand dort jetzt als alleinige Geschäftsinhaberin. Obwohl der halbe Laden streng genommen nach wie vor Garrett gehörte, war er nicht hier, um seinen Anspruch geltend zu machen. In den wenigen Unterhaltungen, die sie geführt hatten, hatte er nichts davon gesprochen – selbst als sie ihn angerufen hatte, um ihm zu sagen, er solle ihre Eltern in Ruhe lassen. Er hatte behauptet, sein Anwalt sei dafür verantwortlich und er wolle die Scheidung nicht in eine Schlammschlacht ausarten lassen.

Und trotz allem, was er ihr angetan hatte, glaubte sie ihm.

Also konnte sie jetzt nur den nächsten Schritt nach vorne machen. Die Internetseite zu überarbeiten und ihre Sammlung seltener Bücher online zu stellen, war ein Anfang. »Das sollten wir feiern.«

Steven klappte den Laptop zu und setzte ihn auf dem Couchtisch ab. »Woran hattest du da gedacht?«

»Ich weiß nicht. Ich will nur nicht ...« Eigentlich hatte sie sagen wollen »alleine sein«. Wie erbärmlich war das denn? »Ich hätte gern eine kleine Pause von meinem momentanen Alltag.«

Er musterte sie, dann sprang er auf und hielt ihr die Hand hin. »Dann weiß ich genau das Richtige.«

Sie ließ sich von ihm hochhelfen.

Er zog eine leichte Jacke über, sie nahm sich ihre ebenfalls wieder von der Garderobe und dann verließen sie zusammen das Haus. Die Sonne war weitergewandert und hing jetzt dicht über dem Horizont. Der Hafen war keine zehn Meter entfernt und sie konnten hören, wie das Wasser gegen die Boote schlug. Einige Passanten schlenderten den Gehweg entlang, aber die meisten Bewohner von Port Willis waren um diese Zeit schon zu Hause, auch an einem Freitag.

Ginny zog ihren Reißverschluss zu und schob die Hände in die Jackentaschen. »Und wohin gehen wir?«

»Das wirst du gleich sehen.«

Sie bogen mal nach rechts ab, mal nach links, gingen durch schmale Straßen und blieben schließlich vor einem heruntergekommenen Imbiss stehen. Ginny wohnte jetzt seit fünf Jahren in

Port Willis, aber sie konnte sich nicht daran erinnern, schon einmal hier gewesen zu sein.

Steven zog die Tür zu dem Imbiss auf und Jazzmusik drang zu ihnen heraus. Als sie den spärlich beleuchteten Raum betraten, konnte Ginny den Duft von Hamburgern riechen und von ... Sushi?

Steven hatte sie beobachtet und lachte. »Der Inhaber hat einen vielseitigen Geschmack.«

»Eindeutig.« Das spiegelte sich auch in der Dekoration an den Wänden wider. Dort fanden sich eine eingerahmte Blaskapellenuniform, mehrere Gitarren, Posthörner und kitschige Poster mit Motivationssprüchen, wie man sie oft in Firmen sah. Der Rest des Lokals sah einigermaßen normal aus und ein erstaunlich großer Teil der Sitzecken mit roten Kunstlederpolstern war belegt.

Einige der Gäste begrüßten Steven. Er winkte zurück und ging zielstrebig auf die Bar zu. Während er etwas zum Mitnehmen bestellte, erhaschte sie durch das Fenster einen Blick auf den Hafen. Der Mond spiegelte sich im Meer und mehrere Fischerboote tanzten auf dem Wasser.

»Ginny!«

Sie drehte sich zu der Stimme um und sah Mary und Patrick Blake mit mehreren Familienmitgliedern an einem Tisch sitzen. Mary stand auf und kam auf Ginny zu. Sie legte den Kopf schief. »Ich habe dich schon länger nicht mehr im Pub gesehen.«

»Ja, ich hatte wirklich viel um die Ohren. Was macht ihr denn hier? Ich hätte nicht gedacht, dass du und deine Eltern auch in Lokalen von anderen essen geht. Und noch dazu in einem so ...«

»Abgedrehten?«

»Genau.«

»Wir kommen total gerne her. Das Essen ist fantastisch! Und unsere eigene Speisekarte wird irgendwann langweilig. Außerdem müssen wir nicht kochen oder abwaschen, wenn wir ausgehen.«

»Das leuchtet ein.«

»Wie läuft es denn so?«

Ginny schob die Hände in die Gesäßtaschen ihrer Jeans. »Es läuft ... gut. Einigermaßen. Und bei euch?«

Mary lächelte und berührte mit einer Hand ihren Bauch. »Blake und ich haben den anderen gerade erzählt, dass wir ein Baby erwarten.«

Wie oft hatten Mary und sie davon gesprochen, dass ihre Kinder zusammen aufwachsen würden? Obwohl der Gedanke ihr einen Stich versetzte, konnte Ginny das Lächeln erwidern. »Das ist wunderbar, Mary! Herzlichen Glückwunsch!«

Sie umarmten einander herzlich.

»Ich habe dich vermisst, Gin! Wir sollten mal wieder was zusammen machen.«

»Das sollten wir.« Zuerst Steven, jetzt Mary ... Es stimmte: Port Willis war nicht mehr nur Garretts Stadt. Ginny gehörte auch hierher. Vielleicht waren es zuerst seine Freunde gewesen, aber jetzt waren es auch ihre – mit ihm oder ohne ihn.

Als Steven mit zwei Styroporbechern näher trat, wurde sie mit einem Mal verlegen.

»Hi, Mary.«

Mary sah mit fragendem Blick zwischen Steven und Ginny hin und her. »Hallo, Steven. Was hast du denn da Schönes?«

»Nur die beste heiße Schokolade der Welt.« Er hielt Ginny einen der Becher hin.

Sie schloss die Hände darum.

»War wirklich schön, dich zu sehen, Gin, aber ich gehe besser zu meinen Leuten zurück. Das mit der Verabredung machen wir.«

»Auf jeden Fall! Ich habe mich auch gefreut, dich zu sehen. Und Glückwunsch noch mal.«

Mary nahm ihre Hand und drückte sie, dann ging sie zu ihrem Tisch zurück.

Ginny probierte vorsichtig einen Schluck und wäre angesichts der herrlichen Mischung aus Süße und Cremigkeit fast in Ohnmacht gefallen.

»Gut, oder?«, fragte Steven.

»Himmlisch!« Ginny nahm den Deckel von ihrem Becher und begutachtete die Flüssigkeit. »Das Rezept muss ich haben!«

Steven nippte nun ebenfalls an seiner Schokolade. »Ich bin sicher, deine ist genauso köstlich! Du bist eine richtig gute Köchin. Ich habe gehört, die Kundschaft reißt dir deine Backwaren bei *Rosebud Books* nur so aus den Händen.«

»Danke.« Sie spürte, wie sie errötete. »Ich koche und backe einfach unheimlich gerne. Ich hatte früher sogar mal vor, eine entsprechende Ausbildung zu machen ...« Von dem Thema hatte sie eigentlich gar nicht anfangen wollen. »Sollen wir uns irgendwo hinsetzen?«, fragte sie schnell, bevor Steven darauf eingehen konnte.

»Ich habe eine bessere Idee.«

»Na, da bin ich gespannt.«

Er gab die Richtung vor und bald kam der Hafen in Sicht. Einige der größeren Boote waren erleuchtet und leises Gelächter drang von dort übers Wasser herüber. Sie gingen über den Strand und hielten auf die Anleger zu. Wie der Sand unter jedem ihrer Schritte nachgab, war ein so vertrautes Gefühl. Ginny war praktisch am Strand aufgewachsen, vor allem in den Sommermonaten in ihrer Heimat Nantucket war kaum ein Tag vergangen, an dem sie nicht dort gewesen wäre. Erinnerungen an Lagerfeuer und geröstete Marshmallows kamen ihr in den Sinn. Ihre Eltern hatten immer zu viel zu tun gehabt, um sich zu ihnen zu gesellen, aber sie und ihre Geschwister hatten sich früher gut verstanden.

Bis die anderen getan hatten, was von ihnen erwartet wurde, und Ginny nicht.

Jetzt war sie weit, weit weg und hatte Mühe, eine Buchhandlung am Leben zu erhalten, die eigentlich gar nicht in erster Linie ihr gehörte.

Aber auch wenn manch einer das für sinnlos halten oder es als Versagen ihrerseits sehen würde, empfand sie so etwas wie Stolz. Weil sie sich nicht hatte kleinkriegen lassen. Nein, vollkommen war das alles nicht. Eher unvollkommen. Und falls ihre Anstrengungen nicht fruchteten, würde sie die Türen des Ladens vielleicht doch noch schließen müssen.

Aber sie war geblieben und hatte es versucht. Unabhängig davon, wie das Ganze ausgehen würde – konnte man das wirklich als Scheitern werten?

Vielleicht sollte sie nicht so hart mit sich selbst ins Gericht gehen.

Sie kamen zu den Stegen. Bei einem kleinen Hausboot hielt Steven an und ging an Bord. »Darf ich bitten?« Er stellte seinen Becher auf einen kleinen Tisch an Deck.

»Ein schönes Boot – wem gehört es?«

»Mir. Davor meinem Großvater, aber er ist leider gestorben.«

»Oh, das tut mir leid.« Sie ließ sich von ihm auf das sanft schwankende Boot helfen.

»Das muss es nicht. Ich habe viele schöne Erinnerungen an gemeinsame Tage auf See in diesem Schmuckstück.« Er setzte sich in einen der Sessel, die rechts und links vom Tisch standen und sie nahm in dem anderen Platz.

Ginny hatte Port Willis noch nie aus dieser Perspektive gesehen. Von hier aus konnten sie die Hauptstraße hinaufblicken. Das Städtchen war von Hügeln umgeben und ein paar größere Häuser waren hier und da an den Hängen verstreut. Es herrschte eine unglaublich friedvolle Atmosphäre, die Luft war rein und die Stille geradezu andächtig. Fast glaubte sie Gott in diesem Augenblick zu spüren.

Der Gedanke überraschte sie. Bei den Bentleys war es in religiöser Hinsicht immer nur darum gegangen, was Gott für einen tun konnte. Wenn ihr Vater ein gutes Geschäft gemacht hatte, war Gott gut und segnete sie. Wenn etwas nicht gelang, war Gott böse und ungerecht.

Es war schon ironisch, dass sie die letzten Jahre damit verbracht hatte, über die Gewohnheiten ihrer Eltern herzuziehen, und doch hatte sie viele ihrer Überzeugungen unbewusst übernommen.

»Du wirkst gerade ziemlich ernst. Nicht gerade in Feierlaune.« Stevens Worte holten sie in die Gegenwart zurück.

»Tut mir leid. Ich war nur ... in Gedanken.«

Er hakte nicht nach. »Und was kommt jetzt?«, fragte er stattdessen nach einem Moment des Schweigens. »Deine neue Homepage ist online. Bist du schon an irgendwelchen anderen Projekten dran? Oder willst du erst mal sehen, wie es läuft?«

»Ich bin nicht sicher, ob ich mir das erlauben kann. Ich muss mir auf jeden Fall noch weitere verkaufsfördernde Maßnahmen ausdenken.«

Er nahm seinen Becher und tippte mit dem Zeigefinger auf den Deckel. »Ich weiß, dass du gesagt hast, wenn du die Buchhandlung aufgeben würdest, würde sich das für dich wie ein Versagen anfühlen. Aber steckt möglicherweise noch etwas anderes dahinter? Es muss doch einen Grund geben, warum du sie unbedingt retten willst.«

Seit sie am vergangenen Wochenende mit ihrer Mutter gesprochen hatte, hatte sie viel darüber nachgedacht. Würde er es verstehen? Vielleicht musste sie weiter zurückgehen, damit er begriff, was sie meinte. »Ich habe dir doch ein bisschen davon erzählt, wie es war, in meiner Familie aufzuwachsen. Der Druck war enorm. Ich hatte immer das Gefühl, jeden Moment einen Fehler zu machen und allgemein eine große Enttäuschung zu sein, vor allem, weil ich im Schatten von zwei perfekten älteren Geschwistern lebte, die alles waren, was meine Eltern sich von ihren Kindern erhofften. Ich war das schwarze Schaf, das lieber backte, als eine große Karriere zu planen.«

In ihrer Kehle hatte sich ein Kloß gebildet. Sie bekämpfte ihn mit einem großen Schluck von ihrer inzwischen lauwarmen Schokolade. »Als es darum ging, wo ich studieren sollte, hatten meine Eltern natürlich schon Harvard für mich ausgesucht. Aber ich wollte etwas anderes. Ich bereitete ein aufwendiges Abendessen für die ganze Familie zu und zum Nachtisch einen Kuchen. Das Rezept dafür hatte ich über Wochen hinweg perfektioniert.

Alles musste genau richtig sein, denn nach dem Essen wollte ich meinen Eltern meinen Wunsch gestehen, an eine Kochschule zu gehen. Der Kuchen war zum Feiern gedacht und als Beweis dafür, dass ich in der Gastronomie erfolgreich werden konnte.«

»Ich nehme an, der Abend verlief nicht wie geplant.«

Ginny schüttelte den Kopf. »Es fing damit an, dass mein Vater den Kuchen nicht probieren konnte, weil er gerade vom Arzt erfahren hatte, dass er Diabetes hat – niemand hatte es für nötig gehalten, mir das zu sagen. Ich fühlte mich mehr denn je wie eine Fremde in meiner eigenen Familie. Dadurch wurde ich natürlich nervös, als ich über meine Gründe sprach, warum ich nicht nach Harvard wollte. Mutter rastete schon nach den ersten beiden Sätzen aus und sagte, ich sei eine Schande für den Namen Bentley, ich solle mir die Flausen aus dem Kopf schlagen und anfangen, das Leben ernst zu nehmen.« Ginny drängte die Tränen zurück. Acht Jahre später hatten die Worte ihrer Mutter noch immer die Macht, ihr Herz zu verwunden.

»Das muss hart gewesen sein.« Steven beugte sich vor, die Stirn in Falten gelegt.

Sie nickte. »Die Buchhandlung ist der erste Ort, an dem ich das Gefühl hatte, dass ich dorthin gehörte. So, als hätte mein Leben ein Ziel. Ergibt das einen Sinn?«

»Natürlich. Aber ...« Er beendete den Satz nicht, sondern ließ den Blick von ihr zum Himmel wandern. Die Sterne bildeten einen Baldachin aus Lichtpunkten über ihnen.

»Aber was?« Ihre Anspannung wuchs mit jeder Sekunde, die er sie auf seine Antwort warten ließ. Wann war dieser Mann ein so guter Freund geworden, dass sie förmlich an seinen Lippen hing?

»In meinen Augen ist die Frage, wo man hingehört, gar nicht so sehr an einen physischen Ort gebunden. Für mich geht es dabei nicht einmal um Familie. Mir scheint wichtiger, dass wir annehmen, wer wir sind. Unsere Identität und wie wir uns selbst sehen, trägt viel dazu bei, dass wir uns irgendwo ›zu Hause‹ fühlen.

Und das ändert sich nicht, egal, wohin wir gehen oder mit wem wir zusammen sind.«

Die Wahrheit seiner Worte berührte sie, schmerzte aber gleichzeitig tief innen. Denn wie sollte sie jemals wirklich irgendwo hingehören, wenn sie nicht die geringste Ahnung hatte, wer sie eigentlich war? Zuerst war sie die Tochter von George und Mariah Bentley gewesen, dann die Frau von Garrett Rose.

Und jetzt?

Sie war eine enterbte Tochter und bald eine geschiedene Ehefrau.

Sie war Virginia »Ginny« Bentley Rose – und sie wusste absolut nicht, was das bedeutete.

31. Kapitel

Sophia

»Mein Schädel brummt.« Sophia stöhnte, als sie zum hundertsten Mal ihr E-Mail-Postfach überprüfte. Sie schob den Laptop ein Stück von sich weg und ließ die Stirn auf die Holzplatte von Williams Küchentisch sinken. »Ich glaube nicht, dass Mr Bryant uns jemals antworten wird.« Und ihn noch einmal anzurufen, würde vermutlich an Belästigung grenzen. Seufzend richtete sie den Oberkörper wieder auf.

William streckte sich. Er saß auf dem Stuhl neben ihr, seinen eigenen Laptop aufgeklappt vor sich. Es war früh am Freitagmorgen. Sophia hatte den Tag über frei und William musste erst mittags an die Uni. »Wir kommen auch ohne ihn gut voran.«

Nachdem Ms Vetters ihnen vor zwei Wochen Hugh Bryants Namen gegeben hatte, waren sie in die Dorfkneipe gegangen und hatten sich bei den Leuten nach ihm erkundigt. Sie hatten viel gehört – allerdings nichts Gutes – und schließlich eine Anschrift erhalten, zusammen mit der Warnung, sich besser von dem eigenbrötlerischen Miesepeter fernzuhalten. Sophia war trotzdem zuversichtlich gewesen, überzeugt davon, dass es keine Sackgasse sein konnte. Aber alles Klopfen und Warten und neuerliches Klopfen hatten nichts gebracht. Das Gleiche galt für die Nachricht, in der sie Mr Bryant gebeten hatten, per E-Mail oder Telefon mit ihnen Kontakt aufzunehmen.

»Ich weiß, aber wir haben schon Anfang August.« Und am Ende des Monats würde sie abreisen – ein Gedanke, bei dem sich ihr Magen zusammenzog. Die Vorstellung, William zu verlassen, wo gerade erst etwas zwischen ihnen begonnen hatte, setzte ihr wirklich zu. Und dann war da noch die Frage in ihrem Hinterkopf, die sich ihr immer wieder ungebeten aufdrängte: Wollte sie wirklich wieder als Therapeutin arbeiten? Ja, sie hatte eigene schmerzvolle Erfahrungen gemacht und wahrscheinlich konnte ihr das dabei helfen, andere Frauen zu unterstützen. Aber der Gedanke, wieder einer Klientin nach der anderen gegenüberzusitzen, sich all die Nöte anzuhören, die sie an ihre eigenen Erlebnisse erinnerten ... Nachdem sie bei *Rosebud Books* gearbeitet und mit Menschen in ihrem ganz normalen Alltag zu tun gehabt hatte, nach den vielen schönen Begegnungen mit Personen, die ihre Liebe zur Literatur teilten, schien ihr Beruf nicht mehr so attraktiv, wie er es einmal gewesen war. Was verrückt war, wenn man bedachte, wie viele Jahre Ausbildung sie investiert hatte, um Therapeutin zu werden. Aber wahrscheinlich war sie nur nervös, weil sie insgeheim fürchtete, sie könnte den Frauen, die sie beriet, nicht gerecht werden, oder?

William runzelte die Stirn. Ob er ebenso gemischte Gefühle wegen ihrer Abreise hatte wie sie? »Keine Sorge, wir werden es schon noch herausfinden, bevor du gehst.«

»So meinte ich das nicht. Wir haben nur schon so viel Zeit in die Recherche gesteckt.«

Unzählige Stunden hatten sie damit zugebracht, die Lücken zu schließen. Es war nicht einfach gewesen. Das Grundbuchamt war keine große Hilfe gewesen, als sie nach den ehemaligen Eigentümern von Elliott Manor geforscht hatten, da die Informationen noch nicht online verfügbar waren und die Bearbeitung von Anfragen grundsätzlich zwischen zwei und acht Wochen dauerte. Deshalb hatten sie beschlossen, ihre Ahnenforschung weiter voranzutreiben, indem sie ausgehend von Hugh rückwärts recherchierten. Weil sie nicht sicher waren, ob er das Anwesen durch die väterliche oder die mütterliche Linie erhalten hatte, war die Suche sehr aufwendig. Sie mussten viel raten und oft mehrere Schritte zurückgehen, wenn ihnen bewusst wurde, dass sie eine falsche Fährte verfolgt hatten. Es war eine zähe Arbeit, aber in der Zwischenzeit war die Beziehung zwischen William und ihr immer enger geworden.

Er war noch ein paarmal mit ihr surfen gewesen und an den Abenden, an denen er nicht arbeitete, bestellten sie meist etwas zum Mitnehmen in einem Pub, den sie beide mochten, und aßen zusammen an Sophias Küchentisch. Sie wechselten sich damit ab, einander Dickens oder Gaskell vorzulesen, und William machte Sophia mit weniger bekannten Autoren wie Braddon, Grand und Edgeworth bekannt. Und während die Sonne unterging, standen sie an dem großen Fenster in ihrer Wohnung, sein Arm um ihre Schultern gelegt.

William war ein vollendeter Gentleman, der sie sanft küsste, während die Leidenschaft dicht unter der Oberfläche zu spüren war, und sie wusste, dass er sich immer bremsen würde, bevor die Atmosphäre zu intensiv wurde.

Noch nie war sie mit einer solchen Behutsamkeit behandelt worden.

Und deshalb war es geradezu grausam, Cornwall bald verlassen zu müssen. Manchmal sogar unvorstellbar.

Als sie ihrer Mutter erzählt hatte, wie nah William und sie sich inzwischen waren, hatte ihr Zögern all das zum Ausdruck gebracht, was ihr »Das ist schön, Liebes« nicht gesagt hatte. Oder projizierte Sophia nur ihre eigenen Ängste in die Sache hinein?

Sie betete, dass sie nicht naiv war oder wieder in dieselbe Falle tappte. Aber rückblickend wurde ihr bewusst, dass David nie so selbstlos, so loyal gewesen war. Aus irgendeinem Grund war sie damals zu blind gewesen, um das zu erkennen.

Sophia schüttelte ihre trübsinnige Stimmung ab. »Okay, wir waren bei der Heiratsurkunde von Henry Bryant und Vivian Sherwood im Jahr 1912 stehen geblieben.« Sie lehnte sich an William, um auf den Bildschirm sehen zu können, und umfasste seinen Arm. Er fühlte sich stark und warm an. »Schaust du mal nach Henrys Geburtsurkunde?«

»Klingt gut.« William rief die Internetseite auf, die sie zuvor für ihre Recherchen genutzt hatten, und tippte Henrys Namen ein. Mehrere Ergebnisse erschienen.

»Ich nehme mir dann mal Vivian vor, ja?«

»Gerne.«

Sie blickte zu ihm auf und er beugte sich vor, um sie zu küssen. Mit jedem Kuss, jedem Zusammensein mit ihm legte sich die Nervosität, die sie zu Beginn empfunden hatte, ein wenig mehr.

Sie machten sich beide wieder an die Arbeit und das einzige Geräusch, das zu hören war, war das Klackern ihrer Tastaturen, geruchlich untermalt von dem Schokoladenduft aus der Schachtel mit Ginnys Donuts, die Sophia mitgebracht hatte.

Nach einer Stunde fingen Sophias Augen an zu brennen. »Ich brauche Kaffee.«

»Hm?« Er fuhr hoch, zog eine Grimasse und rieb sich den Nacken.

»Warst du eingenickt?«

Sein verlegenes Grinsen verriet ihn. »Ich bin gestern noch viel zu lange aufgeblieben, um Arbeiten zu korrigieren.«

»Klingt so, als bräuchtest du auch Kaffee.«

Er rümpfte die Nase. »Du weißt doch, dass ich den genauso hasse wie du englischen Tee.«

»Und trotzdem kommen wir gut miteinander aus. Vielleicht kann ich dich ja doch noch zum Kaffeetrinker umerziehen.«

»Du kannst es gerne versuchen.« William rutschte mit seinem Stuhl ein Stück näher.

Oh, seine Nähe hatte eine ganz besondere Wirkung auf sie. Lachend stieß sie ihn fort. »Also, ran an die Tassen!« Sophia stand auf und streckte sich, dann rieb sie eine verspannte Stelle an ihrem unteren Rücken.

»Ich habe aber kein Pulver da.«

»Doch, hast du. Als ich das letzte Mal hier war, habe ich welches mitgebracht und genau für eine Situation wie diese hier geparkt.«

»Nicht im Ernst, oder?« William versuchte, sie festzuhalten, als sie an seinem Stuhl vorbeiging.

Sie lachte und wich ihm aus.

Während sie die Tüte aus dem Küchenschrank holte, konnte sie nicht umhin, sich über sich selbst zu wundern. Sie hatte bei dem spielerischen Angriff nicht einmal mit der Wimper gezuckt. Genau genommen hatte sie seit Wochen keine Flashbacks mehr gehabt.

Davids Stimme war verschwunden.

Ihr kam ein Gedanke: Was, wenn es in Wahrheit die ganze Zeit nur ihre eigene Stimme gewesen war? Negative Selbstbotschaften waren Teil ihrer Psyche, seit sie denken konnte – Fehler zu machen, war tabu, und wann immer die Gefahr bestand, geriet sie in Panik –, aber in den letzten Wochen konnte sie sich an keine auffällige Situation erinnern.

Vielleicht hatte sie ja doch größere Fortschritte gemacht, als sie gedacht hatte.

William hatte zum Glück eine kleine Kaffeemaschine, vielleicht ein Einweihungsgeschenk zum Einzug in sein eigenes kleines Haus. Während der Kaffee in die Kanne tropfte und die Küche mit seinem wunderbaren Aroma füllte, wanderte Sophias Blick zum Kühlschrank, an dessen Tür verschiedene Bilder und Flyer mit Magneten befestigt waren. Ein Foto fiel ihr besonders auf: William und Garrett standen nebeneinander, den Arm um die Schulter des jeweils anderen gelegt; Garrett sagte etwas und William lachte.

Sie hatte William schon oft lachen sehen – aber nicht so. Sein Lachen schien immer ein wenig reserviert zu sein. Vielleicht konnte nur sein Bruder diese reine Fröhlichkeit aus ihm hervorlocken. Und Garrett hatte ihn verraten, als er Ginny hintergangen hatte. William sprach nicht viel über ihn, aber wenn er es tat, wurde er ganz und gar von Traurigkeit erfasst – dann klang seine Stimme belegt, er ließ die Schultern hängen und seine Miene verfinsterte sich. Ihm war bewusst, dass er seinem Bruder irgendwann vergeben musste, aber er hatte ganz offenbar keine Ahnung, wie.

Man konnte von den Menschen in seinem Leben so unfassbar leicht verletzt werden. Es war verlockend, sich allen zu entziehen, wenn auch nur einer von ihnen einem wehtat. Dem Schmerz aus dem Weg zu gehen, war einfacher. Das hatte Sophia nach David auch getan. Aber William und sie kämpften sich durch den Schmerz hindurch, oder nicht? Sie ließen ihr Leben nicht von Menschen bestimmen, die sie enttäuscht oder im Stich gelassen hatten.

Vielleicht spielte es gar keine Rolle, dass sie ihre Geschichte noch nicht aufgeschrieben hatte. Vielleicht heilte ihr Inneres auch so. Indem sie wieder vertraute. Indem sie die Liebe siegen ließ.

Hoppla! Wo war denn jetzt das L-Wort hergekommen? *Langsam, Sophia. Du meinst Liebe im allgemeinen Sinne.*

Sophia nahm zwei Tassen von Williams Regal und schenkte ein. Anschließend gab sie noch jeweils eine Prise Zimt dazu. Sie trug den Kaffee zum Tisch, wo William vor sich hin summend weiterarbeitete. Sophia stellte die Tassen ab und schlang von hinten die Arme um ihn. »Und, hast du was Gutes gefunden?«

»Auf jeden Fall.« Er drehte sich um und zog sie auf seinen Schoß, ein fast breites Grinsen auf den Lippen.

Sie kicherte. »Was denn?«

»Etwas, worauf ich sehr, sehr lange gewartet habe.« Sein Blick wurde ernst, als er ihr in die Augen sah.

Oh, Mann. War sie bereit für einen solchen Blick? »Ich meine, hast du etwas über die Bryants herausgefunden?«

»Ach, das. Eigentlich nicht.«

»Wie blöd.« Sie schmiegte sich an ihn. In diesem Augenblick ertönte ein *Pling* auf ihrem Handy. Sie warf einen Blick auf das Display – und setzte sich ruckartig auf.

»Was ist?«

Sie öffnete die Nachricht und überflog sie. »Das Grundbuchamt hat unsere Anfrage bearbeitet! Sie haben die Informationen über Elliott Manor geschickt.«

»Und?« William versuchte über ihre Schulter mitzulesen.

»Die Dokumente sind im Anhang. Warte, ich gehe an meinen Laptop, damit wir alles besser sehen können.« Sie sprang von seinem Schoß und setzte sich wieder auf ihren eigenen Stuhl, um die Informationen auf dem Bildschirm ihres Computers aufzurufen. »Sie schreiben, dass das Grundbuchgesetz von 1862 es Grundbesitzern erlaubte, ihren Besitz offiziell zu registrieren, in vielen Fällen zum ersten Mal. 2014 hat die Regierung eine Reihe digitalisierter Akten mit eingescannten handschriftlichen Berichten freigegeben, aber die Datenbank ist noch nicht vollständig. Deshalb konnten wir die Informationen online nicht finden.« Sophia stockte der Atem.

»Los, raus mit der Sprache! Was steht da?«

Sie sah ihn an und lächelte. »1862 hat ein Randolph Bryant eine Besitzurkunde von Elliott Manor registrieren lassen. Es ist dieselbe Adresse.«

»Super!« William überflog die Urkunde. »Das heißt, wir können unsere Recherche auf die Bryant-Seite beschränken. Jetzt müssen wir nur noch herausfinden, ob Randolph vor oder nach Edward kam.«

»Genau.« Sie trank einen Schluck von ihrem Kaffee. »Ich leite dir die Mail weiter und dann können wir uns die anderen Anhänge durchschauen, um zu sehen, ob das Anwesen irgendwann einem Edward Bryant gehört hat, und wenn ja, wann. Wenn das nicht der Fall ist, können wir davon ausgehen, dass er vor Randolph gelebt hat.«

»Was hältst du davon, wenn du das machst, und ich suche nach Randolphs Geburts- und Heiratsurkunde?«

»Abgemacht.«

Es dauerte nicht lange, bis Sophia die Information gefunden hatte, die sie suchte. »Hier steht, dass ein Edward Bryant ab 1878 der Eigentümer von Elliott Manor war! Also muss er Randolphs Erbe gewesen sein. Nach ihm kam dann ein gewisser James Bryant.«

»Gute Arbeit!«

Aber was nun? Die ganzen Daten und Namen und die Ungewissheit vernebelten Sophias Gedanken. Es war schwierig, alles im richtigen Zusammenhang zu sehen.

Dann hatte sie eine Idee. Natürlich! »Wenn wir in James' Geburtsurkunde sehen, wer seine Eltern waren …«

William schnipste mit den Fingern. »Und wenn seine Mutter Rosamond hieß …«

»Dann wissen wir, dass es sie wirklich gegeben hat. Oder zumindest ist das dann sehr wahrscheinlich. Und wenn Edward und Rosamond real sind, ist es vielleicht auch Emily. Echte Beweise wären das zwar noch nicht, aber ich habe ein gutes Gefühl.« Sophia biss sich auf die Unterlippe, um nicht zu grinsen. »Ich sag es ja nur ungern, aber notfalls werde ich Hugh Bryants Haustür aufbrechen, um unseren Verdacht zu überprüfen.«

William lachte – und es war das schönste Geräusch auf der Welt. »Was auch immer wir tun, bleib in meiner Nähe, okay?«

»Ich gehe nirgendwohin.«

Das war natürlich nicht ganz wahr, aber daran wollte Sophia heute nicht mehr denken. Dieser Tag sollte ganz den kleinen Fortschritten und Erfolgen gehören.

32. Kapitel

Emily

Ich hatte kein Wort geschrieben, seit Edward geheiratet hatte. Zuerst hatte ich nicht die Kraft aufbringen können – was erstaunlich war, weil das Schreiben mir sonst immer Kraft gab, anstatt sie mir zu rauben. Dann redete ich mir ein, ich hätte zu viel zu tun. Und ich war wirklich sehr beschäftigt. Die Kinder hielten mich auf Trab und während Louisas zweiter Saison hatte ich genug damit zu tun, Edward und Rosamond aus dem Weg zu gehen, was schwierig war, weil wir in demselben Stadthaus wohnten. Aber in diesen schrecklichen drei Monaten mied Edward mich ebenso wie ich ihn.

Zurück auf dem Land konnte ich immerhin wieder etwas freier atmen, weil es Rosamond nicht dorthin zog.

Die Nachricht, die ich an einem Abend im September erhielt, störte meine sorgfältig errichtete Routine. Es wurde um meine Anwesenheit beim Familiendinner gebeten. Nachdem ich wieder zu meiner Stellung als Gouvernante zurückgekehrt war, aß ich in der Regel allein in meinem Zimmer. Warum sollte ich an diesem Abend mit den anderen speisen? Seit dem Zwischenfall in London vor über einem Jahr hatte Edwards Mutter nur mit mir gesprochen, wenn es sich gar nicht vermeiden ließ, und Edwards Vater war oft geschäftlich auf Reisen.

Was auch immer der Grund war, es würde eine willkommene Abwechslung zu der Eintönigkeit meiner Existenz sein.

Ich kleidete mich an und zwang mich, gemessenen Schrittes

zum Speisesaal zu gehen. Als ich eintrat, sah ich Edwards Eltern und Louisa. Seit ich wieder Gouvernante war, verbrachte ich kaum noch Zeit mit ihr und sie fehlte mir. Es waren auch einige Nachbarn zugegen und ein paar Gäste, die ich noch nicht kannte, darunter ein Herr mit Brille und weißem Schnäuzer und eine Frau mit hoher Stirn, deren silbernes Haar nach der aktuellen Mode hochgesteckt war.

Ich blieb am Eingang stehen, bis Edwards Vater mich sah. »Ah, Miss Fairfax. Bitte treten Sie doch näher.«

Als ich vortrat, zog Edwards Mutter eine Augenbraue hoch; es wirkte beinahe, als hätte sie nicht gewusst, dass ich bei diesem Anlass zugegen sein würde. Ich hatte die Einladung doch nicht etwa falsch verstanden?

Edwards Vater beachtete seine Frau gar nicht und führte mich zu dem unbekannten Ehepaar. »Mr und Mrs John Davis, darf ich Ihnen Miss Emily Fairfax vorstellen?«

Das Lächeln der Frau war freundlich. »Wie geht es Ihnen?«

»Danke, sehr gut.«

Mr Davis neigte den Kopf. »Freut mich sehr, Miss.«

»Das Vergnügen ist ganz auf meiner Seite.« Ich warf Edwards Vater einen fragenden Blick zu. Warum stellte er mich so feinen Gästen vor?

Er zwinkerte mir zu. »Ich muss dem Personal noch einige Anweisungen geben und ich weiß, dass Sie viel zu besprechen haben. Wenn Sie mich entschuldigen?« Und dann war er fort.

Was meinte er damit, dass wir viel zu besprechen hätten? Weil ich nicht wusste, was ich mit meinen Händen machen sollte, legte ich sie hinter dem Rücken ineinander und starrte verlegen zu Boden.

Mr Davis räusperte sich. »Unser Gastgeber hat uns erzählt, dass Sie Schriftstellerin sind.«

Jetzt hob ich den Kopf. Es war so lange her, dass Edwards Vater und ich darüber gesprochen hatten, dass ich vermutet hatte, er hätte es vergessen. »J-ja, das stimmt.«

»Haben Sie bisher schon Erfolge zu verzeichnen?« Nichts in Mr Davis' Tonfall deutete darauf hin, dass er mich in irgendeiner Weise verurteilte.

»Leider nicht.« Es war mir beinahe unangenehm, ihn zu enttäuschen, obwohl ich ihn doch gerade erst kennengelernt hatte.

Er musterte mich. »Wo haben Sie Ihr Manuskript denn eingereicht?«

Ich schloss den Mund, als ich merkte, dass ich ihn anstarrte. Die meisten Menschen hätten an dieser Stelle die Unterhaltung beendet. »Sind Sie mit dem Verlagswesen vertraut?«

Er strich sich über den Schnurrbart. »Das bin ich.«

Seine Frau beugte sich ein wenig vor. »Er ist auch Schriftsteller, meine Liebe. Sie kennen ihn vielleicht als Lionel Wilson.«

»Wirklich?«, fragte ich ehrfürchtig. Lionel Wilson hatte bereits viele Bücher geschrieben und die moderne britische Literatur geprägt und jetzt stand er hier vor mir. »Ich liebe Ihre Erzählungen, Sir.« Edwards Vater erlaubte mir, Bücher aus seiner Bibliothek auszuleihen, und aus London brachte er immer die neuesten Werke mit. »Sie sind brillant. Die Fortsetzungsromane schätze ich besonders.«

»Ach, schon gut.« Mr Davis wischte das Kompliment mit einer Handbewegung fort.

»Aber wenn ich fragen darf: Warum benutzen Sie ein Pseudonym? Sie sind doch ein Mann.«

»Das ist wahr, aber John Davis ist kein sehr denkwürdiger oder einzigartiger Name, nicht wahr?«

Ich lachte leise. »Da haben Sie wohl recht.«

»Außerdem gefällt mir die Anonymität.« Er musterte mich wieder. »Versuchen Sie, unter Ihrem echten Namen eine Veröffentlichung zu erreichen?«

»Nein.« Der Traum, meinen eigenen oder einen ähnlichen Namen zu benutzen, war gestorben, als Edwards Eltern mich gebeten hatten, einen Künstlernamen zu verwenden.

Ich berichtete Mr Davis von meinen bisherigen Versuchen, einen Verlagsvertrag zu bekommen – und von den Sackgassen, in die ich dabei geraten war.

In diesem Augenblick wurde zu Tisch gebeten. Ich wurde von einem mir fremden männlichen Gast in den Vierzigern in den Speisesaal begleitet und er wandte sich sofort an die Dame zu seiner Linken, um etwas anscheinend höchst Wichtiges zu besprechen. Zum Glück saßen Mr und Mrs Davis auf meiner anderen Seite – was vermutlich Edwards Vater arrangiert hatte. So konnten wir unsere Unterhaltung nahtlos fortsetzen.

Mr Davis erzählte mir von seinem Weg zur ersten Veröffentlichung und davon, woher er seine Ideen nahm. »Das Leben ist in jeder Phase inspirierend, meinen Sie nicht? Und ich rede nicht nur von den höchsten Höhen und den tiefsten Tiefen. Auch in den alltäglichen Dingen, den ganz profanen Tätigkeiten, steckt etwas Aufregendes, beinahe Wundersames. Die Details in der Einzigartigkeit der Natur. Wie ein Kind sich an seine Mutter klammert, wenn es Angst hat. Wie eine einzelne Blume sich dem Willen des Windes beugt. Das alles bestimmt uns und zugleich doch nicht. Das Leben in all seiner Herrlichkeit und all seiner Schlichtheit bringt mich dazu, die Feder aufs Papier zu setzen und eine Geschichte daraus zu entspinnen.«

»Aber wie ...« Ich wusste nicht einmal, welche Frage ich ihm stellen wollte, bevor sie mir auf der Zunge lag. »Wie waten Sie durch die Emotionen in Ihrem Herzen? Woraus schöpfen Sie die Kraft zu erzählen, wenn das Leben nichts als Kummer bereithält? Wie kann man aus dem Schmerz solche Schönheit erschaffen?«

Er legte die Gabel nieder und wandte sich mir zu. »Das Schreiben war für mich der einzige Weg, der Trauer einen Sinn zu geben, meine Liebe. Das und das Wissen in meinem tiefsten Innern, dass alles einen größeren Zusammenhang hat, als ich erahnen kann.«

Ich hatte das früher auch einmal geglaubt. Als mein Vater gestorben war, hatte ich meine Trauer in die Worte fließen lassen und sie waren ein heilender Balsam geworden.

Aber als meine Freundschaft zu Edward gestorben war, hatte jedes einzelne meinem Herzen wehgetan und mein Innerstes ausgehöhlt, bis ich nur noch eine leere Hülle war.

Ich hatte mich immer für stark gehalten, aber vielleicht war meine Stärke noch nie wirklich auf die Probe gestellt worden. Vielleicht war Edward meine Stärke gewesen. Das würde bedeuten, dass diese schwache Marionette, zu der ich mich entwickelt hatte, mein wahres Ich war. Ohne ihn.

Was sollte ich tun? Wie konnte ich aus mir selbst heraus besser werden, als ich war?

Mr Davis schien mein Schweigen als Zeichen zu verstehen, dass ich Zeit zum Nachdenken brauchte, und so wandte er sich anderen Tischgenossen zu.

Als das Essen vorüber war, sprach er mich noch einmal an: »Miss Fairfax, ich weiß, wie schwierig es zu Beginn in dieser Branche ist, und unser Gastgeber hat gesagt, dass Sie eine sehr intelligente und fleißige junge Frau sind. Es wäre mir ein Vergnügen, etwas von Ihrer Arbeit zu lesen und Rat und Kritik anzubieten, wenn Ihnen das eine Hilfe wäre.«

Bevor ich begreifen, geschweige denn mich bedanken konnte, war er auch schon aufgestanden, hatte sich die Krümel aus dem Schnäuzer gewischt und war mit den anderen Männern hinausgegangen, um eine Zigarre zu rauchen.

Und ich saß da und wusste, dass sich gerade etwas verändert hatte.

Endlich hatte jemand bemerkt, dass ich dem Ertrinken nahe war, und zeigte mir einen Weg an Land. Jetzt lag es an mir, mich durch die Wellen zu kämpfen, bis ich den Sandstrand erreichte.

33. Kapitel

Ginny

Es klopfte an Ginnys Tür.

Sie hielt mitten im Ausrollen des Teigs inne. Wer kam denn am Samstagabend um sechs Uhr hierher? Sophia und William waren den ganzen Tag unterwegs gewesen und wahrscheinlich noch nicht wieder zurück.

Ginny spülte ihre mehligen Finger unterm Wasserhahn ab und wischte sie trocken, dann ging sie durchs Wohnzimmer. Als sie durch den Spion blickte, sah sie Steven vor der Tür stehen. Seit dem Abend auf dem Boot vor zwei Wochen waren sie einander mehrmals begegnet, aber sie hatten nicht wirklich Gelegenheit gehabt, Zeit zu zweit zu verbringen.

Sie war damit beschäftigt gewesen, weitere Verbesserungen im Laden vorzunehmen, Onlinebestellungen zu bearbeiten und neue Rezepte für die Kuchenvitrine im Laden auszuprobieren – oh, und sie war den Anrufen von Garretts Anwalt aus dem Weg gegangen. Sie hatte im Moment einfach nicht die mentale oder emotionale Kraft, sich mit der Scheidung auseinanderzusetzen. Der zerbrochene Traum für ihre Zukunft nahm ohnehin schon zu viel Raum in ihrem Kopf und ihrem Herzen ein und erschöpfte sie zutiefst.

Sie öffnete die Tür. »Hallo!«

»Hi.« Steven warf einen Blick auf ihre Schürze und ihre rosa getupfte Schlafanzughose. »Tut mir leid, dass ich so spät noch reinschneie. Ich hoffe, ich störe nicht.«

»Gar nicht.« Ginny machte eine einladende Handbewegung, um ihn hereinzubitten. »Ich versuche nur, mein Rezept für Beignets zu perfektionieren.«

»Beignets? Ich glaube nicht, dass ich die schon mal gegessen habe.« Steven schloss die Tür hinter sich und schüttelte seine Jacke ab, sodass ein blauer Pulli mit Knopfleiste zum Vorschein kam, der zur Farbe seiner Augen passte – fast zu gut.

Sie wünschte, sie hätte in den Spiegel gesehen, bevor sie ihm aufgemacht hatte. Mit den achtlos zusammengebundenen Haaren und den bekleckerten Klamotten sah sie wahrscheinlich alles andere als toll aus.

Nicht, dass es eine Rolle gespielt hätte. Steven war nur ein Freund.

Ginny machte auf dem Absatz kehrt und ging in die Küche zurück. »Du kannst gerne probieren, wenn ich fertig bin.«

»Ich kann dir auch helfen, wenn du willst.«

Sie drehte sich um und zog eine Augenbraue hoch. »Ist das dein Ernst?«

Er krempelte seine Ärmel hoch. »Gib mir eine Schürze und ich gehöre ganz dir.«

So hat er das nicht gemeint, Ginny.

Okay, es war wirklich warm hier drin. Sie eilte zum Fenster über der Spüle und stieß es auf, um frische Luft hereinzulassen. Eine kühle Brise strich ihr über die Wangen.

»Und, was gibt's? Hat dir vielleicht dein siebter Sinn gesagt, dass ich backe? Und da wolltest du noch ein paar Kekse abstauben?« Sie setzte ein Lächeln auf, während sie zur Speisekammer ging, um eine Schürze zu holen. Sie hatte die Wahl zwischen einem kleineren geblümten Modell und Garretts Grillschürze. Zuerst streckte sie die Hand nach Letzterer aus, änderte dann aber im letzten Moment die Richtung. Schließlich drehte sie sich zu Steven um, die kleine Schürze in der Hand.

Er machte einen Schmollmund, der aber nicht über seine Belustigung hinwegtäuschen konnte. »Echt jetzt, Ginny? Ist das dein Ernst?«

»Wieso? Verletzt sie etwa deinen männlichen Stolz?« Sie streifte die Schürze über seinen Kopf, bis die Bänder neben ihm herunterhingen. »Sieh mal, die Farbe bringt das Rot in deinen Haaren richtig gut zur Geltung!«

»Alles bringt das Rot in meinen Haaren zur Geltung.« Er nahm die Bänder und knotete sie im Rücken zusammen. Da die Schürze für eine zierliche Frau gemacht war und nicht für einen kräftigen Mann, waren sie kaum lang genug, um eine Schleife zu binden. »Und ich bin hier, weil ich eine gute Nachricht persönlich überbringen will.«

»Ja? Was denn für eine?« Ginny nahm ihr Nudelholz und rollte den Teig weiter aus, bis er noch einen knappen Zentimeter dick war.

»Du hast über deine Website schon den fünfhundertsten Verkauf getätigt.«

Ihr Kopf fuhr hoch und sie starrte ihn an. »Unmöglich. Die Seite ist erst seit zwei Wochen online.«

»Ich weiß. All das Geld, das du in die Marketingstrategie gesteckt hat, zahlt sich aus.«

»Ganz zu schweigen von deinen Fähigkeiten in Sachen Suchmaschinenoptimierung und Webdesign.«

»Wir sind anscheinend ein gutes Team, was?« Steven warf ihr einen Blick zu und zeigte dann auf den Teig. »Apropos – was soll ich machen? Ich habe mich schließlich nicht so hübsch gemacht, um nur dekorativ hier rumzustehen.«

Sie konnte ein wenig damenhaftes Grunzen nicht unterdrücken. »Hol mir mal den Teigschneider, ja? Da drüben.«

Er öffnete die Schublade, auf die sie gezeigt hatte, und wühlte geräuschvoll darin herum. »Ich kann ihn irgendwie nicht finden. Wobei es natürlich helfen würde, wenn ich wüsste, wie so ein Teigschneider aussieht.«

»Wie kann man denn ohne Teigschneider überleben?«, fragte Ginny gespielt schockiert.

Steven richtete sich auf, drehte sich zu ihr um und zwinkerte ihr zu. »Ich bringe Frauen dazu zu glauben, ich sei hilflos, und dann backen sie für mich.«

»Ach, wirklich?« Sie lachte gezwungen – was albern war. Wieso sollte seine Bemerkung ihr etwas ausmachen? »Lass mich mal.« Sie trat zu ihm.

»Na gut, eigentlich nur dich und meine Mutter.« Er warf ihr ein freches Grinsen zu, während er versuchte, aus dem Weg zu gehen, aber hier war die Küche besonders eng. Steven musste sich an ihr vorbeiquetschen, damit sie die Plätze tauschen konnten.

Sie drückte sich an die Küchenzeile, aber trotzdem berührten sich ihre Arme. Der Körperkontakt machte sie nervös. Aber nicht so sehr wie die Tatsache, dass ihr Herz deshalb schneller schlug.

Als sie die offene Schublade erreicht hatte, entdeckte sie den Teigschneider sofort unter einigen Schabern hinten rechts. »Hab ihn.«

»Eins zu null für Ginny.« Steven ging zu dem alten Radio, das auf der Mikrowelle stand. »Hast du was dagegen, wenn ich Musik anmache?«

»Nein, nur zu.«

Er schaltete das Radio ein und ein Rolling-Stones-Song füllte die Küche mit seiner lebhaften Melodie. »Neuer Versuch: Wie kann ich mich nützlich machen?«

Sie zeigte ihm, wie man den Teig in Quadrate mit zweieinhalb Zentimeter langen Seiten schnitt. Dann gaben sie den Teig in die Fritteuse. Das knisternde Öl war bei der Musik kaum zu hören. Steven half ihr, das Gebäck zu wenden, bis es goldbraun war.

Die ersten Klänge eines bekannten Lieds der Beatles füllten die Küche. Steven begann aus voller Kehle mitzusingen und wackelte albern mit den Hüften, während er sich in seiner geblümten Schürze weiter um die Beignets kümmerte. Ginny stimmte mit in den Refrain ein, als sie das frittierte Gebäck auf mehrere Lagen Papiertücher beförderte und dann in eine Tüte mit Puderzucker. Das Puder bildete eine fröhliche Wolke, wann immer ein Beignet in der Tüte landete.

Ein Song folgte dem nächsten. Zusammen zuckerten sie die

restlichen Beignets und sangen laut, bis sie ganz heiser waren. Als sie fertig waren, ergriff Steven lachend ihre Hand, um sie im Zimmer herumzuwirbeln, und dann tanzten sie zu einem basslastigen Lied, das sie noch nie gehört hatte.

Als es endete, hörten sie auf, sich im Kreis zu drehen. Ginnys Herz hämmerte von der Anstrengung – und, wenn sie ehrlich war, von Stevens Nähe. Sie musste ihn einfach ansehen. Ihr Lachen verstummte. Der Augenblick schien ewig zu dauern und hing zwischen dem, was war und was sein könnte. Das Blut rauschte ihr in den Ohren.

Steven berührte mit dem Finger leicht ihre Nase. »Du hast überall Puderzucker.«

Ihre Hand zitterte, als sie sich wie von selbst hob und seine Haare berührte, die ebenfalls weiß gesprenkelt waren. Sie fuhr mit den Fingern hindurch. »Du auch.«

Stevens Griff um ihre Taille wurde fester. Sein Atem ging bebend, als er sie ansah. »So habe ich dich noch nie gesehen. So glücklich und strahlend. Es ist, als hättest du dich versteckt und es nicht einmal gemerkt.«

Irgendwie schien er sie zu verstehen. Obwohl sie sich ja nicht einmal selbst verstand.

Und auf eine Weise, wie Garrett sie vielleicht nie verstanden hatte.

Wie es wohl wäre, ihn zu küssen? Sie schloss die Augen, stellte sich auf die Zehenspitzen – aber etwas hielt sie zurück. Sie wusste, dass sie es bereuen würde.

Einerseits war es ihr egal; sie wollte nur nicht mehr die Leere in ihrem Innern fühlen, den Schmerz, den Garretts Verrat ihr zugefügt hatte. Das konnte man ihr doch nicht vorwerfen, oder?

Doch ihr Gewissen sagte etwas anderes.

Es wäre Steven gegenüber nicht fair. Er war ein feiner Kerl und er hatte einen ganzen Menschen verdient, nicht die übrig gebliebenen zerbrochenen Teile.

Sie legte die Hände auf seine Brust und spürte seinen schnellen Herzschlag. »Steven ...« Es klang erstickt, sehnsuchtsvoll und überfordert zugleich.

Er musterte sie einen Moment lang und strich ihr eine Strähne aus dem Gesicht. »Ich hatte wirklich nicht vor, mich in dich zu verlieben, Gin. Ich habe versucht, dagegen anzukämpfen, aber du hast etwas an dir, was mich unwiderstehlich anzieht.« Dann zog er sie in eine leidenschaftliche Umarmung. »Der Zeitpunkt ist schlecht, das verstehe ich«, flüsterte er gegen ihre Stirn. »Aber irgendwann, wenn du so weit bist, werde ich da sein.«

Tränen kitzelten in ihrer Nase, als sie nickte. Sie vergrub das Gesicht an seiner breiten Brust. Die weiche Baumwolle seines Sweatshirts lag an ihrer Wange. Er roch süß, so wie die Beignets, die sie gerade gemeinsam gebacken hatten. »Danke.«

»Dafür brauchst du mir nicht zu danken.«

Sie löste sich von ihm und wischte sich über die Augen. »Bereit für eine Kostprobe?«

Er starrte sie einen Moment lang an, dann nickte er. »Ja, natürlich. Aber ich muss zuerst noch was holen, okay?«

»Klar.«

Steven verließ die Küche und sie holte Gläser aus dem Schrank, füllte sie mit Wasser, legte zwei der Beignets auf Tellern zurecht und wartete dann am Küchentisch auf ihn.

Als er zurückkam, hielt er etwas in der Hand, das wie ein Prospekt aussah. Er setzte sich auf den Stuhl neben ihr und legte die Broschüre vor sie auf den Tisch. Auf dem Deckblatt waren drei Personen abgebildet, die alle eine weiße Kochmütze trugen und weiße zweireihige Jacken. Sie standen vor einem Herd. *The London Culinary Institute* stand in kursiver Schrift quer über ihren Köpfen.

»Was soll das denn jetzt werden?«

Stevens Finger trommelten auf dem Rand des Tellers, der vor ihm stand. »Ich habe ein bisschen recherchiert und dies ist die beste Schule in England. Als ich nach dem Infomaterial gefragt habe, habe ich vom Sekretariat die Auskunft bekommen, dass man sich noch für den nächsten Kurs im Januar anmelden kann. Sie haben ein ziemlich schnelles Bewerbungsverfahren.«

Moment, Moment, Moment. »Das ist wirklich lieb von dir, aber ich bewerbe mich nirgendwo. Der Zug ist abgefahren. Wie ich schon sagte, jetzt habe ich die Buchhandlung und darauf konzentriere ich mich.«

»Du hast wahnsinnig viel dafür getan, um *Rosebud Books* zum Erfolg zu verhelfen, aber du scheinst nicht wirklich Spaß daran zu haben. Wenn du dagegen vom Backen redest – ich weiß nicht, dann bist du wie ausgewechselt. Und seit ich dich eben so gesehen habe, bin ich mir sicher.« Er sah sie an. »Es tut mir leid, wenn ich zu weit gegangen bin …«

Das war er. »Glaubst du nicht, dass ich es schaffen kann? Den Laden zu retten, meine ich.« Sie hatte es auch nicht geglaubt, aber dann hatten ihre Freunde ihr unter die Arme gegriffen und ihr geholfen, mehr zu erreichen, als sie jemals für möglich gehalten hätte – und dazu noch in so kurzer Zeit.

»Das meine ich nicht. Du kannst alles schaffen, was du dir vornimmst, Ginny Rose. Aber es ist ein Unterschied, ob man nur existiert oder wirklich lebt. Wir dürfen uns nicht danach richten, was andere Menschen über uns sagen. Wir müssen tun, was uns lebendig macht, weil wir nur dann eine Chance auf echtes Glück haben.«

Seine Worte taten weh. »So einfach ist es aber nicht.« Sie musste an Garrett denken, an ihre Eltern, daran, wie ihr Leben bislang verlaufen war. »Ich habe dieses Glück gesucht und manchmal blitzt es auf, aber dann verschwindet es immer wieder. Die Buchhandlung ist wenigstens etwas Konkretes, an das ich mich halten kann, wenn alles um mich herum zusammenbricht.«

»Vielleicht suchst du ja am falschen Ort.«

»Danke, das ist wirklich hilfreich.« Ärger stieg in ihr auf – eigentlich nicht über Steven, sondern über die Art, wie zielsicher er ihre wunden Punkte traf. Der Schmerz war einfach zu groß.

Er fuhr sich mit der Hand übers Kinn. »Ich versuche nur zu helfen.«

»Du solltest jetzt besser gehen.« Sie schob die Broschüre von sich.

Steven zögerte, dann nickte er und stand auf, aber den Prospekt ließ er auf dem Tisch liegen. Bevor er ging, drehte er sich noch einmal um. »Du bist mehr, als du glaubst, und mehr als das, was andere in dir sehen. Hab keine Angst, das anzunehmen.«

34. Kapitel

Sophia

»Einen schönen Tag noch! Und genießen Sie Ihren restlichen Urlaub.« Sophia winkte dem älteren deutschen Ehepaar nach, als die beiden die Buchhandlung mit ihren Einkäufen verließen. Die Glocke verabschiedete sie.

»Wow, das waren bestimmt schon die zwanzigsten Kunden heute.« Ginny öffnete die Vitrine und setzte mit einer Plastikzange neue Blaubeermuffins hinein. »In letzter Zeit läuft es wirklich gut.«

Seit sie die Galerie eröffnet hatten, hatten sie deutlich mehr Zulauf, sowohl von Ortsansässigen wie auch von Touristen. Die Menschen blieben oft länger, kauften Gebäck und stöberten nach neuem Lesefutter, wenn sie eine Pause von ihrem Alltag brauchten.

»Das stimmt, ich komme kaum dazu, mich mal hinzusetzen.« Sophia zog ein Blatt Papier aus dem Drucker unter dem Computer. Darauf waren allein aus den letzten vierundzwanzig Stunden zehn Bestellungen aufgelistet. »Soll ich die hier mal bearbeiten?«

»Das wäre super! Ich bin für heute mit dem Backen fertig, also kann ich so lange an der Kasse sein.«

»Perfekt.« Sophia machte der Kundenkontakt nichts aus – sie genoss diesen Teil der Arbeit sogar von Tag zu Tag mehr. Aber ganz besonders liebte sie es natürlich, sich mit den Büchern zu beschäftigen, deshalb war es eine ihrer Lieblingsaufgaben, die bestellten Titel herauszusuchen und für den Versand fertig zu machen.

Sie ging zur Raritätenabteilung, vorbei an einem Mädchen im Teenageralter mit Musik auf den Ohren, das gerade eine Kaugummiblase platzen ließ und in einem Thriller aus dem Jugendbuchregal blätterte. Außerdem war da noch ein Mann in einer Tweedjacke mit Lederflicken auf den Ellbogen, der in der Philosophieecke stand. Von der Statur und seinem Stil her erinnerte er Sophia an William. Sie lächelte.

Dann war sie endlich mit den Büchern allein. Das geschäftige Treiben vorne im Laden war hier in diesem Kokon aus Regalen und Buchseiten nur noch ein Murmeln. Der süße, schwere Duft kitzelte sie in der Nase, als sie zwischen den Regalen entlangging und die ersten bestellten Bücher herauszog.

Das Handy in ihrer Gesäßtasche vibrierte. Sophia legte den Bücherstapel auf einem Tisch ab und zog es heraus. »Hi, Joy!«

»Hi! Wie geht es dir?« Die Stimme ihrer besten Freundin klang fröhlich, aber irgendwas war ... anders. Sie hatten seit mindestens einer Woche nicht mehr miteinander geredet, auch wenn etliche Textnachrichten zwischen ihnen hin- und hergegangen waren. Sie hatte Joy vermisst – obwohl sie ihre Freundin in drei Wochen sehen würde. Der Gedanke tröstete sie, stimmte sie aber gleichzeitig auch traurig. Wegen ... William. Und Ginny. Und weil es bedeutete, dass sie bald zu ihrer Arbeit zurückkehren würde, zur Normalität, nachdem dieser Ort und die Auszeit hier so befreiend für sie gewesen waren. Sie hatte noch einen langen Weg vor sich, aber unabhängig davon war die Vorstellung erdrückend.

Doch daran wollte sie jetzt nicht denken. »Hier läuft alles super. Oh, und William und ich sind Emilys Geschichte einen Schritt näher gekommen!«

Es war etwas mehr als eine Woche her, dass sie die Geburtsurkunden für zwei verschiedene Männer mit dem Namen James Bryant angefordert hatten, die in einem passenden Zeitfenster geboren worden waren. Normalerweise dauerte es nur ein bis vier Tage, die Information zu erhalten, aber die genealogischen Listen, die sie durchsucht hatten, waren geizig mit Informationen, deshalb war es für die Behörde schwieriger, die Urkunden ausfindig zu machen. In der Zwischenzeit hatten William und sie ihre Zeit mit Sightseeing zugebracht oder einfach zusammengesessen und über alle möglichen Dinge gesprochen. Dabei hatte sich ihre Beziehung immer mehr vertieft.

Sophia seufzte glücklich. Nach einem kurzen Blick auf den Zettel fing sie an, das nächste Buch auf der Liste zu suchen. »Und wie sieht es bei dir aus?«

»Tja ...«

Sophia hielt inne. »Ist alles in Ordnung?«

»Nein, eigentlich nicht.« Joys Stimme bebte ein wenig. »Es ist meine Mom. Sie hat Alzheimer.«

»Oh nein!« Sophia sank gegen die nächstbeste Wand. Joys Eltern waren total lieb. Sie luden Sophia immer mit zum Abendessen ein, wenn sie aus Florida zu Besuch kamen. »Wie schlimm ist es?«

»Im Anfangsstadium, es wurde am Montag diagnostiziert. Du weißt ja, wie sehr mein Dad sich auf sie verlässt. Er ist beinahe achtzig und sein Diabetes ist schlimmer geworden.«

Trotz ihrer sechzig Jahre war Sophias Mutter kerngesund. Sophia konnte nur erahnen, wie Joy sich fühlen musste. »Wie kommen die beiden damit klar?«

»Dad tut natürlich optimistisch, aber ich merke, dass er Angst hat. Und Mom ... Ich hatte schon gemerkt, dass sie vergesslicher geworden ist, aber offenbar geht es schon länger so. Sie hat es vor mir geheim gehalten, solange sie konnte.«

»Das tut mir so leid! Willst du bald hinfahren?«

»Natürlich. Ich fliege heute noch. Aber ...«

Ihre Freundin brauchte Sophia. Die Praxis gehörte Joy, aber Sophia war ihre rechte Hand – oder war es jedenfalls gewesen, bevor sie ihre Auszeit genommen hatte. Aber jetzt war Sophia stärker. Nein, sie war eigentlich noch nicht bereit zurückzugehen, aber für Joy würde sie alles tun. »Ich buche einen Flug.« Bei dem Gedanken, so plötzlich abzureisen, wurde ihr ganz mulmig zumute, aber Joy war ihre Familie gewesen, lange bevor sie Ginny und William kennengelernt hatte. »Ich kann morgen da sein.«

»Nein, mach das nicht! Ich werde ja gar nicht hier sein.«

»Klar, aber du brauchst mich doch in der Praxis, oder?«

»Tracy – du weißt schon, die Therapeutin, die ich befristet eingestellt habe, als du nach England abgereist bist? – sie hat kein Problem damit, ein paar Klientinnen zusätzlich zu nehmen, und mit Veronica zusammen wird sie klarkommen, bis du zurück bist.«

Erleichterung strömte durch Sophias Adern. »Bist du sicher?«

»Ja. Aber Soph, da ist noch was.« Joy machte eine kleine Pause. »Mit der Gesundheit meiner Eltern geht es ja nun schon seit einer Weile bergab, daher … Ich habe schon länger darüber nachgedacht und dir nur noch nichts gesagt, weil du so viel um die Ohren hattest. Und Moms Diagnose jetzt ist der entscheidende Tropfen, der das Fass zum Überlaufen bringt. Ich glaube nicht, dass ich zurückkommen werde.«

»Wie meinst du das?«

»Ich meine, wer weiß, wie lange meine Eltern mich brauchen werden? Mein Vater braucht Hilfe und ich will so viele schöne Erinnerungen mit meiner Mutter haben wie möglich. Deshalb habe ich beschlossen, bis auf Weiteres zu ihnen zu ziehen.«

Dem mitfühlenden Herzen ihrer Freundin konnte Sophia nichts entgegenhalten. »Ich …«

»Und ich habe beschlossen, die Praxis zu verkaufen, um meinen Eltern zu helfen, die Arztrechnungen zu bezahlen. Sie haben nicht viel Geld und selbst mit ihrer Krankenversicherung kostet eine gute Behandlung mehr, als sie sich leisten können. Vor allem, wenn Mom irgendwann in ein Pflegeheim muss. Natürlich werde ich tun, was in meiner Macht steht, damit sie zu Hause bleiben kann.« Jetzt schniefte Joy.

»Joy, du hast *LifeSong* praktisch aus dem Nichts heraus aufgebaut. Bist du dir ganz sicher?«

»Das bin ich. Ich muss es tun. Ich kann wieder etwas Neues

aufbauen, aber die Zeit mit meinen Eltern kann ich später nicht nachholen. Sie haben im Laufe der Jahre so viel für mich getan.«

»Ach, Süße! Ich wünschte, ich könnte dich in den Arm nehmen. Ich komme nach Florida. Darauf bestehe ich.«

»Du bleibst schön, wo du bist. Endlich bist du dabei, dich selbst wiederzufinden, und das darfst du nicht meinetwegen aufs Spiel setzen. Wenn ich mich eingelebt habe und du wieder da bist, kannst du mich besuchen kommen. Okay?«

Wenn Joy so entschlossen war, widersprach man ihr besser nicht. Sophia rieb sich die Schläfen. »Es fühlt sich nicht richtig an.«

»Ich weiß.«

»Sag mir, wenn du es dir anders überlegst, dann komme ich sofort, ja?«

»Mach ich. Danke.« Joy seufzte. »Aber um eine Sache muss ich dich noch bitten.«

»Was immer du willst.«

»Würdest du *LifeSong* kaufen?«

»Wie bitte?«

»Du hast mich genau verstanden. Ich weiß, dass du das restliche Geld aus Davids Lebensversicherung nie antasten wolltest, aber vielleicht wäre dies ein würdiger Zweck. Du könntest weiter Frauen helfen, die Unterstützung brauchen. Das wäre doch irgendwie ausgleichende Gerechtigkeit. Und niemandem würde ich mein Baby lieber anvertrauen.«

»Wirklich? Niemandem als der Therapeutin, die einen Nervenzusammenbruch hatte und sich drei Monate lang hinter Büchern versteckt hat?« Sophias Versuch, einen leichteren Ton anzuschlagen, misslang.

»Du machst Witze, aber mir ist es ernst. Ich habe vollstes Vertrauen in deine Fähigkeiten als Therapeutin.«

Sie musste zugeben, dass sie jetzt besser in der Lage war, Frauen in schwierigen Situationen zu helfen, als jemals zuvor. Endlich hatte sie verstanden, dass Heilung für jeden Menschen anders aussah – bei ihr hatte es viel Zeit gebraucht, die Arbeit in einer Buchhandlung, die Suche nach Emily Fairfax, die Freundschaft mit einer einsamen Ladenbesitzerin, die Begegnung mit einem tollen Mann, das Surfen und das Küssen.

Das Leben.

Aber was würde geschehen, wenn sie England verließ?

35. Kapitel

Ginny

»Mach dich auf das beste Popcorn gefasst, das du jemals gegessen hast!« Ginny klemmte sich zwei Schüsseln ihres mit weißer und dunkler Schokolade überzogenen Popcorns unter einen Arm und stieß die Küchentür zum Wohnzimmer auf.

Der Mädelsabend war offiziell eröffnet. Mary hatte leider in letzter Minute absagen müssen, aber Sophia und sie würden auch zu zweit eine schöne Zeit haben.

»Das glaub ich sofort, wenn es von dir ist!« Sophia hatte es sich in Schlafanzughose und Spaghettitop auf Ginnys rotem Sofa gemütlich gemacht, die Haare zusammengebunden, die Füße auf den Couchtisch gestützt. Sie kramte in einem Stapel DVDs, aber die Art, wie sie die Hüllen eine nach der anderen weglegte, verriet, dass sie nicht wirklich bei der Sache war.

Nachdem sie die Schüsseln auf dem Tisch abgestellt hatte, setzte Ginny sich zu ihr. »Irgendwas, worauf du Lust hast?«

Sophia zuckte mit den Schultern. »Eigentlich ist es mir egal, was wir gucken. Ich bin nur froh, dass wir mal ein bisschen Zeit zum Abhängen haben. Es wird höchste Zeit, dass wir zwei mal was anderes zusammen machen, als im Buchladen zu arbeiten.«

»Tja, da verbringt jemand in seiner Freizeit einfach zu viel Zeit mit meinem Schwager.« Ginny zwinkerte Sophia zu, aber dabei zog sich ihr Magen zusammen. William würde bald ihr *Ex*-Schwager sein. Ein weiterer Schlag in einer Reihe von Verlusten, die sie Garrett zu verdanken hatte. Sie nahm eine Handvoll Popcorn und schob es sich in den Mund.

Sophia war mit dem Sichten der DVDs fertig. »Hast du einen Vorschlag?«

Ginny überflog die Titel, die sie eilig zusammengesucht hatte, bevor Sophia herübergekommen war. *Stolz und Vorurteil. Während du schliefst. Shopaholic – Die Schnäppchenjägerin.* Alles Filme, die sie normalerweise liebte – aber sie hatten allesamt ein Happy End. »Hm, nee.«

Wo waren die Filme über starke Frauen, die Verrat und Herausforderungen in der Arbeitswelt überlebten und genau wussten, was sie im Leben wollten? Die hätte sie gern gesehen.

Ginny tauchte die Hand wieder ins Popcorn und starrte den Couchtisch an – noch etwas, das Garrett selbst gebaut hatte. Seine Spuren waren überall. Wie sollte sie jemals über ihn hinwegkommen?

Und doch hatte es diesen Moment gegeben, in dem sie und Steven …

»Hey, was hat das Popcorn dir eigentlich getan?«

Sophias Stimme riss Ginny aus ihren Gedanken. Sie öffnete die Faust und betrachtete die Popcornbrocken und die geschmolzene Schokolade zwischen ihren Fingern. »Nichts. Es war nur ein unschuldiges Opfer.«

Ihr Handy klingelte. Wer rief sie um die Zeit am Freitagabend noch an? Sie wischte sich die Hände an einer Serviette ab, nahm das Handy, stöhnte und wies den Anruf ab.

»Du kannst ruhig drangehen, wenn du willst.«

»Will ich nicht. Das ist Garretts Anwalt.« Was wollte der denn noch? Sie hatte die offiziellen Scheidungsunterlagen, die er geschickt hatte, doch schon lange unterschrieben. Sie musste sich noch einen eigenen Anwalt besorgen, damit sie nicht über den Tisch gezogen wurde, aber sie wusste nicht, wie sie den bezahlen sollte. Mutter hatte ihr angeboten, den Familienanwalt zu beauftragen, aber das hätte seinen Preis. Lieber würde Ginny einen verbrannten Kuchen essen. »Ich habe im Moment nicht den Nerv, mit ihm zu diskutieren.«

»Willst du darüber reden?« Sophia zog die Füße unter sich und drehte sich so, dass sie Ginny direkt ansah, den Ellbogen auf die Sofalehne gestützt.

Wollte sie das? »Ich weiß, dass ich das Unvermeidliche hinauszögere, aber ich kann immer noch nicht fassen, dass wir uns scheiden lassen. So habe ich mir mein Leben nicht vorgestellt, weißt du? Garrett war ein so wichtiger Teil von allem – diesem Haus, der Buchhandlung … Ich weiß nicht, wie ich ohne ihn weitermachen soll.«

Sophia überlegte kurz, bevor sie antwortete: »So war das bei mir auch, als David gestorben war. Das war einer der Gründe, warum ich es bei uns zu Hause nicht mehr ausgehalten habe und hierhergekommen bin.« Eine Haarsträhne hatte sich gelöst und fiel ihr in die Stirn. »Ich habe sogar überlegt, ob ich das Haus nicht verkaufen soll. Es ist in der Zwischenzeit noch im Wert gestiegen und so hätte ich finanziell einen größeren Puffer, um Joys Praxis zu kaufen.«

Als Sophia Anfang der Woche von den neuen Plänen ihrer Freundin erfahren hatte, hatte sie irgendwie unausgeglichen gewirkt. Jetzt schien sie sich mit den Tatsachen abgefunden zu haben.

»Dann hast du beschlossen, die Praxis zu kaufen? Und zurückzufliegen?«

Sophia sah sie überrascht an. »Natürlich fliege ich zurück. Es war doch immer klar, dass ich nur den Sommer über bleibe.«

»Ja, aber William …« Ginny zögerte. »Ich dachte wohl, dass du seinetwegen vielleicht nicht gehen willst.«

»Ich bin wirklich versucht zu bleiben.« Ein kleines Lächeln zuckte um Sophias Lippen, aber dann war es auch schon wieder verschwunden. »Aber das war nie Teil des Plans. Ich kann meine Entscheidungen nicht von ihm abhängig machen. Ich habe das Gefühl, dass ich das bei David getan habe, und den Fehler möchte ich nicht wiederholen.«

Vielleicht war das auch der Grund, warum es bei ihr mit Garrett schiefgegangen war. »Hmm.«

»Was?«

»Ich ... Es ist nur, was du gerade gesagt hast. Ich glaube, ich habe mein ganzes Leben um meinen Mann herum aufgebaut. Und jetzt ist er nicht mehr Teil der Gleichung.« Kein Wunder, dass es ihr vorkam, als würde alles um sie herum einstürzen, obwohl *Rosebud Books* im Aufwind war.

»Du bist nicht die Erste, der das passiert. Der Unterschied zwischen dem, was dir und mir passiert ist, besteht vielleicht darin, dass ich David die völlige Kontrolle über mein Leben gegeben habe. Bei Garrett und dir war das anders. Ihr wart Partner.«

»Bis wir es nicht mehr waren.« Ginny nahm eins der grünen Kissen und drückte es an sich. »Abgesehen von meinen Großeltern war er der Einzige, der mich jemals verstanden hat, weißt du? Er hat mein wahres Ich gesehen – oder jedenfalls dachte ich das. Vielleicht habe ich ihm aber auch nur das gezeigt, von dem ich glaubte, er wollte es sehen.« Immerhin war sie hier gelandet und führte jetzt eine Buchhandlung, die sie von sich selbst aus nie aufgemacht hätte. Aber Ehepartner sollten einander doch in ihren Träumen unterstützen, oder nicht?

Ja, sie hatte ihm geholfen, seinen Traum wahr zu machen.

Und was hatte er im Gegenzug getan?

Aber hatte sie ihm je gesagt, wie sehr sie sich wünschte, Konditorin zu werden? Oder hatte sie sich damit zufriedengegeben, nicht mehr unter der Fuchtel ihrer Eltern zu stehen? Sie hatte bisher nie daran gezweifelt, dass das Leben mit Garrett perfekt für sie gewesen war.

Vielleicht hatte ihre Ehe in Wahrheit nur eine Zeit lang die tieferen Probleme übertüncht, mit denen sie sich nicht hatte auseinandersetzen wollen.

Ginnys Blick blieb an der Hülle von *My Fair Lady* hängen, die unter den anderen DVDs hervorlugte. Sie beugte sich vor und zog sie aus dem Stapel. Sie hatte immer das unromantische Ende beklagt, aber im Moment war dies der einzige Film in ihrer Sammlung, den sie ertragen konnte. »Wie wäre es damit?« Bevor

Sophia antworten konnte, war Ginny schon aufgestanden und hatte die DVD in den Player geschoben.

»Klar, gern.«

Der Fernseher erwachte zum Leben und kurz darauf füllte Musik den Raum. Ginny richtete ihre Augen auf den Bildschirm, spürte aber, dass ihre Freundin immer wieder zu ihr schaute.

»Alles in Ordnung?«, fragte Ginny schließlich.

Sophia griff nach der Fernbedienung und stellte den Ton leiser. Sie schien ihre Worte abzuwägen, bevor sie sprach: »Als ich vorhin gekommen bin, habe ich einen Prospekt auf deinem Küchentisch gesehen.«

Autsch. Ginny hatte ihn nicht angerührt, seit Steven ihn vor zwei Wochenenden dort hatte liegen lassen. Sie konnte sich weder überwinden hineinzusehen noch ihn wegzuwerfen. »Den hat Steven mir mitgebracht. Er dachte, ich wollte mich für eine Ausbildung an dieser Schule anmelden.«

»Und, willst du?«

»Nein.« Einerseits hegte sie immer noch die Hoffnung, dass Garrett seinen Fehler einsehen und zu ihr zurückkommen würde. Andererseits sehnte sie sich danach, alles hinter sich zu lassen. Aber das hatte sie schon einmal getan. »Er wollte nur helfen, aber seitdem habe ich ihm die kalte Schulter gezeigt.« Genau genommen hatten sie nicht einmal miteinander gesprochen.

»Er scheint ein guter Freund zu sein, der einfach möchte, dass du glücklich bist.« Sophia sah sie durchdringend an. »Oder vielleicht sogar mehr als ein Freund?«

»Er *ist* ein guter Freund. Und nur das.« Sie war unfair zu ihm gewesen.

Sophia sah nicht so aus, als ob sie ihr glauben würde – und angesichts des Beinahe-Kusses zwischen Ginny und Steven bei ihrer letzten Begegnung war sie wahrlich nicht auf der falschen Fährte. »Na gut, dann werde ich nichts dazu sagen. Im Moment jedenfalls nicht. Aber ... glaubst du denn, eine berufliche Umorientierung könnte dir guttun?«

»Es spielt keine Rolle. Ich habe ja den Laden.«

»Und wenn du ihn nicht hättest?«

Sollte sie es wagen, den Gedanken zuzulassen? Noch einmal die zu sein, die sie gewesen war, als sie noch ihre eigenen Träume gehabt hatte?

Im Hintergrund sang Eliza Doolittle vom Tanzen – dass sie die ganze Nacht lang hätte tanzen können, wenn sie die Gelegenheit dazu bekommen hätte. Dass es selbst dann nicht genug gewesen wäre und ihr Herz sich nach mehr gesehnt hätte.

Ginnys eigenes Herz machte einen kleinen Satz, aber etwas hielt sie zurück. Sie seufzte. »Es hat keinen Sinn, so zu tun, als hätte ich ihn nicht. Er ist vielleicht nicht ganz das, was ich mir für mich ursprünglich erhofft hatte, aber ich bin dabei, einen Ort daraus zu machen, an dem ich glücklich sein kann.«

Sophia drückte Ginnys Knie. »Ich glaube, du wirst bei allem Erfolg haben, was du tust, Gin. Aber du solltest dich trotzdem für das entscheiden, wofür du wirklich brennst. Gib dich nicht mit dem Traum eines anderen Menschen zufrieden. Verwirkliche deinen eigenen.«

Steven hatte so ziemlich dasselbe gesagt.

Anderen würde Ginny das bestimmt auch raten. Warum konnte sie diese Wahrheit dann für sich selbst nur so schwer akzeptieren? Vielleicht war es ja doch möglich, ihren eigenen Weg zu gehen.

»Ich werde darüber nachdenken.«

36. Kapitel

Emily

Februar 1860

Ich setzte mit meiner Feder den letzten Punkt und legte sie dann auf den Schreibtisch. Fertig. Mein Manuskript war endlich vollendet.

Ich lehnte mich auf meinem Stuhl zurück und starrte aus dem Fenster. Eine Straßenlaterne stand Wache und erleuchtete die Dunkelheit draußen. Schnee schwebte vom Himmel und sammelte sich in Haufen auf dem Boden. Wie gerne hätte ich meinen Umhang umgelegt und mich in dem fallenden Weiß im Kreis gedreht, aber jetzt, wo wir zu Louisas dritter Saison in London waren, waren die Nachbarn deutlich näher als auf dem Land.

Und natürlich blieb ich ohnehin die meiste Zeit in meinem Zimmer. Beinahe ein Jahr nach der Hochzeit schmerzte es immer noch, wenn ich Edward und Rosamond zusammen sah. Wieder unter demselben Dach zu wohnen wie er – wie sie beide –, hatte mich zu meiner Schriftstellerei zurückgetrieben. Dies und die Tatsache, dass Mr Davis Wort gehalten hatte. Er hatte mein erstes Manuskript gelesen und mir innerhalb von zwei Wochen eine detaillierte Rückmeldung gegeben. Ich hatte all meine Freizeit darauf verwandt, seine vorgeschlagenen Änderungen zu bedenken und umzusetzen. In vielen Fällen hatte er mich aufgefordert, tiefer zu gehen und sogar noch mehr von meinem Herzen zu offenbaren.

Und jetzt waren diese Änderungen ausgeführt und ich konnte mein Manuskript erneut einreichen. Mr Davis hatte sogar versprochen, es seinem eigenen Verleger zu empfehlen.

Ich konnte mein Glück nicht fassen.

Aber vielleicht war es ja gar kein Glück gewesen.

Ich erhob mich und trat ans Fenster. Als ich meine Hand an die Scheibe legte, wurden meine Fingerspitzen kalt. Lange hatte ich mich innerlich ebenso gefühlt. Aber jetzt, wo meine Geschichte erzählt war, kam ich endlich aus der Kälte zum wärmenden Kamin herein. Jeden Schritt war ich voller Bangen gegangen. Und der Widerstand hatte mich stärker gemacht.

Meine Geschichte hatte mir sehr viel Erkenntnis über mich selbst gebracht.

Obwohl es schon nach Mitternacht sein musste, konnte ich unmöglich schlafen, so euphorisch, wie ich mich fühlte.

Ich zog den Morgenmantel über mein Nachthemd und ging den Gang hinunter zur Bibliothek; die Kerze in meiner Hand leuchtete mir den Weg. Als ich die Tür aufstieß, knarrte sie ein wenig. Mondlicht fiel zum Fenster herein und warf Schatten in den Raum. An einer Wand stand ein Sofa und dicke Teppiche bedeckten das Parkett. Ein massiver Tisch mit passenden Stühlen stand mitten im Zimmer, bereit für den Unterricht am kommenden Tag. Während wir in London wohnten, diente die Bibliothek als Klassenzimmer und war somit meine Domäne. Doch nachts fühlte der Raum sich anders an. Die hohen Wände waren dieselben, ebenso wie die offenen Bücherregale, die mit vertrauten und unbekannten Geschichten gefüllt waren. Aber etwas an der Stille ließ die Geschichten in diesen Büchern lauter zu mir sprechen. Ich konnte ihr Flüstern hören, ja fast ein Rufen nach Freiheit.

Ich streckte die Hand aus und fuhr mit den Fingern über die Buchrücken, während ich den Geruch von Lack und Pfeifenrauch einatmete, der immer in der Bibliothek hing.

Meine Hand blieb auf einem beliebigen Buch liegen und ich zog es aus dem Regal.

»Emily?«

Es war die Stimme, die sich in meine Gedanken drängte, wann

immer ich die Augen schloss. Das Buch entglitt mir und landete mit einem Poltern auf dem Boden.

Edward hatte auf dem Sofa gelegen und setzte sich jetzt auf. Selbst von meinem Standpunkt an der anderen Seite des Raumes aus erkannte ich, dass sein Haar zerzaust war und er weder Krawatte noch Jacke oder Weste trug – nur Hosen und ein Hemd. Er fuhr sich mit den Händen über Wangen und Augen und durch die Haare, dann richtete er sich noch ein Stück weiter auf. »Was machst du hier?« Er hörte sich krank an, heiser und verschnupft.

»Ich konnte nicht schlafen, da wollte ich etwas lesen.« Zum Beweis bückte ich mich, um das Buch aufzuheben.

»Ah.« Er starrte mich ausdruckslos an.

Obwohl mein Herz mir riet, mich ihm nicht zu nähern – zu gut wusste ich noch, was geschehen war, als wir das letzte Mal allein gewesen waren –, bewegten meine Füße sich ganz von selbst. »Geht es dir gut, Edward?« Ich stellte die Kerze auf den Tisch und setzte mich an das andere Ende des Sofas, meine Knie ihm zugewandt. Bei näherem Hinsehen erkannte ich, dass seine Augen gerötet waren, als hätte er zu viel Weinbrand getrunken. »Hast du hier geschlafen?«

»Ich habe es zumindest versucht.« Er beugte sich vor und stützte die Ellbogen auf. Dann vergrub er das Gesicht in den Händen. »Du hattest recht, was Rosamond betrifft.« Seine Stimme klang gedämpft, weil er durch seine Hände sprach, aber ich hörte das Beben darin trotzdem.

»Was ist geschehen?«

»Ich ...« Er setzte sich wieder auf. »Ich habe einen Brief von einem Mann gefunden, offenbar ihrem ... Liebhaber.« Er spie das Wort förmlich aus.

Meine Hände ergriffen seine. »Das tut mir schrecklich leid.«

Er lächelte bitter. »Warum? Du hast versucht, mich zu warnen. Und ich in meiner selbstgefälligen Arroganz habe dich ignoriert.« Edward seufzte. »Aber das ist jetzt nicht mehr wichtig.«

»Natürlich ist es wichtig! Sie hat dir großes Unrecht getan.«

Das Gefühl, seine Hand in meiner zu halten, die Dunkelheit im Zimmer, das Ticken der Uhr und unsere Atemzüge als einzige Geräusche – all das war eine überwältigende Mischung. »Hast du sie zur Rede gestellt?«

»Das habe ich.« Die Worte schienen ihn zu ersticken, als sie über seine Lippen kamen.

»Und?« Ich schalt mich dafür, dass die Hoffnung erneut in meiner Brust aufkeimte. Ich hatte kein Recht, mir zu wünschen, dass Edward sich von Rosamond scheiden ließ und zu mir floh. Und doch ...

Er beobachtete mich. Langsam nahm er meine Hand, hob sie an seine Lippen und küsste mein Handgelenk; er musste fühlen, wie mein Puls raste.

»Edward?« Mehr brachte ich nicht heraus. Meine Gedanken schwirrten wie tausend Bienen in ihrem Stock. Jede Faser meines Wesens gab sich in diesen Augenblick hinein.

Edward rutschte auf dem Sofa näher zu mir. »Emily. Wie sehr ich dich vermisst habe.« Sein Blick suchte meinen und er strich eine Haarsträhne aus meinem Gesicht. Dann band er meine Nachthaube los und warf sie zur Seite; die Haare fielen mir offen um die Schultern und er fuhr mit den Fingern hindurch. »Ich kann dir gar nicht sagen, wie lange ich das schon tun wollte ...«

Ich konnte nur dort sitzen und abwarten, während mein ganzer Körper bebte.

Eine innere Stimme schrie mich an, aber ich hatte nicht die Kraft – oder den Wunsch –, auf sie zu hören.

»Wie konnte ich zulassen, dass du mir entgleitest?« Edward rückte näher an mich heran und sein Gesicht war jetzt nur noch wenige Zentimeter von meinem entfernt, sein Atem warm auf meiner Wange. »Mit dir hatte ich alles. Ich hätte einen Weg finden müssen, meine Familie zu retten und mit dir zusammen zu sein. Wie konnte ich nur so blind sein?«

Als Edwards Lippen sich auf meine legten, zerbarst ich in einer Explosion aus Nerven und Licht. So musste die Kerze sich fühlen, wenn ihre Helligkeit durch das Dunkel flackerte und sie endlich tun konnte, wozu sie geschaffen war – ihre Flamme entfalten, damit alle es sahen.

Aber jede Kerze brennt irgendwann nieder.

Während der Mann, den ich seit Jahren liebte, mit seinen Lippen meinen Hals erforschte, holte das energische Drängen meines Gewissens mich endlich wieder in die Wirklichkeit zurück. »Warte«, hauchte ich fast lautlos und löste mich von ihm. »Edward.«

Sein Atem ging keuchend und er fuhr sich mit beiden Händen durchs Haar – Händen, die gerade berührt hatten, was sie nicht berühren sollten. Mich. Nicht seine Frau. Es spielte keine Rolle, dass er zuerst mir gehört hatte – wenn auch nur in Freundschaft.

Jetzt gehörte er ihr.

Weil ich die Qual in seinem Blick nicht ertragen konnte, schloss ich die Augen. »Wie hat sie reagiert?«

Er antwortete nicht.

Ich öffnete die Augen wieder. »Sag es mir.«

»Emily ...« Die Art, wie er meinen Namen sagte, flehte mich an, ihm Vergessen zu schenken, ihm Trost zu spenden, hier in der Dunkelheit, wo niemand uns hindern konnte. Aber am Morgen würde er noch immer verheiratet sein. Und für mich wäre es der Ruin – in jeglicher Hinsicht.

»Sag es mir.« Diesmal zwang ich mich, mit unnachgiebiger Stimme zu sprechen.

»Sie hat mir gestanden, dass es wahr ist und sie mir untreu war.« Er seufzte. »Und dass sie ein Kind erwartet.«

Meine Hände zitterten, als ich sie zurückzog und in meinen Schoß legte. »Von ihm?«

Er zögerte. »Sie sagt, ich sei der Vater.«

»Und wäre das ...?«

Er wusste, was meine Frage war. »Ja.«

Ich nickte nur und tastete mit brennenden Wangen nach meiner Nachthaube. Als ich sie gefunden hatte, wickelte ich meine

Haare auf und versuchte, die Haube wieder aufzusetzen. Meine Hände bebten so sehr, dass ich es nicht schaffte, sie zuzubinden.

Edward trat neben mich. Er nahm die Bänder der Haube, band sie für mich und sah mir währenddessen unverwandt in die Augen. »Es tut mir leid. Ich hätte niemals ...« Er brach ab und schaute weg, aber ich hatte noch gesehen, wie ihm eine Träne entwischte.

Ich hatte Edward bislang nur einmal weinen sehen – als sein Großvater gestorben war.

Sofort begab ich mich wieder in seine Arme, denn der Instinkt, meinen Freund zu trösten, wog schwerer als alles andere.

Er drückte mich an seine Brust. »Es ist so ungerecht!«

»Was?«, fragte ich gedämpft in sein Hemd, unfähig, mich zu rühren.

»Dass sie ...« Er räusperte sich, um seine Stimme zu festigen. »Ich liebe sie nicht. Ich lie…«

»Nicht!« Ich schluckte. »Sag es nicht. Bitte. Ich könnte es nicht ertragen, es nur einmal in meinem Leben zu hören.« Aufgewühlt sah ich zu ihm auf.

Er küsste mich nicht noch einmal. Etwas wie Entschlossenheit lag jetzt auf seinem Gesicht und er ließ mich los, nahm meine Kerze und gab sie mir. »Geh, Em. Bitte. Wenn du noch einen Augenblick länger hier stehst, kann ich nicht versprechen, dass ich mich beherrschen kann.«

Ich nickte und meine Tränen begannen zu fließen und mir die Sicht zu trüben. Mit einem letzten Blick auf ihn – meinen besten Freund –, in dem Wissen, dass unsere Beziehung für immer zerbrochen war, floh ich den Korridor hinunter.

Kaum hatte ich die Tür meines Zimmers hinter mir geschlossen, blies ich die Kerze aus, warf sie mit einem Aufschrei samt Halter gegen die Wand, sank auf die Knie und ließ die Tränen weiterströmen, die sich seit Monaten angestaut hatten. Seit Jahren.

Es stimmte: Das alles *war* ungerecht. Aber trotzdem war es die Wirklichkeit.

Als die Flut schließlich versiegte, schlurfte ich zu meinem Schreibtisch, band mein Manuskript zusammen und ging erneut zur Bibliothek. Schwacher Lichtschein flackerte durch den Spalt unter der Tür und ich hörte, wie Edward auf und ab ging. Ich legte das Päckchen auf den Boden, klopfte und eilte davon.

Selbst ohne Nachricht würde er wissen, was ich damit sagen wollte.

Und ich betete, dass er wusste, was ich brauchte, denn ich fing ja selbst gerade erst an, es zu verstehen. Wenn jemals wieder eine Kerze in meinem Innern leuchten sollte, musste ich sie an einer anderen Lichtquelle entzünden.

Am nächsten Morgen fand ich das Manuskript vor meinem Zimmer wieder. Eine Nachricht lag darauf, unter das Band geschoben, das die Blätter zusammenhielt. Ich zog sie heraus, faltete sie auseinander und las:

Meine liebste Emily,

selbst wenn ich letzte Nacht hätte schlafen wollen, ich wäre nicht dazu in der Lage gewesen. Dein Roman hat mich viel zu sehr gefesselt. Du hast ein Talent, dessen sich nur wenige rühmen können, und ich bin froh, dass du es dazu nutzt, die Welt besser zu machen. Danke, dass du mir dein Herz geöffnet hast. Nicht nur die Geschichte ist voller Schönheit, sondern auch die Seele der Frau, die sie erschaffen hat.

Ich wünschte, unsere Geschichte hätte ein ebenso glückliches Ende. Und ich übernehme die volle Verantwortung dafür, dass es nicht so ist.

Ich muss für mein Betragen um Verzeihung bitten. Ich habe mich nicht wie ein Ehrenmann verhalten – aber vor allem habe ich mich nicht wie ein Freund verhalten. Bitte vergib mir. Der Gedanke, dass du mir böse sein könntest, ist für mich unerträglich.

Wenn du diese Nachricht liest, werden Rosamond und ich auf dem Weg zurück zu unserem Landsitz sein. Sobald die

Familie am Ende der Saison zurückkehrt, werden wir nach London oder zu Rosamonds Familie reisen. Dadurch hoffe ich, an dem festhalten zu können, was ich habe, und dir zu erlauben, dasselbe zu tun.

Immer dein Freund
Edward

Obwohl mir das Herz blutete, lächelte ich und drückte einen Kuss auf den Brief. Dann wickelte ich das Manuskript in braunes Papier und brachte es zur Post, um das Päckchen an *M&L Publishing* zu senden.

Ein letztes Mal drückte ich das Bündel an meine Brust und dann ließ ich los und gab meinem Herz die Erlaubnis zu fliegen.

37. Kapitel

Sophia

Sobald Ginny mit dem braunen Umschlag ganz oben auf einem Stapel anderer Post im Laden erschien, wusste Sophia, was er enthielt.

Sie kassierte weiter und versuchte, Ginnys Blick aufzufangen, während die mit einer jungen Mutter sprach und sich über den Kinderwagen beugte, um das kleine Bündel darin zu begrüßen. Die Buchhandlung hatte heute eine Menge Menschen angezogen – Ginny hatte wirklich fantastische Arbeit geleistet und diesen Ort mit neuem Leben gefüllt – und noch immer standen drei Kunden Schlange, sodass Sophia ihren Posten nicht aufgeben konnte.

Voll vorfreudiger Ungeduld nahm sie eine Kreditkarte nach der anderen entgegen.

Endlich trat Ginny an den Tresen. »Wie läuft's?«

»Gut.« Sophia lächelte und reichte einer Kundin die Papiertüte mit dem Frauenroman, den sie gerade gekauft hatte. »Ist der Umschlag da für mich?«

Ginny schaute auf das Adressfeld. »Ja. Oh, das Standesamt! Meinst du, das sind …«

»Die Geburtsurkunden für den Namen James Bryant!«

»Los, mach schon auf! Ich kann für dich an der Kasse übernehmen.«

»Noch nicht – nicht ohne William.«

»Dann such ihn. Er müsste inzwischen von der Arbeit zurück sein. Ich übernehme den restlichen Abend.«

»Nein, nein, das kann ich dir nicht antun.«

Ginny stützte eine Hand in die Hüfte. »Ich will es aber so, Soph. Das hier ist meine Buchhandlung, weißt du noch? Und du arbeitest sowieso viel mehr Stunden als ursprünglich geplant. Na los, geh! Ich hoffe, du bekommst eine Antwort.«

»Gut, aber dann überlass mir die Schicht morgen früh.« Sophia umarmte Ginny kurz, dann nahm sie ihr Handy und den Umschlag und ging in ihr Zimmer hinauf. Sie wählte Williams Nummer. Er war gerade bei der Post und würde in wenigen Minuten hier sein. Sophia sagte ihm nicht, warum sie ihn sehen wollte. Es sollte eine Überraschung werden.

Ihre Nerven kribbelten vor lauter Vorfreude. Vielleicht würde gleich das nächste Puzzleteil seinen Platz finden.

Um sich beim Warten abzulenken, fuhr Sophia ihren Laptop hoch und öffnete Facebook, aber sie nahm gar nicht richtig war, was auf den Bildern zu sehen war, als sie sich hindurchscrollte.

Endlich klopfte es an der Tür.

»Komm rein!«

William trat ins Zimmer »Was gibt's denn?«

»Ich glaube, das Standesamt hat uns die Geburtsurkunden geschickt.« Sophia hielt den Umschlag hoch. Erstaunlich, dass etwas so Dünnes, Leichtes vielleicht die Lösung des Rätsels enthielt, auf die sie gewartet hatten.

William reckte beide Daumen hoch, kam zu ihr herüber und setzte sich neben sie.

Sophia riss den Umschlag auf und schob die Hand hinein. »Bereit?«

»Bereit.« Er gab ihr einen schnellen Kuss auf die Wange.

Sie sah ihn mit hochgezogenen Augenbrauen an. »Wofür war das denn?«

»Dafür, dass du du bist.«

Puh, dieser Mann! Wie sollte sie ihn in zehn Tagen verlassen? Sie musterte ihn und ließ den Umschlag einen Moment lang unbeachtet. Stattdessen schlang sie die Arme um Williams Hals und zog ihn zu einem langen Kuss näher.

Als sie sich schließlich wieder voneinander lösten, lagen sowohl Überraschung als auch Freude in seinem Blick. »Und wofür war das?«

»Dafür, dass du du bist.« Sie zwinkerte ihm zu und konzentrierte sich dann wieder auf den Umschlag. Es befanden sich drei Blätter darin – das oberste war ihre Anfrage nebst Eingangsbestätigung. Das zweite war lachsfarben, mit dunkleren und helleren Orangetönen. Die Informationen darauf waren in kursiver Handschrift geschrieben.

Sophia überflog das Dokument. »Okay, dieser James Bryant wurde 1868 als Sohn von John und Elizabeth Bryant geboren. Das ist er nicht.« Wie in Zeitlupe blätterte sie zum letzten Blatt Papier. Ihre Finger zitterten. »William.«

»Bingo!«

Dieser James Bryant war am 13. September 1860 in London auf die Welt gekommen – seine Eltern waren Edward Bryant und Rosamond Turner Bryant.

»Sieh dir mal die Anschrift der Person an, die die Geburt gemeldet hat!«

Obwohl es ein warmer Tag war, spürte Sophia, wie sie eine Gänsehaut bekam. Die Geburtsurkunde besagte, dass E. Bryant, der Vater von James, die Geburt hatte registrieren lassen – und seine Adresse war die von Elliott Manor. »Ich fass es nicht! Glaubst du, wir haben sie gefunden?«

»Es sieht ganz danach aus.«

Doch ein hartnäckiger Gedanke dämpfte Sophias Begeisterung. »Trotzdem wissen wir immer noch nicht, ob es Emily Fairfax wirklich gab.« Nachdem sie die Ergebnisse für James Bryant gefunden hatten, hatten sie nach einer Emily Fairfax gesucht, die zwischen 1830 und 1840 irgendwo in England geboren worden war – ohne Erfolg. William hatte Sophia daran erinnert, dass das nichts heißen musste. Vielleicht war Emilys Geburt nicht verzeichnet worden, das entsprechende Register war verloren gegangen oder ihr Geburtsort war anderswo.

Trotz all ihrer Recherchen hatten sie nichts in der Hand. Und es blieben ihnen auch keine Informationen mehr, mit denen sie hätten weiterforschen können.

»Okay. Reicht es dir zu wissen, was wir wissen, oder willst du mehr herausfinden? Wir könnten versuchen, einen professionellen Ahnenforscher zu beauftragen.« William streckte den Arm aus und ergriff Sophias Hand.

Es sollte doch genügen, oder? Sie hatten fast alles getan, was in ihrer Macht gestanden hatte. Sie sollte mit den Antworten, die sie bekommen hatten, zufrieden sein.

Und trotzdem.

Diese Stimme in ihrem Innern – die sie noch vor wenigen Monaten kaum erkannt hatte, auf die sie aber allmählich wieder zu hören lernte – schien sie anzutreiben, noch einen letzten Versuch zu wagen.

»Lass uns Hugh Bryant noch einen letzten Besuch abstatten. Wenn er uns nichts sagt, geben wir auf. Dann lassen wir die Sache auf sich beruhen. Vielleicht sollen wir dann einfach nicht mehr finden und stattdessen dankbar sein für die Erkenntnisse, die wir schon gewonnen haben.«

Und sie hatte eine Menge Erkenntnisse gewonnen.

Denn trotz der Arbeit, die sie investiert hatten, um mehr über Emily Fairfax zu erfahren, hatte Sophia das Gefühl, dass diese Antworten gar nicht das eigentliche Ziel waren.

☙

Die schmalen Straßen von Wendall waren selbst für Williams nicht übermäßig großes Auto nur gerade so breit genug. Im Schritttempo fuhren sie das letzte Stück zu dem heruntergekommenen Haus am Ende der Wellington Street. Die Farbe an den Fensterläden war rissig und blätterte ab und dort, wo früher höchstwahrscheinlich ein herrlicher Vorgarten gewesen war, wucherte nur noch Unkraut.

Sie stiegen aus und gingen zur Haustür. Sophia hob den Türklopfer aus Messing an und klopfte damit dreimal an die massive Eichenholztür. William nahm ihre Hand und begann kleine Kreise auf die Innenfläche zu malen.

Eine Minute verstrich, dann eine weitere.

Das war es dann also. Es war an der Zeit, sich einzugestehen, dass sie am Ende ihrer Suche angelangt waren. »Anscheinend ist er nicht zu Hause.«

Da ging die Tür auf. Sophia gab einen Schreckenslaut von sich.

Ein Mann, augenscheinlich in den Sechzigern, stand ihnen gegenüber.

»Mr Bryant?« William trat mit ausgestreckter Hand vor.

Der Mann zog seine buschigen Brauen zusammen und musterte ihn und Sophia. Dann nickte er einmal kurz. Mit dem Bierbauch, dem schütteren, bereits ergrauten Haar und dem aus Jeans und weißem T-Shirt bestehenden Outfit wirkte er eher unauffällig. »Und wer sind Sie?«

»William Rose, Sir.«

»Sophia Barrett.« Mr Bryant hatte Williams Hand nicht geschüttelt, also machte Sophia sich nicht die Mühe, ihm ihre hinzuhalten.

»Ah, die junge Frau, die mich mit Nachrichten und Anrufen bombardiert hat.«

»Genau.« Sophia konnte nicht verhindern, dass sie rot wurde. »Es tut mir leid, dass wir Sie stören, aber es geht um etwas sehr Wichtiges, über das wir gerne mit Ihnen sprechen würden.«

»Dann bringen wir es hinter uns.« Mr Bryant machte auf dem Absatz kehrt und verschwand mit schweren Schritten den Gang hinunter, die Schultern gebeugt.

Nachdem sie einen erstaunten Blick gewechselt hatten, beeilten William und Sophia sich, ihm zu folgen. Der Geruch nach Fisch, der im Inneren des Hauses hing, war überwältigend. Überall waren Kisten gestapelt, vom Boden bis zur Decke, sodass zum Gehen nicht viel Platz blieb.

»Ziehen Sie um, Mr Bryant?« Wenn, dann hatten sie Glück, dass sie ihn überhaupt noch erwischt hatten.

»Nein, warum?«

An den Wänden hingen keine Bilder; es wirkte beinahe so, als hätte er nach seinem Einzug gar nicht erst ausgepackt, sondern sein Leben weiterhin in Kisten aufbewahrt.

Im Wohnzimmer setzte Mr Bryant sich in einen Sessel, der für diese schäbige Wohnung viel zu vornehm war. Obwohl er offensichtlich alt war und ein paar Kratzer und Risse im Leder hatte, hatte er dem Zahn der Zeit mit Würde widerstanden.

William und sie nahmen auf dem Sofa ihm gegenüber Platz.

Sophia holte tief Luft. »Danke, dass Sie sich die Zeit nehmen …«

»Hören Sie, Miss. Ich weiß nicht, warum Sie mich belästigen müssen, aber ich habe nur eingewilligt, mit Ihnen zu reden, damit Sie mich ein für alle Mal in Ruhe lassen.« Er nahm eine kleine Schachtel vom Beistelltisch, öffnete sie, nahm eine Zigarre heraus und hielt sie sich unter die Nase, um ihren Geruch einzuatmen. »Aber da Sie schon mal hier sind, können Sie genauso gut eine kubanische Zigarre haben.«

Was für ein kauziger Mann. »Danke, Sir. Aber so lange wollen wir Ihre Großzügigkeit gar nicht in Anspruch nehmen.«

»Wie Sie wollen.« Der Mann knipste das Ende der Zigarre ab und zündete sie an. »Also, was kann ich für Sie tun?«

»Vor einigen Monaten habe ich im Buchladen einer Freundin ein Buch gefunden.« Sie erzählte weiter.

Mr Bryant zog hin und wieder an seiner Zigarre, hielt den Rauch einige Sekunden zurück und stieß ihn dann aus. Während Sophia sprach, ruhte sein Blick auf ihr. Er saß fast vollkommen reglos da; nur sein rechter Fuß wippte ununterbrochen auf und ab.

»Und so sind wir hier bei Ihnen gelandet, Mr Bryant. Sie scheinen der Nachfahre von Edward Bryant und Rosamond Turner zu sein – und möglicherweise unsere letzte Hoffnung auf Antworten.«

»Ich verstehe.« Obwohl er die Zigarre nur zum Teil geraucht hatte, drückte Mr Bryant sie im Ascher aus. Dann beugte er sich vor, stützte die Ellbogen auf die Knie und fixierte Sophia. »Haben Sie dieses Buch bei sich?«

Obwohl der Mann nicht hatte durchblicken lassen, dass er wusste, wovon sie sprach, machte sein Interesse ihr Hoffnung. »Ja, ich habe es hier.« Sie zog das Buch aus ihrer Handtasche. Seine Ecken waren schon ein wenig gebogen, weil sie es so oft zur Hand genommen hatte.

Mr Bryant griff danach, schlug die erste Seite auf und betrachtete die gedruckten Worte. »Ich meine, meine Cousine hätte mir vor Jahren mal so ein Buch gegeben. Sie hatte das Original, das man auf dem Dachboden des Pfarrhauses auf unserem Grundstück gefunden hatte. Das wurde von Generation zu Generation weitergegeben. Was Sie beschreiben, klingt wie der Inhalt dieses Buchs, obwohl ich nicht sicher bin. Ich habe es nie gelesen.«

»Könnten wir uns vielleicht mit Ihrer Cousine treffen, um uns das Original anzusehen?«

»Sie ist vor ein paar Jahren gestorben.«

»Haben ihre Kinder es vielleicht?«

Er schüttelte den Kopf. »Sie hat nie geheiratet und hatte auch keine Geschwister. Ich weiß nicht, was mit all ihrem Zeug passiert ist. Wahrscheinlich ging es an irgendeine wohltätige Organisation.«

Wieder eine Sackgasse.

William schaltete sich ein. »Wenn dies tatsächlich Ihr Buch ist, haben Sie eine Ahnung, wie es in der Buchhandlung gelandet sein könnte?«

»Anfang des Jahres war ein junger Mann hier, der Bücherspenden gesammelt hat. Ich habe ihm gesagt, er könne sich nehmen, was er findet. Ich habe von meinen Eltern viele Bücher geerbt, lese aber selbst nicht viel.« Mr Bryant grunzte. »Da hat er wohl wirklich alles genommen, was er finden konnte.«

Ob sie heute überhaupt noch irgendetwas Konkretes herausfinden würden? Sophia kaute auf ihrer Unterlippe. »Ich will nicht unhöflich sein, aber ich bin neugierig: Warum haben Sie das Buch nie gelesen? Wollten Sie denn gar nicht wissen, aus welchem Grund Ihre Cousine es Ihnen gegeben hat?«

Er klappte das Buch zu. »Sie war immer sehr an unserer Familiengeschichte interessiert, aber ich habe mir nie was daraus gemacht. Die Vergangenheit ist vergangen und sie hat nichts mit mir zu tun. Und wie gesagt, ich lese nicht viel.« Er stand auf und drückte Sophia das Buch in die Hand. »Sie können das ruhig behalten. Anscheinend ist es Ihnen wichtiger als mir. Und jetzt gehen Sie bitte und lassen Sie mich in Ruhe.«

»Danke.« Sie umklammerte das Buch. »Tut mir leid. Es ist nur … Sie haben also nie von Emily Fairfax gehört?«

William legte einen Arm um sie, um sie daran zu erinnern, dass er da war, was auch immer als Nächstes geschah. Selbst wenn es Emily Fairfax nie gegeben hatte, er war real. Sie beide waren echte Menschen. Und genauso echt war das, was zwischen ihnen war.

Mr Bryant sah sie skeptisch an, doch dann wurde sein Blick weicher. »Das habe ich nicht gesagt. Laut meiner Cousine hat es sie auf jeden Fall gegeben. Und diese Geschichte basiert auf ihrem Leben. Aber ich fürchte, mehr weiß ich nicht.«

38. Kapitel

Emily

September 1860

An einem Tag Mitte September erfuhr ich, dass mein Buch endlich verlegt werden würde. Darüber hinaus fragte der Verleger sogar nach weiteren Manuskripten und bot mir an, eine Reihe von Fortsetzungsromanen zu verfassen, was ein zuverlässigeres Einkommen für mich bedeuten würde.

Ich fühlte mich so frei wie nie zuvor. Nicht nur, dass mein Traum endlich wahr wurde, nein, ich hatte auch den Schmerz über all das, was Edward und ich verloren hatten, hinter mir gelassen. Natürlich hatte es sehr geholfen, dass er bei unserer Ankunft auf dem Landsitz abgereist war – trotz der Proteste seiner Eltern. Rosamonds Schwangerschaft mitzuerleben und zusehen zu müssen, wie rührend Edward sie umsorgte, wäre einfach zu viel für mich gewesen.

Als ich mit dem Brief des Verlegers den Flur zu meinem Zimmer entlangging, hörte ich einen freudigen Ausruf. Ich beugte mich über das Geländer und sah Edwards Mutter so würdevoll wie möglich Richtung Salon rennen, wobei sie ebenfalls einen Brief durch die Luft schwenkte. »Rosamond hat das Baby bekommen! Es ist ein Junge und er heißt ...«

In diesem Augenblick begann es in meinen Ohren zu rauschen und mir wurde ganz schwindelig. Ich sank gegen die nächstbeste Wand und atmete tief ein. Obwohl meine Beine zitterten, zwang ich sie, mich die Treppe hinunter und hinaus ins Freie zu tragen, hin zu unserem Baum – dem Ort, an dem ich immer am glücklichsten gewesen war.

Aber jetzt ... jetzt war Edward Vater. Ich stellte mir vor, wie er eine kleine Ausgabe seiner selbst auf dem Arm hielt, die Stirn des Säuglings küsste und ihm zuflüsterte, dass er ihn immer lieben und vor den Gefahren der Welt beschützen würde.

Ich zerriss den Brief des Verlegers, zerfetzte das Papier in immer winzigere Teile und ließ sie ins tosende Meer unter mir regnen. Sie wurden verschlungen und fortgetragen, umhergepeitscht und in den rollenden Wellen ertränkt.

Warum konnte ich dem Gefühl der Zurückweisung, des Versagens, nicht entfliehen? Sollte dies für immer mein Schicksal sein? Ich hatte versucht, meine Seele durch das Schreiben zu retten. Ich hatte mein Innerstes mit Tinte aufs Papier geblutet. Ich hatte tiefer gegraben, wie John Davis es mir geraten hatte, um mehr von mir in die Geschichte fließen zu lassen.

Und trotzdem ... mein Herz trauerte weiter.

Welchen Sinn hatten meine Anstrengungen dann gehabt? Was für eine Rolle spielte es, ob ich meine Geschichte erzählte oder sie in mir verbarg? Was änderte sich dadurch? Warum war ich überhaupt hier?

Solche Fragen konnten natürlich nicht auf die leichte Art beantwortet werden. Aber ich war endgültig an meine Grenzen gekommen. Ich hatte alles gegeben, was ich hatte – und es war nicht genug.

Vielleicht war es für mich sinnstiftend gewesen, nach etwas zu streben. Aber am Ziel angekommen, schienen all meine Bemühungen umsonst gewesen zu sein.

Da kamen mir die letzten Worte meines Vaters in den Sinn: »*Alles, was wir im Leben haben, sind unsere Entscheidungen. Wir müssen Entscheidungen treffen, mit denen wir leben können – und sterben können, wenn es so weit ist.*«

Seine Entscheidungen hatten ihm den Tod gebracht – sowohl körperlich als auch geistlich. Er hatte seinem Glauben und seiner

Familie den Rücken gekehrt, nur weil er nicht ohne den Menschen hatte leben können, den er am meisten geliebt hatte. Weil es anders gekommen war, als er es sich vorgestellt hatte.

So wollte ich nicht enden. Und ich wusste, was ich zu tun hatte.

»Ich lasse los, übernimm du. Ich ergebe mich.« Der Wind warf die Worte zu mir zurück.

Ich öffnete die Arme weit und drehte mich in dem strahlenden Licht der Sonne, während Tränen der Freude und des Kummers über meine Wangen liefen und ein neuer Lebenssinn in meiner Seele brannte.

39. Kapitel

Sophia

»Wow!« Sophia hatte noch nie so leuchtend türkisfarbenes Wasser gesehen – ganz klar war es, abgesehen von den Stellen, wo sich weiße Gischt bildete, wenn die Wellen an die braunen und schwarzen Felsen klatschten.

»Nach der Sage wurde König Artus in dieser Burg gezeugt und laut einigen überlieferten Fassungen auch geboren.« William zeigte zu der Ruine auf Tintagel Island. Die Halbinsel war nur eine Fußgängerbrücke von ihrem jetzigen Standort entfernt.

»Danke, dass du mit mir hergefahren bist. Ich hätte mich geärgert, wenn ich einen Ort mit so viel Geschichte und Schönheit verpasst hätte – irgendwie hatte ich gar nicht auf dem Schirm, dass er so nah ist.« Sophia betrachtete die Karte, die sie in der Touristeninformation mitgenommen hatten. William hatte darauf bestanden, auf dem Heimweg von Hugh Bryant hier haltzumachen. Er hatte gesagt, er wolle nicht, dass ihr gemeinsamer Tag schon endete.

Ihr ging es genauso. Schließlich blieb ihnen nur noch eine Woche.

Saftig grünes Gras bedeckte den felsigen Grund der Insel. Von der Festung, die der Earl Richard von Cornwall im 13. Jahrhundert erbaut hatte, standen nur noch Mauerreste. Unten am Strand sollte es sogar Merlins Höhle zu sehen geben.

Sie betraten die dramatische Brücke aus Stahl und Eichenholz.

Während sie so gingen, auf allen Seiten umgeben von Meer und rauer Landschaft, hätte Sophia inneren Frieden verspüren sollen. Sie hätte eigentlich vor Freude überschäumen müssen.

Denn vor einer Stunde hatte sie erfahren, dass Emily Fairfax wirklich gelebt hatte. Die Geschichte, die Sophia so sehr inspiriert hatte, war nicht nur die Erzählung einer Romanautorin, die eine Figur erschaffen hatte, mit der Sophia sich zutiefst verbunden fühlte. Diese Frau hatte viel Schweres ertragen müssen und war gestärkt aus alldem hervorgegangen.

Obwohl sie so oft geglaubt hatte, am Ende aufgeben zu müssen, hatten William und sie das Rätsel um das Tagebuch tatsächlich gelöst.

Warum war sie dann innerlich so durcheinander? Statt sich frei zu fühlen, war es, als würde sie von Mauern bedrängt. Die Aufgabe, die sie den ganzen Sommer über abgelenkt hatte, war erledigt. Jetzt musste sie sich den Tatsachen stellen. Joy verließ sich darauf, ihr die Praxis verkaufen zu können. Sophia war nicht sicher, ob sie das wirklich wollte.

Und sie hatte sich aus Versehen in den Mann verliebt, der gerade neben ihr stand.

Einen Mann, der sie respektierte und verstand. Einen Mann, für den sie alles tun würde.

Das war es wahrscheinlich, was ihr am meisten Angst machte. Obwohl William ganz anders war als David, hatte es eine Zeit gegeben, in der Sophia auch für ihren ehemaligen Verlobten alles getan hätte. Und dabei hatte sie sich selbst aus dem Blick verloren.

Sie musste herausfinden, wie sie die Beziehung mit William weiterführen konnte, ohne dass ständig diese Furcht an ihr nagte ... und bei diesem Gedanken fühlte sie sich, als wäre sie wie Houdini mit gefesselten Füßen in einem verschlossenen Wassertank eingesperrt. Aber im Gegensatz zu ihm hatte sie keine Ahnung, wie sie entkommen sollte.

William blieb auf der Brücke stehen, drehte sich zu ihr um und zog sie an sich. Dann küsste er sie sacht auf die Lippen.

Ein Windstoß schlug ihr die Haare ins Gesicht, als sie sich ein wenig zurücklehnte und zu ihm aufblickte.

William strich sie zurück und schob sie hinter ihr Ohr. »Wir haben es geschafft.«

Sophia wandte sich um, legte die Hände auf das Brückengeländer und starrte auf das endlose Meer hinaus. »Stimmt.«

William stellte sich neben sie, sodass ihre Schultern einander berührten. »Danke, dass ich dabei sein durfte.«

»Ohne dich hätte ich das Rätsel vielleicht nie gelöst.«

Vor drei Monaten wäre es ihr noch schwergefallen, das zu sagen. Aber es stimmte: Alleine hätte sie nie all das erfahren, was sie jetzt über Emily Fairfax und Edward Bryant wusste. Williams Hilfe anzunehmen, hatte sie stärker gemacht.

Und doch ... Was bedeutete das für ihre gemeinsame Zukunft? Und für Sophias Herz?

Als könnte er ihre Gedanken lesen, räusperte William sich. »Und jetzt?«

»Jetzt ... jetzt genießen wir in vollen Zügen die gemeinsame Zeit, die wir noch haben, bevor ich nach Hause fliege.« Sophia nahm seine Hand und setzte sich wieder in Bewegung.

Doch mitten auf der Brücke blieb William erneut stehen. Unter seinem Blick spürte sie ihre Tapferkeit schwinden; nur Verletzlichkeit blieb zurück.

»Weißt du, ich kann den Gedanken, dass du gehst, nicht ertragen. Wir haben nicht viel darüber gesprochen, aber ...« Er holte tief Luft, nahm ihre Hände und hielt sie fest. »Ich will nicht, dass du gehst.«

»Ich will ja auch nicht gehen.« Sie hatte gedacht, wenn sie über Emily Bescheid wüsste, würde das alles ändern und sie würde die Zukunft klar vor sich sehen. Aber das war ein Trugschluss gewesen.

»Und was bedeutet das für uns? Werden wir ... uns verabschieden müssen?« Er klang so traurig, dass Sophia beinahe die Tränen kamen.

»Das will ich nicht. Diese Monate mit dir waren wundervoll – wie ein Traum. Aber jetzt muss ich aufwachen und der Realität ins Auge sehen. Ich bin Therapeutin und ich werde Joys Praxis kaufen. Den Luxus, nicht zu arbeiten und irgendeiner geheimnisvollen Sache nachzugehen, die mir über den Weg läuft, werde ich in Zukunft nicht mehr haben.«

»Du hast nicht ›nicht gearbeitet‹. Du hast die ganze Zeit in der Buchhandlung geholfen.«

»Das zählt nicht. Es hat Spaß gemacht und im Gegenzug *mir* geholfen.«

»Warum ist es dadurch weniger wert? Könnte das nicht deine neue Realität sein? Ich meine, auf Dauer.«

Oh, was für ein Gedanke! Aber ... »Ich ...«

»Ich liebe dich, Sophia.«

Die Worte brachten ihre Welt zum Stillstand, ließen ein Feuerwerk in ihr explodieren und eine wunderschöne Melodie in ihrer Seele erklingen. »Du ... was?«

»Ich liebe dich.«

Sie hatte es natürlich gemerkt. Daran, wie er sie ansah, wie er sie küsste, ja, mehr als das – daran, dass er sie wie eine zarte Blume behandelte, die sich im Frühling zum ersten Mal öffnet. Er wässerte sie mit sanften, stetigen Tropfen, ohne sie zu ertränken, sodass sie in ihrem Tempo wachsen und blühen konnte.

Aber sie konnte nicht bleiben, so gern sie das auch getan hätte. Ihr Plan hatte von Anfang an vorgesehen, nach Hause zurückzukehren, und daran musste sie festhalten. Im Laufe des Sommers war die Sorge in ihr gewachsen, dass es ihr vielleicht nur deswegen wieder besser ging, weil sie vor ihrer Vergangenheit geflohen war. Würde sie sich immer noch so heil fühlen, wenn sie nach Hause zurückkehrte? Musste sie nach Arizona zurückgehen, um es herauszufinden?

Vielleicht konnten William und sie eine Fernbeziehung führen, aber für wie lange? Würden sie damit nur das Unvermeidliche hinauszögern?

»Es tut mir leid. Ich weiß nicht, was ich sagen soll. Ich bin völlig hin- und hergerissen.«

William streichelte sanft ihre Wange und wischte mit dem Daumen eine Träne fort. »Du musst aufhören, dich zu wehren, Sophia.«

»Wogegen?« Es kam ihr vor, als hätte sie den Kampf schon vor langer Zeit aufgegeben.

»Alles. Deine Vergangenheit. Gott. Auch gegen mich.« Als sie protestieren wollte, legte er seine Finger an ihre Lippen. »Vielleicht irre ich mich. Aber ich denke, du solltest jetzt tun, weshalb du hergekommen bist.«

»Ich bin hergekommen, um Heilung zu finden. Und ich dachte, ich wäre auf dem Weg dahin.« Warum herrschte dann ein solches Chaos in ihr?

»Das bist du auch. Aber du bist extra nach Cornwall gereist, um deine Geschichte aufzuschreiben. Und stattdessen bist du Emilys Geschichte nachgegangen. Du hast herausgefunden, was du konntest. Jetzt ist es an der Zeit, dass du das nächste Kapitel deiner eigenen Geschichte schreibst. Aber wie soll das gehen, wenn du nicht verstehst, wie die vorigen Kapitel dich geprägt haben? Vielleicht musst du beenden, was du angefangen hast.«

»Meinst du, das hätte ich nicht versucht?« Sophia drehte sich um und starrte die Ruine an. Diese Mauern waren Teil einer großen stolzen Burg gewesen, aber jetzt waren sie nur noch Trümmer. Hier waren Menschen irgendwann einmal glücklich gewesen. Und traurig. Sie hatten gelebt.

Aber all das war jetzt nur noch eine Erinnerung.

»Ich kann nicht.«

»Doch, du kannst. Du hast gesagt, Emilys Aufzeichnungen hätten dich vom ersten Moment an förmlich angezogen.«

Sophia schloss die Augen. »Das stimmt ja auch.«

»Vielleicht musst du herausfinden, warum das so ist.« William zog sie näher und drückte einen Kuss auf ihre Stirn. »Bete. Such in deinem Innern. Ich wette, die Antworten warten längst dort.« Er griff in seine Tasche und zog den Autoschlüssel heraus. »Ich nehme ein Taxi. Du kannst mit meinem Auto nachkommen, wenn du so weit bist. Und Sophia?«

Sie schniefte. »Ja?«

»Letzten Endes, selbst wenn du beschließt, nach Hause zurückzugehen, selbst wenn wir ...« Er zögerte und sein Adamsapfel hüpfte. »Ich werde nie aufhören, dich zu lieben.«

Als er ihr den Schlüssel gab, berührten ihre Hände sich und ihr lief ein Schauer über den Rücken. Sein Duft umgab sie noch, als er schon außer Sichtweite war.

40. Kapitel

Ginny

Einen Freund um Verzeihung zu bitten, war nie einfach. Aber Ginny vermisste Steven viel zu sehr, um sich nicht mit ihm zu versöhnen. Drei Wochen waren lang genug. Genau genommen war es eine Schande, dass sie überhaupt so viel Zeit hatte verstreichen lassen.

Sie kassierte den letzten Kunden ab und begleitete ihn dann zur Tür, wo sie das Schild auf *Geschlossen* drehte. Sie hatte Steven vorhin eine Textnachricht geschickt und er hatte geantwortet, er würde kurz nach Ladenschluss vorbeikommen. Das bedeutete, sie hatte noch etwa eine halbe Stunde Zeit, um sich zu überlegen, was sie zu ihm sagen sollte.

Das Problem war nicht, dass sie wegen der Broschüre immer noch sauer auf ihn gewesen wäre. Sie hatte nur mit dem Laden so viel zu tun gehabt. Und um ehrlich zu sein, wann immer sie an ihren Beinahe-Kuss dachte ... Vielleicht war es doch ganz klug gewesen, ihm etwas Zeit zu geben und sich selbst die Gelegenheit, ihre Gefühle zu sortieren.

Ginny machte den Kassenabschluss und ihre Finger trommelten dabei unaufhörlich auf die Ladentheke. Die Umsätze sahen wieder gut aus. Es war kaum zu glauben, dass dies dieselbe Buchhandlung war, die zu Beginn des Sommers kurz vor dem Bankrott gestanden hatte. Beinahe drei Monate später war sie ein beliebtes Touristenziel und der Onlineshop war dabei, eine der gefragtesten Fundgruben für seltene Bücher aus Cornwall zu werden.

Am Ende hatte sich das Wirtschaftsstudium in Harvard doch

noch ausgezahlt. Das und vor allem die Hilfe ihrer Freunde waren ihre Rettung gewesen.

Als sie die Abrechnung beendet und alle Informationen in ihr Buchhaltungsprogramm eingegeben hatte, lehnte Ginny sich auf ihrem Stuhl zurück und rieb sich den verschwitzten Nacken. Es war heute ziemlich warm geworden – draußen braute sich ein Unwetter zusammen und die Luftfeuchtigkeit war entsprechend hoch. Mit ein paar raschen Handgriffen band sie ihre Haare zusammen. Ihr Blick fiel auf etwas, das unter ihren Geschäftsunterlagen hervorlugte. Die Bewerbungsunterlagen für die Konditorausbildung. Vor mehr als einer Woche hatte sie zu Sophia gesagt, sie würde darüber nachdenken, und das hatte sie auch fast ununterbrochen getan. Sie würde mit Steven ihre Überlegung besprechen, eventuell Buchhandlung und Kochschule unter einen Hut zu bringen.

Ginny vermisste ihre Unterhaltungen sehr – und auch einfach seine Anwesenheit. Wie sie sich bei ihm fühlte. Liebenswert. Geschätzt.

Sie spürte, dass sie rot wurde. Ihre Gefühle hatten die Anweisungen ihres Verstands offensichtlich nicht erhalten. Denn sie war noch immer verheiratet und es war viel zu früh, sich derartige Gedanken über einen anderen Mann zu machen.

Die Glocke über der Tür klingelte und sie lächelte. »Du bist aber …« Sie brach abrupt ab. Das war eindeutig nicht Steven. »Garrett.«

Seit sie ihn zuletzt gesehen hatte, hatte sie sich einen solchen Augenblick oft genug ausgemalt. Wie er in die Buchhandlung kam und sie anflehte, ihm zu verzeihen. Wie sie ihn mit offenen Armen aufnahm – in ihren Tagträumen war sie ein wirklich nachsichtiger Mensch – und sie beide um das weinten, was sie verloren hatten, und zugleich aus Freude über das, was sie wiedergewinnen würden.

Aber jetzt, wo er hier stand, war das das Letzte, was sie wollte. Um ehrlich zu sein, war ihr eher danach zumute, ihm mit der

Polizei zu drohen, wenn er auch nur einen weiteren Schritt in den Laden machte. Das war natürlich albern. Auch wenn er vor neun Monaten einen Teil ihrer Ersparnisse genommen hatte und abgehauen war, um seine eigenen Ziele zu verfolgen, gehörte dieser Ort zur Hälfte ihm. Wobei sie wirklich nicht den Eindruck gehabt hatte, dass er sich noch sonderlich dafür interessierte. Das Einzige, was sie von ihm zu hören bekommen hatte, war, sein Anwalt würde sich um alles kümmern.

»Hi, Ginny.« Er riss seinen Blick von ihr los und ließ ihn durch den Raum wandern. »Wow. Du hast eine Menge verändert.«

Ginny verschränkte die Arme vor der Brust. »Das musste ich, sonst wäre der Laden jetzt Geschichte.« Sie konnte den Ärger in ihrer Stimme nicht unterdrücken. So viele Monate voller Schmerz und Wut verschwanden nicht über Nacht, vor allem dann nicht, wenn derjenige, der sie verursacht hatte, sich einfach aus der Affäre zog.

Garrett presste die Lippen aufeinander und rieb sich das Ohrläppchen. »Sieht jedenfalls gut aus.«

»Danke.« Sie wandte sich dem hinteren Bereich der Buchhandlung zu. »Willst du die neue Leseecke sehen?«

Er folgte ihr ohne Widerrede die Treppe hinauf.

Irgendwie fühlte es sich falsch an, an einem so ruhigen, friedvollen Ort voller Wut zu sein.

»Sie wird sehr gut angenommen, viele bleiben jetzt länger, um in Bücher reinzulesen.« Mit den abstrakten Gemälden an der Wand, dem bequemen Sofa, den Sitzsäcke und den runden Tischchen war es wirklich eine schöne kleine Entspannungsoase geworden.

Stolz stieg in Ginny auf. Sie hatte durchgehalten. Es war schwierig gewesen, diesen Ort zu verwandeln, aber sie hatte es geschafft. Endlich war sie angekommen.

Und das hatte weder etwas mit ihren Eltern noch mit Garrett zu tun. Es war ihre eigene Leistung. Endlich ein Erfolg!

»Ich bin froh, dass es so gut läuft. Ich weiß, dass ich in letzter Zeit nicht gerade der beste Mitinhaber war.«

Garretts Worte holten sie in die Gegenwart zurück. »Na ja.« Ginny stieg die Treppe wieder hinunter, bevor sie etwas Gemeines sagen konnte, und ihre Schritte hallten in dem Raum wider, als sie zurück nach vorne ging.

Garrett folgte ihr. Er deutete auf die Kuchenvitrine. »Oh, du hast mit Trengrouse vereinbart, dass er Gebäck herbringt? Was für eine gute Idee!«

»Nein, ich backe selbst jeden Morgen.«

»Wirklich?«

Ginny starrte ihn mit offenem Mund an. War das sein Ernst? »Warum bist du hier, Garrett?«

Er schob die Hände in die Hosentaschen und zögerte einen Moment, bevor er antwortete. »Samantha hat ihren Job verloren. Sie war Anwältin bei einer großen Firma. Sie haben einen Fall vermasselt und ihr wurde der schwarze Peter zugeschoben. Deshalb findet sie jetzt nichts Neues. Sie ist schon seit einem Monat auf der Suche. Und ich arbeite an der Kasse bei einem Supermarkt, aber da verdient man natürlich nicht viel.«

Ginny rieb sich die Nasenwurzel. »Du brauchst Geld.«

Er zuckte mit den Schultern und blickte verlegen drein. »Ich habe so lange wie möglich damit gewartet, mich an dich zu wenden. Aber du weißt ja, dass ich all mein Erspartes in diesen Laden investiert habe. Ich habe mir zwar etwas genommen, um davon zu leben, als ich weg bin, aber bis jetzt habe ich davon abgesehen noch keinen Penny verlangt.«

»Es gab bis jetzt auch keinen Penny, den ich dir hätte geben können.« Mit einer ausladenden Handbewegung umfasste sie den Raum. »Und weißt du was? Der Laden ist aufgeblüht, weil ich mich voll reingehängt habe. Ich habe mir alles Mögliche einfallen lassen und du hast rein gar nichts dazu beigetragen.« Sie rief ein Dokument auf dem Computer auf und zeigte auf den Bildschirm. »Du hast mich mit nichts zurückgelassen. Ich habe

Rosebud Books wieder auf die Spur gebracht. Also ja, ich kann dir etwas Geld geben, aber ich werde genau aufschreiben, was du bekommst, und um mehr als meinen gerechten Anteil an den Einkünften der Buchhandlung kämpfen, wenn es an die Scheidung geht.«

Garrett betrachtete den Monitor und tat so, als hätte er kein Wort von dem gehört, was sie gerade gesagt hatte. Vielleicht hatte er es auch tatsächlich nicht. »Diese Zahlen sind super, Ginny!« Dann wandte er sich um und sah ihr direkt in die Augen. »Ich will verkaufen.«

Nichts hätte sie mehr schockieren können als diese Worte. »Wie bitte?«

»Ich brauche das Geld, nicht nur kurzfristig, sondern um es in eine neue Buchhandlung zu investieren, wo immer Samantha und ich landen.«

Wie konnte er es wagen? Glaubte er ernsthaft, er könnte die Buchhandlung abstoßen und dafür eine andere aufmachen? Einfach so? »Nein, wir werden nicht verkaufen! Ich habe alles getan, um uns aus den roten Zahlen zu bringen. Ich musste sogar den Ring meiner Großmutter verkaufen! Ich werde den Laden jetzt ganz sicher nicht aufgeben.«

»Er gehört auch mir, Ginny. Ich weiß zu schätzen, was du getan hast, aber trotzdem: Wenn ich verkaufen will, kannst du nicht weitermachen.«

Wie konnte er so ruhig bleiben? »Das werden wir ja sehen.« Am liebsten hätte Ginny ein Buch nach dem anderen in die Hand genommen und es Garrett an seinen dämlichen Kopf geworfen. Vielleicht sollte sie das wirklich tun. Sie ging zum nächsten Regal, die Hände zu Fäusten geballt.

Garrett trat ihr in den Weg. »Komm schon, Gin! Ich will ja gar nicht mit dir streiten. Ich dachte, du wärst froh, wenn du den Laden los bist. Aber ich will dich nicht rauswerfen, wenn du wirklich bleiben möchtest. Kannst du es dir denn leisten, mich auszuzahlen?«

Ihre Schultern sackten nach unten. »Nein.« Sie könnte noch einmal versuchen, einen Kredit zu beantragen, aber nach ihrer letzten Erfahrung mit Mr Brown war das nicht besonders aussichtsreich. Obwohl es der *Rosebud Books* jetzt viel besser ging, sprach noch eine Menge gegen sie – allein schon die Tatsache, dass sie nicht in diesem Land geboren war.

Wenn sie doch vor Gericht landeten, würde sie als Ausländerin dann überhaupt einen fairen Prozess bekommen? Oder würde Garrett einen Heimvorteil haben?

Aber wie könnte sie ausgerechnet jetzt kapitulieren und dem Verkauf zustimmen? Alles für den Erfolg des Buchladens zu tun und dennoch zu scheitern, war eine Sache. Wenigstens hätte sie das in dem Fall teilweise den ungünstigen Umständen anlasten können, in denen Garrett sie zurückgelassen hatte. Aber etwas Tolles aufgebaut zu haben, nur um es dann hergeben zu müssen, war etwas ganz anderes. Sie verlor ihr Zuhause. Alles, wofür sie so hart gearbeitet hatte, wurde ihr einfach entrissen.

Manche hätten das vielleicht für ein Zeichen gehalten, dass sie endlich ihren Traum in die Tat umsetzen und Konditorin werden sollte. Aber was, wenn sie sich bewarb und eine Absage bekam? Was, wenn ihr »Traum« letzten Endes nicht mehr war als genau das – ein Traum? Wenn sie bei der einen Sache versagte, für die sie wirklich ein Talent zu haben glaubte? Das würde bedeuten, dass nicht irgendwelche anderen Menschen oder die Umstände das Problem waren, sondern sie selbst. Vielleicht war und blieb sie die Versagerin, die nirgendwo richtig hinpasste.

Ginny straffte die Schultern und schob sich an Garrett vorbei. »Du sagst, du willst keinen Streit. Aber zieh dich warm an, mein Lieber, denn du wirst einen bekommen, der sich gewaschen hat!«

41. Kapitel

Sophia

Nachdem William gegangen war, wanderte Sophia gefühlt stundenlang über Tintagel Island, um die Aufgabe, die sie schon den ganzen Sommer über vor sich hergeschoben hatte, noch ein wenig weiter hinauszuzögern.

Schließlich ließ sie sich auf eine steinerne Bank fallen. Kälte drang durch ihre Jeans. In der Ferne sammelten sich Wolken, die einen abendlichen Schauer verhießen. Aber es würde noch dauern, bis der Wind sie hierhergetrieben hatte.

»Du hast gesagt, Emilys Aufzeichnungen hätten dich vom ersten Moment an förmlich angezogen ... Vielleicht musst du herausfinden, warum das so ist.«

Was hatte sie eigentlich an Emilys Geschichte so fasziniert? War es nur ein Bauchgefühl gewesen? Oder einfach eine Ablenkung?

Nein. Es war so viel mehr als nur eine tragische Liebesgeschichte. Sophia bewunderte Emily für ihre Stärke. Sie hatte nicht zugelassen, dass ein Mangel an Liebe sie vernichtete.

Als ihre eigenen Pläne nicht aufgingen, hatte sie mit Vertrauen losgelassen.

Vielleicht hatte William recht und Sophia musste wirklich aufhören, sich zu wehren. Vielleicht war es doch der einzig richtige Weg, ihre Geschichte zu schreiben und sich all den Wahrheiten zu ergeben, die sie nie hatte akzeptieren wollen. Den guten wie den schlechten, den hässlichen wie den schönen.

Es juckte ihr in den Fingern, als sie in ihre Handtasche griff.

Natürlich. Jetzt, wo sie es endlich brauchte, hatte sie kein Papier zur Hand.

Aber Moment mal.

Sophia zog Emilys Tagebuch heraus. Die getippten Zeilen füllten nur jeweils eine Seite des Druckerpapiers. Die Rückseiten waren leer.

Sie zog einen Stift aus ihrer Tasche und ließ endlich los. »Gott, wenn du mich hörst – wenn ich dir wichtig bin – dann hilf mir jetzt bitte bei dieser Aufgabe.«

Und dann kam endlich die Inspiration.

Sophia schüttete alles aus, Buchstabe für Buchstabe, Wort für Wort, Gefühl für Gefühl.

... Vielleicht werde ich nie verstehen, warum ich David so nah an mich herangelassen habe, warum ich ihm die Kontrolle über mich gegeben habe. Ich wollte immer so stark sein wie Mom, aber rückblickend sehe ich, dass das für mich nicht funktioniert hat. Könnte es sein, dass ich so sehr damit beschäftigt war, anderen zu helfen, dass ich vergessen habe, für mich selbst zu sorgen? Ganz lange hatte ich den Eindruck, als würde ich außerhalb meiner selbst leben, eine kritische Dritte, die gesehen, aber nicht gefühlt hat. Aber als David kam, ließ ich meine Gefühle endlich zu und vielleicht war das an und für sich gar nicht so schlecht.

Vielleicht ist es nie schlecht, einen anderen Menschen in das eigene Leben zu lassen.

Ich glaube, ab da habe ich die Dinge umgedreht und nur noch gefühlt, nicht mehr nachgedacht. Oder vielleicht einfach nur vieles geleugnet.

Wie auch immer – jetzt fühle ich mich stärker, ichbewusster als je zuvor. Ich kann Davids Stimme in meinem Kopf hören und erkenne endlich, wessen Stimme es die ganze Zeit in Wirklichkeit war – meine eigene. Ich entschuldige sein Verhalten nicht. Ganz und gar nicht. Endlich kann ich ak-

zeptieren, dass ich ein Opfer war und diese Tatsache nicht bedeutet, dass ich schwach bin.

Aber ich erkenne, dass es einfacher war, seine Lügen in Bezug auf mich zu glauben, weil ich sie selbst bereits glaubte. Dadurch ist die Misshandlung in keiner Weise meine Schuld – dafür ist immer noch er verantwortlich –, aber es hilft mir zu sehen, wie David mich verändert hat oder auch nicht. Zu verstehen, wer ich vorher war und wer ich jetzt, nach alldem, bin.

Zum Glück kenne ich jetzt die Wahrheit.

Ich bin stark. Nicht, weil ich mich gegen die Liebe gewappnet habe oder weil ich mir genommen habe, was ich wollte, sondern weil ich endlich gelernt habe, ich selbst zu sein – und mich so zu lieben, wie ich bin.

Der Stift verharrte in der Luft.

Sie hatte es geschafft. Ihre Geschichte war buchstäblich mit Emilys Geschichte verwoben – ihrer beider Leben überschnitten sich trotz der Unterschiede. Vielleicht würde sie nie verstehen, wie sie überhaupt an dieses Buch gekommen war. Es könnte ein Zufall gewesen sein. Vielleicht war es auch mehr. Wichtig war nur, dass es ihr geholfen hatte zu tun, wonach sie sich gesehnt hatte.

In diesem Augenblick vibrierte ihr Handy. Sie wischte die Tränen fort, die unbemerkt über ihre Wangen gelaufen waren. Als sie den Namen auf dem Display sah, stockte Sophia der Atem.

»Hallo? Mr Bryant?« Warum rief er sie an? Sie hatten sein Haus gerade einmal vor fünf oder sechs Stunden verlassen und er hatte deutlich gemacht, dass er von jetzt an in Ruhe gelassen werden wollte.

»Hi, Ms Barrett. Bestimmt überrascht es Sie, von mir zu hören, aber bevor Sie gegangen sind, habe ich etwas in Ihren Augen gesehen, das ... Na ja, ich dachte, ich rufe mal den Anwalt unserer Familie an und frage nach den Habseligkeiten meiner Cousine.«

»Ach ja?«

»Ja. Er sagte, eine ihrer Freundinnen habe sie bekommen. Sie führt eine Frühstückspension nicht weit von hier. Ihr Name ist Kathryn Forrester. Ich habe auch ihre Adresse.« Er ratterte sie herunter und Sophia notierte sie eilig am unteren Rand der Seite, auf der sie gerade ihre Geschichte zu Ende geschrieben hatte. »Keine Ahnung, ob sie das Original noch hat, aber es ist einen Versuch wert. Oh, und der Name meiner Cousine war Evelyn Shoemaker. Das sollten Sie wahrscheinlich auch wissen.«

»Vielen, vielen Dank, Mr Bryant. Sie wissen nicht, wie viel mir das bedeutet.«

»Tja, wie auch immer.« Er zögerte. »Ich hoffe, Sie finden, was Sie suchen.«

»Ich auch.« Sie blickte auf das Buch hinunter. »Obwohl ich glaube, das habe ich schon.«

Sophia legte auf und schüttelte staunend den Kopf. Schnell scrollte sie zu Williams Nummer, um ihn anzurufen ... doch dann hielt sie inne. Wie würde er in diesem Augenblick auf einen Anruf reagieren, wo sie doch noch immer nicht wusste, wie es für sie beide weitergehen konnte? Sie wollte ihm gegenüber fair sein und keine falschen Hoffnungen wecken.

Vielleicht sollte sie einfach zu der Pension fahren. Falls ihr Besuch zu etwas führte, konnte sie ja später noch einmal mit ihm gemeinsam dorthin.

Sophia verstaute das Buch wieder in ihrer Handtasche und ging den Weg entlang zum Parkplatz. In Williams Auto suchte sie die Adresse der Pension per GPS, dann ließ sie den Motor an und bog auf die schmale zweispurige Straße ab.

Während sie fuhr, trafen die ersten Wassertropfen auf die Windschutzscheibe und eine Viertelstunde später wogten die Bäume am Straßenrand im stürmischen Wind, der Williams kleines Auto spürbar erschütterte. Wie konnte ein wunderbarer Sonnentag so plötzlich von einem solchen Unwetter verschlungen werden? Sophia umklammerte das Lenkrad und kaute auf ihrer

Unterlippe. Bei den Wassermassen war es schwierig, überhaupt noch etwas zu sehen, aber das Navi zeigte ihr, dass sie sich ihrem Ziel näherte. Zum Glück!

Hinter der nächsten Ecke tauchte ein Schild mit der Aufschrift *Rambling B&B* auf. Nicht weit dahinter konnte sie die Umrisse eines zweigeschossigen Hauses erkennen. Die Reifen knirschten über abgebrochene Äste und den Schotter der langen Auffahrt zum Haus.

Sophia parkte neben einigen andere Fahrzeugen auf dem Gästeparkplatz. Sie nahm ihre Tasche vom Beifahrersitz, stieg aus und zog ihre Jacke fester um sich, als Wind und Regen ihr entgegenpeitschten. Dann rannte sie die wenigen Meter zum Eingang. Sie stieg die Holztreppe zu einer urigen Veranda hinauf und bemühte sich, ihre dreckigen Schuhe so gut wie möglich an der Fußmatte abzuwischen.

Unterhalb des Türknaufs war eine Plakette befestigt: *Bitte eintreten.* Also sparte Sophia sich das Klopfen und ging hinein. Auf der kurzen Strecke zwischen Auto und Tür war sie völlig durchnässt worden und sie zitterte am ganzen Körper, doch im Inneren des Hauses wurde sie sofort von Wärme umfangen. Eine Frau, die etwa so alt aussah wie sie selbst, saß in der Nähe an einem Schreibtisch. War das Kathryn Forrester? Als sie Sophia sah, rief sie irgendetwas und verschwand in einem Raum hinter ihrem Platz. Nur Sekunden später kehrte sie mit einem Stapel Handtücher zurück. Sie eilte um den Schreibtisch herum und auf Sophia zu. »Sie müssen ja entsetzlich frieren!« Als würde sie Sophia schon ihr Leben lang kennen, warf die Frau ein großes flauschiges Handtuch um ihre Schultern und zeigte auf ein loderndes Kaminfeuer neben einem großen Erkerfenster. »Setzen Sie sich und wärmen Sie sich auf. Keine Widerrede. Ich hole Tee.«

Bevor sie reagieren konnte, war die Frau auch schon wieder weg. Bibbernd trat Sophia ans Feuer und ließ sich in einen der Sessel im Queen-Anne-Stil fallen. Das Knistern und Knacken im

Kamin beruhigte sie und der Geruch von brennendem Holz rief Erinnerungen an die Zeltlager der Pfadfinderinnen vor vielen Jahren wach. Der Kamin wurde von zwei großen Bücherregalen mit vielen Bänden in verschiedenen Größen flankiert.

Beim Anblick des Buchs auf dem Beistelltisch schnappte Sophia nach Luft.

Sie streckte die Hand aus und berührte den Einband von *Mondlicht überm Moor.*

»Meine Mutter liebt die Bücher von Appleton.« Die Frau trat mit einem Tablett zu Sophia, darauf Tee und englische Kekse.

Sophia lächelte zögernd. »Ich auch. Es gibt nicht viele Menschen, denen die Autorin etwas sagt, obwohl es mich eigentlich nicht wundern dürfte, dass sie in Cornwall beliebt ist.«

»Ah, Sie vertreten also die Theorie, dass die Bücher von einer Frau stammen.« Die Augen der Frau funkelten.

»Mein Freund hat ein paar überzeugende Argumente dafür.« Bei dem Gedanken an William wurde ihr zugleich warm und schwer ums Herz.

Die Frau stellte das Tablett auf den Couchtisch, dann setzte sie sich in den zweiten Sessel. »Ich bin Alice Forrester. Meiner Mutter und mir gehört diese Pension.«

»Sophia Barrett, schön, Sie kennenzulernen! Ich bin hier, um mit Kathryn zu sprechen. Ist sie Ihre Mutter?«

»Ja. Sie ist im Moment nicht da, müsste aber bald nach Hause kommen. Bei dem Wetter kann es aber natürlich auch sein, dass sie sich dazu entschieden hat, über Nacht bei meinem Bruder in Camelford zu bleiben.« Alice beugte sich vor und goss Tee in eine Tasse. »Kann ich ihr denn irgendwas ausrichten?«

»Nein, es geht um etwas, das ich sie selber fragen muss, fürchte ich. Vielleicht komme ich besser morgen wieder.«

»Aber Sie wollen jetzt nicht wieder da raus, oder?« Alice sah sie mit großen Augen an.

»Na ja ...«

»Wohnen Sie in der Nähe? Sonst können Sie gern hier übernachten. Mum wird spätestens morgen früh zurück sein. Sie hat ihre tägliche Routine und die wirft sie nicht gerne um.«

Sophia musste am nächsten Tag nicht in der Buchhandlung arbeiten. Und sie musste zugeben, dass der Gedanke, an diesem Abend nicht nach Port Willis zurückzufahren, wo William und sie so viele Erinnerungen geschaffen hatten, etwas Tröstliches hatte. Außerdem konnte sie dann weiter hier beim gemütlichen Feuer und den vielen Büchern sitzen. Sie würde Ginny und William einfach schreiben, damit sie wussten, dass alles in Ordnung war. William brauchte seinen Wagen morgen wahrscheinlich nicht, da seine Kirche in Fußnähe war, und wenn er woanders hinmusste, konnte er sich bestimmt Ginnys Auto leihen. Abgesehen davon fiel ihr kein Grund ein, warum sie nicht bleiben sollte.

»Also gut, Sie haben mich überzeugt. Ich nehme gern ein Zimmer für die Nacht.«

42. Kapitel

Ginny

Ginny verließ die Buchhandlung. Regen schlug ihr entgegen – na super, auch das noch!

»Gin …«

»Nein, Garrett! Dein Anwalt kann mit meinem reden.«

»Hast du denn endlich einen?« Er klang frustriert.

»Bald. Lass mich einfach nur in Ruhe. Hast du nicht schon genug angerichtet?« Sie wollte davonrennen, bevor er noch etwas sagen konnte. Aber sie kam nicht weit – beinahe wäre sie mit Steven zusammengestoßen.

»Hoppla!« Er hielt sie an den Schultern fest, damit sie nicht ausrutschte. »Wird das jetzt zur Gewohnheit bei uns?«

Sein neckender Tonfall machte alles nur noch schlimmer. »Das ist nicht witzig.«

Seine Miene wurde ernst. »Was ist los?«

Aus einem Instinkt heraus warf sie sich in seine Arme. »Ich weiß nicht, was ich tun soll!« Der Regen prasselte weiter auf sie nieder, aber das war ihr egal, jetzt, wo ihre Welt endgültig einstürzte. Wie sollte sie das alles verkraften?

Eine Möglichkeit gab es, aber schon bei dem Gedanken zog sich ihr Magen zusammen. Ihre Eltern hatten Geld. Wenn sie sich dazu überwand zuzugeben, dass sie recht gehabt hatten und Ginny unrecht, könnte sie die Anwälte der Familie bitten, Garrett fertigzumachen, und behalten, was rechtmäßig ihr gehörte.

Stevens Gesicht war ganz dicht an ihrem Ohr, sodass sie trotz des Regenrauschens hören konnte, was er sagte: »Was immer es ist, wir finden eine Lösung.«

»Ginny …« Und da war Garretts Stimme wieder.

Ginny kniff die Augen zusammen und spürte, wie Steven erstarrte. Sie löste sich aus seinen Armen und vermied es, ihm in die Augen zu sehen. Stattdessen blickte sie zu Garrett auf, der seinen Freund mit offenem Mund anstarrte. »Ich habe dir nichts mehr zu sagen, Garrett.«

»Was geht hier vor sich, Ginny?«

»Was interessiert es dich?« Unfassbar, dass Garrett glaubte, er hätte noch das Recht, irgendetwas über ihr Leben zu erfahren!

»Sollte ich es nicht erfahren, wenn meine Frau sich mit meinem Freund einlässt?« Garrett sah aus, als wollte er Steven einen Kinnhaken verpassen.

»Moment mal.« Steven schob Ginny hinter sich und hob die Hände. »Erstens bin ich der Ansicht, dass Ginny sich nicht rechtfertigen muss vor dir. Und zweitens hör auf, sie zu beleidigen. Sie hat nichts Unrechtes getan. Im Gegensatz zu dir.«

Das schien Garrett den Wind aus den Segeln zu nehmen. Er trat gegen einen Stein.

Einerseits tat er Ginny fast ein bisschen leid. Andererseits hätte sie Steven am liebsten auf der Stelle geküsst. Sie müsste ihn nur packen und an sich ziehen und er würde ihren Kuss erwidern – das wusste sie. Und es würde Garrett wehtun und vielleicht würde ihm dann klar, wie es sich anfühlte, wenn einem jemand einen wirklich harten Schlag in die Magengrube verpasste.

Oh, Mann! Woher war dieser Gedanke denn gekommen? So etwas sah ihr doch gar nicht ähnlich. Aber es war etwas, das ihre Mutter getan hätte. Oder ihr Vater. *Verletze die anderen, bevor sie dich verletzen können* – das war ihr Motto.

Oder in diesem Fall: *Räche dich, wenn du die Gelegenheit dazu hast.*

Aber auch das war nicht ihre Art.

Oder vielleicht doch? Was wusste sie schon über sich selbst?

»Komm erst mal ins Trockene«, schlug Steven vor.

Sie ließ zu, dass er ihre Hand ergriff und sie um die Ecke zog, weg von Garrett, bis zu ihrer Haustür, wo das Vordach vorübergehend Schutz vor dem Unwetter bot.

Da sie die Buchhandlung so abrupt verlassen hatte, hatte sie ihre Handtasche nicht mitgenommen, aber wieder rübergehen wollte sie nicht. Sie würde sich umziehen und später ihre Sachen holen, wenn sie sicher sein konnte, dass Garrett fort war. Sie hatte Gänsehaut auf den Armen, als sie sich bückte und ihren Ersatzschlüssel unter dem Blumentopf neben der Tür hervorholte.

»Was wollte er, Gin?«, fragte Steven. »Rede mit mir.«

»Ich ...« Sie musste sich immer noch für ihre Unhöflichkeit von vor ein paar Wochen entschuldigen, aber dies schien nicht der richtige Augenblick dafür zu sein. Im Moment konnte sie nur daran denken, dass sie alles verlieren würde. Auch sich selbst. »Ich muss gehen.«

»Wohin?«

»Ich weiß nicht.« Sie steckte den Schlüssel ins Schloss und drehte ihn.

Steven blieb hartnäckig. »Gin, du bist mir wichtig. Lass mich helfen!«

»Ich kann nicht.« Oder vielmehr, sie wollte nicht.

Weil sie sich selbst nicht traute. Und wenn sie das schon nicht tat, auf wen sollte sie sich dann verlassen können?

Ginny betrat allein ihr Haus und schloss die Tür hinter sich.

43. Kapitel

Sophia

Am nächsten Morgen erwachte Sophia aus einem tiefen Schlaf. Zuerst war sie verwirrt, als sie die Balken an der Decke und das Himmelbett, die rosafarbenen Wände und die auf alt getrimmten Gardinen vor dem Fenster sah. Aber dann erinnerte sie sich. Alice hatte ihr ein Zimmer im zweiten Stock gegeben und dazu einen Satz Kleidung, die nur ein bisschen zu weit für sie war.

Sophia reckte sich und setzte sich im Bett auf, den Rücken an das weiße Kopfteil gelehnt. Licht fiel durchs Fenster herein, und soweit sie es sehen konnte, war der Himmel strahlend blau, als hätte es nie ein Unwetter gegeben.

Sie blieb noch eine Weile im Bett, bevor sie aufstand und zu dem Stuhl ging, über dem ihre Handtasche hing. Sie holte ihr Handy heraus und schaltete es ein. Da sie kein Ladegerät bei sich hatte, hatte sie über Nacht den Akku geschont. Jetzt machten sich durch einen Signalton mehrere Nachrichten bemerkbar. Sie scrollte zu dem Gruppenchat mit Ginny und William. Beide hatten auf ihre Nachricht vom Vorabend reagiert.

Williams Antwort war typisch für ihn: *Ich bin froh, dass alles okay ist. Mach dir keine Gedanken wegen des Wagens. Wenn ich irgendwohin muss, kann ich mir ein Taxi rufen. Und du brauchst nicht auf mich zu warten, um die Antworten zu finden, die du suchst. Ich bin gespannt, was du in Erfahrung bringst.*

Also würde sie ohne ihn mit Kathryn über Emilys Notizen sprechen. Der Gedanke löste gemischte Gefühle in ihr aus.

Sophia seufzte, als sie das Handy aus der Hand legte und ans Fenster trat. Angesichts der herrlichen Landschaft um sie herum fiel ihr buchstäblich die Kinnlade herunter. Im Dunkeln hatte sie das alles nicht sehen können, aber jetzt, wo es hell war ... Wow!

Ächzend machte sie sich an dem klemmenden Fenstergriff zu schaffen, aber nach einigem Ruckeln und Ziehen gab er nach. Die Luft kühlte ihre Wangen und sie atmete tief ein. Dann wanderte ihr Blick über das Gelände, von der Ansammlung hoher und niedrigerer Bäume, in denen die Vögel zwitscherten, zu dem fröhlich leuchtenden Blumengarten unter ihr.

Ein schnelles, schnappendes Geräusch mischte sich zwischen die Naturgeräusche des Gartens. Sophia reckte den Hals und sah eine Frau mit einem breitkrempigen Strohhut, die mit einer Gartenschere in der Hand bei einer kleinen Gruppe Büsche stand. Vielleicht war das Kathryn.

Schnell zog Sophia ihre Sachen an, die inzwischen wieder trocken waren, und ging hinunter. Auf der Treppe kam sie an einem Mann und einer Frau vorbei, die sie nicht einmal zu bemerken schienen. Sie hielten Händchen und lachten leise über etwas, während sie nach oben gingen. Flitterwöchner vielleicht?

Das könnten William und sie sein – eines Tages. Wenn es ihr nur gelang herauszufinden, was sie wollte. Was sie brauchte.

Nicht jetzt, Sophia!

Bevor sie das Haus verließ, ging sie in den Speisesaal und holte sich einen Kaffee.

Mit dem dampfenden Becher in der Hand trat sie in die Sonne hinaus und ging ums Haus herum. Dort traf sie auf die Frau, die sie eben noch von oben gesehen hatte.

Das rhythmische Geräusch verstummte und sie blickte zu Sophia auf. »Kann ich Ihnen helfen?«

Sophia verstand nichts vom Gärtnern, aber die Pflanze, an der die Frau arbeitete, wirkte trocken – vielleicht sogar vertrocknet. »Tut mir leid. Ich wollte Sie nicht stören.«

Die ältere Frau strich mit dem Handrücken ihres dicken Handschuhs eine Haarsträhne zurück, die ihr in die Augen gefallen war. »Sie stören nicht. Ich bin Kathryn Forrester. Sie müssen unser unerwarteter Gast sein.«

»Ja, genau. Sophia Barrett, freut mich, Sie kennenzulernen.«

»Ganz meinerseits, meine Liebe. Meine Tochter sagt, Sie hätten etwas mit mir zu besprechen?« Sie setzte erneut die Schere an.

Sophia lehnte sich an den nächststehenden Baum und schloss die Hände um den warmen Becher. »Das stimmt, aber ich will Sie nicht von Ihrer Arbeit abhalten. Haben Sie irgendwann im Laufe des Tages Zeit für mich?«

»Sie können ruhig jetzt mit der Sprache rausrücken.« Kathryn lugte unter ihrer Hutkrempe hervor, um Sophia anzusehen. »Ich spüre, dass Sie eine Menge zu erzählen haben, und ich werde noch eine Weile hier beschäftigt sein.«

»Sind Sie sicher?«

»Natürlich, nur zu!«

»Also gut. Ich suche etwas, das Evelyn Shoemaker Ihnen vielleicht überlassen hat. Sie war eine Freundin von Ihnen, richtig?«

»Das war sie. Was ist es denn, was Sie suchen?«

»Eine Art Tagebuch.«

»Vielleicht fangen Sie am besten ganz von vorne an.«

Ob es daran lag, dass sie gerade alles noch einmal erlebt hatte, als sie ihre eigene Geschichte aufgeschrieben hatte; daran, dass man mit Kathryn einfach gut reden konnte – oder vielleicht an irgendetwas völlig anderem –, jedenfalls begann Sophia, dieser Frau, die sie gar nicht kannte, alles zu erzählen. Als sie eine kurze Pause einlegte, holte Kathryn ein weiteres Paar Handschuhe und eine zweite Schere. Sie deutete auf einen Spross und Sophia half ihr beim Schneiden, während sie weitersprach. Gemeinsam entfernten sie abgestorbene und alte Triebe, damit die neuen in der nächsten Saison Platz zum Atmen – und Wachsen – hatten.

»Und deshalb bin ich jetzt hier bei Ihnen«, schloss Sophia schließlich. »Auf der Suche nach einem Tagebuch, von dem ich vor drei Monaten noch nicht einmal wusste, dass es überhaupt existiert.«

Inzwischen strahlte Kathryn übers ganze Gesicht. »Was für eine wunderbare Geschichte!«

»Ich wünschte nur, ich wüsste, wie sie ausgeht.« Sophia gab Kathryn die Schere zurück und zog die Handschuhe aus. Ihre Finger schmerzten, aber es war ein guter Schmerz.

Sie konnte es kaum erwarten zu erfahren, ob das Original von Emilys Buch sich tatsächlich in Kathryns Besitz befand, aber der Ausdruck im Gesicht der Frau – als wäre sie mit den Gedanken ganz woanders, wie entrückt von dem, was Sophia ihr erzählt hatte – hielt sie davon ab, jetzt nachzuhaken. Wenn jemand so vertieft war, hielt man besser den Mund und übte sich in Geduld.

Kathryn musterte sie für einen langen Moment, bevor sie schließlich zum Sprechen ansetzte: »Vielleicht konzentrieren Sie sich auf die falschen Dinge. Das Leben ist mehr als ein Anfang, eine Mitte und ein Ende. Es geht um die unzähligen Augenblicke, die mit all den Strängen verwoben sind, um das Wachsen und das Stutzen. Nehmen Sie zum Beispiel diese Blumen. Ich kann nicht hier sitzen und darauf warten, dass sie sich entscheiden, ob sie blühen oder sterben wollen. Ohne ein gewisses Maß des Eingreifens gibt es kein Wachstum. Sie sollen blühen, dazu sind sie da, aber die Umstände und eine raue Umgebung machen es ihnen manchmal unmöglich, das von allein zu tun. Sie können sich nicht selbst beschneiden. Und das können Sie auch nicht, meine Liebe.«

Sophia hockte sich hin und hob einen der toten Triebe vom Boden auf, die sie abgeschnitten und weggeworfen hatten. »Wenn Sie es so formulieren, klingt es ganz einfach.«

Kathryn ging neben ihr in die Hocke. »Es *ist* einfach, doch das heißt nicht, dass es uns nicht schwerfällt.« Sie legte eine Hand auf Sophias Schulter. »Aber Sie sind wegen des Tagebuchs hier. Und Sie haben Glück: Ich habe es.«

»Wirklich?«

»Ja. Evelyn und ich habe uns im Studium ein Zimmer geteilt und sind unser Leben lang Freundinnen geblieben. Als sie mir all ihr Hab und Gut hinterließ – auch wenn es nicht besonders viel war –, war ich überrascht, weil sie noch lebende Verwandte hatte. Aber offensichtlich war sie in Sorge, dass diese Angehörigen die Sachen nicht zu schätzen wissen würden. Ein paar Erbstücke bewahre ich auf ihren Wunsch hin für Hugh auf, für den Fall, dass er irgendwann seine Meinung ändert und sich doch noch mit der Vergangenheit auseinandersetzen will.«

»Dürfte ich mir das Buch ansehen?«

»Natürlich, meine Liebe. Ich suche es nachher für Sie heraus.«

»Oh, danke! Ich verspreche, dass ich sehr sorgsam damit umgehen werde.«

Nachdem sie noch eine Weile geplaudert hatten, ging Sophia zum Frühstücken ins Haus. Ihre Unterhaltung mit Kathryn ging ihr nicht aus dem Kopf und es juckte sie in den Fingern, Emilys Buch endlich in den Händen zu halten. Als sie wieder auf ihr Zimmer ging, stand ein Archivkarton auf ihrem Bett, wie der Antiquitätenshow entsprungen, die sie nach Davids Tod immer geschaut hatte, wenn sie nicht schlafen konnte. Auf dem Deckel des Kartons lag ein Zettel:

Sophia,
hier ist das fehlende Teil zu Ihrem Puzzle. Ich glaube, Sie werden es noch beeindruckender finden, als Sie erwartet haben. Ich bin hier, falls Sie Fragen haben, aber ich dachte, Sie wollen es sicher erst einmal in Ruhe allein anschauen.
Herzlich
Kathryn

Sophias Hände zitterten, als sie die Nachricht zur Seite legte, auf ihr Bett sank und den Karton öffnete. Und da lag das, was sie gesucht hatte, das Ziel ihrer monatelangen Recherchen. Der Einband bestand aus blauen Pappdeckeln, die mit Leder verstärkt waren, und das Wort *Tagebuch* stand in kleinen Goldbuchstaben am unteren Rand.

Vorsichtig schlug Sophia das Buch auf – und was sie sah, trieb ihr die Tränen in die Augen.

Die Buchstaben zu sehen, die von Emilys Hand geschrieben worden waren, und ihre Geschichte so vertraut und doch völlig neu vor sich zu haben ... Das war mehr, als Sophia ertragen konnte. Erneut verschlang sie die Worte, die sie so gut kannte.

Als sie die letzte Seite umblätterte, begann ihr Herz in ihrer Brust zu hämmern.

Denn die Geschichte war noch nicht zu Ende.

Ein einzelnes loses Blatt, ebenfalls mit Emilys Handschrift beschrieben, lag hinten im Buch. Der ausgefranste linke Rand ließ darauf schließen, dass es einmal Teil des Buches gewesen war, aber sich gelöst hatte – oder herausgerissen worden war.

Sophia hielt sich die Seite näher vors Gesicht, um die verblichenen Worte zu entziffern:

Ich habe immer geglaubt, dass jeder Mensch eine Geschichte zu erzählen hat. Überall um uns herum sprießt unsere Geschichte, wir müssen nur die Augen dafür öffnen. Sie prägt jede Faser unseres Seins und sie wird bleiben, wenn wir einmal nicht mehr sind.

Es kann sein, dass niemand meine Geschichte jemals lesen wird – meine wahre Geschichte. Ich habe vor, sie auf dem staubigen Dachboden im Pfarrhaus zu verstecken, wo schon frühere Pfarrer und ihre Familien Kisten voller Erinnerungen zurückgelassen haben.

Aber unsere Geschichten müssen nicht von anderen gelesen werden, um Macht zu haben. Wir müssen nur daran glauben, dass sie bedeutsam sind, und darauf vertrauen, dass der Eine, aus dessen Feder sie stammen, gute Gründe hatte, sie genau so und nicht anders zu schreiben.

Wir dürfen unsere Geschichte annehmen und uns daran erinnern, dass die Höhen und Tiefen unseres Lebens nicht bestimmen, wer wir sind – weder das Scheitern noch der Erfolg.

Nein, was uns ausmacht, ist vielmehr, zu wem wir gehören.

Jetzt, wo ich dies schreibe, habe ich meine Stellung als Gouvernante aufgegeben und bin in das leere Pfarrhaus zurückgezogen, das Edwards Eltern mir freundlicherweise überlassen haben. Vier meiner Manuskripte sind veröffentlicht und ich arbeite bereits an einem nächsten. Wegen des Versprechens, das ich meinen ehemaligen Arbeitgebern gegeben habe, steht mein Name nicht auf diesen Büchern.

Stattdessen habe ich eine neue Identität erschaffen: Robert Appleton, nach meinem Vater und dem Mädchennamen meiner Mutter.

Heute beschließe ich, Emily Fairfax nicht zurückzulassen, sondern sie mitzunehmen, wenn ich meinen Weg weitergehe. Ich will mein Leben und das Licht, das in meinem Inneren leuchtet, noch heller werden lassen. Denn ich bin nicht die Summe meiner Erfahrungen. Ich bin viel, viel mehr, weil das Licht seinen Anspruch auf mich geltend gemacht hat.

Ich habe angefangen zu schreiben, weil ich dachte, es würde mich retten, aber letzten Endes vermögen unsere Taten das nicht zu bewirken. Allein aus unserer eigenen Kraft heraus – oder der Kraft, die wir uns von anderen borgen – kann das niemals gelingen. Wir müssen Kraft aus dem Einen schöpfen, uns auf Ihn gründen und von Ihm tragen lassen.

Unmöglich.

Das konnte nicht sein. Robert Appleton – der Autor, der Sophia so viel bedeutete – war nicht nur eine Frau, wie sie bereits vermutet hatte, sondern ausgerechnet Emily Fairfax. Die Frau, deren persönliche Geschichte nun schon seit Wochen so viel Raum in ihrem Herzen einnahm.

Jetzt fügten die Teile sich zu einem Ganzen zusammen. Ihr Leben. Emilys Leben. Selbst das von Ginny – denn auch für sie lag etwas in Emilys Text. Das spürte Sophia irgendwie.

Was hatte Kathryn noch mal geschrieben? Ah ja. Da. Dies war

das fehlende Puzzleteil. Wie Abigail es in London gesagt hatte: »*Das Motiv des Puzzles ergibt vielleicht erst einen Sinn, wenn das letzte Teil am richtigen Platz ist. Aber dann wird es ein wunderschönes Bild sein.*«

Die einzelnen Bruchstücke ... Für sich allein wirkten sie unbedeutend. Aber zusammengenommen entstand daraus etwas Atemberaubendes und alles mündete in einer Wahrheit: Heilung und den Weg nach vorne fand man nicht, indem man allein durchs Leben marschierte, wild entschlossen, es ohne Hilfe zu schaffen. Und es brachte auch nichts, sich in der eigenen Scham zu suhlen. Ebenso wenig konnte man sich auf die eigene Kraft verlassen.

Mutig weitergehen konnte man nur, indem man die Hand eines Retters ergriff und sich von ihm leiten ließ, wohin auch immer die Reise einen führen würde.

44. Kapitel

Ginny

Wenn sie früher weggelaufen war, hatte Ginny wenigstens ein Ziel gehabt. Und jetzt?

Nach einer wenig erholsamen Nacht saß sie nun schon seit einer Stunde im Auto, unterwegs zu Sophia. Sie hatte kaum geschlafen und dann auch noch von ihren Eltern geträumt, die von einem hohen Podest auf sie heruntergelacht hatten. Garrett und Samantha hatten auf einem anderen Podest gestanden und sie völlig ignoriert. Und Steven war nirgends zu sehen gewesen.

Ginny bog in die Auffahrt zu der Pension, in der Sophia übernachtet hatte. Ihre Freundin hatte sie gebeten zu kommen, weil sie ihr etwas Wichtiges zeigen wollte – und natürlich hatte Ginny Ja gesagt. Nicht nur, weil sie für Sophia da sein wollte, sondern auch, weil sie so ziemlich alles getan hätte, um sich von dem Desaster abzulenken, das aus ihrem Leben geworden war.

Aber als ihr Wagen zwischen Rhododendren und Bäumen über die holprige Auffahrt rollte, stockte ihr der Atem angesichts der Ruhe, die sie mit einem Mal überkam. Es war, als hätte sie die Welt hinter sich gelassen, als sie von der Hauptstraße auf diesen Seitenweg abgebogen war.

Das Gebäude sah aus wie die meisten anderen Frühstückspensionen, die sie in den ländlichen Gebieten Englands gesehen hatte – ein restauriertes Langhaus mit schwarzem Walmdach, Steinmauern und hübschen weiß gerahmten Fenstern. Es war von einem Garten umgeben und dahinter erstreckte sich Farmland. Als sie aus dem Auto stieg, wurde sie vom Gackern der Hühner begrüßt.

»Ginny!«

Sie blickte auf und sah Sophia aus der Haustür treten. Etwas an ihr wirkte ... leichter. Sie schien geradezu auf Ginny zuzuschweben.

Sophia nahm sie fest in den Arm. »Bin ich froh, dass du hier bist! Ich hab dir so viel zu erzählen!«

Ginny erwiderte die Umarmung. »Ich dir auch.« Sie versuchte, gewohnt fröhlich zu wirken, aber es wollte ihr nicht recht gelingen.

Sophia legte den Kopf schief. »Was hältst du davon, heute auch hier zu übernachten? Meinst du, William könnte morgen im Laden übernehmen?«

Ginny schob die Hände in die Taschen ihrer Jeans. »Ich weiß nicht. Wahrscheinlich sollte ich zurückfahren ...« Aber warum? Was nützte das, wenn Garrett ihr doch alles wegnehmen würde?

Mensch, sie musste sich irgendwie aus dieser Weltuntergangsstimmung befreien! »Ach, warum nicht?« Sie setzte ein Lächeln auf. »Bestimmt hat er nichts dagegen. Ich glaube, er hat erst nachmittags ein Seminar.«

»Perfekt!« Sophia hakte sich bei ihr unter und zog sie ins Haus, die Treppe hinauf und in ihr Zimmer.

Ginny schickte William eine Nachricht, um sich zu vergewissern, dass er am nächsten Tag auch wirklich Zeit hatte. Dann nahm sie auf der Sitzbank unter dem Fenster Platz und starrte hinaus auf die Felder hinterm Haus. In der Ferne verschwamm der Horizont mit dem Meer. Irgendwo noch viel, viel weiter weg befand sich das Anwesen ihrer Eltern – ihr erstes Zuhause. Wie sehr hatte dieser Ort beeinflusst, wer sie war? Inwieweit hatte es ihren Lebenslauf bestimmt, die Tochter von George und Mariah Bentley zu sein? Hatte es sie hierhergebracht? Sollte sie zurück? Wäre sie besser nie fortgegangen?

Ginny lehnte die Stirn an die kalte Fensterscheibe.

»Hey.«

Sie blickte auf und sah, dass Sophia etwas an sich drückte – irgendein Buch. »Ist es das? Das Tagebuch?«

»Ja, das ist es.« Ihre Freundin setzte sich ans andere Ende der Bank. »Aber bevor wir darüber reden, sag mir, was bei dir los ist.«

»Garrett will, dass wir verkaufen.« Und dann erzählte sie von seinem Besuch, von jedem schmerzlichen Detail. Ginny versuchte nicht, die Sache positiv darzustellen. Sie ließ einfach alles heraus, die ganze Katastrophe. Als sie fertig war, hatte sie eine verstopfte Nase und ihre Augen brannten vom Weinen. »Ich dachte, ich wüsste, was ich tun und wer ich sein soll. Aber vielleicht habe ich mich ja getäuscht. Vielleicht bleibe ich einfach eine Bentley, egal, wie weit ich weglaufe. Ich meine, mein erster Reflex war, Garrett wehzutun und es ihm so richtig zu zeigen. Der nächste war wegzulaufen. Wie kann ich das eine oder das andere wollen? Werde ich jemals wissen, wer ich bin? Werde ich einen Ort auf der Welt finden, der wirklich mir gehört?« Oh, sie war sich selbst und all die Fragen so leid! Sie könnte es ihrer Freundin nicht verübeln, wenn sie ebenfalls genug von ihr hätte.

»Das mit Garrett tut mir ehrlich leid. Du bist ein wunderbarer Mensch und eine tolle Freundin! Du verdienst so viel mehr.« Sophia schwieg eine ganze Weile. »Aber allmählich glaube ich, dass es für alles einen Grund gibt. Andere würden es vielleicht als Schicksal oder Karma bezeichnen. Aber ich glaube, es ist Gott. Er hat die ganze Zeit unsere Schritte gelenkt, Ginny. Selbst, als wir es nicht geglaubt haben.«

Ginny zog die Knie an und stützte ihr Kinn darauf. »Ich würde nicht sagen, dass ich nicht an Gott glaube. Ich habe ihn mir allerdings eher als einen Typen im Himmel vorgestellt, der die Macht hat, uns zu vernichten, wenn er will.«

»Ich weiß, was du meinst. Meine Mom ist mit mir in die Kirche gegangen, aber mein eigener Glaube ist mir in den letzten Jahren abhandengekommen. Ich dachte, ich müsste alles selbst schaffen, aber so ist es nicht. Ich nähere mich langsam wieder dem kindlichen Glauben an, den ich früher einmal hatte. Und dabei ist mir klar geworden, warum Emilys Geschichte mich so inspiriert hat und warum ich dieses brennende Bedürfnis hatte herauszufinden, ob es sie wirklich gegeben hat.«

Worauf wollte Sophia hinaus? Was sollte all das mit dieser Emily zu tun haben? »Warum?«

»Weil diese Frau die ganze Zeit versucht hat, ihren Lebenssinn, ihr Ein und Alles, in Edward zu finden, dem Mann, den sie liebte. Aber letzten Endes, als sie ihn an eine andere verlor, hat sie sich Gott zugewandt. Und das hat für sie alles verändert.«

Ginnys Vater hatte Religion immer als Krücke bezeichnet. Etwas, worauf schwache Menschen sich stützten. Aber wenn Sophia glaubte, dass das Ganze ihr eine neue Perspektive geben könnte, war es vielleicht einen Versuch wert. »Ich würde die Geschichte gerne mal lesen.«

»Ich finde ...« Sophia hob das Buch hoch, das auf ihrem Schoß gelegen hatte, und hielt es ihr hin. »Das solltest du gleich tun.«

Ginny nahm es und fuhr mit den Fingerspitzen über den ledernen Bezug der Pappdeckel, der an den Rändern etwas rissig war, aber insgesamt noch erstaunlich gut erhalten. »Ich bin wirklich eine schlechte Freundin. Ich hätte es schon lange lesen sollen, gleich, als du die Kopie gefunden hast. Ich dachte wohl, es ist irgendwie deins, und wollte mich nicht einmischen – außerdem hatte ich so viel um die Ohren –, aber ich hätte es lesen sollen, um dich zu unterstützen.«

»Mach dir keine Gedanken. Ich glaube, du liest es genau zum richtigen Zeitpunkt. Ganz besonders ein Eintrag ... es macht fast den Anschein, als wäre er für uns beide gedacht gewesen.« Sophia erhob sich. »Ich lasse dich mal allein, aber ich bin in der Nähe, wenn du mich brauchst.«

»In Ordnung.«

Als Sophia das Zimmer verließ, holte Ginny tief Luft und stürzte sich dann in Emilys Geschichte. Obwohl sie keine Leseratte war, war sie sofort gefesselt. Sie fühlte mit Emily mit, ließ sich von ihrer inneren Stärke trösten, weinte mit ihr darüber, wie

Edward sie zurückwies – wie gut kannte sie dieses Gefühl –, und hätte Rosamond am liebsten geohrfeigt.

Und dann erreichte sie die letzte Seite. Sie konnte kaum atmen, als sie die Worte las, die vor so langer Zeit geschrieben worden waren ... aber die heute für sie ebenso galten:

Wir dürfen unsere Geschichte annehmen und uns daran erinnern, dass die Höhen und Tiefen unseres Lebens nicht bestimmen, wer wir sind – weder das Scheitern noch der Erfolg. Nein, was uns ausmacht, ist vielmehr, zu wem wir gehören.

Und dann:

Heute beschließe ich, Emily Fairfax nicht zurückzulassen, sondern sie mitzunehmen, wenn ich meinen Weg weitergehe. Ich will mein Leben und das Licht, das in meinem Inneren leuchtet, noch heller werden lassen. Denn ich bin nicht die Summe meiner Erfahrungen. Ich bin viel, viel mehr, weil das Licht seinen Anspruch auf mich geltend gemacht hat.

Wenn das stimmte, dann spielte es keine Rolle, ob Ginny eine Bentley und eine Rose, eine gescheiterte Tochter und eine betrogene Ehefrau war. Sie war all das und doch nichts davon – jedenfalls nicht in ihrem tiefsten Inneren. Sie gehörte vielleicht nicht nach Boston und vielleicht nicht einmal in ihre eigene Buchhandlung, die sie mit aufgebaut und dann gerettet hatte, als ihr Mann sie im Stich ließ.

Aber Gott ... wenn wirklich er sie hierhergeführt hatte, hin zu diesem besonderen Moment, und wenn er die ganze Zeit bei ihr gewesen war, dann sah er vielleicht mehr in ihr als die Etiketten über sie aussagten, die sie sich selbst verpasst hatte und hatte verpassen lassen.

Und vielleicht machte er ja auch seinen Anspruch auf sie geltend, so wie Emily es formuliert hatte. Könnte es sein, dass sie endlich den Ort gefunden hatte, an den sie gehörte?

Ginny legte eine Hand ans Fenster und starrte noch einmal aufs Meer hinaus. Es war stark, kraftvoll, überwältigend, riesig. Sie hatte es immer als das gesehen, was sie entzweiteilte: der Mensch, der sie war, auf der einen Seite, und der Mensch, der sie sein wollte, auf der anderen.

Jetzt verstand sie. In gewisser Weise hatte das Meer diese beiden Personen zusammengeführt.

45. Kapitel

Sophia

Was für einen gewaltigen Unterschied drei Monate bewirken konnten!

Sophia lehnte sich an den mächtigen Stamm des Geschichtenbaums von Elliott Manor und dachte an das erste Mal zurück, als sie in Emilys Geschichte von diesem Ort gelesen hatte.

Damals hatte ihre Vergangenheit sie gelähmt und ihre Zukunft war ungewiss gewesen. Jetzt hatte die Vergangenheit keine Macht mehr über sie. Gott hatte die Macht.

Und was ihre Zukunft betraf … die war immer noch ungewiss. Aber Sophia lernte allmählich, das zu akzeptieren. Meistens jedenfalls.

Sie war trotzdem nervös, während sie auf William wartete. Ginny und sie waren noch zwei Tage bei Kathryn geblieben und erst spät am gestrigen Abend zurückgekommen, sodass William und sie seit vier Tagen nicht miteinander gesprochen hatten. Nicht, seit er sie bei den Klippen vor Tintagel Island zurückgelassen hatte – und vieles zwischen ihnen war angespannt und unausgesprochen.

An diesem Morgen hatte sie ihm geschrieben, um zu hören, ob er bereit war, sie zu sehen. Er hatte zugesagt, nach seinem Seminar am Morgen herzukommen.

Der Himmel war bewölkt, aber die Sonne lugte gelegentlich aus dem Weißgrau hervor. Die Möwen zogen ihre Kreise und ihre Schreie gellten übers Wasser. Die Papierseiten, die Sophia aus der Ringbindung befreit hatte, raschelten im Wind.

Endlich erschien eine große Gestalt. William sah in der sportlichen Hose, dem Hemd und der Sweatjacke besser aus denn je.

Er hatte sich auch die Haare schneiden lassen – die Locken, die den Sommer über gewachsen waren, waren jetzt kürzer und er wirkte mehr wie ein Professor.

Er raubte ihr den Atem.

»Hi.« Das Wort war voller Hoffnung und zugleich voller Niedergeschlagenheit. Der Arme! Ihr Schweigen musste eine Qual für ihn gewesen sein, nachdem er ihr an den Klippen sein Herz geöffnet hatte.

»William.« Am liebsten hätte sie sich in seine Arme geworfen. »Danke, dass du gekommen bist.«

Er nickte, sein Kiefer mahlte.

»Ich habe mich gefragt, ob du mir einen Gefallen tun würdest.«

»Ich dachte, wir reden über …«

»Bitte.« Sie hielt den Blätterstapel hoch, den sie in der Hand hielt. »Nachdem du gegangen warst ... habe ich es endlich getan. Ich habe meine Geschichte aufgeschrieben. Und ich hoffe – und bete dafür –, dass du dir die Zeit nimmst, sie zu lesen. Dann wirst du mich wenigstens ein bisschen besser verstehen, was auch immer als Nächstes geschieht.«

Er zögerte kurz, dann nahm er wortlos das Manuskript an sich und ging auf die andere Seite des Baumes. Dort setzte er sich, die Beine ausgestreckt.

Was, wenn sie ihn längst verloren hatte? Wenn ihr Schweigen angesichts seines »Ich liebe dich« alles verdorben hatte?

Nein. Wie lautete noch mal der Vers, den Kathryn ihr gestern gezeigt hatte? Sie zog ihr Handy heraus und rief ihre Notiz-App auf.

Bleibt fest mit mir verbunden und ich werde ebenso mit euch verbunden bleiben! Denn eine Rebe kann nicht aus sich selbst heraus Früchte tragen, sondern nur, wenn sie am Weinstock hängt. Ebenso werdet auch ihr nur Frucht bringen, wenn ihr mit mir verbunden bleibt.

Solange sie mit dem Weinstock verbunden war, konnte sie nichts verderben. Gott hatte die Kontrolle. Nicht sie.

Sophia steckte das Handy wieder ein und wartete, den Blick auf den Leuchtturm gerichtet.

Schließlich stand William auf und trat näher. In seinen Augen schimmerten Tränen. »Oh, Sophia. Ich hatte ja keine Ahnung, wie sehr du gelitten hast. Du hast es mir erzählt, aber ... ich habe es nicht wirklich in seinem vollen Ausmaß begriffen.«

»Ich glaube, das habe ich selbst nicht. Nicht ganz. Nicht, bis ich es ausformuliert hatte.« Sophia zögerte. »Aber das ist meine Vergangenheit.«

Dann kramte sie in ihrer Handtasche nach der kleinen Schaufel, die sie mitgebracht hatte. Als Kathryn sie ihr gegeben hatte, war ihr erst nicht klar gewesen, wofür sie gedacht war. Doch inzwischen wusste sie genau, was sie zu tun hatte. »Hilfst du mir?« Er sah so verwirrt aus, dass sie beinahe lachen musste. »Er heißt doch Geschichtenbaum, oder? Wahrscheinlich hat er viele Neuanfänge erlebt. Vielleicht auch das eine oder andere Ende. Ich dachte jedenfalls, es wäre ein guter Ort, um das, was war, zu begraben. Vielleicht kann etwas Gutes daraus erwachsen.«

William schüttelte den Kopf. »Du bist unglaublich, Sophia Barrett.« Er hielt die Blätter noch immer in der Hand. »Natürlich helfe ich dir. Aber was wird Claudia Vetters sagen?«

»Ich habe die Erlaubnis von ihrem Assistenten eingeholt. Er hat mich merkwürdig angesehen, meinte aber, solange der Boden nicht aufgewühlt aussieht, würde er mich nicht verpetzen.« Diesmal lachte sie wirklich. Wer hätte gedacht, dass so eine Rebellin in ihr steckte? Emily färbte selbst hundertfünfzig Jahre später noch auf sie ab.

Gemeinsam gruben sie ein kleines Loch in der weichen Erde zwischen den Wurzeln des Baumes. Sophia legte ihre Geschichte hinein und gab William die Schaufel. Wortlos bedeckte er das Papier und überließ ihr nur die letzte Schippe. Sie ließ den letzten weißen Flecken verschwinden und klopfte die Erde fest.

Dann standen sie beide auf und klopften sich den Schmutz von den Hosenbeinen.

Jetzt kam der letzte Teil ihres Plans. Sophia zog einen in der Mitte gefalteten Zettel aus ihrer linken Gesäßtasche. »Das war meine Vergangenheit. *Dies* ist meine Gegenwart – und, wie ich hoffe, auch meine Zukunft.«

William presste die Lippen auf diese hinreißende Art zusammen, die signalisierte, dass er sich konzentrierte. Er nahm den Zettel entgegen und klappte ihn auf. Auf die Vorderseite hatte sie nur zwei Worte geschrieben: *Ich bleibe.*

Endlose Momente lang starrte er die Nachricht an. »Wirklich?«

»Wirklich.« Gestern Abend hatte sie Joy angerufen und ihr die Situation erklärt – dass sie ihre bisherige Arbeit nicht mehr als ihre Berufung betrachtete, jedenfalls nicht in der Form, wie sie es früher getan hatte. Ihre Freundin hatte vollstes Verständnis gehabt und ihr gestanden, dass Veronica angeboten hatte, *LifeSong* zu kaufen. Joy hatte nur Sophias Entscheidung abgewartet. Jetzt konnte sie Veronica zusagen.

Das hieß, dass Sophia wieder arbeitslos war. Aber zum ersten Mal war sie voller Vorfreude darauf zu sehen, was als Nächstes kam – und wohin Gott sie führen würde.

»Okay.« Endlich sah William sie an und in seinen Augen brannte eine Liebe, wie Sophia sie noch nie erfahren hatte. »Was bedeutet das für uns?«

»Lies die Rückseite«, flüsterte sie.

Es war, als stände die Zeit still, während er den Zettel umdrehte und las, was sie an dem Tag bei den Klippen nicht hatte aussprechen können: »*Ich liebe dich auch, William Rose.*«

Ehe sie sichs versah, hatte er sie in den Arm genommen. Tränen rannen über ihre Wangen – und William küsste jede einzelne fort.

46. Kapitel

Ginny

Der heutige Tag war sowohl ein Ende als auch ein Anfang.

Ginny sprühte Möbelpolitur auf den Tresen der Buchhandlung und verteilte sie mit einem Lappen. Wie oft hatte sie in diesem Laden Staub gewischt? Wie viel Liebe und Zeit hatte sie in jede Ecke und Nische gesteckt?

Beinahe die ganze Stadt – von Mr Trengrouse über Mrs Lincoln bis hin zu Mary Patrick und ihrer ganzen Familie – war im Laufe des Tages vorbeigekommen und hatte ihr für die Zukunft alles Gute gewünscht, wohin ihr Weg auch führen würde. Zum Glück war ihre Identität nicht von einem Ort abhängig. Oder von einem Menschen. Nicht mehr.

Die neue Eigentümerin würde in wenigen Minuten hier sein. Sie hatten die Papiere heute Morgen unterzeichnet und Ginny hatte sich gewünscht, noch ein letztes Mal selbst im Laden zu sein, bevor sie die Schlüssel endgültig übergab.

Alles war viel einfacher gewesen, als sie erwartet hatte. Genau genommen hatte sie erst gemerkt, was für eine Last sie mit sich herumgetragen hatte, als sie sie losgelassen hatte. Die Freiheit, die sie empfand, noch bevor die Unterschriften trocken waren, hatte sie maßlos überrascht.

Garrett hatte von seinen anderen Forderungen im Rahmen der Scheidung Abstand genommen, als sie in den Verkauf eingewilligt hatte. Ihre Mutter beharrte darauf, dass sie ihn wegen seiner Untreue zur Rechenschaft ziehen konnten, aber davon wollte Ginny nichts wissen. Sie hatten alles schnell und einvernehmlich geregelt und jetzt warteten sie nur noch auf die offizielle Bestätigung.

Ginnys Eltern hatten erwartet, dass sie »nach Hause« kommen würde. Sie hatte den Mut aufgebracht, ihnen zu sagen, dass sie sich endlich für die Ausbildung zur Konditorin beworben hatte. Ihr Vater hatte sie überrascht; er hatte nur gesagt, sie solle fleißig sein, damit er stolz auf sie sein könne. Es würde Zeit und Geduld brauchen, aber vielleicht konnte ihre Mutter ja auch irgendwann hinnehmen, dass Ginny eigene Wünsche für ihr Leben hatte. Sie selbst hatte schließlich lange genug gebraucht, um das zu erkennen.

»Klopf, klopf.« Sophia öffnete die Tür, eine Umhängetasche über der Schulter und ein breites Grinsen im Gesicht. »Bist du so weit?«

»Ich glaube schon.« Ginny verstaute die Politur und holte ihren Schlüsselbund aus der Handtasche. Sie entfernte den Schlüssel der Buchhandlung von dem Ring und drehte sich noch einmal langsam um die eigene Achse, um jede Ecke des Ladens in ihrem Gedächtnis zu speichern.

Sophia trat neben sie. »Geht es dir gut?«

»Ja, mir geht es gut. Es hängen viele Erinnerungen an diesen vier Wänden, aber es wird Zeit, neue zu schaffen.«

»Oh.« Sophia griff in ihre Tasche und zog einen dicken Umschlag heraus. »Wo wir gerade davon sprechen …«

Ginny sah die Adresse des Absenders und sog scharf die Luft ein. »Ist das …?«

»Ist es! Das steckte im Briefkasten und ich konnte nicht widerstehen, es mitzubringen.« Sophia drückte ihr den Umschlag in die Hand. »Willst du reinschauen?«

Der Umschlag war schwer – das musste doch ein gutes Zeichen sein, oder? »Ich warte noch. Das hier ist dein Augenblick.«

»Unsinn, es ist *unser* Augenblick. Du solltest diesen Umschlag sofort aufmachen.«

Beinahe, als hätte jemand anders die Kontrolle über ihren Körper übernommen, riss Ginny den Umschlag auf und zog das oberste Blatt Papier heraus. Sie überflog den Text. »Sie wollen mich!«, keuchte sie.

»Natürlich wollen sie dich!«, kreischte Sophia und schlang die Arme um Ginny, die Umschlag und Brief vor Schreck fallen ließ. Beide lachten.

Ginny bückte sich, um die Sachen aufzuheben. Sie las den Brief noch einmal, diesmal laut. »Das *London Culinary Institute* freut sich, Ihnen mitteilen zu können, dass Sie in unser Konditoren-Programm aufgenommen wurden. Der nächste verfügbare Kurs beginnt am 14. Oktober.«

»Ich dachte, du hättest dich für Januar beworben?!«

»Habe ich auch. Hier steht, dass kurzfristig noch ein Platz für dieses Semester frei geworden ist.«

»Und nimmst du ihn an?«

»Wäre das verrückt? Ich meine, bis dahin sind es nicht mal mehr vier Wochen und ich muss vorher noch total viel organisieren.«

»Es ist nicht verrückt, wenn du es willst. Ich helfe dir bei den Vorbereitungen und bestimmt würden auch noch ein paar andere mit anpacken.«

Ginny grinste. »Ich kann es gar nicht glauben!«

»Ich schon. Und ich bin wahnsinnig stolz auf dich. Du verwirklichst deinen Traum, wo auch immer er dich hinführt.« Sophia wischte sich eine Träne von der Wange. »Aber ich werde dich total vermissen!«

»Mensch, darüber habe ich noch gar nicht richtig nachgedacht – dass ich dort niemanden kennen werde.« Sophia und William waren für sie wie Ersatzgeschwister – besonders zumal sie mit Sarah und Benjamin Bentley so wenig verband – und dann war da noch Steven, der sie mehr als alle anderen ermutigt hatte, ihrem Herzen zu folgen.

Nach ihrer Begegnung an dem Tag, an dem Garrett aufgetaucht war, hatte Ginny sich bei Steven entschuldigt und natürlich war er nicht nachtragend und hatte ihr sofort verziehen. Aber ihr Verhältnis war irgendwie belastet und das war ihre Schuld. Sie konnte die Gefühle, die er in ihr weckte, einfach nicht ignorieren und sie fand es nicht richtig, eine neue Beziehung einzugehen, solange sie nicht offiziell geschieden war. Und selbst danach würde sie erst mal Zeit brauchen, bevor sie sich auf etwas Neues einlassen konnte.

Ginny schüttelte diese Gedanken ab. »Okay, jetzt bist du dran.« Moment mal, wo war der Schlüssel? Sie hatte ihn in der Hand gehabt, als Sophia ihr den Umschlag gegeben hatte. Ah, da lag er ja, er war auf den Boden gefallen. Ginny hob ihn auf. »Du bist meine beste Freundin geworden, Soph. Ich weiß nicht, wie ich die letzten Monate ohne dich hätte überstehen sollen.«

»Hör auf, sonst muss ich gleich wieder heulen.« Aber ihre Worte wurden ohnehin schon von Tränen begleitet.

»Es ist nur ... ich habe den Eindruck, Gott wusste, dass ich dich brauche.«

»Und er wusste, dass es umgekehrt genauso ist.«

Ginny machte einen Schritt auf Sophia zu und drückte ihr den Schlüssel in die Hand. »Du wirst diese Buchhandlung noch großartiger machen, als sie schon ist.«

»Die Messlatte liegt ziemlich hoch.«

Einige Tage, nachdem Ginny verkündet hatte, dass sie die Buchhandlung nun doch verkaufen wollte, war Sophia zu ihr gekommen und hatte ihr ein Angebot gemacht. Ginny konnte nicht fassen, dass sie nicht eher daran gedacht hatte. Denn wer wäre besser geeignet gewesen, den Laden zu übernehmen, als Sophia? Sie liebte Bücher und glaubte an die therapeutische Wirkung des Lesens – sie würde diesen Ort nicht nur als ein Geschäft betrachten, sondern auch als Weg, verletzte Menschen zu erreichen. Die Leute in der Stadt hatten sie längst ins Herz geschlossen und bestimmt würde es nicht lange dauern, bis William ihr einen Heiratsantrag machte. Ginny freute sich sehr für die beiden.

»Dann lass ich dich mal mit deinem neuen Unternehmen allein. Wobei du ja sowieso schon seit beinahe vier Monaten hier wohnst.« Die Schlüsselübergabe war im Grunde nur eine Formalität gewesen. »Ich fange besser mal an zu packen.«

Sophia hatte Aldwin und Julia beide Gebäude abgekauft, aber Ginny selbstverständlich erlaubt, so lange zu bleiben, wie sie wollte.

Aber jetzt hatte Ginny ein Ziel. Sie brannte schon darauf, in Angriff zu nehmen, was bis zum Ausbildungsbeginn alles arrangiert werden wollte. Aber erst musste sie noch etwas anderes tun.

Nach einer letzten schnellen Umarmung verließ Ginny den Laden und lief die Straße hinunter. Sie klopfte an Stevens Tür und kurz darauf öffnete er. Der Bartschatten und seine zerzausten roten Haare deuteten darauf hin, dass Ginny ihn bei einem Nickerchen erwischt oder er gerade an etwas sehr Nervenaufreibendem gearbeitet hatte.

»Hi.« Sie blickte verlegen zu Boden.

»Hi.« Er trat zur Seite. »Komm doch rein.«

»Okay.«

Er schloss die Tür hinter ihr und dann standen sie beide schweigend da. Wo war das lässige Miteinander von früher? Hatte sie ihre Freundschaft für immer zerstört?

Sie griff in ihre Tasche und zog die Post von der Kochschule heraus. »Du sollst einer der Ersten sein, der es erfährt.«

Er zog eine Augenbraue hoch. »Der was erfährt?«

»Ich werde Konditorin.« Sie reichte ihm den Umschlag.

Er zog das Anschreiben heraus und überflog es. Dabei wurde sein Lächeln immer breiter. »Ich wusste, dass sie dich nehmen würden!«

Sie verschränkte die Arme vor der Brust. »Danke, dass du an mich geglaubt hast, als ich selbst es nicht konnte.«

»Das heißt ... du gehst weg.« Das Lächeln erlosch.

»Stimmt.«

Er gab ihr die Unterlagen zurück. »Warte mal. Ich bin gleich wieder da.« Er verließ das Zimmer und kam wenig später mit einer kleinen Schachtel zurück.

Einer Ringschachtel.

Hatte sie ihm missverständliche Signale gesendet? Wie konnte er glauben ...? »Steven, was …?«

»Keine Angst.« Er lachte. »Ich mache dir keinen Antrag.«

»Oh. Okay. Natürlich nicht. Das dachte ich auch gar nicht.« *Ähem.*

»Hier.« Er legte die kleine Schatulle auf ihren Handteller. »Ich konnte nicht mit ansehen, wie traurig du darüber warst, ihn verloren zu haben.«

Eine Vorahnung überkam sie. Hastig klappte sie den Deckel auf und ihr entfuhr ein freudiger kleiner Aufschrei. Das konnte nicht sein Ernst sein! Auf dem kleinen Satinkissen lag der Ring ihrer Großmutter.

»Ich habe ihn zurückgekauft, um ihn dir irgendwann zu geben.« Er hob die Hände. »Ohne Hintergedanken!« Er fuhr sich mit den Fingern durch die Haare, was sie noch mehr zu Berge stehen ließ. »Ich fand, du solltest ihn wiederhaben, weil er deiner Großmutter gehört hat, und nicht, weil er für deine erste Ehe steht. Ich hoffe, ich hab's nicht vermasselt.«

»Hast du nicht.« Ginny trat zu ihm, stellte sich auf die Zehenspitzen und drückte ihm einen Kuss auf die Wange, bevor sie ihm ins Ohr flüsterte: »So etwas Liebes hat noch niemand für mich getan. Du bist der Beste!« Sie schluckte. »Aber der muss dich Tausende gekostet haben! Das kann ich dir nicht zurückzahlen.«

»Machst du Witze? Dieser Augenblick ist mir Bezahlung genug.«

Dann standen sie da, ganz nah voreinander, und was nur Sekunden waren, fühlte sich an wie mehrere Minuten.

Schließlich trat Ginny zurück. Sie nahm den Ring aus der Schachtel und steckte ihn an den Ringfinger ihrer rechten Hand.

Dieser Mann war etwas ganz Besonderes. Und auch wenn sie im Moment nicht bereit war für eine Beziehung, wusste ihr Herz doch, dass sie irgendwann über Garret hinwegkommen würde.

»Weißt du, ich werde in London ziemlich einsam sein. Es wäre schön, wenn du mich irgendwann mal besuchen kommen könntest. Wenn ich mich eingelebt habe. Vielleicht nach Weihnachten?«

Er griff nach ihrer Hand. Dann fuhr er mit dem Daumen über den Ring und über ihre Finger. »Du könntest mich gar nicht daran hindern. Wir sehen uns, versprochen.«

47. Kapitel

Sophia

Geschichten hatten immer ein Ende. Das wusste Sophia. Aber bei der dieses Sommers war es ganz besonders schade.

Morgen würde Ginny nach London abreisen. Vorher wollten sie noch etwas erledigen.

Sie hatten einen Korb mit Geschenken gepackt – Muffins von Ginny und ein paar seltene Bücher aus den Beständen von *Rosebud Books* – und in Williams Kofferraum verstaut. Jetzt stiegen sie zu William und Steven in den Wagen.

Sophia drückte Williams Arm. »Komm, lass uns fahren.«

Er zwinkerte ihr zu und startete den Motor. »Ich freue mich darauf, die Frau kennenzulernen, die für euch beide so eine wichtige Rolle gespielt hat.«

»Hoffentlich ist sie überhaupt zu Hause.« Sie hätte anrufen können, aber Sophia wollte Kathryn gern überraschen.

Als sie die Zufahrt zur Pension erreichten, ließ Sophia noch einmal Revue passieren, was sie hier vor sechs Wochen erlebt hatte. So viel war seitdem geschehen, unter anderem die Aussprache mit William und ihre berufliche Neuorientierung. Ein Umzugsunternehmen hatte ihre Sachen in den Staaten eingepackt und eingelagert, bis sie alles vor Ort regeln konnte, und das Haus in Phoenix war verkauft – es war nach nur einem Tag auf dem Markt für einen extrem hohen Betrag weggegangen – und jetzt verbrachte sie jede freie Minute mit dem Mann, den sie liebte.

Ihre Mutter hatte vor, sie nächsten Monat zu besuchen, und Joy hoffte, nach den Feiertagen herkommen zu können, sofern sie ihre Eltern allein lassen konnte. Sophia würde dann mit ihr nach London fahren, damit Joy und Ginny einander kennenlernen konnten – und William hatte gesagt, er würde vielleicht mitkommen und sich mit Garrett treffen. Zwischen ihnen war längst nicht alles wieder im Reinen, aber wenn Sophia und William tatsächlich irgendwann heirateten, würde William seinen Bruder dabeihaben wollen, das wusste sie. Die Tatsache, dass er sich um eine Versöhnung bemühte, sagte viel über ihn.

Ja, ihre Geschichte entwickelte sich besser, als sie es sich jemals hätte vorstellen können – oder als sie sie selbst hätte schreiben können.

»Da!« Sophia zeigte auf den Meilenstein am Straßenrand. »Gleich müsste es auf der linken Seite kommen.«

Ginnys und Stevens Geplauder auf dem Rücksitz verstummte, während sie sich ihrem Ziel näherten.

Die Bäume neigten sich weit über die Straße und bildeten einen Baldachin über ihnen; die Strahlen der Sonne fielen nur an wenigen Stellen durch ihre Kronen. Die Blätter nahmen allmählich unterschiedliche Herbstfarben an – von leuchtendem Rot über fröhliches Gelb bis hin zu einem satten Orange.

William bog in die Auffahrt zur Pension ein und hielt auf dem kleinen Parkplatz. Sie stiegen alle aus und Ginny holte den Geschenkekorb von hinten. Sophia ließ die frische Luft in ihre Lunge strömen. Irgendwo über ihnen zwitscherte ein Vogel und das Laub knisterte unter ihren Schritten, als sie die Stufen zur Haustür hinaufstiegen.

Auch diesmal saß Alice am Empfangstresen. »Oh, hallo! Sie sind wieder da! Und wie ich sehe, haben Sie Freunde mitgebracht.«

»Das haben wir!« Sophia nahm Williams Hand. »Das sind mein Freund William und unser fabelhafter Websitedesigner Steven.«

»Willkommen im *Rambling B&B!*«, begrüßte Alice die beiden. »Wollen Sie alle heute hier übernachten? Falls ja, haben Sie Glück. Eine größere Gruppe hat gerade abgesagt und wir haben mehrere Zimmer frei.«

»Eigentlich sind wir nur gekommen, um Ihre Mutter zu sehen. Ist sie hier?«

»Leider nicht. Sie ist bei meiner Schwester in Edinburgh und kommt erst in einer Woche wieder. Tut mir leid!« Alice schnipste mit den Fingern. »Aber wissen Sie was? Sie hat etwas für Sie hiergelassen. Irgendwie hat sie schon geahnt, dass Sie noch mal zurückkommen würden.«

Ginny zog eine Augenbraue hoch. »Wie das?«

Alice hob ratlos die Hände. »Mum hat anscheinend einen siebten Sinn, was Menschen betrifft. Sie können sich vielleicht vorstellen, wie das für mich als Kind war. Ich konnte nie etwas vor ihr geheim halten.«

Alle lachten und Alice verschwand wieder hinter den Tresen, von wo sie den Archivkarton hervorholte, den Kathryn bei ihrem letzten Besuch auf Sophias Bett gestellt hatte. Sophia nahm ihn entgegen.

Wieder lag ein Zettel darauf.

Für Sophia und Ginny – ihr seid zwei bemerkenswerte Frauen!

Ich hoffe, Sie haben inzwischen inneren Frieden gefunden und erkannt, dass der Gott dieses Universums Sie liebt und alles möglich machen kann. Bitte tun Sie mir einen letzten Gefallen und geben Sie dieses Tagebuch seinem rechtmäßigen Eigentümer zurück. Ich habe das Gefühl, dass Hugh Bryant jetzt endlich bereit ist, es zu lesen, und Sie sollten diejenigen sein, die es zurückgeben. Dadurch werden Sie ein großer Segen für ihn sein. Helfen Sie ihm, sich daran zu erinnern, wer er einmal war.

Alles Liebe
Kathryn

Sophia nahm den Deckel des Kartons ab und sah Emilys Buch darin liegen.

Ginny schnappte sich den Zettel und las ihn. »Ich weiß immer noch nicht so richtig, warum dieses Tagebuch überhaupt Hugh gehört. Er war doch mit Edward verwandt und nicht mit Emily, oder?«

»Stimmt.« Sophia zuckte mit den Schultern. »Es wurde auf dem Grundstück seiner Familie gefunden. Soweit ich weiß, ist es das einzige Beweisstück, das die Identität von Robert Appleton enthüllt. Dadurch ist es ziemlich wertvoll.«

»Kann ich mir vorstellen. Aber irgendwie kann es sich bei alldem nicht nur um Geld drehen.«

»Das sehe ich auch so.« Sophia biss sich auf die Unterlippe. »Ich weiß nur, dass wir eine letzte Aufgabe erhalten haben. Sollen wir?«

»Natürlich.« Nachdem sie Alice – die schon mal einen neugierigen Blick auf die Muffins im Korb warf – gedankt und sich von ihr verabschiedet hatten, gingen sie zum Wagen zurück.

Eine Stunde später standen sie alle vor Hugh Bryants Tür.

Als er öffnete und Sophia und William sah, lächelte er sogar. »Ich hatte gehofft, dass Sie noch mal bei mir aufkreuzen.«

»Wirklich?«, fragte Sophia überrascht.

Er öffnete die Tür weiter und zeigte auf den Karton, den sie in Händen hielt. »Haben Sie es gefunden?«

Sie grinste. »Das haben wir. Und wir sind hier, um es Ihnen zurückzubringen.«

Er nickte, winkte sie herein und führte sie ins Wohnzimmer. Als alle saßen, ergriff Mr Bryant das Wort. »War es in der Pension?«

»Ja. Evelyns Freundin Kathryn hatte es, so wie Sie es vermutet hatten. Sie hat uns gebeten, es Ihnen wiederzugeben.« Sophia stand auf und reichte Mr Bryant den Karton. »Sie dachte, vielleicht hätten Sie mittlerweile doch Interesse daran.«

Jetzt, von Nahem, konnte sie die Fältchen um seine Augen und seinen Mund sehen und auch seine Stirn war gerunzelt – genau wie bei ihrer letzten Begegnung. Aber etwas an ihm war anders: In seinen Augen lag ein Leuchten.

»Sie hat recht.« Er öffnete die Schachtel, zog das Buch heraus und begann darin zu blättern.

Sophia ging zu ihrem Platz auf dem Sofa zurück; William schob seine Hand in ihre und drückte einen Kuss auf ihre Schläfe. Sie lehnte sich an ihn. Dann sah sie zu Ginny hinüber. Ihre Freundin lächelte und auch in ihrem Blick brannte etwas Neues und Warmes.

Schließlich räusperte Mr Bryant sich und sah zu ihnen auf. »Danke. Ich kann nicht glauben, es nach so langer Zeit zurückzuhaben.«

Sophia hatte nicht bewusst beschlossen, für sie alle zu sprechen, aber das, was ihr auf der Zunge lag, fühlte sich richtig an: »Wir sind nur die Boten.«

Wie wunderbar es doch war, dass William und Ginny und Kathryn – und Emily – in ihr Leben gestellt worden waren, und jetzt war sie es, die in das Leben dieses Mannes trat und den Kreislauf aus Liebe und Licht fortsetzte.

»Ich wünschte, ich könnte mich irgendwie revanchieren.«

»Glauben Sie mir, die Gelegenheit, Emilys Aufzeichnungen zu lesen, war genug.« Sophia seufzte. »Ich wünschte nur, sie hätte ihr eigenes Happy End bekommen. Ich meine, in gewisser Weise hat sie das ja. Es sah zwar anders aus als das, was sie sich gewünscht hatte, aber ich bin trotzdem ein bisschen traurig darüber, dass Edward und sie nie ein gemeinsames Leben führen konnten.«

Ein breites Lächeln erschien auf Mr Bryants Gesicht. »Sie wissen es nicht.« Er blätterte zur letzten Seite des Buches. »Hmm. Hier steht nichts davon.«

Sophia setzte sich etwas aufrechter hin. »Was wissen wir nicht?«

»Natürlich. Nicht alle britischen Heiratsurkunden wurden digitalisiert und die Kirchenregister sind nicht immer zuverlässig

...« Mr Bryant machte eine wegwerfende Handbewegung. »Lassen Sie mich erklären. Ihr Besuch hat etwas in mir geweckt – den Wunsch, mehr über das Erbe meiner Familie herauszufinden, das ich wegen einiger Ereignisse in der Vergangenheit so stur ignoriert hatte, weil ich dachte, es würde sich nicht lohnen. Aber als ich Ihren Eifer und Ihre Begeisterung für eine Geschichte sah, die nicht mal Ihre eigene ist, habe ich mich geschämt, in der Hinsicht immer so desinteressiert gewesen zu sein. Also habe ich Kontakt zu einigen entfernten Verwandten aufgenommen. Und sie haben mir von einer wunderbaren Begebenheit erzählt.«

Freude durchströmte Sophias ganzes Wesen, als sie sich entspannt neben William zurücklehnte und der Geschichte lauschte, die mit der Vergangenheit verwoben war und alle in diesem Raum zusammengeführt hatte.

Epilog

Emily

Zuerst hörte ich das Lachen.

Es schwebte mit dem Wind übers Wasser und wand sich durch den Garten, während ich auf den Baum zuging. Ich war seit Jahren nicht mehr hier gewesen – seit ich erfahren hatte, dass Edward Vater geworden war.

Und ich hatte auch an diesem Tag nicht vor hierherzukommen. Aber das Lachen zog mich näher, denn es war, als würde es meiner eigenen Erinnerung entspringen.

Es klang so sehr nach ihm, vor zwanzig Jahren, als wir als Kinder zusammen gespielt hatten. Vor all dem Kummer, bevor das Leben uns in unterschiedliche Richtungen gezogen hatte.

Und ich wusste, dass es verrückt war – vielleicht hatte mein verschrobenes Jungferndasein als Schriftstellerin im Pfarrhaus, in dem ich meist allein war, mich endgültig den Verstand verlieren lassen –, aber ich konnte nicht anders, als nachzusehen.

Als ich um die Ecke bog und die untergehende Sonne am Horizont sah, bemerkte ich den Schatten eines kleinen Jungen, der sich vom Baum schwang. Ich trat näher und beobachtete, wie er vom untersten Ast heruntersprang und einem Ball folgte, der ihm davonrollte. War ihm nicht bewusst, wie gefährlich es war, so nah bei den Klippen zu spielen?

Ich beschleunigte meine Schritte, um zu ihm zu eilen und ihn zu ermahnen. Aber als ich so nah war, dass ich ihn richtig sehen konnte, entfuhr mir unwillkürlich ein Aufschrei.

Er sah mich an, die braunen Haare hingen ihm in die goldbraunen Augen – Augen, die ich in- und auswendig kannte, besser als meine eigenen.

Es war Edward – oder zumindest eine jüngere Version des Mannes, mit dem ich aufgewachsen war. Nur seine Gestalt war schmaler, als es Edwards jemals gewesen war.

Er blieb stehen und starrte mich an. Er musste fünf oder sechs Jahre alt sein. »Hallo.«

»Hallo.« Mehr brachte ich in diesem Augenblick nicht heraus.

Sein munteres Lächeln hätte das kälteste Herz zum Schmelzen gebracht, dessen war ich sicher.

»Ich heiße James.«

Dies war also Edwards und Rosamonds Sohn.

Und das bedeutete, dass sie hier waren.

Edwards Mutter warnte mich sonst immer im Voraus, wenn sie kamen, damit ich mich zurückziehen konnte. Das tat sie wohl mindestens ebenso sehr um ihrer Familie willen wie meinetwegen, aber das spielte keine Rolle.

Diesmal hatte sie mir nichts gesagt.

Irgendwie fand ich meine Stimme wieder. »Ich heiße Emily. Es freut mich, dich kennenzulernen.«

»Ich freue mich auch.« Er sah sich um. »Papa!«

Mein Herz fühlte sich an, als würden tausend Pferde darübertrampeln. Die Welt schien zu erstarren, als ich mich langsam auf dem Absatz umdrehte.

Dort stand Edward. Unsere Blicke begegneten sich.

Wie konnte er nach all den Jahren immer noch eine solche Wirkung auf mich haben? Zeit und Entfernung hätten seine Anziehungskraft vermindern sollen – doch das hatten sie nicht.

Er kam auf mich zu und blieb nur wenige Zentimeter vor mir stehen. Was dachte er? Ich hätte es so gerne gewusst, konnte aber nicht fragen. Ich hatte keinen Anspruch mehr auf seine Gedanken.

»Papa, das ist Emily. Wir haben uns gerade kennengelernt.«

Die Kinderstimme durchbrach unsere Benommenheit. Edward lächelte, ohne mich aus den Augen zu lassen. »Ich weiß, mein Junge. Wir sind alte Freunde.« Dann wandte er endlich den Blick von mir ab. »Die Köchin hat gerade einen Kuchen gebacken, und wenn du dich beeilst, darfst du ein Stück haben.«

Mit einem Jubelschrei rannte der Junge los.

Edward und ich waren allein bei unserem Baum, so wie wir es unzählige Male gewesen waren.

»Ich wusste nicht, dass ihr zurück seid.«

»Es ging Mutter in letzter Zeit nicht gut, deshalb haben wir sie mit einem Besuch überrascht.«

»Ist sie wohlauf?«

Er schob seine Hände in die Hosentaschen. »Es ist nur chronische Erschöpfung. Der Arzt meint, wenn sie sich schont und ausruht, wird sie bald wieder auf den Beinen sein. Aber sie liebt ihre Feste, wie du weißt, also ist es keine einfache Aufgabe, sie von einigen fernzuhalten.«

Ich wandte mich dem Meer zu. »Ja.«

Einen Augenblick lang schwiegen wir. Ich hatte keine Ahnung, was ich sagen sollte. Als ich gerade beschlossen hatte, mich an ein ungefährliches Thema wie das Wetter zu halten, ergriff Edward das Wort. »Ich wusste nicht, dass du immer noch in der Nähe wohnst. Mutter sagte, du seist schon lange nicht mehr die Gouvernante der Kinder.«

»Ich lebe im Pfarrhaus. Seit fünf Jahren.«

»In unserem Pfarrhaus? Wieso weiß ich nichts davon?« Er zögerte. »Aber wahrscheinlich wollte Mutter nicht, dass ich es weiß. Einmal habe ich sie sogar gefragt ...«

»Was hast du sie gefragt?« Ich sah ihn mit hochgezogenen Brauen an.

Er musterte mich. »Lebst du allein?«

»Natürlich tue ich das.«

»Dann hast du nie geheiratet?«

»Nein.« Ich wandte den Blick ab, mein Kinn zitterte. Wusste er nicht mehr, was ich ihm gesagt hatte?

»Emily. Sieh mich an.«

Aber das konnte ich nicht.

Nicht, bis er neben mich trat und mein Gesicht sanft berührte und zu sich drehte. Ich machte einen Schritt zurück und stieß mit dem Rücken an den Baum. Ich ließ mich von ihm stützen, denn meine Beine hätten mich in diesem Augenblick nicht tragen können.

»Es gibt etwas, das du wissen musst. Vielleicht weißt du es auch schon. Es ist die Art Nachricht, über die die Leute gerne tratschen.«

»Ich begebe mich nicht allzu häufig in Gesellschaft. Die meiste Zeit verbringe ich allein und schreibe. Ich habe bereits mehrere Bücher veröffentlicht.« Warum plapperte ich derartig herum?

Langsam erfasste ein Lächeln seine Lippen. »Natürlich hast du das.« Dann ergriff er meine Hände. »Letztes Jahr ist Rosamond gestorben. Sie hatte sich eine Krankheit zugezogen wegen ihrer ... Eskapaden.« Seine Augen waren voller Schmerz.

»Oh, das tut mir leid.« Ich verschränkte meine Finger mit seinen. Der arme Edward. Der arme James.

»Ich habe Rosamond geliebt, in gewisser Weise jedenfalls. Immerhin hat sie mir James geschenkt. Und am Ende hat sie erkannt, was sie getan hat und wie ihr Verhalten uns allen geschadet hat. Die letzten sechs Monate ihres Lebens waren die besten, die wir zusammen hatten.«

In meinem Herzen überschlugen sich die Emotionen und in meinem Kopf wirre Gedanken. »Ich kann kaum erahnen, was ihr durchgemacht habt.«

»Emily.« Er drückte meine Hände fester. »Nach der Nacht in der Bibliothek damals, als wir ... Ich war meiner Frau treu. Ich bin nie auf Abwege geraten. Ich habe jeden Gedanken an dich und mich für immer aus meinem Herzen verbannt. Aber jetzt frage ich mich natürlich ...« Er kam einen Schritt näher und neigte den Kopf zu meinem herunter, bis unsere Nasen einander beinahe berührten.

Ich hörte das Meer unter uns, das Rascheln der Blätter über uns und die Atemzüge zwischen uns.

Ich spürte, wie eine Träne meine Wange hinabrann. Stand ich wirklich hier bei ihm und hörte, was sein Herz mir zu sagen versuchte? War ich mutig genug, die Worte für uns beide auszusprechen? »Was fragst du dich, Edward? Ob unsere Geschichte vielleicht noch ein weiteres Kapitel hat? Eines, das wir nicht erwartet haben?«

»Genau das.«

Und dann trafen seine Lippen auf meine und dieser Kuss entzündete eine Flamme, die von etwas Ewigem genährt wurde.

Als er sich schließlich von mir löste, flüsterte er die Worte, nach denen ich mich schon als junges Mädchen gesehnt hatte: »Ich liebe dich, Emily Fairfax. Willst du meine Frau werden?«

Ich konnte nicht anders. »Unter einer Bedingung.«

Er lachte. »Ich hätte wissen müssen, dass du Forderungen stellst. Und?«

Ich fuhr mit den Händen durch seine Haare und zog ihn wieder zu mir. »Dass du mir immer reichlich Inspiration für meine Geschichten lieferst.«

Jetzt grinste er schelmisch. »Ich verspreche, dir so viel Inspiration zu schenken, dass du viele, viele Seiten damit füllen kannst.«

»Gut. Dann sage ich Ja. Und jetzt sei still und küss mich, du Dummkopf.«

»Mit Vergnügen.«

Als der Mann, den ich liebte, mich an sich zog, hob ich den Blick zum Himmel und legte meine Zukunft aufs Neue in Gottes Hände.

Anmerkung der Autorin

In letzter Zeit lerne ich mehr und mehr darüber, wie viel Macht unsere Worte haben. Ich mache mir zunehmend Gedanken über das, was ich mir selbst sage, und das, was ich gegenüber anderen äußere. Es ist mehr als »positives Denken« – die Worte, die wir aussprechen, tragen letzten Endes etwas zu den Geschichten bei, die wir erschaffen, und ich will, dass meine Geschichte so lebensbejahend und hoffnungsvoll ist wie möglich, unabhängig von meinen Umständen.

Außerdem ist mir viel bewusster geworden, welche Lügen ich mir selbst einrede: »Du hast das nicht verdient.« »Du bist nicht gut genug.« »Du wirst niemals erreichen, was du dir erhoffst.« Und ich erkenne, dass ich diese Lügen durch die Wahrheiten ersetzen muss, die Gott mir zuspricht. In letzter Zeit höre ich den Song »You Say« von Lauren Daigle immer wieder und er ist nicht nur für diesen Roman, den Sie in Händen halten, zu einem Titelsong geworden, sondern auch für die Geschichte meines eigenen Lebens.

Ja, die Macht unserer Worte ist riesig, und obwohl Worte heilen können, können sie auch verletzen. Die Nationale Hotline für Häusliche Gewalt bei uns in den USA bezeichnet häusliche Gewalt (oder auch Beziehungsmissbrauch genannt) als ein Verhaltensmuster, das ein Partner benutzt, um in einer intimen Beziehung die Macht und Kontrolle über den anderen zu erlangen.

Aber Missbrauch und Misshandlung sind nicht auf körperliche Gewalt beschränkt, auch wenn die meisten von uns zuerst daran denken, wenn sie das Wort hören. Emotionaler Missbrauch gehört ebenso dazu – die Worte, die jemand zu seinem Partner sagt.

Wenn Sie, wie Sophia, irgendeine Art von Missbrauch erlebt haben, dann leide ich mit Ihnen. Ich bete, dass Sie beim Lesen ihrer Geschichte Hoffnung verspürt haben, wo vorher vielleicht keine war, und ich bitte Sie, sich zu öffnen und Hilfe in Anspruch zu nehmen.

Jede und jeder von uns hat eine Geschichte, die es wert ist, erzählt zu werden, und ich hoffe, dass Sie, liebe Leser/-innen, die Kraft finden, Ihre Geschichten von den Dächern zu schreien, damit sie nicht überhört werden können.

Dank

Während ich hier sitze und gewissermaßen eine Dankeskarte schreibe, bin ich zunächst einmal dankbar dafür, dass ich das überhaupt tun kann. Ich staune, wenn ich an das sechsjährige Mädchen denke, das einen Herzenswunsch hatte, und an die Tatsache, dass dieser Wunsch in Erfüllung gegangen ist! Ich bin so unglaublich froh darüber, dass ich tun darf, was ich von Herzen gern tue.

Mein Dank gilt meiner wundervollen Leserschaft – danke, dass Sie sich die Zeit nehmen, die Geschichten zu lesen, die vorher nur in meinem Kopf existiert haben, und auch für alle Rezensionen, für jede Nachricht und für jeden Menschen, dem Sie von meinen Büchern erzählen. Sie inspirieren und ermutigen mich.

Meinem Mann Mike: Dein beständiger Glaube an mich und die Art, wie du mich ganz praktisch unterstützt hast, bedeuten mir sehr viel. Ich hätte mir beim Schreiben keinen besseren Partner wünschen können – und im Leben auch nicht!

Meinen Jungs Elliott und Theodore: Durch euch wird meine Welt viel heller und bunter. Ihr gehört so sehr dort hinein, dass ihr meine Geschichte zum Besseren verändert habt. Vergesst nie, wie sehr ich euch liebe.

Meiner Stiefmutter Kristin und meiner Schwiegermutter Nancy: Wieder einmal muss ich euch für die Zeit und Energie danken, die ihr jede Woche opfert, um mir mehr Zeit zum Schreiben zu verschaffen. Ich weiß, dass die Jungs gern bei euch sind, und es ist ein Segen für sie, solche tollen Großmütter zu haben.

Meiner Agentin Rachelle Gardner: Gott hat es wirklich gut mit mir gemeint, als er dich an meine Seite gestellt hat. Du warst die Agentin, die ich mir nicht mal zu wünschen gewagt habe! Danke für alle Ermutigung und die vielfältige Arbeit, die du in meine Projekte steckst.

Meiner Lektorin Kimberly Carlton: Meine Liebe, es ist ein Vergnügen, mit dir zusammenzuarbeiten! Ich habe jeden Augenblick genossen. Deine Anregungen für diese Geschichte haben den Nagel immer hundertprozentig auf den Kopf getroffen und sie ist dadurch besser und stärker geworden. Ich bin wahnsinnig dankbar für deine Begeisterung und deine Bestätigung, wann immer ich Zweifel bekomme wegen der ganzen Schreiberei.

Karli Jackson: Du machst eine super Arbeit und ich bin froh, dass du wieder mit an Bord warst! Ich bin stolz auf dich, weil du im Job und als Mama deine Träume verwirklichst. Du inspirierst mich!

Meinem wundervollen Team bei Thomas Nelson (vor allem Becky Monds, Amanda Bostic, Paul Fisher, Allison Carter, Laura Wheeler, Kristen Ingebretson und allen anderen, die an diesem Buch mitgewirkt haben): Mit euch zu arbeiten, war ein Traum. Danke für eure Hilfe dabei, dass aus dieser Geschichte ein veröffentlichter Roman wird, und dafür, dass ihr eure Autoren und Autorinnen so wunderbar unterstützt. Es ist eine ungeheure Ehre und ein Segen, meine Bücher von euch verlegen lassen zu dürfen.

Meinen tollen Schriftstellerfreundinnen, vor allem Gabrielle Meyer, Melissa Tagg und Alena Tauriainen: Egal, wie groß die Entfernung zwischen uns ist, ich weiß, dass ihr für mich betet und mir jedes Mal genau den Rat gebt, den ich brauche, um weiterzumachen. Danke, dass ihr diesen Weg mit mir geht.

Und zum Schluss Gott: Danke dafür, dass du in diese Geschichte getreten bist, dass du sie mit mir geschrieben hast und mich immer wieder daran erinnerst, dass meine Geschichte wichtig ist, weil du es sagst.

Weiterer Schmökerstoff von Lindsay Harrel

Lindsay Harrel
Das Herz voller Träume
ISBN 978-3-96362-038-6
314 Seiten, Paperback
auch als E-Book erhältlich

Megan Jacobs hatte großes Glück. Nach Jahren des Wartens hat sie tatsächlich ein neues Herz bekommen. Endlich kann das wahre Leben beginnen. Doch der Neuanfang gestaltet sich schwieriger als gedacht. Megan verharrt lieber im Vertrauten, als sich hinaus ins Unbekannte zu wagen. Als die Eltern ihrer Herzspenderin ihr jedoch das Tagebuch ihrer Tochter schenken und sie darin eine Liste mit 25 Dingen findet, die das Mädchen gerne tun wollte, kommt ihr eine verrückte Idee. Was, wenn sie all diese Dinge macht? Und so reist sie zusammen mit ihrer Zwillingsschwester, einer Karrierefrau, die sie immer um ihr scheinbar so perfektes Leben beneidet hat, einmal um die Welt. Sie besichtigt den Taj Mahal, läuft mit den Stieren in Pamplona um die Wette und fragt sich, wie sie den Mut aufbringen soll, im Regen einen Fremden zu küssen. Doch können die Träume einer anderen wirklich ihr Leben verändern?

Ein wundervoller Roman, der einem ganz neu vor Augen schreibt, worauf es im Leben wirklich ankommt.

Noch mehr Tintengeflüster auf Papier ...

Lisa Wingate
Die Hüterin der Geschichten
ISBN 978-3-86827-593-3
380 Seiten, Paperback
auch als E-Book erhältlich

Jen Gibbs hat es geschafft: Sie hat sich aus einer kärglichen Kindheit in den Blue Ridge Mountains hochgearbeitet und ist nun Lektorin in einem renommierten Verlagshaus in New York. Eines Tages findet sie ein altes Manuskript auf ihrem Schreibtisch. Unweigerlich zieht sie die faszinierende, mysteriöse Liebesgeschichte um Sarra und Randolph, die sich am Ende des 19. Jahrhunderts in den Appalachen begegnen, in ihren Bann. Doch die Suche nach dem anonymen Autor führt Jen ausgerechnet an die Orte, die sie eigentlich zu vergessen versuchte ...

Eine geheimnisvolle Liebes- und Familiengeschichte auf zwei Zeitebenen.

Geschichten, die das Leben schreibt

Katie Ganshert
Das Motel der vergessenen Träume
ISBN 978-3-86827-709-8
384 Seiten, Paperback
auch als E-Book erhältlich

Das Leben von Carmen Hart scheint perfekt: Sie ist die beliebteste Wetterfee seit Bestehen ihres Fernsehsenders, verheiratet mit einem Traummann, lebt in einem Traumhaus. Zum vollkommenen Glück fehlt ihr nur noch das Baby, von dem sie schon so lange träumt. Doch ein unbeherrschter Moment droht ihr alles zu nehmen, was sie sich mühevoll aufgebaut hat. Als Carmen sich in das alte Motel flüchtet, das seit Generationen im Besitz ihrer Familie ist, stößt sie dort zu ihrer Überraschung auf ihre Halbschwester. Carmen bleibt keine andere Wahl, als die 17-Jährige bei sich aufzunehmen. Gemeinsam renovieren sie das alte Motel.

Doch lassen sich zerbrochene Beziehungen genauso leicht reparieren wie zerbrochene Fenster? Und haben lang vergessene Träume tatsächlich die Macht, die Gegenwart zu ändern?

Katie Ganshert
Unter samtweichem Himmel
ISBN 978-3-96362-079-9
336 Seiten, Paperback
auch als E-Book erhältlich

Kann man Heimweh nach einem Ort haben, den man hasst?
Bethany Quinn hätte gedacht: Nein. Doch dann erfährt die Chicagoer Architektin, dass ihr Großvater einen Herzinfarkt hatte, und verspürt den unbändigen Drang, an den Ort ihrer Kindheit zurückzukehren. Dort lernt sie Evan Price kennen, einen unhöflichen, abweisenden, aber irgendwie auch faszinierenden Mann, der sich anscheinend schon vor Jahren auf der Farm ihres Großvaters eingenistet hat. Und sie begegnet Robin wieder, ihrer ehemals besten Freundin. Diese beging vor zehn Jahren den ultimativen Verrat, doch jetzt könnte sie wirklich Bethanys Beistand brauchen. Kann es sein, dass die Scherben eines Lebens sich ausgerechnet dort am besten neu zusammensetzen lassen, wo es zu Bruch ging? Und dass es entgegen aller Erwartungen einen Architekten gibt, der einen viel besseren Bauplan für Bethanys Leben hat als sie selbst?

Katie Ganshert
Das kleine Café im Herzen der Stadt
ISBN 978-3-96362-128-4
336 Seiten, Paperback
auch als E-Book erhältlich

Das Einzige, was Robin Price von ihrem verstorbenen Mann geblieben ist, sind ein dreijähriger Sohn, ein Café, das besser laufen
könnte, und Erinnerungen, die langsam verblassen. Trotzdem ist
sie nicht bereit, das Willow Tree Café aufzugeben. Es ist die Erfüllung eines Traums, der während ihrer Hochzeitsreise in Italien
geboren wurde, inmitten herrlichster Röstaromen und Gebäck-
duft. Und eine Oase nicht nur für sie, sondern auch für unzählige
andere.
Als der Investor Ian McKay in die Stadt kommt und Robins Café
einer seelenlosen Wohnanlage weichen soll, schlagen die Wellen
daher hoch. Einerseits will niemand auf das kleine Café verzich-
ten. Andererseits könnte das Projekt der Stadt – und Robin? –
einen Neuanfang bescheren. Und der wäre dringend nötig ...